地域
文学研究

跨世纪地域文学研究丛书

贺绍俊　刘起林／主编

"文学湘军"的
跨世纪转型

刘起林／著

人民出版社

责任编辑:林　敏

图书在版编目(CIP)数据

"文学湘军"的跨世纪转型/刘起林 著. —北京:人民出版社,2017.4

(跨世纪地域文学研究丛书－贺绍俊,刘起林主编)

ISBN 978－7－01－017202－6

Ⅰ.①文… Ⅱ.①刘… Ⅲ.①中国文学-文学研究-湖南 Ⅳ.①I206

中国版本图书馆 CIP 数据核字(2017)第 002044 号

"文学湘军"的跨世纪转型
WENXUE XIANGJUN DE KUASHIJI ZHUANXING

刘起林　著

人民出版社 出版发行

(100706　北京市东城区隆福寺街 99 号)

北京汇林印务有限公司印刷　新华书店经销

2017 年 4 月第 1 版　2017 年 4 月北京第 1 次印刷
开本:710 毫米×1000 毫米 1/16　印张:22
字数:290 千字

ISBN 978－7－01－017202－6　定价:58.00 元

邮购地址 100706　北京市东城区隆福寺街 99 号
人民东方图书销售中心　电话 (010)65250042　65289539

《跨世纪地域文学研究丛书》
总序

　　文学创作的地方色彩和地域性，是中外文学上普遍存在的规律性现象。即以 20 世纪中国文学而论，从现代文学史上的"海派"和"京派"，到当代文学史上的"山药蛋派"与"荷花淀派"，都是基于地方色彩和地域性而形成、归纳出来的。地域性之所以受到文学研究的重视，是因为地域性带给文学异质化的东西。而这种异质化是由地域之间的阻隔所造就的，但全球化正在抹平地域之间的差异，以往文学创作比较鲜明的地方色彩和地域性逐渐淡化，那么这是否意味着地域文学研究的现实意义也在弱化呢？事实并非如此。自 20 世纪 90 年代以来，中国社会日益由农业文明向商业文明转化，而且大大加快了融入"全球化"进程的步伐，不同地区之间的政治、经济、文化和社会联系变得更为紧密。但恰恰在这样的时代环境中，中国文学创作的地方色彩和地域性反而得到了进一步的强化。从主观方面看，不少地方政府与文化部门热心采取措施来打造和推出本地文学"品牌"，众多作家也热衷于开掘地域色彩鲜明的边缘性叙事与文化资源；从客观方面看，全国各地确实不断地涌现出水平高下不一的地域性作家群体，某些文化特色鲜明的地域还形成了开掘本地历史文化资源的优秀作品群；在文学研究领域，甚至某些长时期内自然形成的地域性创作现象，也得到了研究者努力的归纳与指认。这说明在特定的政治文化环境中，地域性完全超越了自然地理因素，而成为一种由现实政治、经济制度和历史文化以及自然地理综合作用下的文学现象，使得中国文学从 20 世纪迈向 21 世纪的跨世纪历程中，表现出层次与内

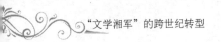

涵均相当丰富的地缘性特征和地域文化色彩。因此，跨世纪地域文学的研究就有了更加广阔的言说空间。

对于跨世纪地域文学的研究，也受到了学术界的广泛关注。国家社科基金和教育部人文社科项目中，就有不少地域文学与地域文化研究方面的选题；各省市的地方性科研项目中，研究本地文学与文化的选题就更为丰富多彩了；还有大量的博士学位论文，也纷纷将各具特色的地域文学作为研究对象；各地文学界和学术界对于本地文学的同步研究与评介，则因其现实功用性而表现出更为鲜明、直接的地域色彩。诸如此类的众多事实表明，跨世纪地域文学研究，已经成为了一个有待深入开发的学术成果富矿。

这种文学创作和学术研究状况，也应得到学术出版层面的高度重视。但事实上，虽然零散出版的相关学术著作不时引人注目地出现，从全国性视野出发，成规模、成系统地整体推出跨世纪地域文学研究成果的工作，却尚未富有力度地展开。有鉴于此，我们策划、主编了这套"跨世纪地域文学研究丛书"，计划以学术专著为出版范围，采用开放式、不定期的出版形式，来坚持不懈地积累跨世纪地域文学研究的优秀成果。具体说来，本丛书计划从以下三个层面出发，来展开出版的格局：

一，行政地理层面：这个层面致力于选择文学创作成就和影响巨大的省份，组织相关的代表性研究成果，并按照文学界约定俗成的做法，以"文学某军"的概念统一规范书名予以出版。例如"文学湘军"、"文学鄂军"、"文学豫军"、"文学陕军"、"文学鲁军"、"文学晋军"、"文学桂军"，等等。

二，文化地理层面：这个层面侧重于遴选和出版以文化为视角划定地域文学研究范围的优秀学术著作。例如西部文化与文学、藏地文化与文学、岭南文化与文学、黑土地文化与东北文学、蒙古族文化与内蒙古文学、湘楚文化与湖南文学、三秦文化与陕西文学、维吾尔文化与新疆文学，等等。

三，特殊区域层面：这个层面则着重遴选和出版以某一特殊区域的当代文学创作为研究范围的优秀学术著作，比如鄂伦春文学、北大荒文学、西海固文学、里下河文学、康巴作家群，等等。

在我们看来，"跨世纪地域文学研究丛书"这项出版工作，至少具备以下几方面的意义：

首先，可以从时代文化语境的特征出发，建构起一种新型的当代文学史研究的学术视野和理论框架。20世纪90年代以来，中国的文学创作呈现出迥然不同于80年代"新时期文学"的审美格局和精神风貌，但从20世纪90年代到新世纪前10余年间的文学创作，却以社会文化的转型状态和价值观念多元化的时代语境为基础，表现出高度的内在统一性。与这种状况相呼应，学术界也出现了某些将90年代以来的文学纳入同一视野中进行研究的论著。不过总的看来，出版界已有的各种当代文学研究丛书，或者笼而统之地涵盖整个新时期以来30年的时间范围，或者按照80年代、90年代、新世纪的时间自然推移方式，以10年为时间段进行规划。这种种类型的选题策划，都显示出可以进一步提高学术文化含量的余地。我们以"跨世纪文学"命名本丛书，则是希望以一个符合文学创作本身状况与特征的学术界定，来建构一种新型的当代文学史研究的学术视野和理论框架。

其次，可以从空间的维度出发，绘制出一幅跨世纪时期中国文学创作的学术版图。学术研究的空间维度，受到了学术界越来越广泛的重视。在中国文学的学术研究领域，从古代文学史到现当代文学史研究，以"文学地图"为切入口建构考察视野和论述框架的著作均有出现。"跨世纪地域文学研究丛书"从"行政地理"、"文化地理"和"特殊区域"等方面入手形成出版格局，根本意图也是要从空间的视角出发，来别开生面地、富有立体感地绘制出一幅中国跨世纪文学的学术版图。

再次，可以在文学评论与学术研究相互融通的视野，搭建起一座当代文学学术著作的出版桥梁。"跨世纪地域文学研究丛书"的出版思路中，包含着两个并行不悖、相辅相成的学术目标，一是富有历史感和学理性地考察特定时段、特定地域的文学创作事实，进行相关研究成果的学术积累；二是以专业化的学术成果深度介入当今中国的文学发展与文化建设，引导、规范和推动中国文学的创作实践。文学评论与学术研究内在融通的特征，显而易见

地存在于这种出版思路之中。

　　基于跨世纪时期中国文学创作与研究的双重发展态势，我们有理由相信，各种兼具文学评论敏锐性和学术研究厚重度的优秀学术著作，必将不断地涌现和加盟"跨世纪地域文学研究丛书"，本丛书也将因此而显示出越来越厚重的文学和学术意义。

贺绍俊　刘起林

2017 年 2 月

目录

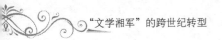

引言 "文学湘军"概念的源流

　　"文学湘军"是社会各界对湖南作家"队伍"一个约定俗成的称谓。这个名号在中国文坛的流行,源于20世纪80年代前期湖南文学的丰富成果和广泛影响。难以考察"文学湘军"的名称第一次使用于何时、何处,也很难说形成这一称呼的思维定势是否与曾国藩所创建和统率的、决定了近代中国历史命运的"湘军"有关。但在随后30余年的湖南文学发展历程中,"文学湘军"的称呼一直被沿用着。20世纪90年代以后,"湘军"的比喻性称谓还得到了拓展和延伸,"文艺湘军"、"出版湘军"、"电视湘军"、"文化湘军"乃至"体育湘军"之类的说法也在广泛地运用,几乎只要一个领域取得了群体性成就和全国性影响,就会被湖南有关方面冠以"湘军"之名。

　　从"文学湘军"这个概念的具体外延来看,虽然官方的各种文件和报告常用来统称湖南的整个创作队伍,但在社会文化层面,"文学湘军"的称号往往特指湖南小说作家群,人们提到20世纪80年代"文学湘军"的辉煌,主要也是指当时的湖南小说频频获得各类全国性文学大奖。与此形成鲜明对照的是,我们难以看到"散文湘军"、"诗歌湘军"等作为重要组成部分在"文学湘军"中成规模的存在,湖南的儿童文学作家群源远流长又在全国卓具影响,官方文件之外对"文学湘军"的称呼中,也少见将其囊括于内的现象。

实际上，所谓“文学湘军”、“文学陕军”、“文学晋军”、“陕军东征”、“中原突围”之类的说法，带有明显的战争文化色彩和军队管理印记，也与革命年代“文化战线”的管理传统和当代中国体制主导的文学评价体系密不可分。不过，这类称呼确实简洁有力、易懂易记，所以在媒体评论乃至整个社会文化界，用这种方式进行某种简单明了而不无力度的概括，倒也颇为流行、沿袭已久。既然这类称呼作为社会文化层面的归纳具有一定程度的合理性，当即时性的现状概括转化成历时性的史实考察时，研究者面对同样的现象采用同样的称呼，也就在情理之中，而且内含着对于历史事实及其相关特征的尊重态度。中国现代文学史上的“海派”、“京派”、“鸳鸯蝴蝶派”等概念，基本情形都是这样。有鉴于此，本书对于新时期以来的湖南作家群也以“文学湘军”名之，并按习惯性用法特指湖南小说作家群。

湖南当代小说创作是从相当薄弱的基础起步的，在以周立波为首的“四大作家”的领导、扶持和熏陶下，湖南作家队伍才逐渐壮大。20世纪60年代，湖南文学界出现了一个创作上的“丰收季节”；“文革”后期，不少湖南作家也呈现出创作的活跃状态。相关艺术积累在20世纪80年代得到有力的拓展、深化和创造性转换，从而造就了当时“文学湘军”的创作辉煌。但在20世纪80年代后期到90年代前期，“文学湘军”队伍流散、光彩黯淡，陷入了创作的低谷，一时之间，“‘文学湘军’哪里去了？”的焦虑和“重振‘文学湘军’”的呼唤此起彼伏。实际上，从20世纪90年代中期到新世纪前10年的整个中国文学与文化的“跨世纪转型”时期，“文学湘军”在经历精神“阵痛”之后出现了代际更替，悄然形成了新的作家阵营与创作格局，并以其有力的创作开拓了湖南文学乃至整个中国文学的审美新境界。但因为种种主客观原因，中国文坛未曾将跨世纪时期的湖南文学作为一个成就突出的整体来关注和重视，从而形成了一种创作实绩丰富而文坛影响薄弱、二者之间严重不相称的“湖南长篇现象”。21世纪以来，湖南文学界不断出现在全国文坛内外均颇有影响的作家作品和创作现象，但源于对“文学湘军”曾有辉煌的怀想和攀登文学高峰的焦灼，湖南文坛又产生了一种在多元文化语境中本不应出现的"茅盾文学奖"情结。

　　"文学湘军"在跨世纪转型过程中的演变状态与境界开拓，层次丰富地体现了中国当代文学跨世纪转型的历史走势和基本特征。有鉴于此，笔者拟将"文学湘军"的跨世纪转型作为中国"跨世纪文学"的典型个案，从湖南文学历史发展和整个中国社会与文化转型相结合的思想视野来展开研究。首先总体勾勒新中国成立以来湖南作家队伍的兴衰起伏及其内在原因，然后以作家、作品为中心，通过扎扎实实的文本细读与理论阐发，对"文学湘军"在"跨世纪文学"时期的精神转向和艺术开拓，以及由此取得的文学成就与社会效应，进行一种深入、系统而较为全面的研究和探讨。

第一章 "文学湘军"的历史生成与艺术风貌

在中国现代文学史上,虽然辗转他乡的湖南籍人士中出现了沈从文、丁玲、叶紫、张天翼等著名作家,周立波的《暴风骤雨》、康濯的《我的两家房东》、柯蓝的《洋铁桶的故事》等小说在解放区文学中也名噪一时,但湖南本土的小说创作并不发达。湖南当代作家队伍及其创作传统,是在新中国成立之后才逐渐形成和发展起来的。

第一节 湖南当代作家队伍的培育及"茶子花派"的论争

学术界论述 1949—1979 年间这段新中国"前 30 年"的湖南文学,存在三种习惯性、经验化而导致的偏差。其一,对于"十七年"时期的创作,研究者除了从作家队伍层面将 20 世纪 50 年代和 60 年代略加区分之外,其他的各种分析往往都将这两个历史年代混为一谈;其二,对于"文革"时期的创作,研究者则往往因全国文坛的总体停滞、萧条状态而语焉不详,未曾展开细致的分析和考察;其三,对于湖南作家、作品的具体发展和成长状态,历史的亲历者习惯于凭记忆梳理和勾勒,后来者则多半以这种印象式的资料

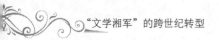

为基础展开研究，表现出不少史实层面的错讹、偏差与混乱，也在一定程度上影响了对于湖南文学基本发展状况的判断。

从总体上看，从1949年新中国成立到70年代"文革"结束，湖南本土作家队伍的发展处于一个连续、渐变的历史状态中，大致可分为三个阶段，其基本特征则可用三句话来概括，即50年代作家队伍未成阵势，60年代成就和影响上台阶，"文革"后期处于创作活跃状态。笔者拟以具体、翔实的史料梳理为基础，对这种特征加以阐述和说明。

一

20世纪50年代，湖南当代作家队伍处于初步形成和逐渐积累的状态，总体上看在全国文坛未成阵势。

新中国成立之初，湖南的文学基础相当薄弱。文艺队伍的雏形，主要由解放军南下工作队的文工团和一些外地回来的湘籍作家构成。1950年7月省文联筹委会成立，因作家队伍人数实在太少，故省文联筹委会主任谭丕模甚至风趣地调侃说："湖南只有一个半作家"①。家住北京的著名湘籍作家周立波的儿子、18岁的周健明，1950年每周在长沙的《民主报》上发表作品，一口气推出《仇恨在大树脚下》、《出谷》等20多篇批判旧社会、歌颂新社会的小说和散文作品，凭借这些报纸上的精短作品就成了湖南文坛的"明星"作家，并于1951年调入湖南省文联。湖南作家队伍的实力于此可见一斑。总之，在"一九五三年前，湖南文学创作队伍仅有数十人"②。

1953年11月，湖南省第一次文代会召开，稍后又组建了中国作家协会湖南分会，来具体负责培养湖南作家队伍、规划湖南文学创作。1958年5月，

---

① 汪名凡：《深层开掘文采风流——湖南当代文学研究四十年述评》，《长沙水电师院学报（社会科学版）》1990年第2期。

② 罗仕安：《"湘军"雄风楚人魂——湖南当代文学发展纵观》，《怀化师专学报（社会科学版）》1993年第3期。

湖南省第二次文代会召开,选举周立波任文联主席、蒋牧良任副主席。湖南文学界的组织、领导工作由此逐步得到了加强,并从工农兵和普通知识分子中涌现出一批青年作家,如王殿存、谢璞、周健明、任光椿、刘勇、孙健忠、王以平、宋梧刚、向秀清、李岸、鲁之洛、张步真等。这一时期的湖南小说创作存在两个值得注意之处,一是周立波的作品出类拔萃,引领全国文坛的风骚;二是谢璞、王以平、刘勇等人的创作也产生了一定影响。

周立波于1955年回湖南益阳市桃花仑乡"蹲点"深入生活,同年在《人民文学》6月号上发表反映合作化初期新旧思想冲突的短篇小说《盖满爹》,开始了他的湖南农村题材小说创作。1958年到1959年间,周立波发表了《禾场上》、《桐花没有开》、《民兵》、《腊妹子》、《山那边人家》等一系列短篇小说,通过日常生活中富于情趣的小插曲来表现农村的社会主义新生活,从优美的生活画面中透露出思想的光辉。1958年,长篇小说《山乡巨变》的"正篇"由《人民文学》第1至6期连载,1958年作家出版社、1959年人民文学出版社都出版了单行本,一时间,其在全国文坛受到高度关注和重视。

刘勇依靠母亲纺纱挣钱读完初小,随后即在家种田,解放后当村干部时又进夜校扫盲。他从1952年开始练习给报纸写新闻通讯,1953年3月"被邀出席了湖南省文联召开的《湖南文艺》通讯员座谈会……学了很多东西……便陆续地学习写唱词、戏剧、散文、诗歌等各种形式的文艺稿子"①。他的小说集《一面铜锣天下响》和《两面红旗迎风飘》,分别于1957年和1959年由湖南人民出版社出版。刘勇的作品语言朴实,格调明快,通俗易懂,生动风趣,表现出一种"本色"的艺术特征,很符合五六十年代工人农民的艺术趣味,因而颇受基层读者的欢迎。刘勇曾与河北的浩然一道,成为当时驰名文坛的"农民作家"。1959年,他还因创作的成就和影响而被评为全国劳动模范,并出席了新中国成立10周年的国庆观礼。

洞口青年谢璞担任过街道农民协会和镇人民政府文书,继而依靠人民助

---

① 《新苗》编辑部:《农民作家刘勇和他的创作》,《文学研究》1958年第4期。

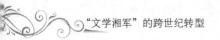

学金读完高中。他于1954年发表第一篇短篇小说《一篮子酸菜》，随后迅速崛起，1956年出席了第一次全国青年文学创作者会议，同年到中国作协文学讲习所学习。1957年1月，通俗文艺出版社为谢璞出版了短篇小说集《竹妹子》；1959年4月，他又在长江文艺出版社出版了短篇小说集《姊妹情》。谢璞的创作善于以明丽、欢快而诗意浓郁的艺术景观，表现家乡农村中堪称"美的天使"的一代新人形象，体现出某种富于时代气息的艺术特色。

王以平长期在湖南省文联、作协机关工作，他的作品多是受命深入生活的产物。1954年王以平创作了一组描写洞庭儿女与大自然作斗争的小说，1956年在长江文艺出版社出版了短篇小说集《风暴来了》；1957年，他又写出一些反映湘赣边区人民大革命斗争与合作化生活的作品，其中《伐木者的野宴》、《红色交通站》、《老交通员》等作品情节紧张，形象鲜明，产生了较大影响。

1956年1月，战士作家王殿存的自传体作品《盼望》由通俗读物出版社出版，这是新中国成立后湖南本土作家创作的第一部长篇小说。该作品1959年9月又由湖南人民出版社出版了插图本。

但严格说来，20世纪50年代湖南青年作家的大多数作品都只能算作初登文坛的"练笔之作"，社会反响平平。据笔者查阅，在整个50年代的《人民文学》杂志上，湖南作家中只有刘勇一人在1958年11月号和1959年6月号上，发表了《鸭》和《两面红旗迎风飘》两个短篇小说，即此可见湖南作家在全国性重要文学刊物发表作品稀少的情形。所以直到20世纪60年代初，湖南本土作家的创作总体上还是比较沉寂的，除了谢璞、刘勇这样的"文坛新秀"之外，缺乏更多享誉全国的重要作家和重要作品。

值得注意的是，20世纪50年代确实"有著名作家周立波、蒋牧良分别担任省文联主席、副主席，但他们实际是荣誉职务，户口都在北京，都在中国作家协会从事专业创作，对于湖南文坛也是鞭长莫及、力不从心"①。康濯

---

① 彭仲夏、谭士珍、何先培：《四大作家返湘记》，《新文学史料》2008年第4期。

的短篇《春种秋收》和中篇《水滴石穿》影响深远，但这两篇作品其实是他担任中国作协管理工作和河北省文联领导职务时期的作品（康濯1950年任中央文学讲习所副秘书长，1954年任《文艺报》常务编委、中国作家协会书记处书记、党组成员、创作委员会主任，1958年任河北省文联副主席、党组成员），与湖南文坛没有多大的关系。

当时湖南周边省份的文坛却都显得相当活跃，湖北有姚雪垠、徐迟，广东有欧阳山、秦牧、陈残云，广西有韦其麟，四川有沙汀、马识途等。相互比较之下，湖南本土作家队伍的实力薄弱状态就体现得更为鲜明。

二

20世纪60年代，有关政府部门和湖南文学界采取众多重要措施强力推进，湖南作家的队伍建设和创作成绩才呈现出大发展、"上台阶"的状态，小说创作随之出现了一个"丰收季节"。

湖南文坛在20世纪50年代的总体状况不够理想，居然引起了出生于湖南韶山的共和国领袖毛泽东主席的关注和重视。20世纪60年代初，"毛主席建议名作家回湘"①。于是，周立波、蒋牧良、康濯、柯蓝"四大作家"②一起，不是以"蹲点"深入生活的性质，而是正式调回了湖南。1962年11月，湖南省召开了第三次文代会，随后又高频率地制定了一系列扶持青年作家、发展作家队伍的得力措施。湖南文坛这才表现出勃勃生机、引人瞩目的声势，创作上也呈现出色彩缤纷的丰收局面。

首先，在现代文学时期即已声望卓著的"四大作家"加入湖南作家队伍并成为文坛领军人物，在20世纪60年代又都有不同凡响的创作成果，从而为湖南文学在全国文坛的地位奠定了坚实的基础。

周立波从1955年转入湖南农村题材小说创作后，就走向了他个人创作

---

① 彭仲夏、谭士珍：《四位湘籍名作家返湘忆旧》，《中国文化报》2012年8月29日。
② 彭仲夏、谭士珍：《四位湘籍名作家返湘忆旧》，《中国文化报》2012年8月29日。

的又一个高峰期。1958 年担任湖南省文联主席后，周立波的短篇小说更集中于挖掘农民群众的新思想、新品格，表现一代新人在农村的成长，根据这种思路创作了《艾嫂子》、《张满贞》、《卜春秀》、《在一个星期天里》、《张闰生夫妇》等众多名篇佳作。长篇小说《山乡巨变》的正篇、续篇分别于 1958年和 1960 年出版，其成就与影响在 20 世纪 60 年代初也全面呈现出来。而且，周立波从 1958 年到 1966 年一直担任湖南省文联主席，孜孜不倦地指导、熏陶和扶持湖南的文学新人，成为许多作家在文学道路上的"引路人"。60 年代初，他还应命召集蒋牧良、康濯和柯蓝一起回湘主持湖南文坛大局，这更从职务和权威双重意义上，确立了周立波在湖南文学界的核心地位。所以，应当是从 20 世纪的 50 年代末到 60 年代初，周立波才真正以享誉全国文坛的高质量创作和不可替代的领导、示范作用，成为了"湖南文学界的一面旗帜"[①]。

在"四大作家"中，蒋牧良是 20 世纪 30 年代"左联"时期即已成名的资深小说家，"吴组缃的抒写功力、张天翼的讽刺才华、蒋牧良的生活积累，在左翼作家中享有较高的知名度，文坛称三人为'三秀'"[②]。康濯、柯蓝皆为40 年代后期解放区文艺运动中的重要作家，康濯的《我的两家房东》、柯蓝的《洋铁桶的故事》都曾名噪一时，新中国成立后他们在创作上持续发力、时有佳作。"四大作家"在 20 世纪 60 年代初聚集一堂，自然有力地壮大了湖南作家队伍的声势。在担任文学界领导的同时，他们仍然保持着旺盛的创作生命力，蒋牧良的《刚批准的新党员》、柯蓝的《三打铜锣》等短篇小说所描写的农村新人形象，在社会上产生了广泛的影响。这些作家的文坛地位和作品影响相互叠加，大大加深了人们心目中湖南文学正趋于繁荣的印象。

其次，湖南作家队伍进一步壮大，创作力量得到了有力的加强。

湖南作家队伍在 20 世纪 50 年代末已有一定的规模。"1960 年夏，青年作家谢璞从洞口调来省文联文学创作组，同时调来的还有未央、刘勇、孙健

---

① 胡良桂、龙长吟、刘起林：《湖南文学史（当代卷）》，湖南教育出版社 1998 年版，第 23 页。

② 吴康、蒋益、吴敏、刘泽民：《湖南文学史（现代卷）》，湖南教育出版社 1998 年版，第 354 页。

忠、向秀清等人"①。这些作家的调入，有力地加强了湖南文学界的核心力量。

与此同时，又有一批文学新秀在20世纪60年代的湖南文坛崭露头角。其中较为突出的，有古华、叶蔚林、张行、罗石贤、彭仑乎、萧育轩、胡英、谭谈等人。这些作家的主要来源有两个方面。古华、萧育轩、胡英、罗石贤等人都是各种高等专业学校的毕业生，从当时的时代环境来看已有相当不错的知识储备，然后萧育轩从工厂、古华从农场、罗石贤和胡英从机关，通过业余写作或快或慢地崛起；张行、叶蔚林、彭仑乎等人则来自人民解放军，20世纪50年代在部队时已或多或少地发表过作品，60年代转业来到湖南后，又迅速地创作出了有影响的小说或其他类型的文学作品；谭谈1961年从湖南涟源煤矿参军，1968年才复员回到涟源煤矿，他在20世纪60年代的作品其实都是在部队期间创作和发表的，但在人们的印象中，他毕竟是一个"湖南人"。就这样，湖南作家队伍通过各种不同的方式，得到了有力的壮大。在这些新生力量中，萧育轩、彭仑乎等在20世纪60年代即已享誉全国，古华、叶蔚林、谭谈等人则在20世纪80年代成为湖南文学的中坚力量。

再次，湖南作家的作品数量大大增加、水准大大提高，以坚实的创作成绩在全国形成了一种群体性的影响。

体现20世纪50年代湖南青年作家文学水准的谢璞、刘勇、王以平等人，在20世纪60年代都推出了代表创作新高度的作品。谢璞1962年在上海文艺出版社出版短篇小说集《深沉的爱》、在《人民文学》杂志相继发表小说《二月兰》和《五月之夜》，1963年又在湖南人民出版社出版了小说集《二月兰》，紧锣密鼓地谱写出一曲曲"新时代的田园之歌"②。刘勇在20世纪50年代就已有相当丰富的各类体裁作品，但关于他的小说代表作，人们普遍认为是60年代发表的《文化的主人》和《咕哝爷》。王以平则在20世纪60年代中期深入大庆油田体验生活，开辟出了一个新的创作题材领域，并在1966

① 罗孝廉：《周立波的文学精神及其对湖南文学界的影响》，《湖南城市学院学报（社会科学版）》2008年第6期。

② 欧阳文彬：《漫谈谢璞的作品》，《文艺报》1963年第5期。

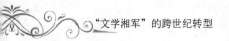

年1月号的《人民文学》上发表了短篇小说《志气》。

最能体现湖南作家在20世纪60年代的创作成就与影响的，当属在全国文坛权威性刊物《人民文学》上发表作品的情况。笔者排除"四大作家"的作品发表情况进行查阅和统计，从1960年1月到1966年5月这6年半时间里，《人民文学》发表了湖南青年作家的10篇小说作品，具体情况如下：

1960年，《人民文学》在6月号和9月号上，分别发表了刘勇的《文化的主人》和《咕哝爷》；

1962年，《人民文学》在3月号和10月号上，相继发表了谢璞的《二月兰》和《五月之夜》；

1963年，《人民文学》在2月号上发表了湖南诗人未央的短篇小说《蛉嫂探亲》；

1964年，《人民文学》在3月号和5月号上，相继发表了萧育轩的《迎冰曲》和《风火录》；

1965年，《人民文学》在3月号上发表孙健忠的《"老粮秣"新事》，12月号又发表了彭仑乎的《叶里藏金》。

1966年，《人民文学》只公开出版了5期，1月号上发表了王以平的短篇小说《志气》。

这样的发表频率所显示的创作实绩和形成的文坛影响，自然非同一般。特别是与20世纪50年代的长期寂寞相比较，更给人以湖南文学创作"大丰收"的感觉。

第四，湖南作家在20世纪60年代共有6部长篇小说公开出版或进入出版流程，与50年代相比有着巨大的进步，从全国范围看，也表现出应有的文学光彩。

这6部长篇小说的出版情况如下：

《蔺铁头红旗不倒》（上），文秋、柯蓝合著，作家出版社1960年1月初版，1963年10月作家出版社再次印刷时更名为《蔺铁头》。

《山乡巨变》（下），周立波著，作家出版社1960年4月初版。

《朝阳花》，马忆湘著，中国青年出版社 1961 年 11 月初版。

《东方红》（上、下），康濯著，作家出版社 1963 年 10 月初版。

《秋收起义》，柯蓝、文秋合著，1963 年中国青年出版社排印、装订了 60 本"征求意见本"。①

《武陵山下》，张行著，湖南人民出版社 1965 年 10 月初版。

细致考究起来，湖南作家的 6 部长篇小说创作和出版情况颇为复杂。其一，有两部作品实际上都不能算是作者独立完成的。《朝阳花》是以女红军马忆湘的革命回忆录为基础创作的，从长篇回忆录到长篇小说的第一、第二稿，都由谭士珍受命执笔，第三稿由林志义接手完成，但作品出版时署名为"马忆湘"②。《武陵山下》则是在蒋牧良的指导下完成的，作者"增写成二十万字，送给老作家蒋牧良征求意见。蒋牧良奖掖后进，把自己在参加湘西剿匪斗争、当随军记者时所积累的生活素材提供给作者，在原稿上写了十余万字的批语。……小说最终便扩写成一九六五年初版的样子，约五十余万字"③。其二，老作家柯蓝、文秋合作的《蔺铁头》和《秋收起义》，作品定稿过程也颇为曲折。《蔺铁头》在初版和再次印刷之间，连书名也进行了变更。《秋收起义》曾用书名《暴动》、《火把》，虽然"征求意见本"1963 年就出来了，但作者后来又不断补充和修改，因为种种原因，直到 1977 年才由中国青年出版社重新审稿，并定名为《风满潇湘》于 1982 年正式出版。

但在 20 世纪 60 年代，这几部长篇小说确实产生了相当不错的影响。《山乡巨变》被公认为"十七年"时期的文学经典，在 20 世纪 60 年代的文坛声誉自然不在话下。《朝阳花》"1961 年 11 月由中国青年出版社出版后，接连印刷 12 次达 134 万册之多，还不包括河南、贵州、山西等省出版社翻印的，是当时国内一本畅销书"④。《武陵山下》作为湘西剿匪题材的作品也一直颇受

①　黄伊：《与柯兰、文秋谈〈风满潇湘〉》，《编辑之友》1983 年第 3 期。
②　王承良：《马忆湘与红色经典〈朝阳花〉》，《湘潮》2012 年第 8 期。
③　吴恭俭、吴亦农：《谈〈武陵山下〉的两个版本》，《湘潭大学学报（哲学社会科学版）》1980 年第 3 期。
④　王承良：《马忆湘与红色经典〈朝阳花〉》，《湘潮》2012 年第 8 期。

读者欢迎，"文革"期间作者还大幅度修改，于 1976 年 3 月出版了一个修订本。《秋收起义》虽然只是个"征求意见本"，《湖南文学》却在 1963 年第 6 期上刊登了《长篇小说〈秋收起义〉座谈纪要》，"编者按"将这部作品誉为"我们省近二年来长篇小说创作中可喜的收获"①。康濯的《东方红》虽然从新的时代语境看，有关大跃进、反右派等方面的描写存在着时代局限性，但当时出版后，"文艺界和读者反映都颇为热烈"②，1963 年 10 月初版，1964 年 4 月和 6 月就已第二次、第三次印刷，1964 年 2 月又印行了上下册合编的硬精装本。

与 20 世纪 50 年代除《山乡巨变》"正篇"外只有自传体作品《盼望》"一枝独秀"相比较，60 年代湖南长篇小说创作的这种态势自然也是一种巨大的提高与进步。

最后，湖南文坛的文学评论在 60 年代风生水起，有效地起到了为湖南文学创作推波助澜、壮大声势的作用。

我们不妨以《湖南文学》杂志 1960—1964 年间发表的重要文学评论为例，来看看湖南文学评论界日趋活跃和富于宣传智慧的发展态势：

1960 年第 3 期和第 8 期，分别发表黄起衰的《新的收获——读李禄森的小说》和马焯荣的《读〈山乡巨变〉续编》；

1961 年 11 月至 1962 年 3 月，《湖南文学》先后发表了韩抗、邓超高、马焯荣、周德辉、鲁之洛、樊篱、周寅宾、封浩、王宝贤等人的论文，成规模地讨论刘勇的作品，这是新中国成立后湖南文艺界的第一次作品讨论，参与者"各抒己见，争论十分激烈"，"对湖南的创作与评论都起了积极的推动作用"③；

1963 年第 4 期，同期发表黄起衰的《漫谈谢璞的短篇小说创作》和铁可

---

① 汪名凡：《深层开掘 文采风流——湖南当代文学研究四十年述评》，《长沙水电师院学报（社会科学版）》1990 年第 2 期。

② 罗守让：《论康濯的短篇小说》，《文艺理论与批评》1988 年第 2 期。

③ 汪名凡：《深层开掘 文采风流——湖南当代文学研究四十年述评》，《长沙水电师院学报（社会科学版）》1990 年第 2 期。

的《漫谈 1962 年我省短篇小说创作》；

1963 年第 6 期，刊登《长篇小说〈秋收起义〉座谈纪要》；

1964 年第 5 期，发表康濯、韩罕明、黎牧星等人的《一篇闪光的共产主义精神的小说——笔谈〈迎冰曲〉》，集体性推介萧育轩的《迎冰曲》。

这种力度和"阵势"不断增强的评论，对于扩大湖南文学在全国的影响，自然能起到强大的推动作用。

经过仔细甄别了某些误传、误记现象的史实梳理，我们不能不说，湖南文学在 20 世纪 60 年代确实表现出一派生机勃勃、成果累累的景象，从领军人物的分量到作家队伍的阵势，从优秀作品的发表、出版到文学评论的积极、有力，各方面与 50 年代的状况相比较，都上了一个"大台阶"。

三

对于"文革"时期的湖南文学创作，许多当代文学研究者都从全国普遍的文学形势出发，笼统地概括为处于"衰败"、"停滞"、"荒芜"状态，然后一笔带过、未予深究；对于其间出现过有影响作品的现象，研究者也多半以"时代局限性明显"为由贬低几句了事。因此，"文革"时期湖南文学创作的真实状况，并未得到清晰的勾勒和全面的展示。

总体看来，"在'文化大革命'的 10 年中，湖南当代文学的生命历程可以从大体上分为两个阶段：以 1972 年为界，这以前的一半是'休克'；这以后的一半，则是情形极为复杂的'复活'"①。"文革"前期的湖南文学界，确实遭受了严重打击。康濯被看作"周扬反党集团的急先锋"②，在 1966 年 4 月的第一轮冲击中就被报纸上点名；"1968 年又把批判周立波作为全省大批

---

① 胡良桂、龙长吟、刘起林：《湖南文学史（当代卷）》，湖南教育出版社 1998 年版，第 141 页。
② 张闳主编：《中国当代文学编年史》第四卷（1966.1—1976.9），山东文艺出版社 2012 年版，第 72 页。

判第二个高潮的重点"[①];蒋牧良因遭受严重迫害患下不治之症,1973年就过早地去世了。在这一时期,除了张扬的《第二次握手》始终处于"地下"状态的不断修改过程中,未见其他有影响的作品也处于积极的创作状态。但从1972年7月《湘江文艺》创刊开始,湖南作家队伍迅速呈现出积极、活跃的状态。排除各类大批判文章和"三结合"、"工农兵业余创作"、"集体创作"性质的作品,不少在五六十年代或新时期活跃在湖南文坛的作家,这一时期都发表、出版了相当数量的作品。

首先,在1975—1976年这短短的两年时间里,湖南作家公开出版原创长篇小说5部,取得了在数量上与60年代完全相当的成绩。

如果排除属于"征求意见本"的《秋收起义》,湖南作家在60年代正式出版的长篇小说实际上是5部。在1975—1976年期间,湖南作家也出版了原创长篇小说5部。这5部作品的具体出版情况如下:

《路》,鲁之洛著,1975年8月湖南人民出版社初版;

《九龙风云》,甘征文著,1976年5月湖南人民出版社初版;

《鼓角相闻》,钟虎、石冰著,1976年5月上海人民出版社初版;

《山川呼啸》,古华著,1976年9月湖南人民出版社初版;

《小兵闯大山》,莫应丰著,1976年9月上海人民出版社初版。

在这些作品中,《路》歌颂"三线"铁路工地建设者的动人事迹和奋斗精神,《九龙风云》反映"文革"时期的农村生活,《鼓角相闻》表现井冈山知青在高寒地带培育水稻良种的科学实验,《山川呼啸》描写水利建设工地的"农业学大寨"运动,《小兵闯大山》讲述红小兵在大山里的生活和劳动,所有作品的情节和主题基本上都是表现"阶级斗争、生产斗争和科学实验"等"三大革命运动"方面的内容,表现出"文革"思潮的深刻影响。但从具体内容及相关描写来看,《路》对于"三线"铁路工地建设者斗志昂扬的气概和吃苦耐劳的精神,描写得激越动人;《鼓角相闻》在相对单纯的故事情

---

① 罗仕安:《"湘军"雄风楚人魂——湖南当代文学发展纵观》,《怀化师专学报(社会科学版)》1993年第3期。

节和人物关系构架中注重对井冈山青山绿野的风景描写，作品的格调清秀别致；《小兵闯大山》中传神的人物对话、浓郁的生活气息和生动的地方风物描写，《山川呼啸》结构长篇小说的能力和生动活泼的语言，都显示出作者的文学才华。所以，这些"文革"后期公开出版的湖南长篇小说确实具备相当的文学素质，应当认定为湖南作家"文学创作"性质的文本。

其次，"文革"后期的湖南文坛，还出现了1部"修订本"长篇小说和3部完成创作而在新时期出版的长篇小说，无论从文学史还是当时社会影响的层面看，这些作品的出现都增添了"文革"时期湖南长篇小说创作的分量。

张行的《武陵山下》，1976年3月由湖南人民出版社出版了修订本。

张扬的《第二次握手》完成于"文革"时期。《第二次握手》的前身、中篇小说《浪花》成稿于1963年2月，确定全书主题和叙述框架的《香山叶正红》写作于1964年；1967年改写出第三稿，1970年写出第四稿并改名为《归来》。"手抄本"最后一稿20.5万字，则是作者1974年夏天到秋冬之交在浏阳大围山地区他当知青的生产队里完成的，在传抄过程中，小说被读者改名为《第二次握手》。[1] 1979年7月，作品由中国青年出版社正式出版。

莫应丰的《将军吟》成稿于"文革"时期。作者在小说中的最后一行明确写道："1976年3月4日—6月26日冒死写于文家市。"作品发表于《当代》1979年第3期，1980年6月由人民文学出版社出版。

周健明的《湖边》完成于"文革"时期。"1975年，周健明到南县深入生活，住在一家农民的厨房里，创作了长篇小说《湖边》。"[2] 1979年9月，该作品由人民文学出版社正式出版。

在这四部作品中，《第二次握手》和《将军吟》在新时期之初都曾轰动全国，为湖南文学界带来了巨大的荣耀。前者正式出版后成为发行量达420万册的畅销书，后者获得首届"茅盾文学奖"。但这两部作品实际上都完成于"文革"后期。

---

① 戴煌：《张扬及其〈第二次握手〉的再生》，《党史天地》1998年第12期。

② 胡良桂、龙长吟、刘起林：《湖南文学史（当代卷）》，湖南教育出版社1998年版，第208页。

再次，在"文革"后期湖南的重要创作"阵地"上，构成新时期湖南文学中坚力量的作家已然成为了创作的生力军。以 1972 年 7 月创刊的《湘江文艺》双月刊为例。这个刊物每期基本发表小说 2 篇，偶有 3 到 4 篇的情况。仅从 1972 年至 1973 年这两年的 9 期《湘江文艺》中我们就可以发现，新时期湖南著名作家的作品已经成为其中的创作"主力"：

1972 年出版的 3 期刊物中，创刊号发表了萧育轩的《铁臂传》、古华的《绿旋风新传》；第 2 期有谢璞的《飞跃》、莫应丰的《中伙铺》；第 3 期有彭仑乎的小说《威信》和谢璞、孙健忠的报告文学《敢到洞庭挽长江》。

1973 年出版的 6 期刊物中，第 1 期发表了罗石贤、贺宜轩的《征途》；第 2 期有罗石贤的《新花蕾》、张步真的《追花夺蜜》；第 3 期有孙健忠的评论《必须和工农兵的思想感情打成一片》；第 4 期有谢璞的《桃花水》、甘征文的《"老贡献"》、胡英的《洪流滚滚》。1973 年 9 月，《湘江文艺》出版了"热烈庆祝中国共产党第十次全国代表大会胜利闭幕"特刊，其中发表了萧育轩的《扬鞭跃马》和 80 年代湖南文坛颇为活跃的青年作家叶之蓁的《跑接力赛的人们》，还有谢璞的散文《雪峰山纪行》；10 月出版的第 5 期，发表了孙健忠的《风呼火啸》和新时期湖南著名短篇小说家聂鑫森的诗歌《战斗的鼓声》，那时的聂鑫森还是"株洲市工人"；第 6 期中，小说有刘健安的《荷花湖边》、向秀清的《春雷滚滚》，散文有鲁之洛的《在罗霄山脉的密林里》，报告文学有胡柯与谭谈合著的《韶山红旗飘万代》。

1973 年 12 月，湖南人民出版社组织当时湖南文坛上创作活跃的作家，创作、出版了一本散文特写集《韶山红日》。这部"文革"时期湖南文坛重要的文学创作合集收录了 27 篇作品，其中由新时期湖南著名作家创作的作品就有 8 篇：叶蔚林的《韶山红日》，胡英、谭谈合著的《韶山红旗飘万代》，金振林的《韶山银河散记》，王金山、张二牧合著的《战斗的七天》，慕贤和工人梦凡合著的《绣韶山》，鲁之洛的《在罗霄山脉的密林里》，古华的《种春人的歌》，赵海洲的《纠察伯》。在这些作品的作者中，古华、叶蔚林、谭谈在 80 年代的整个中国文坛都享有盛誉，胡英、金振林、张二牧、慕贤、鲁之洛、赵海洲等人则在新时期湖南的小说、散文、儿童文学等创作领域和文学编辑工作方面做出过相当的成绩。

最后，新时期"文学湘军"的主将，包括获得过全国性奖项的莫应丰、古华、叶蔚林、孙健忠、韩少功和虽未获奖但创作丰富的谢璞、萧育轩、张步真、罗石贤等，在"文革"后期都处于创作活跃的状态。

谢璞在"文革"后期的创作颇为丰富。散文《珍珠赋》在1972年11月26日的《湖南日报》发表后享誉全国，还被收入了初中语文教材，成为他个人创作生涯中影响最大的作品。1973年5月，谢璞还在人民文学出版社出版了与韶兵、春晓等人的散文合集《珍珠赋》。

莫应丰在出版长篇小说《小兵闯大山》、创作长篇小说《将军吟》的同时，又在《湘江文艺》发表了还曾"被译为外文"①的《中伙铺》，在《长沙文艺》1973年第1期发表了颇有影响的短篇小说《山村五月夜》。

散文合集《韶山红日》以叶蔚林创作的同名散文为书名，已经可见他在"文革"时期湖南文坛的影响。1974年，叶蔚林在《解放军文艺》7月号发表了散文《晶妹子》；1975年，叶蔚林则在当时极具全国知名度的《朝霞》第8期发表了小说《大草塘》，又在《湘江文艺》第6期发表了《狗鱼的故事》、《广东文艺》第2期发表了散文《激流飞筏》。

古华在1972年的《湘江文艺》创刊号上发表了短篇小说《"绿旋风传奇"》；在列入"朝霞丛刊"于1974年10月出版的作品集《碧空万里》中，他又发表了中篇小说《仰天湖传奇》，并以《仰天湖传奇》为基础，扩写创作了长篇小说《山川呼啸》。

张步真也在"朝霞丛刊"的《碧空万里》一书中发表了小说《高山鱼跃》；他的《追花夺蜜》发表后还被改编为连环画，上海人民出版社于1975年11月出版。

还有八九十年代中国文坛的重要作家韩少功，这一时期也在湖南文坛作

---

① 王庆生主编：《中国当代文学》第3册，上海文艺出版社1989年版，第251页。

为"文学新秀"而崭露头角。仅在 1974—1976 年间的《湘江文艺》上，韩少功就发表了各类文本 7 篇。在《湘江文艺》1974 年第 2 期和第 3 期上，韩少功连续发表短篇小说《红炉上山》和《一条红鲤鱼》，1974 年第 2 期的《湘江文艺》出版了"批林批孔增刊"，其中又有韩少功的《"天马""独往"》；1975 年第 4 期和第 5 期的《湘江文艺》上，韩少功的散文《稻草问题》和大批判文章《从三次排位看宋江投降主义的组织路线》分别发表；1976 年第 2 期的《湘江文艺》发表韩少功与著名作家刘勇合著的评论《斥"雷同化的根源"》，1976 年第 4 期又发表了韩少功的短篇小说《对台戏》。很显然，"文革"后期的韩少功在湖南文坛已经相当活跃。

所以，在"文革"后期，湖南作家队伍实际上已经相当活跃，那些在新时期频频获奖、享誉全国的著名作家，已经处于一种创作上的"快跑"状态了。

湖南作家在"文革"时期创作上活跃，初看起来似乎颇为奇怪，甚至显得不太"光彩"。但实际上，这是一桩当时在全国都相当普遍的事实，只是由于政治历史原因而不为研究者所重视，甚至不被关注和承认而已。著名作家刘心武回顾"文革"时期的文学创作时就曾指出："现在有的人要么对这几年的文化状况讳莫如深，要么用'他们生产了一些符合当时要求的东西'一语论定。"他并不认同这种研究态度，因为在"'文革'后期，从 1973 年到 1976 年三年里，从出版数量上来说，文学应该是相当'繁荣'的。那时候我所在的出版社文艺编辑室发稿量就很大，每个月都会有新书出版，而且印量都不小，人民文学出版社出版的长篇小说就很多，题材也多种多样"。所以，"作为一个过来人"，他建议"有研究者来对'文革'后期的这些'文化产品'作严肃、客观、理性的研究"①。湖南作家当时的创作，显然也处于这样的社会历史状态之中。

"文革"后期这种创作现象的出现，自然是有其具体的历史环境条件和

---

① 刘心武：《〈班主任〉的书名》，《文汇报》2009 年 1 月 8 日。

主客观基础的。

其一，文学发展的客观规律，决定了作家们在"文革"后期那样特定的历史状态中也有可能表现出创作的活力。

人类文学的发展和文化的积累是一条奔流不息、永远不可能被真正割断的河流，因为人类的思想、精神和文学创作的灵感、才华作为一种人类精神生命力，虽然有可能步入误区、受到限制，但在任何历史状态下都不可能完全停滞和彻底泯灭。"文革"有可能极大地拘囿作家们文学才华驰骋的范围与方向，但不可能使这种能力彻底地萎缩和消解。著名作家王蒙在"文革"后期也创作出了《这边风景》这样才情横溢、气韵饱满的优秀长篇小说，就是一个典型的例证。所以，创作激情积蓄已久的湖南作家一旦碰上了文学才华表现和施展的机会，就迫不及待地"带着镣铐跳起舞来"，也就是一件符合常情常理的事情。应当说，这正是湖南作家们在"文革"后期创作活跃的精神根源和历史大前提。

其二，湖南作家的自身条件，大多契合在"文革"后期相对自由地从事"正常创作"的社会环境要求。

"文革"后期活跃的湖南作家大多出身社会基层、"根正苗红"，谢璞、刘勇都是"搭帮"新社会才从农村基层崛起，叶蔚林、莫应丰、谭谈从军队转业，萧育轩"文革"前就以"工人作家"著称。他们在"文革"前的创作又大多是一心一意地讴歌社会主义新生活的，创作上也难以找出政治的"污点"和"瑕疵"。虽然在"文革"中也有过各种各样的复杂经历，但他们最终并没有被剥夺创作和发表作品的权利。韩少功的父亲虽然因复杂的个人历史在"文革"中受到冲击，他本人却是以"汨罗知青"的身份出现于当时的文坛，也就是属于"可教育好的子女"之列。这种社会政治身份和政治表现，是他们在"文革"后期能够从事文学创作、获得"发言权"的基本条件。

同时，这些作家作为普通工农子弟和一般的文学创作者，虽然在"文革"前已有了或大或小的名气，但大多难以具备靠近政治高层"阴谋文艺"集团的条件与机缘。古华、张步真都在上海的《朝霞》丛刊发表过1篇小说，但那不过是外地作家偶然"露面"而已；叶蔚林虽然在《朝霞》杂志和《解放军文艺》都发表了作品，但他 1968 年就随湖南花鼓戏剧团下放到了湘南江华县的瑶寨，几近处于社会边缘，直到 1974 年才正式离开。当然，也恰恰是因为不可能靠近"阴谋文艺"，他们在这一时期所显示的反而是一种"正常创作"的状态。

其三，湖南作家通过特定历史环境中的创作获得了有效的文学积累和思想训练，从而在历史机缘来临之际迅速脱颖而出，引领了新时代的文学风骚。

"文革"后期创作上活跃的湖南作家确实存在着顺应"时势"的思想倾向，这是当代中国一种情有可原的社会历史现象，但他们的思想并未僵化和麻木，而是处于不满、焦灼和试图探索的状态。叶蔚林在"文革"后期发表了一些有影响的作品，这些作品"无论在驾驭文字，组织素材和把握主题思想方面，都比刚开始写作时有很大进步"。但他自己对此并不满意，"我不认为这是我在文学道路上迈出第二步的标志。因为这些作品，从总的来说，仍然没有突破写好人好事的范畴"[1]。很显然，叶蔚林并不满足于这种思想和视野受束缚的创作状态，实际上也在酝酿着一种超越与突破。韩少功当时在《湘江文艺》上不仅发表了小说，而且发表了大批判文章。但作为一个下乡知青以及被"提拔"才成为县文化馆工作人员的年轻人，他为了获得发表和"露脸"的机会而进行这种写作，也是情有可原的。而且，韩少功对这种缺乏思想和行为勇气的状况并不满意："我当时就没有足够的勇敢，虽然接触到一些地下的思想圈子和文化圈子，已经对当时的主流话语有了怀疑和反感，但还是抱着谋生第一的私心，屈从于那时的出版检查制度。"[2] 也就是说，在韩少功的心中，"怀疑和反感"也已经是一种客观存在，只不过尚未结成思想的成果而已。

---

① 叶蔚林：《第一步和第二步之间》，《白狐》，湖南人民出版社 1982 年版。转引自胡宗健：《现实主义的深度，深邃精警的哲理——叶蔚林"第二步"小说创作散论》，《零陵师专学报（哲学社会科学版）》1984 年第 1 期。

② 韩少功、王尧：《韩少功、王尧对话录》，苏州大学出版社 2003 年版，第 28 页。

　　所以，恰恰是借助这样一种文学创作，湖南作家们在艰难的时势和僵化的格局中磨砺着他们的文学才华、强化着他们的艺术功力，并进行着内在的自我反省和精神探索。于是，当历史的新时期来临之际，他们就迅速地实现精神转向，进而熟练、自如地运用他们非凡的艺术创造力，创造出了举国瞩目、万众赞赏的文学成果。

四

　　关于湖南作家队伍的历史发展，还有一个问题需要加以分析和探讨，就是"茶子花派"作为一个文学流派究竟是否存在。

　　周立波作为杰出的小说家和湖南省文联主席，对湖南文学创作的影响是毋庸置疑的。一方面，在"建国头三十年内，意识形态的封闭性导致了文学读物的单调，五六十年代成长起来的湖南作家读得最多、琢磨最细、受益最直接的是周立波的作品"，他的审美路径和艺术偏好也就显示出一种审美的示范和引领功能，"周立波的农村小说，尤其是他的《山乡巨变》，对二十世纪下半叶湖南的中青年作家，影响至远至深至微"①。谢璞就明确表示过："立波同志的《山乡巨变》、《禾场上》、《下放的一夜》及诗一样优美的《山那面人家》等，对于我的写作可以说是起到了微妙的熏染作用。"②另一方面，周立波从1954年回湖南体验生活到1966年失去人身自由期间，"共写文艺理论和文学评论文章三十篇，其中百分之八十以上都是针对湖南的文学艺术工作的实际而写的……其中有相当一部分是针对湖南的文学工作和创作实际而作的报告、谈话和具体的创作辅导"③，他还不遗余力地推介湖南的青年作家，"萧育轩在《人民文学》发表《迎冰曲》，周立波不但亲自写推介文章，还找

---

　　① 龙长吟：《周立波及其文学影响略论》，《创作与评论》2013年1月号（下半月刊）。
　　② 谢璞：《吾师周立波二三事》，《太原日报》1986年7月21日。
　　③ 艾斐：《论周立波对"茶子花派"的思想擘划和艺术熏陶》，《益阳师专学报（哲学社会科学版）》1987年第4期。

到当时的评论家姚文元为萧育轩写了评论。周立波撰文推介过的湖南作家还有谢璞、刘勇、胡英等多人"①。

因为周立波的创作示范和培养扶持作用，也因为湖南作家群确实存在一定的艺术情味共同之处，湖南的学术界就有人提出，中国当代文坛存在一个以周立波为领袖和核心的文学流派"茶子花派"。蒋静在 1981 年 12 月 10 日《文学报》上发表《一个文学流派的初探——略论周立波的艺术风格及其影响》一文，首先提出"茶子花派"的概念。艾斐等学者也发表了一定数量的论文进行相关探讨。蒋静还将理论阐述、代表作编选和学界反响资料汇聚到一起，编著了一部《茶子花流派与中国文艺》，2006 年 5 月由湖南师范大学出版社出版。在"茶子花派"这一概念提出的前后，其他省份也恰好出现了"山药蛋派"、"荷花淀派"之类的提法，这些概念相互呼应，"茶子花派"的说法也就在湖南省内外的文学界和学术界引起了一定的关注。

但在后来的众多文学史著作和相关研究论著中，"茶子花派"这一学术观点并未得到广泛的认同。笔者认为，其中的关键原因在于，"茶子花派"作为一个严格意义上的文学流派实际上并不存在。

首先，周立波和湖南其他作家所显示的审美文化共同性，其实是一种地域文化的共同性和时代审美风尚的共同性。

研究者强调"茶子花派"的存在，主要是着眼于众多湖南作家所表现出来的"新生活歌者"的精神倾向和"乡情湘韵"的艺术境界。所谓"新生活歌者"的精神倾向，表现在创作题材的现实性、思维视野的政治化和情感倾向的颂歌特征等方面；所谓"乡情湘韵"的艺术境界包括两方面，一是指叙事元素选择方面对湖湘大地和社会主义新农村的良俗美景的热切关注，二是指审美情调营构方面对明丽中含风趣、幽默中带妩媚的湖南"花鼓戏情调"的强烈偏好。

营造"乡情湘韵"的艺术境界，这种创作思路其实是由湖南地域文化所

---

① 龙长吟：《周立波及其文学影响略论》，《创作与评论》2013 年 1 月号（下半月刊）。

决定的湖南本土作家的精神定势和审美共同性，甚至从屈原含英咀华、异彩纷呈的"楚辞"境界到柳宗元凄清而幽僻的"小石潭"、周敦颐孤芳自赏而秀美清雅的"莲花"，这种艺术情味就已经各具特色地体现了出来。周立波的创作特色其实也是存在于"湖南地域文化"这个大概念的范围之内，只不过他的《山乡巨变》等作品是湖南当代文坛出现得较早的创作高峰，因而聚集了更多关注的目光而已。而在20世纪80年代"文学湘军"的创作中，以地域文化美质构成审美优势的特征，表现得更为鲜明和突出。所以，即使周立波的这种创作思路影响了不少湖南作家，仅从具备这类艺术特色的角度看，他也谈不上是一个文学流派的开创者。

借区域风情和地域文化显示现实生活情势，建构"新生活歌者"的精神姿态，这也不是某个文学流派而是"十七年"这一文学时代的审美共同性。"十七年"时期的大量农村题材小说，都表现出既关注社会主潮、又重视地域风情的审美姿态。从以赵树理为代表的山西作家，到以孙犁为代表的河北作家，从50年代"带着微笑看生活的作家"① 王汶石，到70年代借"这边风景独好"② 之义而以"这边风景"作为长篇小说书名的王蒙，无不体现出这样一种艺术思路和精神姿态。实际上，他们是因讴歌时代主潮而形成文学"共名"③，又借助地域风情表现来创作个性，这是一种由时代环境"一体化"④的趋势所决定的、实际上近乎无奈的审美选择。如果说湖南的作家们因此而形成了一个创作流派，那么，全国每个地域特色较浓的大小区域就都将存在一个文学流派。这样来理解和界定文学流派，显然是过于宽泛了。

其次，因为周立波对湖南其他作家存在创作指导和作品熏陶，就认定他们共同构成了一个文学流派，也显得过于牵强。

"茶子花派"的提倡者曾专门从创作指导和青年作家扶持的角度，论证

---

① 高等学校文科教材编写组：《中国当代文学史初稿》（上册），人民文学出版社1980年版，第251页。
② "这边风景独好"系毛泽东词《清平乐·会昌》中的名句。
③ 陈思和：《共名与无名》，《陈思和自选集》，广西师范大学出版社1997年版，第139页。
④ 洪子诚：《问题与方法：中国当代文学史研究讲稿》，生活·读书·新知三联书店2002年版，第187页。

过"周立波对'茶子花派'的思想擘划和艺术熏陶"。但即使从作者用以举证的理论、评论文章中，我们也看不到周立波有意形成一个文学流派的内容。比如，"他在《给湖南青年文学创作者会议的贺信》中所提出的'经、练、阅'三字创作经验；在《深入生活，繁荣创作》中，以《山乡巨变》为例证，向青年们所进行的现身说法；在《政治与文艺的关系》中，从理论与实践相结合的意义上，对文艺与政治的关系的精当准确而又深入浅出的论述；在《略论革命的现实主义和革命的浪漫主义》中，对社会主义文学的两种基本创作方法及其相互结合与融汇的主要内涵意蕴和内在联系的深刻阐明"①。这些事例当然都是客观的存在，但相关内容其实对全国的青年作家都可以介绍和讲述，并不是周立波在对湖南作家传授什么创作的"秘籍"；而且除了介绍《山乡巨变》的创作经验之外，"深入生活"、"政治与文艺关系"、"革命现实主义和革命浪漫主义"之类的论题，周扬、冯牧、张光年或者柳青、赵树理、梁斌、孙犁都可以谈论。何以周立波对湖南作家展开这么一些论题及相关分析，就变成了"擘划"文学流派呢？很显然，研究者的说法所体现的逻辑是相当牵强的。至于周立波为胡英的《山里人》、萧育轩的《迎冰曲》写评论②，这也不过是文坛领袖和老作家的一番热心，并没有什么要借此收几个"私淑弟子"之意。

湖南作家受周立波创作的影响是显而易见的，但以此为据来论述一个文学流派的形成和存在，同样是缺乏逻辑必然性的。谢璞坦陈周立波小说对他的创作"起到了微妙的熏染作用"，但早在1954年，谢璞就发表了小说《一篮子酸菜》，并很快展露出他一以贯之的艺术个性，周立波倒是在1955年回湖南体验生活后，才发表第一篇湖南农村题材的小说《盖满爹》，即此可见，学习周立波并不是谢璞小说艺术风格形成的决定性因素。而且，青年作家受

---

① 艾斐：《论周立波对"茶子花派"的思想擘划和艺术熏陶》，《益阳师专学报（哲学社会科学版）》1987年第4期。

② 艾斐：《论周立波对"茶子花派"的思想擘划和艺术熏陶》，《益阳师专学报（哲学社会科学版）》1987年第4期。

前辈作家的影响也是一种普遍现象。著名作家路遥就深受陕西前辈作家柳青的影响,他的中篇小说《人生》还将柳青《创业史》中的格言作为了作品的"题记",《白鹿原》的作者陈忠实也屡屡谈到柳青创作对他的深刻影响,他们的小说所表现宏伟的史诗气魄、厚实的生活内容和鲜明的黄土地气息,也是审美共同性极为鲜明和带有师承色彩的,但学术界并未因此认为他们形成了一个文学流派。即使在湖南作家中,叶蔚林的创作还深受俄罗斯作家契诃夫的影响,他的代表作《在没有航标的河流上》的几个写景段落,居然涉嫌模仿甚至"抄袭"契诃夫的小说《草原》,以致闹出了不少的尴尬,但我们也不会认为叶蔚林和契诃夫存在文学流派性质的渊源关系。可见,前辈作家和青年作家之间普遍而正常的指导和学习、借鉴关系,并不必然地构成文学流派的形成之路。

作为文学流派的最为根本之点,则在于作家是否具有主体意识的自觉。关于这一点,就连"茶子花派"学术观点的提倡者都明确承认,"茶子花派""成员的主体流派意识便比较淡薄,甚至十分淡薄,以至于完全没有流派意识,这便必然要出现不自觉地加入'茶子花派'和虽入其'流'而意态朦胧的现象"①。因为实际情况是主体意识"淡薄"、"不自觉",研究者又强要证实一个文学流派的存在,于是只好认为这是"在潜隐形态之中生成的一个地域色彩浓厚的弥散状的文学流派"。但"潜隐形态"也好,"弥散状"也好,实际上就是表示"茶子花派"并没有明确的现实形态的存在。那么,所谓"茶子花派"的说法,就只能是研究者一种主观化的牵强指认而已。

正因为如此,笔者不认同关于湖南文学存在"茶子花派"这一文学流派的说法,本书也不采用"茶子花派"的概念。但是,作为一个具有审美共同性的创作群体、作家队伍,在湖南当代文学发展史上是一直存在、而且不断发展和壮大的,所以,本书认同和采用从文学创作队伍、作家群的角度出发而形成的"文学湘军"的提法。当然,"文学湘军"的说法是在新时期以后

---

① 艾斐:《论"茶子花派"得以形成的基因与条件》,《中国文学研究》1986 年第 2 期。

才形成的，所以，对于新中国成立后 50—70 年代的湖南作家，我们还是以"湖南作家队伍"名之为佳。

第二节 《山乡巨变》的双重话语建构与文化融合底蕴

周立波既是"十七年"时期湖南作家队伍的"领军人物"，又以其审美思路和艺术风格深刻地影响了众多湖南作家的创作。周立波的审美精神和创作特色，在他的长篇小说代表作《山乡巨变》中表现得最为集中而典型。所以，我们在总体勾勒湖南作家队伍及其创作发展的基础上，再以《山乡～》为典型个案，通过探讨这部作品的意蕴建构及其所显示的精神定势，来获得对湖南当代文学审美文化特征的更深入一步的感受与认知。

一

毫无疑义，《山乡巨变》的理性意图是表现"新与旧，集体主义和私有制的尖锐深刻、但不流血的矛盾"①。作者抓住发动群众建社和组织群众生产两个合作化运动的重大关节拟构故事框架，将小说划分为"正编"和"续编"两个部分；并且按照政治意识形态标准，将作品的人物格局设计为基层干部、青年积极分子、"中间人物"、"落后人物"和暗藏的阶级敌人几大部分。这一切都说明，作品的理性关注和价值导向，确实都在政治意识形态话语的范畴。但细读文本我们又会发现，《山乡巨变》的理性关注点与审美兴奋区、价值导向与艺术表现重心之间，实际上存在着明显的差异。

首先，在作品的情节主线与围绕这条主线所展开的具体艺术场景之间，

---

① 周立波：《关于"山乡巨变"答读者问》，《人民文学》1958 年第 7 期。

明显存在着审美兴奋区与艺术表现重心的偏离。

按审美逻辑的常规最有可能紧贴"合作化进程"主线来展开的会议描写，可以相当典型地说明这个问题。邓秀梅入乡当夜的支部大会本是传达县委合作化会议的精神，作者却将会议休息期间的"打牌"过程描述得细致入微，占了几乎整个场景描写一半的篇幅。"争吵"一章总体框架是描写群众动员会的场面，作者却首先插叙了刘雨生"婚变"的苦闷，然后又叙述了符癞子在会场"流流赖赖"地揭刘雨生"隐私"的争吵过程。在描写合作社"成立"大会时，作者也不厌其烦地描写亭面糊"挑起一担丁块柴，走进乡政府""给大家烤火用"的细节。可以说，在《山乡巨变》中，这种针对理性主题的"闲笔"比比皆是。而"续编"最后一章的总体架构是合作社"欢庆"丰收，作者却干脆花了一多半笔墨，首先描写亭面糊为社里卖红薯、却用卖薯所得的公款到饭铺子喝了一顿"老镜面"的过程，然后又详细叙述了合作社的领导干部们离开会场、跑到刘雨生家喝喜酒这样的"私事"，而且也存在叙述小孩子议论、模仿戏台上表演内容的"闲笔"。在描述最具时代政治文化色彩的会议过程中，也存在众多的对于乡村社会"私事"的关注和各种"闲笔"的存在，这正是文本的审美重心出现偏差与疏离的具体表现。

在作品人物形象的角色定位和作者对于其个体性情刻画的侧重点之间，也同样存在着鲜明的反差。

小说中的合作化带头人形象描写，就是典型的例证。按照审美逻辑常规，邓秀梅、李月辉、刘雨生包括陈大春等合作化运动的带头人，根本性格特征自然是其先进性。但作者在具体的描写过程中，却不断渲染他们身上细微的能力缺陷与性格"瑕疵"、强化他们身上的日常性，以此与他们的主导性特征构成鲜明的反差。李月辉的"婆婆子"性格、刘雨生农田生产技术的薄弱，陈大春随时欲发作的急躁，等等，都被作者反复地提及。对于县委下派干部邓秀梅的描写也是这样。在作为干部的性格侧面，作者既表现邓秀梅"要全力以赴、顽强坚韧地工作一些年，把自己的精力充沛的青春献给党和社会主义的事业"①的思想境界，也不断揭示她刚开始"当人暴众"地讲话时"两脚直打战"、"出了一身老麻汗"②的不成熟，和"由于算术不高明，她的汇报里的数目字、百分比，有时不见得十分精确"③的能力薄弱之处。在作为女性的性格侧面，作者既描述她随时都"没有忘怀妇女方面的利益"，对于做"旧式妇女"和别人"一脑壳的封建"保持着格外的敏感；又展现她说到怀孩子也"脸有点红"、"其实也蛮喜欢小孩子"、一起开会九天将分别时"心里忽然有点舍不得大家"④等小女儿情态。这种种小女儿情态和能力"瑕疵"，自然与邓秀梅作为基层合作化运动指导者的主导特征，构成了强烈的反差。

诸多审美的偏离与艺术的反差充分说明，虽然《山乡巨变》的理性关注点是宏观的历史事件，价值导向也具有鲜明的意识形态话语色彩，但在具体的艺术描写过程中，这种宏观历史事件却往往处于次要地位，作者的审美兴奋区实际上已经转移到了对于生活日常性和人物性格日常性的关注与揭示方面。于是，作品在叙事框架、观念形态层面，显示的是政治历史事件的进程，是一种以政治意识形态文化为主导的国家功利话语；艺术场景、生活形态体现的，却是充满日常性和人情味的乡村生活图景，是一种以乡土文化为基础的民间生态话语。文本的审美建构在叙事框架和艺术场景、观念形态和生活形态之间的这种差异，就构成了《山乡巨变》审美境界的双重话语。

这种双重话语并置的审美建构及由此形成的对比与映衬，使得《山乡巨变》呈现出一种对社会矛盾双方的合理性与局限性同等对待、客观而全面地审视和批判的审美意味。

《山乡巨变》对于乡土文化话语与意识形态话语各自合理性的审美传达，我们可以从基层干部对于合作化的许诺和传统农民对于合作化的疑虑之中，得到对比鲜明的印象。在作品中，基层干部的许诺往往是将集体化当作一种

---

① 周立波：《山乡巨变》，《周立波选集》（第三卷），湖南人民出版社1983年版，第3页。
② 周立波：《山乡巨变》，《周立波选集》（第三卷），湖南人民出版社1983年版，第5页。
③ 周立波：《山乡巨变》，《周立波选集》（第三卷），湖南人民出版社1983年版，第5页。
④ 周立波：《山乡巨变》，《周立波选集》（第三卷），湖南人民出版社1983年版，第4页。

手段，而对其可能形成的良好结果大肆渲染。具体说来，一是对集体劳动优势的美化，所谓"公众马，公众骑，订出的规则，大家遵守，都不会吃亏"[①]、"人多力量大，柴多火焰高"[②]等说法，都属于这一类；二是对物质利益的允诺，区委书记朱明在丰收欢庆大会上关于人均年口粮的承诺，即为最好的例证；三是对未来美景的畅想，陈大春与盛淑君"山里情话"时对于合作社未来生活景观的展望，当属这一类。与此同时，农民的生产观念与生活哲学，在作品中也得到了客观甚至正面的展示。小说叙述了不同农民各自的家史故事，并以他们的人生阅历为基础，来申述他们几乎共同的生产观念和不愿意加入合作社的理由。陈先晋认为："积古以来，作田都是各干各"[③]；"树大分叉，人大分家，亲兄嫡弟，也不能一生一世都在一口锅里吃茶饭"[④]；"龙多旱，人多乱"[⑤]。无独有偶，菊咬筋也认为："办社是个软场合"[⑥]；"一娘生九子，九子连娘十条心"[⑦]。包括乡民们有关"山要毫无代价地归公"[⑧]、"将来玉个火夹子，织个烘笼子，都要找乡政府批条子，问社里要竹子，麻烦死了"[⑨]之类很快成为现实的担心，也在作品中得到了如实的艺术传达。很显然，这些种田"老作家"的观念和认知，并不完全出自于他们个人的自私自利品性，更多的是基于传统农耕文化的感受和对于人性的理解。而且以我们今天的眼光来看，他们的看法才更符合客观规律和中国"国情"。这种同时展现双方面合理性的审美效果，正是作者采用双重话语对比与映衬的叙事方式，客观而自然地达成的。

这种双重话语并置的审美建构，也使矛盾双方的局限性得到了更为充分

---

① 周立波：《山乡巨变》，《周立波选集》（第三卷），湖南人民出版社 1983 年版，第 166 页。
② 周立波：《山乡巨变》，《周立波选集》（第三卷），湖南人民出版社 1983 年版，第 171 页。
③ 周立波：《山乡巨变》，《周立波选集》（第三卷），湖南人民出版社 1983 年版，第 149 页。
④ 周立波：《山乡巨变》，《周立波选集》（第三卷），湖南人民出版社 1983 年版，第 149 页。
⑤ 周立波：《山乡巨变》，《周立波选集》（第三卷），湖南人民出版社 1983 年版，第 170 页。
⑥ 周立波：《山乡巨变》，《周立波选集》（第三卷），湖南人民出版社 1983 年版，第 168 页。
⑦ 周立波：《山乡巨变》，《周立波选集》（第三卷），湖南人民出版社 1983 年版，第 169 页。
⑧ 周立波：《山乡巨变》，《周立波选集》（第三卷），湖南人民出版社 1983 年版，第 277 页。
⑨ 周立波：《山乡巨变》，《周立波选集》（第三卷），湖南人民出版社 1983 年版，第 278 页。

而深刻，甚至往往是主观上意想不到的揭示。

小说从集体本位这一意识形态视角，通过描写亭面糊、陈先晋、菊咬筋等"中间人物"、"落后人物"的形象，深刻揭示了小生产者私有观念的局限及其复杂表现形态。这是《山乡巨变》获得"十七年"文学经典作品定位的主要依据，相关内涵在以往的研究中已经得到了较为充分的发掘和阐述，这里不再赘述。但与此同时，作者也通过从生活与人情日常性角度的观察，对集体化体制的众多局限，比如组织上的"一言堂"、"一刀切"、"瞎指挥"和生产上的"大锅饭"、运动式生产状态等，进行了敏锐而深刻的揭示。关于这一点，我们不妨以"退坡"干部谢庆元形象的塑造为例，来进一步分析与说明。

谢庆元这一人物形象主要是在"续编"有关合作社生产组织和领导的描述中，作为刘雨生形象的对立面来刻画的。作者将其定位为"退坡"干部，并且从个人品行和领导行为两方面展开了描写。从个人品行角度看，谢庆元存在"寒热病"、贪口腹、爱发牢骚等毛病，这从政治意识形态角度看，自然是严重的"个人主义"思想。但是，作者又遵循乡土民间生态话语的价值原则，客观地说明谢庆元之所以出现这种状况，主要是经常处于无米下锅的"绝对贫困"状态。这样，他的所谓"退坡"，就不是出现了比如追求"个人发家"之类的"政治"问题，而只是物质生活情势与个人性格"瑕疵"相结合形成的一些"不规范"行为而已。而性格"瑕疵"，则在刘雨生、陈大春等其他基层干部身上也同样存在。在领导行为方面，作品通过对"分油"和"分秧"事件的描写，详细地表现了谢庆元身上严重的本位主义倾向。尤其是"分秧"事件中他接受了秋丝瓜腊肉"贿赂"的细节描写，更将其上升到了领导行为夹杂着个人动机污点的层面。但与此同时，作者又从农业生产实际上不过是一种经济行为的日常话语角度，不断强调谢庆元是一个连亭面糊、陈先晋等"老作家"都相当佩服的种田"里手"，倒是刘雨生对育秧其实不太"在行"、指挥不周，才导致了烂秧。于是"分秧"事件中刘雨生乃至整个组织的态度，就体现出一种以政治道德的权威和优势压倒技术优势，甚至以个体品行的"瑕疵"来抹杀其全部辛劳和技术成果的意味。以此为基础,作者浓墨重彩地描述了谢庆元寻"短见"的事件。在谢庆元实际上已经化消极为积极、开始认真组织和领导生产的情况下,因为龚子元堂客造谣而导致"私生活"方面的误会,夫妻二人才大打出手,又因为龚子元暗害而出现了他家领养的耕牛受伤的事件,谢庆元才满怀委屈地感到:"工作压头,家庭搞不好,牛又在我手里出了问题"①,"人在世上一台戏,我如今也心灰意冷了"②,进而寻"短见"吃了水莽藤。所以,导致谢庆元公众形象损毁的关键事件,其实不在国家政治文化的范畴,而是由两个实属误会乃至冤屈的事件形成的个人生活挫折,属于个体命运偶然性所导致的悲剧。以此观之,谢庆元的人格状态与政治人生境界"全输"之间,实际上并不存在必然的逻辑联系。通过这种种描述,作品实际上就构成了一种采用"曲笔"反思和批判极左政治生态的审美效果。而这种审美效果的形成,与作者对于日常生活话语和乡土文化伦理的价值认同,显然具有密不可分的联系。

可以说,正因为《山乡巨变》存在双重话语建构,才形成了这独特而深刻的审美批判意味。

二

《山乡巨变》广泛地揭露了社会生活中尖锐、深刻的矛盾及矛盾双方的复杂性,在具体的描述中,从刘雨生黯然神伤的婚变到陈先晋恋土的"痛哭",再到秋丝瓜连老婆病倒也在所不惜的"竞赛",直到谢庆元的吃水莽藤寻"短见"等,各类创伤性或悲剧性的事件也不断出现。但是,从审美境界的整体上看,这部作品却充满了故事情节的喜剧性和艺术场景的幽默感,显得情趣盎然、快乐横生。其艺术情调的总体特征表明,作者在建构文本双重意蕴并揭示其中所包含的社会生活内容时,虽然也如实地呈现了它们相互对

---

① 周立波:《山乡巨变》,《周立波选集》(第三卷),湖南人民出版社 1983 年版,第 614 页。
② 周立波:《山乡巨变》,《周立波选集》(第三卷),湖南人民出版社 1983 年版,第 491 页。

立、排斥的矛盾性特征，但从更根本的层面看，矛盾的双方实际上是和谐与融洽的，是处于一种取长补短、优势融合地发展的文化状态。笔者认为，这种克服和超越矛盾对立性的文化融合状态，以及由此体现的时代精神美和乡土人情美，才是作者所真正致力于表现的价值内涵，才是《山乡巨变》意义建构的基础和底蕴。为建构这种政治文化话语与日常生活话语、国家意识形态与乡土农耕文化之间优势融合的审美境界，《山乡巨变》在时代生活内容的处理和乡土文化元素的选择等方面，形成了诸多独具特色的处理方式和叙事策略。

在日常生活描述方面，《山乡巨变》显示出一种以社会政治话语和个体情感话语和谐与融合为导向的叙事处理原则。

这种原则在小说的爱情故事叙述中体现得最为鲜明。盛淑君与陈大春、刘雨生与盛佳秀两对爱情关系就是这种特征的典型事例。在盛淑君与陈大春之间，入团与爱情紧紧相连；刘雨生与盛佳秀之间，则是入社与婚姻息息相关。盛淑君入团和恋爱遇到困境时，曾经想"进工厂"，是爱情与合作化双方面的顺利发展，扭转了她的人生志向，让她在农村的天地里获得了幸福与前途；盛佳秀这个"苦命人"本来对参加合作社颇为犹疑，也是与刘雨生之间的情感关系，使得她的社会态度和个人生活同时摆脱了困惑而苦涩的境地。所以，美好的爱情将生活导向了"正确"的方向，生活的前进又影响和促进了爱情的成熟与收获，一种个人生活中革命与爱情齐头并进、和谐发展的优美画卷，就这样浪漫而又充满温馨地铺展开来。具体情节的展开过程也是如此。在盛淑君与陈大春的"山里情话"中，社会前景的诗意憧憬与爱情态度的甜蜜试探有机交融；在盛佳秀"回心"和刘雨生"捉怪"的过程中，也是刘雨生对入社得失的精细剖析、盛佳秀心中疑虑的逐渐化解和他们相互之间情感关系的推进相辅相成。所以，虽然盛淑君、陈大春和盛佳秀、刘雨生这两对爱情关系之间，存在青年情话和中年体贴的差异，但革命事业与个人爱情同步发展、相映生辉的审美话语建构路径，却是其共同的叙事处理原则。

在社会矛盾揭示方面,《山乡巨变》对"中间人物"与"落后人物"的刻画,遵循着一条"人民内部矛盾"和农耕文化规律的价值评判底线。

《山乡巨变》刻画亭面糊、陈先晋等"中间人物"和菊咬筋、秋丝瓜等"落后人物"的形象,根本目的是要表现以私有制为基础的传统农耕文化和以合作化为方向的时代要求之间尖锐、深刻的矛盾。耐人寻味的是,这种矛盾虽然尖锐,最后却都没有走向真正的对立,而得到了和谐形态的解决,连与暗藏敌人龚子元走得最近的秋丝瓜之间,矛盾形成和发展的轨迹都是如此。小说的审美建构之所以呈现这样的叙事方向,一方面可能因为当时客观的社会现实确实如此,但更重要的,则在于作者对这些人物形象进行理解和描绘时,都恪守了"人民内部矛盾"的价值评判底线。而"人民内部矛盾"能够成为一种价值评判底线的具体思维路径,则是作者将意识形态话语体系中应予彻底否定的私有制观念,转化成了具有相对合理性的农耕文化规律及其相适应的生存方式,并以此为基础来展开阐释和评价。

我们不妨对此略加具体分析。陈先晋是个"顽固老倌子",又"墨守成规,不相信任何的改变,会得到好处"①。他参加合作社除了邓秀梅亲自登门,还有儿子、女儿、老伴和专程赶来的女婿用尽说辞的轮番和集体"攻势",最后,陈先晋虽然在亲情伦理的逼迫下"勉强答应"入社,却还跑到自己的地里痛哭了一场。对于这样一个"顽固老倌子",作者的描述中却充满了尊敬和体谅的情感,其中的根源在于,陈先晋在本质上是一个从小在地里"苦做"的种田里手,他的抵触与痛苦是基于长期农耕生活方式形成的见识与情感,实属情有可原,所以只能算是"人民内部矛盾",只能苦口婆心地劝说而不能声色俱厉地斗争。亭面糊入社时,也采用转述"婆婆开头有点想不开"②这样洋溢着乡土特色的方式,表示了他基于传统农耕生活习性而产生的对合作化怀疑与矛盾的心态,但他只是从生产方面怕"烂场合"、而不是在政治上反对新社会,这种抵触与怀疑,自然也是属于"人民内部矛盾"。以此为基础,

---

① 周立波:《山乡巨变》,《周立波选集》(第三卷),湖南人民出版社1983年版,第148页。
② 周立波:《山乡巨变》,《周立波选集》(第三卷),湖南人民出版社1983年版,第104页。

又一个私有制与合作化之间的矛盾，就以洋溢着乡土情趣的形态得到了和谐解决。对于"落后人物"，作者也充分地展现出他们身上作为农民固存的优点，由此构成人物观念转变、矛盾和谐解决的客观基础。秋丝瓜虽然"是个又尖又滑的赖皮子"①，"杀牛"之类的种种行为也确实"可恶"，作者却不忘如实地描述他喂猪是一把好手，并具体说明他在解放初期并没有抱怨，只是因为家庭经济状况好转、出于私心才产生对合作化的抵触情绪与行为。而且，当邓秀梅和他就入社问题细细算账时，他也不是没有动心。所以，虽然长期"脚踩两只船"，这一人物与时代要求之间仍然没有构成敌对状态，仍然可归于"人民内部矛盾"范畴。谢庆元在寻"短见"被解救之后，显然是因为李月辉、实质上也就是作者认定他存在"人民内部矛盾"的基础，所以一旦工作态度大大改观，他才仍然能置身于李月辉、刘雨生等基层干部之列。如果按照区委书记朱明的评价逻辑来理解，谢庆元这一人物形象，就有可能被描述成蜕化变质、自绝于党和人民的典型。

总之，因为作者始终遵循一条"人民内部矛盾"的价值评判底线，"只要不是对抗性的，事情有坏必有好，人们是有短必有长"②，作品描绘体现和代表合作化对立面的"中间人物"和"落后人物"时，就呈现出一种针对观念而不针对人的叙事特征，矛盾的尖锐性也就通过这种叙事策略得到了相当程度的缓和，文本审美境界中文化融合、社会和谐的意义内涵，就相应地得到了强化。

在文本意蕴建构层面，《山乡巨变》显示出一种以乡土文化为基础、淡化和消解各类矛盾负面特征的审美倾向。

作品描述菊咬筋一家与合作社集体之间挑塘泥的生产"竞争"，理性目标显然是要展现合作生产如何必然地能够战胜个体生产，但作者却以"竞赛"这种带有明显游戏色彩的形式来表现，这就在无形中淡化乃至消解了"竞争"中隐含的"敌情"观念和紧张感。谢庆元痛苦得手拿水莽藤要寻"短见"，

---

① 周立波：《山乡巨变》，《周立波选集》（第三卷），湖南人民出版社1983年版，第238页。
② 周立波：《山乡巨变》，《周立波选集》（第三卷），湖南人民出版社1983年版，第434页。

亭面糊却语调里"充满了人世的欢喜",来对他有关"背时"的疑问,进行一本正经地按照民俗逻辑进行解释令谢庆元啼笑皆非的探讨,两个人物伤感与欢喜、庄与谐的强烈对比,就使文本形成了一种幽默、戏谑兼而有之的审美效果,谢庆元心情和行为所可能引起的对于当时社会环境的负面解读,也就明显得到了淡化。甚至连龚子元夫妇被抓这样的"阶级斗争"事件,作者也有意穿插描写了盛淑君面对龚子元堂客的哭泣而一时"心软"和"犹犹移移"、亭面糊因再去龚家犯了忌讳而连呼"背时"之类的细节,从而以人情的温软和乡俗的俚趣,有效地淡化和分解了事件的严峻性。整部小说大量的乡土田园风光描写,更以浓郁的诗意淡化了全书的"斗争"格局所可能产生的、对于当时社会环境紧张感的审美认知。就这样,《山乡巨变》将乡土生活的文化特质转化为理解和叙述社会运动的资源,以乡土社会的价值逻辑阐释政治时势、以乡土诗意和民俗趣味来消解斗争氛围,从而通过各类矛盾负面特征的淡化,有效地减弱了广大农民从传统农耕生活方式向合作化的生存方式"蜕变的痛苦",而大大强化了他们在新中国、新社会所感受到的"人世的欢喜"。

在文化元素选择层面,《山乡巨变》热衷于发掘各种边缘性的文化元素来建构审美境界,从而既丰富了时代气息的内涵,又弱化了矛盾冲突在文本审美境界的重要性。

虽然以意识形态话语为叙事总体框架,《山乡巨变》在审美境界营构的具体过程中,却显示出一种广泛发掘传统生活资源的特性。作者的所谓"翻古"①,正是他兴致盎然地致力于这种探寻乃至把玩的自况。在这部小说中,风俗民情描写几乎比比皆是。描绘合作社丰收的欢庆会,作者却附加上对刘雨生结婚酒席的叙述;描绘合作社集体插秧的场面,作者又穿插进盛淑君唱歌和刘雨生劝说盛佳秀杀猪等体现当地插秧习俗的情节;甚至盛淑君清早上山喊喇叭宣传合作化,作者也特意设计一个符贱庚对她进行身体和情感

---

① 周立波:《关于"山乡巨变"答读者问》,《人民文学》1958 年第 7 期。

的"突然袭击"这样一个既具乡土传奇色彩而又带有暧昧情调的故事。《山乡巨变》对于乡土风俗与民情的这种种描写，既生动地展现了乡土日常生活的丰富情趣，又使文本审美境界显示出一种超越时代政治文化限定性的精神视野。这样，乡土民俗意味也就成为了时代气息和时代精神的有机组成部分，意识形态视野的社会矛盾冲突则因被置于更为广阔的审美场域，而大大削减了其意义的重要性。

《山乡巨变》一方面努力将乡土文化的传统底蕴转化成一种充满生命活力的现实生活形态；另一方面又将时代新生活描述成一种贯穿着各种民俗文化元素的乡土生活新形态，乡土民间文化与政治意识形态文化呈融合发展态势的审美效果，就在文本审美境界成功地显现了出来。

三

《山乡巨变》出版以来，一直得到社会各界的广泛关注和高度重视。但学术界长期以来对"十七年"文学的理解和评价中存在一种共同的思维逻辑，就是将作品的意识形态和非意识形态内涵割裂开来，并主观认定其中存在一种矛盾、对立的关系。研究者再以此为基础，根据自我的价值立场站在矛盾的某一端，来对作品进行整体性的解读与褒贬。在《山乡巨变》的相关研究中，也存在着这种倾向。具体说来，就是将作品的意蕴分割为政治文化话语和乡土生活话语两部分，进而从二者之间必然相互对立和否定的角度加以阐释。"文革"前的研究主要聚焦于合作化主题，认为作品"时代气息、时代精神也还不够鲜明突出"①；"文革"后的研究则赞赏作品"乡村田园日常生活中的诗意描绘，部分消解了合作化运动的内在紧张和紧迫感"②，其中所体现的实际上都是这样一种思路。这些研究对《山乡巨变》具体内涵的归纳，

---

① 黄秋耘：《〈山乡巨变〉琐谈》，《文艺报》1961 年第 2 期。
② 余岱宗：《"红色创业史"与革命新人的形象特征——以二十世纪五六十年代中国农村题材小说为中心》，《文艺理论与批评》2002 年第 2 期。

倒也大都持之有故。但是，如果《山乡巨变》审美意蕴的两大主要部分真是以相互矛盾乃至对立的形态存在，那么，这就是一个内在"割裂"的文本，通过我们的分析却可以发现，实际情况并非如此；而且，这部小说虽然也立意展示农村社会主义改造过程丰富、尖锐的社会矛盾，作品的总体情感基调却并不存在抑郁、伤感或紧张、激昂之气，反而"充满了人世的欢喜"①。由此看来，研究者们对《山乡巨变》各部分内涵的相互关系及其形成基础的判断，其实并不符合作品的叙事逻辑和作者的全部意图。

实际上，新中国农村题材的小说创作，普遍表现出一种将各种文化元素同时纳入审美视野、建构生活整体图景的审美特征。这一方面是由于存在共产党动员农民阶级参与现代民族国家进程的客观现实基础；另一方面则与创作者将民间日常生活与时代主流生活、乡土文化与国家文化同时纳入审美视野密不可分。《山乡巨变》所呈现的，也是这样一种审美路径。但这部作品的独具文化眼光之处在于，作者虽然也如实地揭露了当时社会的复杂矛盾，却采用审美兴奋区与价值落脚点之间构成偏离和反差的叙事路径，建构起了民间日常生活与时代主流生活、乡土文化与国家文化的双重意蕴境界，并以两种文化相互取长补短、呈融合发展态势作为作品的意义建构基础，从而既深刻地揭示了广大农民在合作者进程中"蜕变的痛苦"，又使文本的审美境界中整体上看情趣盎然、"充满了人世的欢喜"，由此建构起一条深刻而独特的精神文化路径。

于是，在大量着眼于社会对立格局的合作化题材作品中，《山乡巨变》的非对立性思维特征和文化融合观念显得独树一帜，又更符合当时社会历史环境的实际状况；而在当时大量以牧歌与颂歌相结合的方式描述"新社会、新农村"的作品中，《山乡巨变》则因同时存在社会和文化两个层面的内涵，而显得格外的底蕴深厚、情韵悠长。因此，以文化融合为文本审美境界的价值底蕴，来形成时代政治文化话语和乡土民间生态话语的双重意蕴建构，这

---

① 周立波：《山乡巨变》，《周立波选集》（第三卷），湖南人民出版社 1983 年版，第 505 页。

才是《山乡巨变》在同时代作品中的真正卓异之处。也正是这种社会文化态度和审美文化智慧,有效地生成了《山乡巨变》超越特定时代语境的艺术魅力和精神文化意义。

第三节 地域文化底蕴:新时期"文学湘军"兴盛的根本优势

因为新中国成立以来30年的积累,到20世纪80年代,湖南作家队伍已处于"兵强马壮"的发展状态,势所必然地形成了新时期湖南文学的创作辉煌,"文学湘军"之名也由此响彻全国。总的看来,湖南当代文学的发展,除了受不同时期的政治、经济和文化环境等客观原因的影响外,从创作主体的角度看,一方面是缘于具体作家的才情、功力是否出类拔萃,另一方面,则往往为湖南地域文化的不同内涵所左右和规定着。可以说,创造了20世纪80年代创作辉煌的"文学湘军"基本上是一个"土著"作家群,精神心理结构受地域文化的影响至大至深。所以,我们对于这一时期"文学湘军"的研究也应该从这一方面入手,方才有可能切中肯綮。

一

在20世纪80年代的湖南作家队伍中,"四大作家"除蒋牧良在"文革"时期逝世,周立波、康濯、柯蓝都发表了有影响的新作。未央、任光椿、周健明、谢璞、鲁之洛不过50岁左右,年轻一点的叶蔚林、孙健忠、莫应丰、古华、谭谈、萧育轩、张步真、罗石贤、潘吉光才40岁上下,他们实际上都处于年富力强的人生阶段。这些作家中,莫应丰、叶蔚林、孙健忠、古华等人,以丰厚的生活、思想、文学积累和压抑已久的创作激情为基础,在创作上呈"井喷"状态,力作迭出、篇篇"走红",引领中国文坛的风骚;未央、谢璞、王以平、萧育轩等人，创作经验丰富，在小说、诗歌、散文、纪实文学、儿童文学等领域各自开辟自己的阵地，皆有匠心独具、精彩别致的篇章；任光椿、周健明等，则在一个领域里深耕细作、稳扎稳打，营构着全面展现文学功力的长篇小说。他们属于 20 世纪 80 年代"文学湘军"的领导力量和创作主力。

与此同时，一大批青年作家如水运宪、韩少功、彭见明、何立伟、蔡测海、刘舰平、肖建国、聂鑫森、残雪等，在 20 世纪 80 年代的中国文坛也崭露头角，他们紧跟思想解放、文化开放的时代潮流，知识面广，思维活跃，以融入和引导潮流、不断创作出标新立异的篇章为己任，有力地丰富了"文学湘军"的成果、壮大了"文学湘军"的声势。

从这样一种作家队伍的格局看，"文学湘军"在 20 世纪 80 年代的创作成果，就不能仅仅局限于获得各种全国性奖项，而体现为两个重要的组成部分。

第一部分自然是众多在全国获奖或引起争论的作品。

古华的《芙蓉镇》、莫应丰的《将军吟》同获首届长篇小说"茅盾文学奖"；叶蔚林的《在没有航标的河流上》、孙键忠的《甜甜的刺莓》、水运宪的《祸起萧墙》、谭谈的《山道弯弯》，连续获得全国优秀中篇小说奖；周立波的《湘江一夜》、叶蔚林的《蓝蓝的木兰溪》、古华的《爬满青藤的木屋》、韩少功的《西望茅草地》和《飞过蓝天》、彭见明的《那山 那人 那狗》、蔡测海的《远去的伐木声》、刘舰平的《船过青浪滩》、何立伟的《白色鸟》，相继获得全国优秀短篇小说奖。在短短的四五年内接二连三、集束式地获得这么多全国性的奖项，"文学湘军"自然令全国文坛刮目相看。这些获奖作品及相关作家引人瞩目的其他创作，共同构成了 80 年代"文学湘军"的"核心成果"。

第二部分是众多湖南文坛宿将所创作的具有自我突破性和广泛影响力的作品。

"四大作家"中，周立波的《湘江一夜》格调悲壮、文笔老辣，获得了

1978 年全国优秀短篇小说奖的一等奖；康濯的短篇小说《分秒值千金》和
《家书抵万金》功力深厚、技巧纯熟，热情歌颂了周恩来总理的光辉形象；
柯蓝在"文革"前最重要的长篇小说《秋收起义》也终于修改定稿，命名为
《风满潇湘》公开出版。

谢璞处于创作的活跃状态，1982 年出版了中篇小说《信誓旦旦》，1985
年出版的小说集《剪春萝》收入了 21 个中短篇小说，长篇小说《海哥与"狐
狸精"》也在 1985 年由甘肃人民出版社出版。他在这一时期还创作了《竹娃》
等众多获得高度赞赏的儿童小说和童话作品。

周健明在担任文艺领导工作的同时，一改他"文革"前多为短篇作品的
创作格局，连续出版了《湖边》、《柳林前传》、《柳林后传》3 部长篇小说和
中篇小说《星星无泪》。

任光椿专攻长篇历史小说，他的"时代三部曲"《戊戌喋血记》、《辛亥
风云录》、《五四洪波曲》堪称历史文学领域的重量级作品；以此为基础，任
光椿还延伸创作了《谭嗣同》、《孙中山》、《黄兴》等传记文学作品。

张步真 1980 年出版了他的第一个短篇小说集《追花夺蜜》，随后在
1983 年出版了中篇小说集《老猎人的梦》，1985 年出版了短篇小说集《远处，
传来沉闷的枪声》；陆续创作于 80 年代、而在 1993 年出版的韶山题材中短
篇小说集《桑梓地》，则体现了张步真整个创作生涯的最高成就。

诗人未央不仅以《假如我重活一次》获得 1979—1980 年全国中青年诗
人优秀诗歌奖，还于 1985 年出版了小说集《巨鸟》。这部作品集收入 10 篇
中短篇小说，其中 8 篇属于新时期作品，短篇小说《巨鸟》则在全国产生了
相当影响。

萧育轩长期在电力题材领域"挖一口深井"，粉碎"四人帮"不久就
推出了描绘电厂干部和工人正义斗争的《心声》、《希望》、《进击》三部曲，
1978 年又发表了著名短篇小说《孟广德那老头》，1986 年还出版了长篇小说
《山水依依》。他的长篇儿童小说《乱世少年》也于 1983 年出版，并获得了
首届全国优秀儿童文学奖。

　　李岸的长篇小说《结冰的心》从母子、夫妻、兄弟之间的感情纠葛与矛盾冲突出发，来展现革命与反革命的生死搏斗，题材内容的选择在新时期之初别开生面。鲁之洛的两部改革题材长篇小说中，《龚大汉和他的漂亮老婆》反思农村发展道路，《你别想安宁》聚焦干部人事制度，均表达细致真实而思想敏锐尖新，显示了现实主义文学的不凡表现力。

　　宋梧刚、罗石贤转向了通俗文学创作。宋梧刚的《东方大侠传》、《英杰壮歌行》等长篇武侠小说在通俗文学界卓具影响，罗石贤的长篇小说《荒凉河谷》、《白蝴蝶》、《军妓》等作品则融通俗文学和纯文学于一体。

　　这些作家都在"文革"前就已成名，所以在新时期的湖南文坛实际上占有比某些获奖作家更为重要的文学地位。他们所创作的大量优秀作品，再加上叶之榛、残雪等青年作家虽未获奖、但影响面更为广泛和复杂的作品，共同构成了80年代"文学湘军"的"外围成果"。

　　"文学湘军"在20世纪80年代盛况空前的创作繁荣，需要从这样一种"核心成果"和"外围成果"相结合的宽广视野中来考察，才是真正全面和准确的。

　　重读那些当年曾获广泛关注的力作，细辨它们的演变轨迹与内在状况，我们可以清晰地发现，"文学湘军"在20世纪80年代前期的辉煌和中期的热闹，很大程度上都是得力于地域文化特征与特定时代思潮的高度契合。以往的论者多着眼于文学本身，仅从地方色彩和民间、乡土气息等艺术性内涵的角度予以分析，对此实在很有深化和拓展的必要。

二

　　我们不妨荡开笔墨，先打量一下湖南这块神奇的土地，审视一番湖南地域文化的历史源流和精神特质。

　　湖南地域文化的辉煌源头，是以"楚辞"、"老庄"为制高点和凝聚点的先秦楚文化。楚文化实质上是人的天性、心智高度自由地发挥而理性未曾明晰强健这样一种特殊精神心理机制的产物，它具有浓郁的原始宗教意识和神话色彩，在天人合一、人神共娱的愉悦型审美倾向中，充分表现出楚人情感和灵性的丰富、活跃与无拘无束。"楚辞"那花草缤纷、神奇瑰丽的艺术境界，奇幻而华美的表现形式，"庄子"那"天地与我并生，万物与我为一"[①]的磅礴气势、旷达胸襟和神奇幻想，充分展现出楚人奇异的想象力、鲜明的浪漫主义气质和自然审美意识。而构成这种文化人格深层骨架的，是屈原"上下求索"、耽于以理想改造现实的痴迷般的追求心态，"虽体解吾犹未变兮，岂余心之可惩"[②]的无私无畏的献身精神，以及贯穿于这种心态和精神中的强烈的主体意识；是"楚虽三户，亡秦必楚"[③]的桀骜不驯的性格，和"筚路蓝缕，以启山林"[④]的励精图治、积极进取精神；以及"信巫鬼，重淫祀"[⑤]的民间思维习性。而且，楚文化还显出一种不甘完全融于主流意识形态的独立、边缘姿态。所有这一切，构成了湖南地域文化最初的格局，表现出与中原文化迥然不同的风貌。

秦汉以降，楚文化湮没无闻，却并未消失，而是潜隐到民间世界之中，凝成弥漫于这方水土的氛围，并渗入生生死死于这块土地的人们的精神血液，冥冥中规范着他们的命运和行为。特别是在偏远封闭的苗、瑶、土家族等少数民族地区，楚文化更是以巫术、传说、民俗、民风、方言等方式隐曲而实实在在地保存着，还通过民歌、民谣、地方戏等形式，传达和传播着其渊源久远的神韵。以至20世纪前期，沈从文满怀惊喜地发现，"屈原虽死了两千年，《九歌》的本事还依然如故"。[⑥]20世纪80年代中期，韩少功同样满怀惊喜地宣称，在湘西，楚辞所描绘的一切都是活生生的，"那里的人惯于

---

① 庄周：《庄子·齐物论》。
② 屈原：《离骚》。
③ 司马迁：《史记·项羽本纪》。
④ 左丘明：《左传·宣公十二年》。
⑤ 班固：《汉书·地理志下》。
⑥ 沈从文：《凤子》，《沈从文文集》第4卷，花城出版社1984年版，第387页。

'制芰荷以为衣兮，集芙蓉为裳'，披兰戴芷，佩饰纷繁，索茅以占，结茞以信，能歌善舞，唤鬼呼神。只有在那里，你才能更好地体会到楚辞中那神秘、奇丽、狂放、孤愤的境界"[①]。所以，在湘西，在湖湘大地，尽管乡土文化不具有远古传统的完整形态，文化的古意、文化的历史连贯性与纵深感较为稀薄，仅弥散在民间现实的生气和灵性之中，但是，"绚丽的楚文化"确实还活着，并构成了民间文化的某种底蕴，始终有力地陶冶着湘人的性情。

宋代全国政治文化中心南移后，地处华中腹地的湘楚，成为东南西北各种思想文化潮流的汇聚之地，成为全国的一个学术、人才中心和革命的风云际会之所，进而形成了中国近代史上著名的"湖湘学派"。经世致用、经邦济世作为湖湘文化的基本特点，秉承并发展了楚文化的深层基因，促成了湖南人在近现代历史上的重大影响，以至"自曾国藩编练湘军，取得镇压太平天国的胜利之后，湖南士人养成了一种倨傲强悍的风气。指划天下，物议朝野，是甲午战争前湖南士人的通性"[②]。由此培养了湖南人注重政治功利、讲究社会责任感、使命感和桀骜莽勇而又算计精细的文化品性。

综上所述，可以说，湖南地域文化主要是一种功能主义而非历史主义的文化，它的精神内核，是以"楚辞"、"庄子"为代表的浪漫主义传统，和近世湖湘文化的经世致用特征。它所具有的政治功利意识、社会责任感和桀骜莽勇的性格，有助于作家形成直面现实、独立思考的态度，发达的政治情结，和敢为天下先的艺术家勇气；它的浪漫主义传统，孕育着优秀作家所必需的多情善感的文人气质、丰富灵动的内心世界和自由无羁的艺术想象力。而且，湖湘这块土地并不雄阔深沉，却多姿多彩，富于变化和情调，灵山秀水洋溢着生命的气息，风俗民情弥漫着地域的氛围，生动、丰富而贴切地构成了湖南地域文化的外在形态，天然地为湖南作家提供了时代社会生活之外的、创作锦绣篇章的丰富素材。所以，历代湖南作家多灵气四溢、山歌野调式的精妙篇章，也多大胆泼辣、血气方刚的激情文章；一旦时代机缘、作家才情和

---

① 韩少功：《文学的"根"》，《作家》1984 年第 5 期。

② 林增平、范忠程主编：《湖南近现代史》，湖南师范大学出版社 1991 年版，第 35 页。

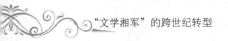

地域文化优势高度契合，就能既领风气之先又标个人之异，如果诚笃执着地抒写自我丰富独特的生命体验，也能营构出诗意盎然、韵味绵长的艺术世界。

当然，任何地域文化，都存在一个开掘阐释的同时从人性、人类文明的层面进行提炼、升华和超越的问题。湖南地域文化也是这样。纯粹的风情描绘也许可弥补时代生活画卷中文化气息的浅淡，却难以构成真正深厚的精神文化价值，纯粹的乡土精神也许可对时代风潮形成某种深化、校正和平衡，却难以产生真正的大气之作。只有作家能从人性、人类文明的高度进行观照和领悟，地域文化的蕴涵才能从精神文化的较高层面显示出一种普遍的意义和人性的光彩。因此，仅仅对乡土熟稔、认同和写实，也许可产生清新一时的名作，却难以造就长久的文学辉煌。湖南地域文化和湖南当代文学之间的关系同样如此。

三

新时期"文学湘军"的成就，实际上应当包括20世纪80年代初以获奖为标志的繁荣风光期和80年代中期以"寻根"为精神指向的探索争鸣期两个阶段。构成80年代初湖南文学辉煌的力作，大致可分为两种类型，即以《将军吟》、《第二次握手》、《祸起萧墙》等为代表的社会政治层面的"呐喊之作"、"义愤之作"，和以《芙蓉镇》、《在没有航标的河流上》、《山道弯弯》、《醉乡》等为代表的乡村社会风情画卷式的乡土小说；80年代中期的探索、"寻根"小说，则包括韩少功的《爸爸爸》、孙健忠的《死街》、莫应丰的《桃源梦》等颇成阵势的荒诞、寓言型小说和彭见明的《大泽》、肖建国的《血坳》等散兵游勇般的对地域历史文化进行写实性剖析的作品。那么，这些小说文本与湖南地域文化关系的具体情形到底如何呢？

80年代初，湖南的乡土小说大多"寓政治风云于风俗民情图画，借人物命运演乡镇生活变迁"①,力图成为一曲曲"严峻的乡村牧歌",从艺术景观到创作倾向,都明显地表现出楚文学内含痛楚而依然明丽神奇的浪漫风韵和近世湖湘文化经世致用聚焦于政治功利的特征。那些社会政治小说则大胆泼辣,犯死直书,勇敢地表达人民群众的喜怒哀乐,率先甚至超前地喊出人民心底的呼声,由此而引人注目,其中所表现的作家的政治胆识和艺术勇气,从文化血脉的角度看,实质上也是近世湖湘文化的政治情结和湖南人莽勇性格的体现。

以此为基础,我们还可以从文本内在机制的层面,来分析湖南文学与地域文化的密切关系。在《芙蓉镇》、《爬满青藤的木屋》、《蓝蓝的木兰溪》、《醉乡》、《甜甜的刺莓》、《远处的伐木声》这些作者、题材和主题等各不相同的作品里,我们细察即可发现,其中都存在一个光照全篇、作为人物关系和故事情节枢纽的女性形象。作者塑造胡玉音、盘青青、玉杉、竹妹、阳春这类女子形象时,远比塑造其他人物形象更为灵性焕发、挥洒自如、真情洋溢,从中我们可以明显地感觉到,她们是作家的心理兴奋点和精神敏感区。值得注意的是,这些女性形象并未容纳多么深厚具体的社会历史内容,作家们着力展示的,是她们的性情、性灵以及这种性情、性灵在特定社会历史环境中的遭遇。在作家们的笔下,她们个个美丽善良、善解人意,甜媚得时露风骚,柔弱得稍嫌蒙昧。她们都凭自己的天性自在地生活,经历了一段止水般的生存境遇或悲剧性的个人命运后,往往不是凭教化、凭理性,而是凭慧心、凭悟性,直觉到了生命的本质和人生的真谛,于是心明眼亮,终于以决然的行动反抗窒息生命发展的不合理环境,走向现代文明的广阔天地。在小说对女子们性格和心路历程大致相似的描述中我们可以发现,这些最为诗意化地凝聚着湖南地域文化美质和风韵的女子,显然是作者们心目中的理想人物,是作家们体察生活的深度和烛照生活的亮点,作家们正是以她们为价值临界线,通过多姿多彩的生活画面,建构起小说的意蕴格局,传达出社会政

---

① 古华:《芙蓉镇·后记》,人民文学出版社1981年版。

治性的创作题旨。这些女子的性情、性灵,实质上就是"文学湘军"感应到的人所应有的素质和品性,对这种性情、性灵的认同与抒写,对她们的境遇的刻画,则体现出作家们从人性和文明的高度对湖南地域文化底蕴的审美化的提炼与升华,也反映出文学湘军以此为标准判断社会生活的价值眼光,在这里最为凝练、透彻地显示出"文学湘军"对于地域文化优势的依赖。另一方面,强调人性人情和文明意识的审美价值眼光,又恰恰与新时期之初中国精神文化界的人道主义和现代化思潮高度合拍。因为文本内在的美学、精神价值与外在社会思潮的共鸣可能性同时具备,一批优秀的乡土小说就在"文学湘军"蓄积已久的创作激情的催发下喷涌而出,一时间引领中国文坛的风骚,铸造了湖南文学在 20 世纪 80 年代初的辉煌景观。

当然不是没有局限,没有暗影。但是,由于特殊的时代机缘,80 年代初的"文学湘军"有效地隐去了地域文化劣势造成的不足。中国文坛关注《第二次握手》、《将军吟》,最看重的是作者闯"禁区"、唱"反调",直面真实的政治胆量和大无畏精神,不过,这些作品实际上隐含着思想的开阔新颖度和思维的哲理深度有所不逮的局限,康濯当时就因《将军吟》未能形象地揭示出形成"文革"动乱的历史、社会、政治、文化、心理的种种根源和依据而说过:"作品的效果看来还都借助了今天的读者在十年浩劫中亲身经历或半亲身经历的补充。"①当时那批乡土小说中的人性蕴涵和文明意识,也非作者的文化、哲理感悟,而只是一种生命情趣和心理感应的审美传达,因而在体验的厚度方面,明显地存在着某种欠缺。"文学湘军"创作中的这些特征性现象,实质上反映了湖南地域文化过分地胶着于政治功利、一味莽勇或灵慧,而缺乏充实发达的理性思维与理论形态作为根基的劣势。但是,20 世纪 80 年代初的中国处于刚刚由禁锢、僵化走向开放、反思的特定历史时期,各种新观念、新思潮都尚未形成明晰的文化形态,思考也尚未向纵深发展,说出具象层面的真实和感应生命脉动的灵慧,恰恰可成为那种时代环境中最

---

① 康濯:《"敢于正视淋漓的鲜血"——略论莫应丰的创作》,《文艺报》1980 年第 7 期。

易见效的精神创造能量,这样,湖南作家隐藏着劣势的文化特征,反而转换为一种成全创作的优势。

从两类小说比较的角度来看,乡土小说从对地域文化景观的捕捉描摹,到对地域文化精神的开掘提炼,直到对蕴含其中的人类生命动力的认同与张扬,全方位地发挥了湘楚文化的优势,而"文学湘军"同期创作的社会政治小说,展示的是时代的政治话语,地域文化仅仅在创作主体精神的范畴内对作家起到良好的作用,结果造成了二者价值背景和文化含量的差异,以至我们重读旧作,会觉得乡土题材小说魅力尚存,社会政治类小说则给人以时过境迁之感。这也说明,对地域文化优势的发挥程度,在当时极为重要地影响着湖南文学作品社会反响之外的内在价值的含量。

20世纪80年代中期的"寻根"文学浪潮中,湖南作家所创作的小说最突出的特征,是其中的玄虚色彩、变形意味和荒诞品格。从韩少功的《爸爸爸》、《女女女》、《归去来》到莫应半的《桃源梦》、《驼背的竹乡》,孙健忠的《死街》等等,无不如此。这一时期,湖南的中青年作家们纷纷去寻找散落在民间的神秘、诡异甚至丑陋的古文化碎片,将它们融入自我梦魇般的生命体验与"文革"记忆之中,构筑起一座座具有荒诞变形意味和寓言色彩的艺术迷宫。从表面上看,它们似乎是对拉美魔幻现实主义的摹仿,但实际上,80年代中期创作力旺盛的湖南作家中,绝大部分对于西方现代派文学并没有很深厚的修养,魔幻现实主义只不过给予了他们某种艺术灵感的触发。这批作品在更本质的层次上,体现的恰恰是"庄骚"文学将充满奇诡、孤愤、迷茫、高远之感的生存体验辐射于写作客体,从而营造某种臆想型艺术境界的精神传统。当时中国文坛的"寻根"文学作品,大都具有深沉的历史文化意识和浓郁的生活实感,不少作品甚至隐含着某种实证色彩,湖南的"寻根"文学作品则以其浪漫风韵独具一格,不能不说,这是地域文化的丰厚馈赠。而且,玄虚色彩和变形意味还在一定程度上弥补了湖南作家思维深度较为欠缺、在思想的具体内涵上未能全面处于时代前沿的潜在局限,以致在晦涩的同时,因确乎充分的艺术化而显出某种深长的意味。

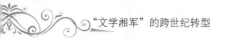

综上所述，我们可以作出这样的结论，即文学湘军在20世纪80年代的兴盛，与湖南的地域文化紧密关联，具体作品的价值含量，则与作家对湖南地域文化的开掘、提炼、升华程度密不可分，正是湖南地域文化的优势，成就了20世纪80年代湖南文学的兴盛。

四

20世纪80年代湖南文学辉煌期活跃的作家们，大都是60年代或70年代即开始文学习作的，在有了初步的文学基础之后，他们由于种种原因沉入了生活的底层。长期的、与普通人民群众同甘苦共患难的生活，使作家们真切地看到了中国社会的本来面貌，把握住了历史运行的脉搏，对时代的翻云覆雨也就能够洞若观火，从而锤炼出了他们关注现实、体察政治的精神特征。而且，他们初学写作时遵循临摹的，多半是周立波于地方风景风情画卷中显露时代政治文化气息的审美方法。沉入底层后，作家们又得以从容细致地体察和品味潇湘大地明丽的山水和妩媚的人情，从而在社会意识之外，又较为充分地培养了自我的自然审美意识和乡土情结。同时，作为出生乡土的农家孩子，这些作家往往把从事文学创作当成谋求个人出路、实现自我价值的手段，因而虽然处在艰难困苦的生活环境之中，他们照样凭自己的悟性勤学苦练，并未放下手中的笔。但是，在中国改革开放之前，由于时代的局限，他们能够略为自在地展现自我艺术灵性的，是描绘充满诗情画意的自然山水，对社会、对时代的认知则暂时处于畸形扭曲的状态之中，而这种扭曲又恰恰显示出他们追逐时代潮流、向往文化主流的深层心理。随着历史新时期的到来和拨乱反正的进行，党和人民的立场高度一致、关系高度融洽，作家的文学灵性与社会政治激情、个人功利欲求也得以高度合拍，于是，作家们有备而为，创作热情就充分地迸发出来，丰富的生活积累、深切的底层体验和不羁的艺术才情，共同凝结为一幅幅内蕴沉重而色彩秀丽的艺术画卷，一篇篇泼辣而精致的文学佳构。而且，在时代走向新历程的初始阶段，他们较为容易地与时代保持着同样的前进速度，同时又有早已练就的描摹风情风景的妙笔，这样，在反映时代新生活方面，湖南作家也能奉献不少独具匠心之作。由于已有骁勇的作家在黑暗年代写就的"义愤之作"纷纷面世，为湖南文学引来了众多关注的目光，这些作品又接二连三地被推出，"文学湘军"的崛起、湖南文学的辉煌，就成为了中国文坛一时的亮丽景观。显然，这时"文学湘军"的精神心理，充分体现出湖南地域文化的优势和美质；他们的创作准备过程，则鲜明地表现为一种对地域文化蕴涵观察、体验和理解的过程。

然而，"文学湘军"毕竟大多是"土著"作家，缺乏多方面的严格的修炼，如果这种局面不加以改变，他们作为群体的"后劲"实际上就存在着欠缺，湖南文学长久地引领风骚也就可能性甚少了。而且，在有了一定的知名度后，作家们又先后离开了生活的底层，作品的生活实感自然地也受到了影响。但就在"文学湘军"几乎捉襟见肘之际，"寻根"的口号被提了出来，这真是别开洞天。那些长期沉在生活底层的作家早已自觉或不自觉地受到过"庄骚"文学浪漫气质和湘楚民间巫文化的浸染，长期抑制着难以在创作中完整地再现，一旦时代文化的机缘来临，民间文化的残留加上个人的想象，构制为数不多的"诡异之作"毕竟不是难事。而一些新进作家底层体验较浅，却受到了高等教育，他们在韩少功等人的倡导下，纷纷深入边远地区寻找古文化的遗留物，从而也创作出一批亦真亦幻的"文化"小说。这样，"文学湘军"在20世纪80年代中期，又一次以自我独特的体验和才情，构筑了中国文坛一道诡异而美丽的文学风景线。

20世纪80年代的中国文学往往有迹可寻、有源可溯，明显地存在着发展的内在必然性。但是，偶然性总是存在的，无论作家还是作品都是如此。湖南文学也不例外。如果说，80年代初期的任光椿以学者姿态创作历史小说，尚与近世的湖南历史风云和湖湘文化具有千丝万缕的联系，那么，80年代中期的残雪所营构的"先锋小说"，在湖南文学中则近乎横空出世。他们虽然疏离地域文化的精神心理建构独行其是，但卓具影响的创作，却也为湖南文学的辉煌增添了亮色。

总之，山川钟灵秀，时势造英雄，20世纪80年代湖南文学的辉煌，实为伟大的时代和湖南这块神奇的土地共同作用于才情勃发、热情洋溢的"文学湘军"的结果。而且，正是这种地域文化储备和特定时代需求这个也许永远值得庆幸的机缘巧合，使得湖南当代文学达到了一个足堪自豪的甚至可遇而不可求的文学史高度，构成了在那文学成就认同性高度统一时代的创作辉煌。

第二章 "文学湘军"的创作低谷与代际更替

第一节 地域文化负质与"文学湘军"的精神困境

20世纪90年代前期,曾光芒四射的"文学湘军"作为一个作家群落、一个话语集团,在全国的文学和精神文化格局中却处于相当边缘、甚至可有可无的位置。这种边缘化基于两方面的原因。其一是20世纪80年代的湖南文坛主将风流云散或创作疲惫。80年代后期,莫应丰英年早逝,古华移居加拿大,叶蔚林、韩少功等移居海南岛,依旧生活在湖南的作家也大多处于创作的低潮状态。其二是全国性影响严重匮乏。20世纪90年代,中国文坛进入了以长篇小说为主要代表的文学时代,而且逐渐形成了一种图书市场效应和精神文化价值并重的文学评价体系。"文学湘军"与之相适应的各类创作却显得非常薄弱。在90年代中期一次"振兴文学湘军"的组织行为中,湖南省作协策划了一套湖南长篇小说"华凌文库"丛书,但仅在1995年推出首辑何立伟的《你在哪里》、蔡测海的《三世界》、何顿的《我们像葵花》三部作品,随后就难以为继,其原因在于既缺乏市场、又缺乏后续性作品。中

短篇小说范围内,《芙蓉》、《湖南文学》也于 1995 年相继组织了"湘军"作品大联展,但同样没有产生全国性的精神话题,更不用说形成某种轰动效应了。

客观地看,队伍分化、代际更替其实是一个自然淘汰的历史过程,但 20 世纪 90 年代前期"文学湘军"的创作低谷和反差巨大地缺乏全国性影响,还存在着审美主体方面的深层次的原因。

一

就长篇小说创作而论,"文学湘军"在 20 世纪 90 年代前期的创作低谷和审美局限,主要表现在以下几个方面。

首先,创作者对时代的精神底蕴和未来走势缺乏深刻而精确的把握。在 20 世纪 90 年代前期出现的湖南长篇小说中,我们很难看到对商品经济社会足够的同情性理解和丰沛的心灵体验。沿袭 20 世纪 80 年代"寻根文学"的精神思路,作家们思考历史与现实时,往往回避沉入具体的历史情境和历史联系中进行写实性剖析,而习惯于运用变形或虚幻化、异态化的手法,抒写种种无生活具象依托、无群体情绪支撑的普泛的形而上感触,并借以使审美主体对世俗化、物欲化潮流的具体态度变得隐晦曲折、暧昧不清。即使关注当下状态,作家的创作笔力也停留在对浅层表象的摹写,缺乏对当今中国人精神深层的搏斗与变异入木三分的刻画。在思维和想象的终端,创作者则往往用荒谬之感笼罩世态万状,用万象扭曲、万物俱毁这种千篇一律、永远无法指责的结局预示不同质的事物的最后指向。这样的审美思路,势必影响作品的生活厚度和信息容量。

其次,创作主体的精神态度显得犹疑拘谨、游移不定。在 20 世纪 90 年代前期的不少湖南长篇小说中,代表叙事人精神意向的作品主人公往往既要在外面的世界、在商海中打几个浪花以满足自己的生命欲望,又一步三回头地退回传统价值境域以表白自己的品性终归洁净纯朴;也有些作品在探索角度方面力求新意，整体创作命意却在已成过去、难以调动社会兴奋点的话语界域之内。如果把当时较为活跃的湖南作家的长篇与其中短篇小说结合起来更可明显地看到，他们在选材方面明显表现出精神联结的跳跃性、随机性特征，这其实是作家缺乏牢固精神领地、稳定精神走向的具体表现。在精神文化界面对市场经济大潮纷纷标榜人文立场的时代语境中，湖南的作家们多半对时势持超越和批判的态度，但往往只着力展示基于个人境遇和学养形成的生存体察，并没有从中确立一种精神人格的意向，更没有源于时势的缺失而倡扬某一类人类文化的宏伟抱负。结果，作品的超越与批判就缺乏对时代精神底蕴的充分的针对性和穿透力，而给人以肤浅陈旧、隔靴搔痒甚至情绪代替体察的感觉，作者的判断也就成了缺乏强大的精神文明价值体系作后援的、单纯的个人性价值探险。这样，作品的精神文化深度当然会大受影响。

最后，作者的审美情感处于发散状态，相当一部分长篇小说的气韵不够浓郁丰盈，到后半部就给人以气韵随生活故事做惯性滑动的感觉。湖南的作家们对长篇小说的文体特征也揣摩和探索不够，往往是作品的情节和人物关系只足以建构一部确有密度的中篇，作者就加一些富有灵性但缺乏深层意蕴和有机联系的生发，演化成了长篇。这些局限明显地影响了作品的艺术感染力和美学品位。

对于"文学湘军"在20世纪90年代前期的艺术低谷和精神困境，文坛内外议论纷纷，评说与论断莫衷一是。或者认为湖南在全国的政治、经济、文化格局中丧失了地理优势，从而限制了湖南文学的影响；或者认为根本原因是作家读书太少、学养不够，局囿了将有限的生存体验进行充分的生发、融贯、转换和升华；也有人认为是评论不力使湖南的作品没有获得应有的反响；还有人从文学思潮角度着眼，认为湖南作家应努力摆脱"寻根"文学以来沉湎于远古历史文化的思维模式；另一些人则觉得关键在于作家们心态浮躁、急功近利。应当说，这种种看法都抓住了湖南文学发展过程中某一方面的缺陷，各有其一定程度的合理性。但细究起来，其中却又都存在着逻辑上的破绽。我们不妨拿全国其他地区的文学现象略作比较。在20世纪90年代前期，湖北、河北在中国的经济、政治、文化格局中，也处于不上不下、中不溜秋、毫不起眼的位置；刘醒龙、何申、谈歌、关仁山等当时开始"走红"的作家也都是从基层脱颖而出的，才力、学养并没有表现出令人惊讶和敬佩之处；《曾国藩》《雍正皇帝》皆是在评论界毫无动作的情况下不胫而走；《白鹿原》《心灵史》《九月寓言》等作品恰恰是作家挖掘历史文化底蕴结出的硕果；"布老虎"丛书有着极为明显的媚俗和急功近利的动机，却也形成了远超"华菱文库"丛书的影响。既然类似原因没有局囿这些文学现象的全国性反响，那么，它们也就不应该成为制约"文学湘军"创造精品力作的决定性条件。

上述议论与评说的不确切、不透辟之处，促使我们将思维进一步深化，去寻找隐伏在这些原因背后、妨碍湖南作家创造才能充分发挥的核心根源。这种思考需要首先寻找到一个既富有深度而又切合实际的思维框架。思维框架的确立必须以两个事实为前提。第一，当时比较活跃的湖南作家多半是土生土长的"土著"作家，精神心理结构受本地文学与文化传统的影响至大至深，自我确立的文学基地也是湖南这块土地；第二，20世纪90年代以来，中国的政治、经济、文化都发生了巨大的变化，中国文学处在崭新的生存背景中，并相应地出现了种种新的应对方略。只有以此为前提，把"文学湘军"的艺术低谷放到湖南文学与文化的历史传统和中华民族文学与文化的当下情境相交织的时空框架中，从纵、横两方面同时展开定位性考察，我们才有可能找出问题的症结，进而得出较为确切的结论。

正是从此出发，笔者认为，20世纪90年代前期的"文学湘军"出现创作低谷的根本原因，是作家的精神心理存在着不可忽视的迷误。一方面，当时的"文学湘军"对湖南地域文化的负面影响警惕不够，存在着一个从湖南地域文化的负面阴影中进行精神突围的问题；另一方面，湖南作家对中国精神文化的当下状态和历史走向研究不透，没有明晰地寻找到独特而又能激发社会兴奋点的应对方略，更难以提供深邃而合理的精神文化元素，未能成功地解决在全国的精神文化格局中如何进行审美定位的问题。正是这样互相联系的两个局限，导致"文学湘军"在 20 世纪 90 年代前期中国社会文化开始巨大转型的时代语境中处于精神失语状态，难以形成全国性的影响。

二

湖南地域文化的精神内核，包括"庄骚"楚文学的浪漫色彩和近世湖湘文化的经世致用特征两个方面。这两方面的属性对 20 世纪 80 年代"文学湘军"的创作产生了巨大的正面影响。如前所述，80 年代前期，以古华、叶蔚林、孙健忠、谭谈为代表的作家们以富有浓郁地方色彩的风景风情画卷，托起与时代主潮相当合拍的社会政治性主题，谱写出一曲曲"严峻的乡村牧歌"，明显地体现出楚文学内含痛楚而依然明丽神奇的浪漫风韵和近世湖湘文化经世致用聚焦于政治功利的特征；80 年代中期，韩少功、孙健忠、莫应丰、彭见明等作家，纷纷寻找散失于民间而具有神秘、诡异、丑陋特性的楚文化碎片，并与自我梦魇般的"文革"记忆融为一体，建构起一座座具有荒诞变形意味和寓言色彩的艺术迷宫，从中暗示出我们民族种种无法更易的劣根性，这批作品则与"庄骚"楚文学孤愤、奇诡、弥漫着迷茫高远之感的生存体验和近世湖湘文化功利失意时知难勉行、坚毅泼辣的主体心态，存在着精神上的联结。也就是说，20 世纪 80 年代的"文学湘军"把地域文化不同侧面的美质与创作主体的独特情思、时代精神的主潮恰切而成功地交汇在一起，才找到了把自我的才情、学养、体悟和艺术灵性发挥得淋漓尽致的审美空间。

然而，湖南的地域文化精神还隐含着通常为人们所忽视的负面价值及相应的精神品质。近世湖湘文化的经世致用特征，往往易衍生出患得患失的心理，以致缺乏大气、沉静、从容的风度和对永恒性生存命题寻根究底的精神；楚文学的浪漫传统，则既易导致以矜持超越的姿态回避对人情世务精研细品的阅世眼光，又易形成以道德品格反讽世态万象而缺乏自剖精神的处世态度。这些负面特质相交合，就可能形成精神主体焦躁、阴鸷、抑郁、猥琐

的心态特征，和貌似不偏不倚实则首鼠两端、貌似冷峻地怀疑实则缺乏决断与确信的性格特征，从而无法酿成采取历史性重大行动的宏伟气魄和生命强力。

在人类历史进程中，文化推动力是一个正负面特性交互作用、此起彼伏的动态过程，湖南地域文化同样如此。当功业有为时，经世致用原则所蕴含的正面特性就得到倡扬；当浪漫文人追求超越、讲求品性高洁的价值取向在社会历史情境中能取得优势地位时，负面特质也会处于潜隐状态；而在这块土地功业平庸、文化失意的态势起作用的过程中，地域文化的负面阴影就有可能形成蔓延的趋势。20世纪90年代以来，湖南在中国的政治、经济、文化格局中都处于相对滞后状态，地域文化负质浮升并弥漫开来也就不足为怪了。

20世纪90年代前期的"文学湘军"主力，仍然是80年代就相当活跃的那一批作家，虽然流失了一些、新进了一些，总体阵势却并未发生根本变化。既然20世纪80年代"文学湘军"的精神心理结构与湖南地域文化存在密不可分的联系，那么，进入90年代以后，他们的深层心理结构是否发生了根本性移易，从而摆脱了这种关联呢？我们不妨拿蔡测海和彭见明这两个创作都发生了巨大变化的作家略作分析。蔡测海90年代的长篇小说《三世界》与他80年代的成名作、短篇小说《远去的伐木声》相比，表层意蕴与艺术风格都迥然不同。但实际上，《远去的伐木声》是表现主人公在改革开放精神的触动下，希望追求一种新的生存方式；《三世界》同样是从三种不同生存状态的比较中，来探究人的生存困境问题，两者的深层题旨其实是一脉相承的。彭见明80年代的获奖短篇小说《那山 那人 那狗》用诗意的笔触，讴歌了以纯朴情感为核心的传统品性；90年代的长篇小说《玩古》，关注的还是传统情感与现代时势之间的矛盾纠葛。由此可见，多年的探索并没有使湖南作家们获得超越自我既定心理建构的足够精神元素，他们的精神心理仍然处在湖南地域文化的界域之中。因此，当湖南地域文化的负质浮升上来占据主导方面时，他们不同程度地受其制约也就是自然而然的事情了。

湖南作家们在创作中所表现出的种种局限，正是湖南地域文化负质影响的具体表征。

三

更为关键的问题是，湖南的作家们虽然也存在对自我创作的不满与苦闷，却一直未能明确地意识到地域文化负面影响的存在，更没有从中进行精神突围的迹象。其根源则在于，他们还没有在 20 世纪 90 年代的时代文化格局中寻找到恰当而稳定的审美定位，精神基点仍然处于悬浮状态。

在 20 世纪 90 年代以多元化、个人化写作为基本走势的文学"新状态"中，人们对文学作品的关注包含着两套不同的评价标准，既对具有短暂商业效应与社会情感认同效应的作品喝彩，也对真正具有长久精神文化意义和美学价值的作品表达敬重。"效应型"作品多半具有以下几方面的优势：首先是有关当下生存境遇的丰富信息量；其次是作品精神向度的新奇时尚；再次是作家艺术灵性和才情的显现。刘醒龙、何申、谈歌、张欣等人的作品敏锐地描摹转型期艰难纷杂的世态，陈染、徐坤、朱元、邱华栋等作家的小说则表现"新生代"也许蕴含着文化新质的都市人生姿态，曹桂林的《北京人在纽约》、周励的《曼哈顿的中国女人》、王周生的《陪读夫人》等当时的"留学生文学"作品，也是以信息的新鲜感和丰富性取胜。王朔的小说之所以获得广泛关注与喝彩，根本原因在于他以充满灵性和机敏的姿态，塑造了一种聪明透顶地亵渎崇高、调侃人生的"文化痞子"的形象，应和了当时中国以堕落为敏慧通达、以实效为深刻的社会精神世俗化走向。很显然，这类"效应型"作品作为中国精神文化一时的表征也许别具深度，却谈不上真正历久不衰的美学分量，其致命的弱点就在于对时代精神文化背景的过分依赖。另一类当时出现的作品显出更高层次的精神和美学素质，代表性作品包括张承志的《心灵史》、陈忠实的《白鹿原》、张炜的《九月寓言》、韩少功的《马桥词典》等。这些作品往往把有关中国当下情境的表层信息隐匿于文本的背

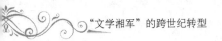

后，却处处透露出对时代精神底蕴的深切把握；审美主体的人格形象不仅鲜明突出、富有冲击力，而且有着深厚的历史文化底蕴，体现出对人类生命境界的深远探索；作品的艺术图景也超越日常生活景观和阶段性社会历史语境，表现出以某类历史文化或某种精神哲学为基础的典范性；艺术追求方面，它们既呈现出对各类艺术手法兼容并包的整合性特征，又在总体上追求着一种文体跨界、按现成艺术规范难以类归的原创性品格。

但是，当时的"文学湘军"对于时代语境中的新型审美要求和价值格局，尚缺乏明晰的理性意识。湖南省政治、经济、文化相对滞后、偏远的态势，使得作家们在一般性地追求社会效应方面不可能具有优势；对真正能够雄视当代的作品所必备的精神素质和美学品格，湖南作家又多半缺乏深刻、独到的把握。结果，他们诚笃的艺术追求，就只能成为东碰西撞的随机性探寻和缺乏强大价值体系支持的个人性精神行为。作品未能与时代的价值格局和精神底脉全面契合、内在沟通，令人瞩目的社会效应当然也就不可能获得。因为心里实际上也明白并畏怯于这一点，不少湖南作家对时潮的表现就只能浮光掠影，不敢一头扎进一个艺术目标，精神态度也就不能不犹疑、拘谨，而无法具备参透真谛的丰富与坚定。在这种迷茫的、缺乏自信的精神状态中，"文学湘军"投入全部情感和心力去进行在新的时代语境的审美定位，当然是不可能的。

湖南政治、经济、文化形势的变异，使"文学湘军"失去了以既往文化姿态立于新的精神文化格局的基础，由政治经济境遇所触发的地域文化负质的影响，又阻碍了他们及时地调整自我，妨碍了他们精神探索的深入和对于新型审美空间的寻找；没有恰切而稳固的审美定位，则使湖南作家处于惊慌、焦灼和不知所措的状态，结果更强化了地域文化负面阴影的浓度。在这样的情势下，他们即使敏悟到地域文化阴影的压迫而短暂地游离出来，也只能处于精神漂浮的状态；为摆脱这种漂浮，他们往往又会重新缩回到地域文化的阴影之中。不少湖南作家正是在这种"鬼打墙"式的怪圈中绕来绕去，既谈不上新的审美定位，也达不到真正的精神突围。

同属小说领域，长篇小说和中短篇小说对作家精神心理建构的要求其实是有差异的。作家创作中短篇小说，既可以对一类精神文化从各个侧面进行挖掘和表现，而以创作主体独特的精神人格和统一的生命感悟为凝聚点；常常也可以没有统一的精神命题，仅仅凭灵气、凭诗情、凭选题、凭技巧，甚至凭机遇就能出奇制胜、获得赞誉。"文学湘军"在20世纪90年代前期和中期获得一定反响的中短篇小说，就大多属于后一类。从翁新华的《痴虎》和聂鑫森的《大樟树下》凭题材，到姜贻斌的《记忆的错位》和彭见明的《晚唱》凭别出心裁的构思，再到何立伟的《关于刀的故事》凭融合神秘意味和通俗故事的灵气，都显示出文本审美境界与作家精神心理建构缺乏如影随形、不可分割的直接联系的特征。长篇小说表现的则往往是一个时代、一类生活、一种精神文化的全貌，这就需要作家对生活作系统、整体的概括，进而将生活图景转化为内含自我精神特色的完整的艺术世界，要达到这种目的，则需要作家具备丰富、稳定而独特的精神心理建构，以及由此生发出来的磅礴的审美创造力。不少湖南作家精神处于漂游状态，自然谈不上精神元气的凝聚，这样，他们创作中短篇小说时也许会因各种机缘而不时出现精彩篇章，一旦执笔构筑长篇小说，就必然地将陷于审美困境之中。

四

"文学湘军"摆脱创作低谷和精神困境的关键，在于寻找到一条精神通道。那么，他们走出精神阴影、获得审美定位，进而把地域文化负面影响的劣势转化为文学优势的精神通道到底在哪里呢？同时期大获成功的长篇小说《马桥词典》、《九月寓言》、《白鹿原》等作品，也许能提供有益的启示。我们不妨以《马桥词典》为例来说明这个问题。

韩少功的《马桥词典》独具匠心地选择马桥人常用的150个词语，以词条为枢纽和中介，把马桥的风土人情、历史沿革，马桥人的生活境遇、心灵格局、价值观念，以及作者的种种感悟与思考，都不加掩饰地和盘托出。马

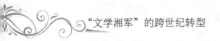

桥人称姐姐为"小哥",作者由此体察出马桥的男权文化色彩和女人男性化的生理、心理特征;词条"宝气"部分,作者塑造了志煌这一憨厚、倔强、善良的马桥人物的艺术形象;"枫鬼"这一词条,则叙述了两棵大枫树在马桥人生活中的位置和影响,进而阐述了天人合一、众生平等的哲学观念。就这样,从文体上看或短篇小说、或杂文、或随笔甚至或说明文,作者对一个个词条的阐述初看起来似乎颇具发散性与随意性,但组合起来就成为了马桥生态的凝聚与散点透视性的表现。力求尽可能深邃、完整地表现马桥每一个方言词所包含的文化和生命底蕴,《马桥词典》于是在表现内容、思维方向、艺术手法等多方面,都呈现出一种综合性乃至地域生态百科全书性的审美倾向。而且,作者并不是将马桥这块神秘、奇谲而僻远的土地作为民族和人类生态的象征或寓意物来表现,马桥就是马桥,马桥的一山一水、一人一物、一言一词,在作者的眼里都具有与那些对人类历史发展至关重要的事物同等重要的生存价值和心灵意义。以这样的历史与文化认知为价值基础,以对象的本真存在为思维依据,韩少功透过各种学术和艺术规范的覆盖,将马桥作为一种自有其合理性的人类文明状态去把握;并从"文化相对主义"的价值规范出发,提炼出一种凝结语言和生成文化、进而铸成群体生态的"语言生存论"哲学,来作为小说极具现代意识和人类意识的精神基点,作品就成功地获得了从人类文明史层面观照马桥生态的可能性,"词典"这一艺术形式也就获得了作为独特审美路径的有效性。

《马桥词典》为"文学湘军"在地域文化阴影的制约中确立创作主体深刻而独特的精神姿态,提供了行之有效的范例。从《马桥词典》中我们可以发现,韩少功虽然移居海南,但精神心理结构的深层,显然留有湖南地域文化及其负面影响的深深烙印。但是,韩少功的矜持和怀疑心态,在作品中转化成了对"马桥文化"和外部世界的双重审视态度,氤氲出一种将真相连枝带叶、连血带肉地一齐抛出,让艺术世界变得混沌的大气;而他在20世纪90年代初期一系列中短篇小说里表现的冷漠、阴郁情绪和对世事的荒诞之感,则对象化到马桥生态这个客体身上,结果反使马桥图景显示出一种元气充沛、深邃而迷蒙的美感。也就是说，韩少功立足"语言生存论"的文化哲学制高点，来反观自身积存的地域文化阴影并使之对象化，从而获得了对于地域文化阴影的辩证否定与成功超越，深刻地建构起了一种独具风姿的精神文化人格。

《九月寓言》、《白鹿原》等作品也都是以某一地域文化的原始事实为依据，以其中体现的卓立于世的文化人格形象及其生命价值态度为基础，把它们作为人类文明的一种状态来观照，从中概括、提炼出具有时代针对性的精神元素，然后置于当今时代的精神文化格局中，从而建立起创作主体的精神人格姿态的。这些作品所倡扬的"野地意识"、"仁爱人格"，哪一个不是通过这样的思路而确立和形成的？

从宏观和理论层面看，"文学湘军"进行精神突围的可能性当然是存在的。所以，"文学湘军"应该针对湖南在中国政治、经济、文化格局中的处境，来把握时代的精神底脉，挖掘自我的生存体验，进而寻找出这种体验所隐含的社会历史内涵和精神文化依托，并以之为基础确立自我的精神文化姿态。达成这种目标的关键，则在于作家成为精神自觉者，把体验性内涵转化为价值性话语，把地域文化的负值作为文化姿态的有机蕴涵，使之获得正面的、积极的意义。以此为基础，"文学湘军"再沉入生活与创作之中，以勤苦的态度在自己的题材园地里细细耕耘，才有可能开拓出自我独特的题材和审美空间，进而在全国文坛的审美格局中获得一种独特、独立而又深具地域文化底蕴的精神站位。作为一个精神心理结构深受区域文化影响的作家群，"文学湘军"成为精神自觉者是一个异常艰难而又必须跨越的关口，其他方面的修正和弥补也只能以此为轴心来进行。如果懵懵懂懂、莽莽撞撞地只是走，而不去审视和打量脚下的道路、行走的姿态，不去努力捕捉并展示出它们在这世界的独立自足性、独一无二性，那么，一切"重振文学湘军"的宏图大略皆不过是幻影和空谈。

第二节 "文学湘军"跨世纪转型的作家阵营

实际上，从 20 世纪 80 年代末开始，"文学湘军"就不断地出现一些"新进作家"，湖南文坛具有或大或小全国性影响的作品，已更多地出自他们之手。从 90 年代前期唐浩明的《曾国藩》、阎真的《曾在天涯》、何顿的长篇小说《我们像葵花》和中篇小说《生活无罪》，到 90 年代中后期王跃文的《秋风庭院》和《国画》、向本贵的《苍山如海》、陶少鸿的《梦土》，无不如此。"江山易手无人识"，文学界和学术界对此未曾给予高度的重视，仍然在为那些作家的流失而遗憾和沮丧。但正是这此起彼伏地登上文坛的"新进作家"，充实乃至重构了"文学湘军"的审美阵营，开启了湖南文学的"跨世纪"历史转型过程。

总体看来，"文学湘军"在 20 世纪 90 年代中后期到 21 世纪前 10 余年间的"跨世纪文学"时期，表现出一种 80 年代实力派作家、90 年代崛起作家、散兵游勇性质的基层作家和 60 年代出生作家各呈异彩的创作格局。我们不妨以点面结合的方式，来对"文学湘军"的这种创作格局及其整体审美风貌略作勾勒与概括。

—

某些曾为 20 世纪 80 年代湖南文坛"大兵小将"的实力派作家，在 90 年代大幅度的精神蜕变和审美超越之后，仍然保持着旺盛的创作生命力，以坚实的创作成果和关键的文坛地位引领着跨世纪时期湖南文学的发展方向。80 年代曾获全国性文学奖的彭见明、蔡测海、何立伟和以短篇小说名世的聂鑫森，以及曾为"湘军七小虎"成员的陶少鸿、姜贻斌，可谓"文学湘军"中 80 年代实力派作家成功蜕变、引领风骚的代表。

在《时代文学》杂志的 2000 年第 2 期上，彭见明、姜贻斌、陶少鸿曾共同做了一个短篇小说"三人行"专栏。这组小说审美内涵和艺术风姿各异，却不约而同地显示出"文学湘军"进行新型审美探索的征兆。彭见明的《说说》以绵实温婉的笔调，有条不紊地叙述了主人公老安为儿子说情的过程。对他那有心无胆、盘算时急切细密而行动起来则羞怯苟且的窘态，给予了充满体谅和同情之心的叙述，从中精微地揭示出一种弱势民众带有普遍性的心理和行为习性。作品的着眼点显然是不良的社会风气，但作者表现时却并不锋芒毕露、单刀直入，而是选择老安这么个古板、懦弱而自矜的老头为表现对象，对他被逼无奈时的出击欲望加以细致描述，从而寓内在的紧张于闲散从容之中，曲折迂回地表达出殷殷的关切之情和忧患之心。姜贻斌的《老古钓鱼》运用亦庄亦谐的、"闲话"式的笔调，表现的也是自命清高、优越的主人公在这功利时代欲行又止、尴尬迷惘的弱势状态。作者不从正面挑开读书人清淡无为的心理和世俗实利化的生存现实之间的紧张矛盾，而是细致描绘老古不愿使自己"将钓下的鱼送人"的诗意化行为因借钱而染上功利色彩的特殊心态，从人情民心的细微处，透露出时代重大问题的信息。陶少鸿的《幸福一种》所表现的，则是下岗职工夫妻在艰难辛酸中的忠诚与体贴。作者从处于弱势状态的丈夫的角度落笔，从而使小说因其猜疑形成了波澜，由其释疑而氤氲着温情。初看起来，这似乎是一般性渲染情感的小说所惯用的构思方式，但如果与20世纪90年代中期"现实主义冲击波"的大量从基层行政管理角度入手的作品略加比较，我们就会感到这篇小说独特的艺术智慧；如果放到"文学湘军"的审美传统中加以考察，我们则更会感到这种艺术特色绝非偶然。

在这组作品中，彭见明、姜贻斌、陶少鸿这些"文学湘军"特色鲜明的作家，共同体现出一种驻足边缘、关怀弱势的精神人格风貌，从中充分表现出，湖南作家既具见识、勇气和历史责任感，密切地关注现实、跟踪时代，注重作品主题内蕴的社会性和价值目标的功利性；又有灵动的艺术才情和表现智慧，寓时代风云于人情民心画卷，从底层生态出发折射时代，坚持侧面表现、讲究艺术情趣。这种审美视野和精神眼光，确实既深刻地传承了具有

湖南地域特色的文学审美传统，也高度契合了"文学湘军"和湖南社会文化在中国精神文化格局中的位置。具体而言，湖南政治、经济和文化的客观情势，使湖南作家在时代大潮中必然地处于一种边缘状态；都市文明的发展，则使他们把艺术注意力由乡村的风景风情转向了社会覆盖面更广泛的世态人心；而自身边缘、柔弱的文化处境，又使湖南作家们容易对各种生存环境中的弱势群体产生一种天然的亲和心理与共鸣感。实际上，这正是"文学湘军"成功地化社会文化劣势为审美文化优势的精神突围和审美蜕变。

果然，彭见明的《玩古》、《凤来兮》、《天眼》和《平江》等境界和底蕴独具的成熟之作，在跨世纪时期一部接一部稳健地推出；陶少鸿审视乡土沧桑的《大地芬芳》、《百年不孤》和展现时势创伤的《溺水的鱼》、《花枝乱颤》并呈于世；何立伟既有长篇《你在哪里》、《像那八九点钟的太阳》，又有中篇《老康开始旅行》、《老何的女人》，由诗意入世俗，由简约而恣肆，在咀嚼躁动与失落中哀挽着纯真；姜贻斌的创作灵动机敏、多方探索，终至《火鲤鱼》的自我艺术高峰；蔡测海精研细磨、苦吟细品，慢工出细活，以《非常良民陈次包》和《家园万岁》后发制人；聂鑫森的短篇小说漫天开花，审美境界中蕴含着丰厚的文化修养和敏锐的文化意识。他们各以自我不同于流俗的创作，体现和代表了20世纪80年代的湖南实力派作家在精神蜕变之后所能达成的审美境界与艺术高度。

二

在"文学湘军"的跨世纪审美阵营中，也有一些作家年龄与20世纪80年代成名的作家不相上下，但他们或者90年代中后期才开始创作而一鸣惊人，或者长期默默磨炼而到世纪之交才寻找到具有突破意义的审美空间，这些作家也处于跨世纪时期湖南文坛的主流位置。其中一鸣惊人的唐浩明、阎真和磨炼有成的向本贵、邓宏顺可为"文学湘军"中90年代崛起作家中积累深厚、开拓雄健的代表。

唐浩明以长篇历史小说著称于世。《曾国藩》轰动海峡两岸，作品全面展开了清朝末年社会动荡、文化转型的历史情境，内蕴丰满地呈现出中国近代历史生活所体现的传统文化蕴涵，进而深刻揭示了主人公个体人格美质与时代环境错位所导致的奋斗意义迷失、生命价值失落的人生悲剧。随后，唐浩明又创作出《杨度》、《张之洞》两部同样卓具影响的优秀作品，以正史之笔，状廊庙之音，在辽阔的历史与文化时空中发掘出王朝衰变期独特的功名文化人格。《曾国藩》、《杨度》、《张之洞》这"晚清人物三部曲"，成为了当代历史题材创作从革命文化认知向执政文化审视的转变过程中举足轻重的代表作。

阎真致力于探究中国社会转型期典型性人生的命运状态和生命意义，作品兼具深邃的思辨色彩和浓郁的艺术情韵。《曾在天涯》以惊人的坦诚和透彻，用如泣如诉、一唱三叹的笔调，叙述了主人公在极为卑微的生存搏斗中身心交瘁而孤苦无告、欲罢不能的人生境况，展现了主人公心灵的膨胀与萎缩矛盾到滑稽程度的精神状态和由此生成的精微的生存体验、渺远的生命遐想，痛切地揭示了20世纪中国漂流海外的最后一代知识分子处于生命意义悬浮状态、找不到生存的背景和依据，却又惊恐于时代的阴影而急功近利，结果只能是"医得眼前疮，剜却心头肉"的生命状态，作品在20世纪中国留学生文学中具有重要的承前启后意义。随后，阎真一步一个脚印，官场题材的《沧浪之水》、女性题材的《因为女人》和高校教师题材的《活着之上》均以深刻的揭示和痛切的思辨震撼文坛，从整个中国文坛的视野看都颇具精神境界的开拓与创新意味，成为同类题材创作的优秀代表作。

向本贵、邓宏顺都是以深厚的生活实感和深刻的农村社会体察而感动文坛的作家。向本贵的《苍山如海》在20世纪90年代中后期的"现实主义冲击波"中具有重要的标志性意义，他随后又创作了《盘龙埠》、《凤凰台》、《遍地黄金》等众多表现当代农村、矿山历史命运和现实状况的忧患之作。邓宏顺的《红魂灵》通过一对农村基层干部父子的矛盾，深刻揭示了当代政治文化遗产带给时代新生活的沉重负面影响，他的《贫富天平》、《天堂内外》

显示出更为鲜明的问题意识和剖析力度，《铁血湘西》则将审美的眼光深入到了 20 世纪湘西历史风云的辽阔艺术时空。向本贵、邓宏顺都是从农村生活的深层有力地崛起的作家，他们的创作远远超越了那种风情与民生融为一体的、"严峻的乡村牧歌"式的审美思路，对于当代农村社会复杂矛盾与艰难时世的正面展开和层层剖析，以及蕴藏于其中的生活的厚重感、内涵的充实感和农村基层干部式的责任意识、体察情怀，使得他们的创作显示出一种"诗史"性质的艺术品格。

"文学湘军"中的 90 年代崛起作家不管与当代湖南文学的"周立波传统"和 80 年代湖南文学的审美思路存在怎样的关联，其创作中都显示出一种崭新的审美气象和文化气息，他们的作品极大地开拓了湖南文学的审美境界，在整个中国文坛也获得了良好的反响。

三

跨世纪时期的湖南文坛还崛起了"文学湘军"的新一代，他们就是世纪之交的湖南文学界曾以"湖南 60 年代出生作家群"命名的一群青年作家。他们大多在 90 年代后期崭露头角，而在新世纪大放异彩，成为湖南文坛的中坚力量。在小说创作方面，60 年代出生作家群可以王跃文、何顿、薛媛媛、肖仁福作为代表。

王跃文在 90 年代后期的中篇小说《秋风庭院》被频频转载并入围首届"鲁迅文学奖"，他的长篇小说《国画》、《梅次故事》等作品更在世纪之交成功地开创了"官场小说"的创作模式和审美道路。21 世纪以后，王跃文既以《西江月》、《苍黄》等官场现实题材作品继续引领官场小说的风骚，又以充满文化训诫意识与人格示范色彩的历史官场小说《大清相国》享誉中国政坛和文坛。乡土生态题材的中篇小说《漫水》和社会心态透视的长篇小说《爱历元年》，则表现出王跃文开拓多种创作题材和审美思路的艺术魄力。

何顿是一个创作相当丰富的多产作家，他早期的作品如《生活无罪》、

《我们像葵花》等,着力展示了底层青年的生存欲望、蓬勃生机和价值逻辑,成为中国社会世俗化、欲望化生态的艺术表征。21世纪以来,何顿的《黑道》、《时代英雄》等作品在都市生态揣摩方面愈发深入和丰富;他还以强烈的人文责任感和深刻的悲悯情怀,开拓了在世纪性的历史视野中塑造和讴歌国民党"抗战老兵"的审美境界,三部曲《湖南骡子》、《来生再见》、《黄埔四期》有力地强化了新世纪抗日题材文学创作的历史认知厚度和精神探索深度。

苗族作家肖仁福的初期作品语言精致,具有鲜明的乡土气息和民族特色,小说集《萧声曼》曾荣获第五届全国少数民族文学奖;从90年代末开始,肖仁福则进入了官场小说题材的创作领域,《官运》、《心腹》、《仕途》、《家国》、《平台》等大量作品既具良好的图书市场效应,也引起了文坛一定程度的关注。

此外,彭东明的《故乡》、《最后家园》等中、长篇小说,或者以洞庭水乡的人事为题材,或者以家乡连云山的变迁为重心,均显示出较为浓厚的地域文化色彩和一定的历史厚度。刘春来的《铜鼓坡纪事》、《水灾》等长篇小说既着意传承周立波创作的艺术神韵,又显示出对新的社会现实的严重关切。王静怡的《穆宅春秋》、《反动》等中篇小说,则充盈着一种历史的沧桑感和人生的苍凉感。

这批60年代出生的作家同80年代的"文学湘军"一样,大多出身于社会底层,其中多数来自农村,有过贫苦的童年和奋发的青少年时代。但他们又不像80年代的前辈作家那样长期沉浸于乡土基层,而是迅速通过高考等途径,以乡村才子的聪慧和坚韧跻身于城市社会。这种人生历程及相关的社会阅历,使他们形成了不同于80年代"文学湘军"的重要精神特征。首先,勇敢的闯荡、显眼的人生位置和不断丰富的生活阅历,使他们思想视野开阔、时代感触敏锐,对社会的体察也日渐深入。其次,作为横跨城乡的"两栖"人,他们在价值选择方面,显示出农村人美德意识和城市人名利心理兼而有之的特征;在精神生态层面,他们又总是自觉为乡村的远行人和都市的漂泊者,即使在城市找到了生活的位置,也难以具备别无他想的安身立命感,

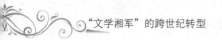

因精神心理迷茫而展开的生命意义探索则成为他们内心隐蔽而执着的企求。再次，这批作家普遍接受过高等教育，不仅作品的书卷气息、文化意味超过80年代的"文学湘军"，对于地域文化的反省和超越意识也相当自觉；但另一方面，湘楚地域文化的浪漫情韵和近世湖湘文化的经世致用特征，当代湖南文学的现实主义传统和浓郁的地方色彩，又深深浸染到这批作家的创作之中，使得他们的作品命意具体、包容实在而又总是氤氲着灵秀乃至诡异之气。正因为如此，他们在世纪之交虽然还只是一个正在成熟过程的作家群体，但发展的大好前景和对于湖南文学的巨大推动作用，在当时就已从某种程度上显示出来；21世纪以来，这批作家中的佼佼者大多表现出更为雄健而坚实的发展。

我们不妨以女作家薛媛媛为例，更深入、细致地考察一下这个创作群体。

薛媛媛原本在长沙市文联的《新创作》杂志工作，90年代后期才开始小说创作。她的作品大致分为三种类型。其一是描述社会历史坎坷中的悲剧性人物及其命运沧桑。《外婆》、《美女秀梅》等表现历史风尘中天生丽质难以磨灭所导致的"红颜薄命"，《铐在电线杆上的黎太阶》、《唱样板戏的卫民叔叔》、《不要黑夜》揭露"文革"对人类向美、向上精神的扭曲与虐杀，《父亲有泪》反映主人公独特追求所导致的诡异、凄惨的人生历程，《江河水》则情韵浓郁地透视出在国际风云变幻莫测中芸芸众生因盲从而遗留的创痛与缺憾。其二是着眼于人性异态，力图探究作品人物在人生苍老失意境况中的畸形心理。《倾斜》、《看街的女人》、《德山大伯》等，皆深刻细致地刻画出主人公因情感无所依赖或虚幻依托所形成的独特心境。其三是感受当代都市男女细微的生活波动，《生活照样进行着》、《不再敲门》、《土家儿女情》等作品，丝丝入扣地描画了青年男女在情爱婚姻生活中的细微体验，在对生活日常性、凡俗性和人物心态微妙复杂性的艺术呈现中，给读者以人生命运的忧伤感。

薛媛媛小说创作的精神主调，则是在历史沧桑和人性状态相交融的精神视野中，深入体察中国人特别是城镇妇女在生命欲求与诸多束缚之间的苦苦挣扎及其生命价值最终失落的悲剧性命运。《外婆》以几次婚姻变故为线索,展开了外婆这个老中国女儿在历史长河中卑贱、坎坷的命运。解放前,因为丈夫与土匪在兵荒马乱年代的纠葛,外婆的幸福很快被无端地葬送,随后的地主小老婆生活同样屈辱而阴郁。土改后,外婆独自拉扯着三个儿女,辛酸艰窘而孤苦无依,对幸福之神的招手,因畏怯于政治环境和往昔命运的阴影而拒之门外。摘掉地主帽子后,世俗偏见又束缚着她,她哪怕苦涩得连麻将都不想打,还是不敢追求人生最基本的幸福。就这样,一个善良无辜而且具有貌美这一人生最基本优势的女性,心有所欲却始终无法追求,终生处于"做不起人"的生命状态。围绕主人公的人生命运,政治环境、时代变故和习俗文化对一个弱女子生命欲求的压抑、扭曲与扼杀,旧时代妇女依顺、畏缩而内在狂躁的品性,都随之充分展露出来。薛媛媛的其他作品也都是这样,主人公似乎被"铐"在命运这无形的"电线杆上",在天然的束缚中焦躁和麻木、快意或忧伤、顺应或挣扎,最后以离开这多难的人生为收场。种种描述之中,蕴含着浓郁的人生况味、人世沧桑感和历史悲剧意识。

在具体的叙述过程中,薛媛媛表现出描述风俗民情性人生场景和刻画人物苦涩幽怨、寻求解脱的心态两个审美兴奋点。农家日常生活的摔碗、打孩子、剁猪草,地方风俗性的唱歌、打擂茶、讲古、都市生存空间的住房逼仄、用度窘迫等,都在作者对人物命运的铺陈中得到了浓墨重彩的描绘。这种描绘又与作者对人物心境的揭示紧密相连。《倾斜》的徐嫦娥在床上"翻煎饼",刻意梳妆而又狂躁地毁去,偷窥儿子的言行,这种种举动皆源于她被丈夫无情遗弃、儿子又有了女朋友;身心欲求无法另获满足、生命存在无从另外证明,徐嫦娥才变得精神扭曲倾斜、心态暴戾颓废。"看街的女人"、"铐在电线杆上的黎太阶"这一道道他们所生存的偏远小镇的"风景"所体现的,则是主人公人生命运的失意与落寞。由此,薛媛媛对人物个体生命状态的揭示,就显示出一种人性理解的高度和文化感知的意味,这正是薛媛媛创作潜力的基础与根本之所在。21世纪以来,薛媛媛的创作日益精进,《湘绣旗袍》等中短篇小说反响良好。长篇小说《湘绣女》和长篇报告文学《中国橡胶的红

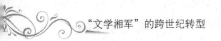

色记忆》则获得了更大的全国性声誉。

薛媛媛的创作轨迹和一步步不断向上的"文学台阶"所显示的，正是"文学湘军"新一代大致相似的文学道路和发展状况。

四

在跨世纪时期的湖南文坛，还存在着数量不菲的"散兵游勇"和"基层作者"性质的作家。他们也大多从20世纪80年代就开始创作，但随后在文学创作上就长时间地销声匿迹或成绩平平。因为与文坛主流缺乏紧密的联系，这类作家在90年代后反而能够"轻装上阵"，直面历史与人性的隐秘。这众多基层作家的文学成果夯实了湖南文学的审美与文化基础，其中时有优秀者不经意间脱颖而出，抛出他们令文坛刮目相看的优秀之作，表现出一种"散兵游勇显神威"的艺术风姿。永州作家王青伟的长篇小说《村庄秘史》和《度戒》、怀化作家李怀荪的《湘西秘史》、娄底作家小牛的中短篇小说和长篇小说《秘方》，正是这种出人意外地或深邃、或厚重、或别致的作品。

供职于《郴州日报》的姜贻伟，在这种散兵游勇性质的基层作家中显得更具普遍意义和代表性。姜贻伟从20世纪80年代初，就开始了一种虽然不温不火、但是长期坚持的小说创作，直到新世纪之初才出版了小说集《发现》。他的作品所着力描述的，主要是小城镇、小工厂人物的命运、心境和人生选择，在对生活具象的细致描绘中常常升腾出浓郁的时代气息。《躁热》笔力简练，描绘了底层民众观看当时尚为稀罕之物的电视时所显示的种种心态，从侧面展示出一个时代斑斓的面影。《城市黄昏》抓住处在城市的同一角落、父亲当初浴血奋战儿子如今却行凶杀人这一细节，以小见大地揭示了新时代勃勃生机背后潜藏着的历史暗影。《红色气球》、《寞》等皆为对新生活中包含的历史沧桑的写真，《五月情圈》、《发明》等则是对新生活中的青春朝气及与之并生的病象的素描。

姜贻伟的创作优长，在于他坚持从生活本身出发进行艺术开掘，从而真切地展现了由城乡结合部特定生存环境所导致的人物心灵的躁动、性情的特质和对生命价值的追寻。《心夜》的主人公因为担心别人对自己产生杀人嫌疑而形成恐慌，其中不仅表现出人心的阴暗、狐疑，而且揭示了导致这种心理的环境的逼窄、封闭和人的素质的蒙昧、狭隘，从而在一本正经而又颇具黑色幽默效果的陈述中，凝练地传达出置身其中者生存状态的荒谬色彩。《远滩》波澜横生地描述了由生活境遇所造成的婚姻和爱情中的愧疚、遗憾及由此导致的后果，表现出作者透过生活表象对于人的心灵负荷和心理平衡的关注。《心桥》洞烛幽微地揭示出主人公对于农村姑娘的眷眷深情，《林妹》的主人公则选择曾经犯罪的男性作为丈夫，作者对人物心理逻辑的揭示，充分表现出一种对底层婚姻中夫妻双方生命依托感的体察与认同。在姜贻伟的小说中，《心夜》、《葡萄魂》致力于剖析特定环境中由生活变迁信息和特殊文化气息相结合而形成的群体心理；《铜哨》、《死鸽》、《紫雨白花》、《林妹》、《心桥》、《远滩》等大量作品，则由青年男女们在爱情生活中的躁动与抉择，揭示了他们对于人生真谛的探寻；《孽种》和《麻怪》等，主要关注畸异人物的爱情、生活轨迹及其生命价值的特殊形态。在这种种描写中，作者以超越社会政治层面的人文视角，传达出随底层生活真实而来的厚实的生活气息和深沉的生命意味。

尽管充分地揭示了生活的种种矛盾、悲剧与躁动、缺失，作者又仍然保持着对底层人生意义的信任与追求。即使描述"麻怪"那悲怆、无奈的放浪生活形态，作者也从中提炼出了战胜磨难勇往直前的男性气概以及必将承传下去的生命的希望。《林妹》中林妹对于误会者的真诚与宽厚，《五月情圈》中情侣对于跟踪者的藐视，《死鸽》中的女主人公的激动情绪和实际上已经获得的理解，都充分体现出中国底层人严正而切实的生存品格。

从生活出发、从对历史和人性认识的深层出发，这正是包括姜贻伟在内的许多湖南文坛"散兵游勇"型作家在创作上显得别具生气与情怀的原因，也是他们给予湖南乃至整个中国文学界的重要审美启示。

总之，"文学湘军"在跨世纪时期的队伍重构，实际上是湖南文学发展

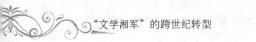

历程中一种重要的历史性转型。在经历了这种巨大的转型与重构之后，湖南的作家们很快就以丰富的境界开拓和坚实的创作实绩，显示出湖南文坛的审美新气象，从而获得了继 80 年代“文学湘军”之后、湖南文学又一轮沉甸甸的创作收获。

第三章　唐浩明小说的传统文化开掘

第一节　《曾国藩》的审美价值及当代意义

　　唐浩明的长篇历史小说《曾国藩》分为《血祭》、《野焚》、《黑雨》三部，120 余万字。小说在 20 世纪 90 年代初刚一出版，就以其思想文化层面的高度认识价值，引起了社会各界的广泛关注。政界和实业界人士普遍推崇，海峡两岸同时看好，一般读者也非常喜爱，形成了一股引人注目的"《曾国藩》热"。然而，对小说研究、评论的工作却迟迟未曾展开，出现批评滞后的景况。"冷""热"交织，构成一种非常值得探讨的"《曾国藩》现象"。我们只有把作品的审美价值和当代意义相结合，才有可能准确地把握这一现象，并对小说进行恰当的价值阐释和文学定位。

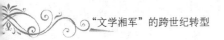

一

《曾国藩》真实、完整地还原了曾国藩的人格形象，从而在其人生层面上具有不可忽视的价值和意义。

作者具体地表现了一个奋斗者的奋斗历程和成败因由。小说从墨经出山、艰难创业，到功成名就、持盈保泰，直至瞻前顾后、求田问舍，一直紧扣曾国藩的奋斗道路展开描写。曾国藩这种历尽艰难争成就，费尽心机保成就，直至为成就所累的奋斗历程，无疑对一切奋斗者都具有警醒意义。作者相当富有层次感地描写了曾国藩在奋斗过程中身心所遭受的摧折，特别是着重表现了他压抑、痛苦、委屈的心态和"好汉打脱牙和血吞"的坚毅性格。这样一个事业有成但悲苦兼尝的"圣者"形象，能给予事功奋斗者很大的启发。小说还细致地揭示了曾国藩采用的策略手段及其形成思路与理论依据，而且描写了他由此获得成功或导致失败的全过程。作者将这种策略手段看成是超越常人的大智大慧，而对它奸诈阴险的丑恶面给予了淡化。对于同样需要采用策略手段的奋斗者，这部作品庶几成了他们观摩学习"奋斗艺术"以及采用这种"奋斗艺术"可以心安理得的文化依据。曾国藩的现世奋斗获得了如愿以偿的成功，但身前身后对他的评价却人言言殊，曾国藩本人也对他是否成功地得到了流芳百世的功名感到底虚。那么，曾国藩的悲剧性进取精神和人生哲学值不值得肯定？这样一条道路能不能最大限度地实现人生价值？这不能不引起后人深深的思考。作者以崇敬的态度，把曾国藩当作中国传统文化中理想的人格形象来描写，用悲剧的评断对人物在矛盾旋涡中主动或被迫作出的一些抉择予以开脱。这就从超越层面对曾国藩奋斗一生的人生价值作出了高度评价，从而也为一切奋斗者进行了肯定性的文化定位。

中国是传统的农业社会，底层读书人多半梦想由耕而读，学而优则仕，"朝为田舍郎，暮登天子堂"，达到改变社会地位的目的，甚至出将入相，身名俱崇，光宗耀祖，青史留名。曾国藩正是一个出身农家而在辉煌的功名之路上达到了顶峰的人物，作者对他的肯定性描写就给予了"千古学人功名梦"

虚幻性的满足。当然不是每个人都希望追求事功，但想干出一番不平凡事业的却大有人在，希望自己家庭出现龙子龙孙以光宗耀祖的父老乡亲，简直构成了中国社会的整个底层，如果把功名理解为超越常人的地位和成就，可以说，中国人的集体无意识中存在着一个"功名情结"。曾国藩形象恰好成为"功名情结"的文化寄托。当今中国正处于文化转型期，新的文化形态尚处于未完成状态，一切追求和创造都是"摸着石头过河"。事业奋斗者们一旦超越瞬时社会价值体系，从精神层面进行形而上的考察与诘问，就会感到对自我事业进行文化定位的困难，甚至出现价值迷失、存在迷失的现象。《曾国藩》则从传统文化角度，为当代中国的奋斗者提供了一个精神庇护所。

小说从外在表现到内在特征，丰满、深刻地展现了曾国藩为人处世的各个不同侧面。曾国藩兼有农家子弟的勤俭朴素、读书士子的真诚高雅、官场老手的世故圆滑、理学大师的严谨端方和乱世人杰的残狠奸诈。因此，做人，他是仁慈坦诚的好父亲、好兄长、好朋友；做官，他是公正宽厚的上司、恭顺而有作为的下级、有定见但好打交道的同事；作文，他词切理辟，而且写出了品格。他做了不少亏心事，但做得冠冕堂皇，让人只能朦胧地感觉到却说不出他错在何处；他的品格有着无法忽略的劣质，但被他用懿德美辞掩盖得那么巧妙，了无痕迹。而对于亏心事，他存着真诚的愧疚并往往尽力弥补；对于劣质，他心中常怀着深深的忏悔。人孰无过？他这种追求心灵解脱的超越努力理应得到肯定。然而，在过后的行为过程中，曾国藩又往往老戏重演、故态复萌，从杀金松龄到杀韦俊叔侄就是典型的例证。作者对曾国藩为人处世这种多角度、多层次的描写，深刻地揭示了人性的复杂，读者阅读时必然会引发多方面的深深感慨和深刻思考。

作品还相当完整地显示了曾国藩的心路历程。从刚健昂扬，到深沉老练，直至苦闷萎缩，是他心路历程的阶段性标记。作者对曾国藩出山时重重疑虑的剖析，显示出人生抉择的艰难；对他满怀失意地回家奔父丧和打下金陵大功告成时感到身心交瘁的描写，显示出人生的苍凉；曾国藩思索自己成功的原因得出"不信书、信运气"的结论，则令人感到人生的迷茫。可以说，作者对曾国藩心灵感受的展示，为读者提供了五味俱全的人生况味，尤其是当曾国藩沉醉于他春风得意的人生境界时，作者对其中诸多不和谐音的渲染，更是耐人寻味。小说在宰牛血祭那使人热血沸腾的场面中，加入了一道令曾国藩心寒也让读者感到不是滋味的上谕；写到江南科举的欢乐升平景象时，又着力渲染大雪冻死一位老士子的恶性事件；描写李鸿章鸣炮礼送曾国藩北征的隆重场面中，插入一个炮声震死曾国藩小外孙的细节。这些描写大大加深了作品显示的人生况味的复杂性，表现出作者跳出了人物当时的心境，达到了对人生更为宏观、辩证的把握。对于那些曾经沧桑、对人生感慨良多的人，小说必定会勾起强烈的心灵感应。

但是，《曾国藩》在五四运动过去 70 多年后的 20 世纪 90 年代中期，却依然以传统文化的价值标准判断人生，价值指向显然存在着某些偏失。

这种偏失首先表现在作者对曾国藩处理人际关系时所体现的内心的丑恶和肮脏批判不力，甚至有意无意地加以淡化。康福与曾国藩恩断义绝，不只是由于康福从与其弟康禄的对比中，看到了做顶天立地的英雄和做忠心事主的家奴之间人格的高下，更在于他从韦俊叔侄的被杀看到了理学名臣的虚伪残忍。作品却着重强调了曾国藩感到"人生如棋"、抉择无奈的内心矛盾。实际上，曾国藩的无奈有着很大的虚伪性。他对曾国荃就一直是纵容庇护的，有时甚至偏袒到了不顾原则和自身人格形象的程度，以致左宗棠等人愤愤不平。作者在理念上可能是想写出曾国藩性格的丰富复杂，但在具体的写作过程中却不自觉地忽略了对曾国藩灵魂深处的阴暗丑恶面给予应有的鞭挞。

其次，作者对曾国藩用文化原则压抑自然人性、束缚内心快乐自由的方面，也流露出过多的认同和肯定。作者虽然也表现了曾国藩从人性压抑感到的人生的悲凉，但更多的是赞美他由压抑显示的人格的崇高。曾国藩得知攻下金陵的消息时，悲喜交加以至昏厥，过后却学谢安石轻描淡写地宣布捷报。对这种压抑个性自然表现而生硬地体现出来的所谓大将风度，作者采用了略带嘲讽的语调进行描写，但更多地让人感受到的，还是曾国藩克制自我内心的性格力度。这种对压抑人性的过分肯定，必然会引起一些以个人自由发展和幸福为价值标准的读者的反感。

二

　　作者坚持把曾国藩这个处于社会矛盾焦点的枢纽性人物放到文化层面进行研究和描写，从而在辽阔的思想艺术空间里，全方位地展示出中国的传统文化及其笼罩下的人生状态。

　　与 20 世纪 80 年代的"寻根文学"凭体验感悟拟构传统文化的民间形态不同，《曾国藩》对我国传统的庙堂文化进行了正面的写实型开拓。作品同时描写了曾国藩忠君敬上、建功立业的"外王"方面和慎独自守、砥砺品性的"内圣"方面，对"内圣"一面，则着重表现曾国藩为树立人格形象以利经世致用所做出的种种努力。换句话说，作者特别关注的，其实是曾国藩的功名人格。小说从儒、道、法相融合的宋明理学的纲常原则中，发掘曾国藩行为心理的文化依据；又通过描写他从苦创基业到持盈保泰直至求田问舍的人生历程，展示了功名人格从奋发张扬到没落萎缩的全过程；而对曾国藩持家训子的描写，不仅表现出中国文化家国同构的特征，而且揭示出传统文化的小农经济根基。

　　作品对传统文化的展示是多层次、多侧面的。对曾国藩策略手段的描写，体现出传统文化的历史智慧；对他建功立业的描写，肯定了传统的人生哲学；对他坚毅性格的描写，表现出"天行健，君子以自强不息"的民族精神。这种种对传统文化各个流脉铸造的不同文化人格和同一人格形象不同侧面的描写，体现了作家对传统文化的深刻理解和广泛把握。

　　小说具体充分地揭示了传统文化的内在矛盾。明清是中国传统文化的烂熟时期，文化的正质和负质在其中都表现得相当充分。曾国藩性格中的仁慈和残忍、大度和阴险、严苛和宽纵、刚毅和怯弱，都不只是自然的个性特征，更体现了文化原则各个侧面的内在矛盾。正因为以文化原则作统辖，他的性格的矛盾二重性才得到有机的融合和统一。作者以推崇的态度，把曾国藩压

抑、痛苦而刚毅不屈的性格作为一种崇高美来描写，则表现出传统文化令人景仰的人格魅力。

作者对传统文化的展示坚持一种还原历史生活本来状态的原则，使作品显出难能可贵的真实性。小说按照历史本来面貌，把曾国藩作为一个建立了不凡的事功但一生过得痛苦和压抑的人物去进行描写，克服了人们以往评价曾国藩时用"完人"美化或者用"恶魔"丑化的偏颇。作者对文化原则及其约束下的人生状态的观照，也体现了同样的态度。小说对曾国藩小妾春燕的描写就是一例。春燕死后连公开发丧的仪式都没有，曾国藩不动声色地照常下棋，这充分体现出在封建宗法制的家庭中，小妾的地位是多么的卑微，生命价值是多么地不受重视！然而，春燕的一生似乎也有过真正的温暖、幸福和满足，并非苦到不能存活。批判礼教者当然可以说，春燕的独立人格处于蒙昧状态，以致处在做奴隶的地位却欣然自得；也可以说封建礼教原则存在一种既冷酷而又富于"弹性"的特征，这种"弹性"使得生活在冷酷原则下的人们有一定回旋的余地而不致生命力被窒息。但事实上，任何文化形态都不可能使人终生都觉得幸福和满足，把非文化范畴的问题也归罪于一种文化其实是不恰当的。另一方面，几千年来一代代人毕竟生活在一种漠视个人尊严和价值的文化氛围之中，能够活下去并不等于它就是合理的。就这样，小说还原生活本来面目所形成的高度的真实性，为我们观照传统文化提供了更为客观、从容的思路。

《曾国藩》坚持以人物的人格形象为描述轴心，既从感性方面生动地描写出传统的人生状态，又真实地挖掘出它的文化依据，而且把文化依据本身也和盘托出。比如对曾国藩裁军，作品既通过由复杂的人物关系构成的一个个事件，写出裁军迫不得已、势所必然的情势；又充分揭示出曾国藩裁军所依据的在忠君敬上前提下建功立业的宋儒理学原则，和急流勇退、持盈保泰的道家策略；而"兔死狗烹"、"英雄不可自剪羽翼"等有关人情世态的箴言，则是人物理性思考总结出的历史经验教训。这种把一切和盘托出的做法，使作品达到了对传统文化全方位的观照。

　　《曾国藩》以其对传统文化的全方位观照，而成为了一部具有思想文化层面丰厚意蕴的作品，成为人们反思民族传统文化时可作资料使用的"信史"型的优秀历史小说。在由传统文化向现代文化转型的过程中，这部作品引起巨大的反响是必然的。

　　但是，《曾国藩》对传统文化的观照，也存在着某些创作思想上的偏失。

　　首先，作者站在传统庙堂文化的立场，以功名原则作为判断人生价值的最高准则，充满体谅地把曾国藩一生当作一种崇高理想和时代条件错位所产生的悲剧来看待。但是，中国传统文化的功名原则在宋明理学的理想人格中，只能是建功立业、出将入相，做一代名臣，它的致命弱点是君国至上，缺乏对正义的确认和追求。正是这个原因，造成了曾国藩背逆历史潮流维护清王朝和背离人心所向办理天津教案的人生失误。曾国藩在生命末期对自我人生是否成功感到没有把握时，也未能对在忠君敬上的前提下建功立业这一人生支柱本身进行反思，连实际上是"为民做主"的"民贵君轻"原则，他最后都没有真正接受，临终遗嘱中，曾国藩只给儿辈提出些修身养性的基本要求，不是从功名原则超越，而是从功名原则退缩了。然而，在《黑雨滂沱》一章里，作者因为对曾国藩过分同情而在行文中贯注了浓厚的伤感情调，这实际上影响了对于人物形象分寸得当的把握。于是，整个作品对曾国藩的评价就表现出一种内在的矛盾，一方面承认曾国藩具有崇高的奋斗精神但没有找准道路，另一方面却又对导致这种失误的功名文化原则全盘肯定。出现这种矛盾和偏失，根源在于作者缺乏体验历史的崭新思路和对传统文化既定立场的否定性反思，只是从还原的角度对它进行体验和思索，这种观照历史的思路虽然超越社会层面而进入了文化的境界，却没有超越传统文化而站到今天的时代高度。实际上，人生价值体系包括功利、心灵和超越性三个层面，事功追求者往往看重现世功利；读书人讲求美善相随、悦情悦性；超越性标准则是希求超越瞬时社会价值体系永垂不朽，超越人生不同侧面达到人生价值的全方位实现。如果以心灵和超越性标准来看待小说对曾国藩形象的描写，我们就会感到作者缺乏一种大思想家的高度。

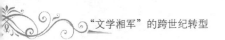

其次，中国数千年的君国本位文化传统中，带有浓厚的集体本位的价值倾向，作者由于对传统文化的认同，不自觉地完全站在集体本位的立场来描写曾国藩和他的事业。这就必然会用整体利益高于一切的价值标准来作为判断人物行为抉择的依据，从而完全有可能忽视整体利益损害个体利益和价值的现象，甚至从形而上学的层面对这种现象予以肯定。小说对曾国藩杀害林明光事件的描写就是这样。作者对无辜秀才林明光受到的侮辱和损害明显地关注不够，对他内心的痛苦与仇恨没有进行充分的描写，而对曾国藩的残忍，作者却用"治乱世须用重典"的原则使之合理化，对其人格形象则用铁腕雄风予以崇高化。这就明显地表现出了一种创作思想的偏失。

正是这种创作思想上的偏失，导致了社会上一部分人对"《曾国藩》热"的反感和不以为然。

社会各界对于《曾国藩》的"冷"与"热"，表明中国人对传统文化的依恋和拒斥都存在着一种不健全的浮躁心态。依恋者因为对传统文化的敬仰与依恋，表现出一种"情人眼里出西施"的盲目性，缺乏对它的负质客观、冷静的观照。进而因为主体独立意识的欠缺，显示出某种走不出传统文化氛围的悲剧性心态。拒斥者则显示出一种对传统文化批判、否定的思想锋芒和全面了解、深刻把握的学问功底不相称的特征，于是，一旦传统文化真实、完整地呈现在眼前时，他们就感到目瞪口呆、难以置喙。笔者认为，对待传统文化的健全心态应该是：摆脱依恋或拒斥的偏执态度和非此即彼的知性思维模式，站在民族文化重构的思想高度，对传统的存在合理性和转换必然性给予同等的关注和重视。

三

《曾国藩》的作者唐浩明是从历史研究走向小说创作的，他的创作相应地显示出一种从大文化角度还原历史人物曾国藩的创作意图。在具体的叙述过程中，作者总是把史实阐述和文艺描写融合在一起，并力求升华到思想文化的层面去剖析，作品的艺术境界就超越文艺美学范畴，表现出文、史、哲相结合的文体特色。这种创作思路上承《史记》等中国古典历史与文学的写作传统，却不同于当代文学理论预定的艺术趣味和审美模式，结果，《曾国藩》在艺术品质层面也引起了不同的看法。

首先，作者表现历史人物和历史事件，总是在使用文学视角的同时，兼用一种历史研究的理性眼光。作品的第一章《墨经出山》，情节的发展其实是逐层从不同侧面揭示与分析促使曾国藩出山的天时、地利、人和等方面的因素。《裁撤湘军》一章，作者也是把情节波澜起伏的推进和剖析曾国藩裁军势在必行的内外在原因结合在一起的。《黑雨滂沱》着意通过不同人物的评价来表现曾国藩的反思，情节的关联和衔接也并不紧密；为了表达难以进入情节却有代表性的人物的评价，作者甚至让曾国藩做了一个梦，通过梦境来表现这些人物对他的看法。

其次，作者在描写曾国藩生活历程的同时，还对他的理性思想作了深刻的分析和翔实的介绍。小说对名胜古迹、风俗民情、器皿菜肴之类的描写，显然是从知识、学问出发，来达到反映社会生活外在面貌的艺术目的。《讨粤匪檄》和遗嘱这类表现曾国藩理性思想的资料，作者也大量地介绍和引用。小说对人物有关理论问题的对话和心理思考也一一详细叙述，这些内容实质上是历史人物相关理论探讨的具体介绍。"钟山论文"部分表面上看是一个生动的故事，对话情趣盎然，还有对捉松鼠的有趣细节的描写，实际上其中更多的内容、更主要的目的，是介绍曾国藩的文艺思想。作者尽可能地把历史事实转化为艺术画面，把史实中的理性内容融入、转化到艺术性的描述之中，做不到的往往就直接介绍和引用。就这样，作品同时使用艺术描写和科学分析两类手法，以达到完整展现曾国藩人格形象的艺术目的。

再次，作者又把历史材料升华到文化层面进行思考，用传统人生哲学的价值标准来对历史人物和历史事件进行理解与品评，并用崇高理想和时代条件错位的悲剧对曾国藩的一生进行概括和评价。这就使小说的思想制高点上升到了价值观念和文化哲学的层面，作品也因此具有了文、史、哲相结合的

思维特色。

第四，《曾国藩》整体创作构思的特性，也影响到了作品的其他方面。在具体写作方法上，除了文学创作所使用的叙述、描写等手法外，说明、介绍的历史著作写法和分析、思辨性的论说文笔调，在小说中也占了相当大的比例。在结构上，作者实际上是以对象的存在方式为艺术境界的构筑方式，以从感性和理性两方面展示传统文化典型的人生状态为审美旨归，作品由此显示出深厚的历史感和文化感。

文、史、哲相结合的创作思路，给《曾国藩》带来了极大的审美优势。曾国藩是中国近代历史的枢纽性人物，作者抓住这个枢纽尽可能地撒开，作品就全方位地展示了一段活生生的中国近代史；曾国藩是中国传统文化的人格代表，作者对他的行为心理尽可能深刻地挖掘，对他身上所体现的文化层面的内容尽可能宽广地延伸，作品就获得了全方位地展示中国传统文化的可能性；曾国藩是一个功名奋斗者，作者从哲学层面对他的艰难奋斗历程进行分析，又使作品具备了人生哲学层面的深广蕴涵。但因为作品审美观照的核心对象是曾国藩的人格形象，所以从根本上说，《曾国藩》仍然应该是一部地地道道的历史小说。若从当代中国文学、美学本位的眼光来看，《曾国藩》的艺术趣味是相当传统和古典的。而且平心而论，小说从第一部到第三部体现出由生疏、单纯向深厚、凝重的逐渐成熟过程；作者的思考并未全部有机地融入到艺术描写之中，还存在不少令人难以畅读的理性硬块；情节的发展也存在局部形态生硬拼接的特征，不够连贯和浑然一体。但是，作者对曾国藩人格形象的描写丰厚而生动，具有高度的典型性，正是这一根本点，使作品达到了相当高的艺术品位。

不过从文学巨著的水准和高度来看，《曾国藩》尚有所欠缺。其中的关键，就在于作者文、史、哲相结合的创作思路中哲学层面的薄弱。作者对曾国藩形象的悲剧性处理，使作品的艺术沉思上升到了具有自我独特思想的哲学高度，从而获得了观照人物的思想和艺术制高点。但是，作者所依凭的这个制高点实际上是以儒家思想为主的中国传统文化。结果，哲学理解生活、理解文化的功能在小说中表现得很充分，其超越性层面的批判功能在作品中则显得相对薄弱，评判人物就缺乏创作主体独有的力度，甚至表现出思想原创性的某种欠缺。

小说的文体建构超越文学、美学范畴，成为了 20 世纪 90 年代文学创作的一种普遍现象。张贤亮的《我的菩提树》把自己在特定历史时期的日记作为社会史、思想史的资料进行分析和研究，贾平凹的《废都》则大量地直接引用社会上流行的民谣作为小说的有机组成部分。作家的这种文体策略，使得文本审美境界所显示的不仅仅是虚构的"艺术真实"，而且是以原始材料为基础的"形象化事实"，作家的思考也就随之显示出一种无可辩驳的真实性。假如一个读者对作家的思想持有异议，他需要面对的首要问题，就是如何看待这种原始材料。事实上，作家如果希望对一些根本性的大问题进行原初思考，他也不应该依附任何理论、思想的既成结论，而必须将历史事实作为思考的起点。这正是在 20 世纪 90 年代的社会文化转型过程中，一些小说作品的思想境界超越文学、美学范畴的核心原因。实际上，中国古代文化最初是文、史、哲不分家的，随着历史文化的发展，学科的差别得到辨析，分类才越来越细。这种细致化虽然有利于专家在某一特定领域的精深研究，但人文科学以人类社会生活为研究对象，而人类生活的各方面是千丝万缕地联系在一起的，越来越泾渭分明的学科划分，往往会倒过来妨碍学者们思想视野的开阔和思考层次的丰厚。所以，真正的大思想家虽然谙熟某一个或几个专业领域，但一般不会局限于某一具体学科。富有雄心的小说家不拘泥于艺术领域，也就是一种正常而且有作为的文学审美现象。

但是，当今的中国文坛却仍然用一种文学、美学本位的眼光在评价作品，而且往往按既定尺度，以"新"和"旧"作为判断标准。《曾国藩》虽然美学品位不低，审美趣味却相当传统，于是评论界对它的反应就显得迟钝、冷漠。其实，文学创作说到底是一种文化现象，在文化层面意义重要的作品，同样应该获得文学层面的重视。因为一旦我们超越身处的具体社会环境与过去和未来的时代进行对话，我们今天审美趣味的所谓"文学、美学本位"、

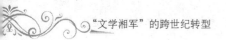

"新"和"旧"又算得了什么呢？唐代的诗文复古运动，实质上是恢复几百年前的美学趣味和艺术品格，西方同样出现过"文艺复兴"运动。而且，当今文坛种种肤浅的艺术创新在未来时代的人们看来，也许不过是文人才子们小小的笔墨游戏，20世纪80年代后期的小说形式创新迅速趋于式微，就是一个典型的例证。评论界对这类作品不遗余力的鼓吹，已经是一种创作方向的误导。面对《我的菩提树》等重要而特异的文学现象，文学、美学本位的狭隘眼光也已经表现出捉襟见肘的窘态。所以，包括《曾国藩》在内的一些优秀小说作品超越文学、美学本位而极富文化生命力的创作思路，客观上是在要求文学评论界把文学、美学本位的眼光和文化的使命感、责任感结合起来，具备一种大文化的宏阔思想视野。只有这样，我们才有可能克服用固定的条条框框去套千变万化的文学现象的弊病，而根据不断出现的文学现象，积极主动地调整批评方位，进而发展出新的文学、美学规范；也只有这样，我们才有可能对真正有意义、有价值的作品，进行准确而有效期长久的文学定位。

总的看来，近现代中国一直在"继承民族传统文化"和"学习西方先进文化"两种文化选择中折腾和循环往复，但迄今尚未真正寻找到在中国现实中转换传统文化和融合西方文化的有效机制。其中一个根本性的弱点，就是对两种文化进行清理、分析的基础性工作都做得还远远不够。《曾国藩》是清理和分析中国传统文化结出的一个成果，这部作品对于我们创造和发展新的民族文化，具有正、反两方面的巨大的认识价值，因而理应得到社会各界的广泛关注和重视。

第二节 《杨度》的精神视野与艺术内蕴

继《曾国藩》蜚声海峡两岸之后，唐浩明的又一部长篇历史小说《杨度》

于 1995 年由湖南文艺出版社推出。这部初版时名为《旷代逸才》，其后才更名为《杨度》的作品，同《曾国藩》一样气局宏阔而内容沉实，显示出丰厚的历史文化蕴涵，而且笔法更为老练圆熟、舒展酣畅。因此，小说出版后迅速获得广泛的青睐和热烈的推崇，并彻底改变了《曾国藩》一奖未得的局面，连续获得第十届"中国图书奖"、第三届"国家图书奖"和"八五期间全国优秀长篇小说奖"等多种奖项。

一

《杨度》以主人公杨度的命运遭际为线索，多层面地展开了近代中国的历史生活画卷。这一画卷在政坛和士林之间的辽阔历史时空中纵横驰骋。政界区间内，从日趋腐朽萎靡的清朝宫廷，到紧张动荡、变幻无常的民初政坛；从慈禧、载沣、袁世凯等当政者的威势、权诈和隐忧，到孙中山、黄兴、谭嗣同等人在野或革命时轩昂的气宇、庄严的激情和舍己为国的精神，作者都给予了有力的刻画。士林更是作者津津乐道的人生疆场，他在作品中采用"三步一回头"、"五步一旁观"的叙事姿态和顺叙与倒叙、插叙相结合的方法，故事里面套故事，穿插之中加穿插，如数家珍般地铺陈了志士才俊们的种种人生壮举和风流逸事，笔墨恣肆地渲染出他们潇洒纵横、随处皆受瞩目与器重的人生状态。小说对青年王闿运英风豪气的追叙，即为这类描写的典型例证。与此同时，作者还沿着主人公杨度的人生足迹，以摇曳多姿的笔触，描述了社会上和他家庭中众多方面的丰富生活。小说既表现了叔姬、静珍、千惠子诸位心性高洁的女子的爱情故事，又描写了哥老会草莽英雄和遍布各地的佛门居士独特的生命形态；既通过杨度借传奇故事对禅宗真谛、秘史要义的阐发，揭示了其思想性格的渊源，又通过杨度与周妈等人的交往，展现出他在生活小节方面的个性特征。这些描写以杨度锻造思想、砥砺品性去谋求不凡人生为聚集点，显得收放有致、舒而不松。于是，作品就把历史人物"搞政治"和"度人生"两个侧面有机地融为一体，多层次、多侧面地展示出了主人公身处的历史环境，使文本审美境界显出一种风云气、名士情和世俗味交相辉映、相得益彰的艺术风采。

《杨度》还以浓厚的民族传统文化气息，营造出深厚的历史文化氛围。作品人物的应酬交往、饮食起居、言行做派，均可见传统文化习俗的熏陶与传承。作者借小说人物之口叙述的一个个掌故传说、逸闻古事，则使生活具体进程之外的传统文化因素出现于作品的精神视野。对人物性格中的传统文化特征和各种事件与古代历史上相似事件的内在联系，作者也深入地开掘并提示出来。用今日的太原公子和未来的房玄龄比喻袁克定和杨度，以显示其政治野心，就鲜明地表现出作者的这种思维路向。很明显，作者是把近代历史生活当作民族历史文化的有机组成部分和在 20 世纪初注入了新因素的生存形态来看待和认识的，于是，传统文化氛围就成为蕴蓄于生活深处的精神气息，和文本审美境界的时代气息水乳交融地结合在一起。

以此为基础，作者深入地探讨了近代中国的历史发展道路。从王闿运的帝王之学、杨度的金铁主义、梁启超的宪政理论到孙中山的五权宪法，小说把当时思想界的各种政治理论，都作为我们民族自强的方案，以平等的眼光介绍其基本观点和历史际遇；从百日维新、皇族内讧、辛亥革命、帝制复辟，到丁未政潮、北京兵变、蔡锷独立、陈炯明背叛，作者对这些有理论指导或无理论指导而对时局影响重大的政治事件，均或详或略、或侧面或正面地加以描写。这种描写无疑增强了作品的学术含量，有助于《杨度》作为思想文化成果根基的深邃和骨质的强劲。同时，作者又把政治理论和政治事件落实到具体人物的身上，作为历史人物思想性格和心灵境界的学理化表现、历史个人或集团之间的纠葛冲突来体察和刻画，这样，各种思想观念就超出理性范畴，转化成了感性世界和世俗生态的有机组成部分。对袁世凯称帝，作者就在政治信仰和人心欲望的背后，发掘出袁克定这一近代"太原公子"的形象，以特定的人际关系和世俗情理对其加以解读，结果反而将特殊历史事件的缘由阐述得更为真切和深刻。作者对政治思想史内容与人性、人情、人伦贯通交融的体悟和艺术化、精神心理化的处理，使作品将隐藏在历史生态底层的精神气脉，深切有力地展现了出来。另一方而，作者又用纯正的学术眼光，把种种难登大雅之堂的俗文化内容知识化，并与人物的命运和历史的演变结合起来进行描写，使之作为与雅文化同样的历史文化有机组成部分，而呈现于文本的审美境界。对传统的算命和风水术，作者就把它与杨度的性格命运、袁克定的行为抉择联系起来，当作与佛教精神、帝王之学一样影响人物性格和命运的精神文化力量来看待。作者对分属民族文化大传统和小传统范畴的内容所作的这种艺术处理，体现出一种以世俗人伦眼光拆解世态万象、又从大文化高度吸纳和同等处理雅俗生态的思维路向。

在这一切的背后，《杨度》赖以凝结全书的精神聚集点，则是以爱国之情、救国之志和谋国之才为核心所构成的非凡人格。小说既底气充沛地赞颂谭嗣同、孙中山等万众敬仰的伟人豪杰，又笔力雄健地肯定袁世凯、汪精卫等复杂的、基本被否定的历史人物所表现的救国举动、治国才干，甚至对袁克定的阴谋和野心，也能艺术地沿引历史故例，给予充分的同情性理解，其中的根本原因，就在于作者的精神视野具备这样一个极具包容度和涵盖力的价值基点。国家立场和功业立场显然是一种能获得广泛赞同和认可的公理性立场，作者充分开掘出这种价值立场所拥有的巨大认知潜能，才使小说既丰满周到地展现出近代中国纷繁复杂的乱世景观，又准确透辟地揭示出历史与文化嬗变的深层态势，从而显示出一种既稳健深刻、又沉雄大气的文化气象。

不过，作者在开掘和锤炼具有独创性、超越性的生命情调作为小说的艺术情韵方面着力不够，小说在铺叙各种历史文化内容时，运笔就显得缺乏粘心贴肺、血肉相连的精神和情感胶着点，而不时给人以空泛、漂浮之感。

二

以宏阔的历史情境呈现为基础，《杨度》着力表现了乱世环境中的杨度以文人身份济时、"用世"的历程，揭示了他的救国理想和个体生命价值在不断的追求和失落中循环往复的乖戾人生状态，以及他那悲怆与滑稽相交织

而不自知的精神生命境界。

作品从杨度非韩薄柳、天低吴楚写起，充分表现了他作为谋求入仕、"用世"文人在自身素质和条件方面的不同凡响之处。杨度一介平民书生，却热衷帝王之学，追求"辅一代明主，成百年相业"。还在读书求学时，他对名震海内外的孙中山就能平等视之；他也有才华和心计，一番对白即令神童才子、封疆大吏张之洞刮目相看，一个小手腕就让严师王闿运转怒为喜；为实现报国之志，他还决然割舍日本国土上知心的佳人、庞大的财富和光明的仕途，这种气魄和毅力不能不令人刮目相看；对于如何在近代中国特定的历史环境中把握时势、建功立业，杨度也有独到的体察和虽显芜杂却自成一格的思想观念。而且，杨度确实始终真诚地把个人功业和认识国情、拯世济民联系在一起。

然而，杨度的人生追求却每每际遇无常、功败垂成。刚出道，专制统治下"梁头康足"的荒唐官司就毁掉了他"榜眼公"的锦绣前程；为袁世凯两肋插刀、大打出手，宰辅重位却与他交臂而过，只换来个"旷代逸才"的空名；他应用帝王之学，颇具赌博投机性地寄希望于袁克定，在社会转型的乱世中却悖逆时势而又所托非人；臭名昭著之时，杨度忧惧盈怀，避俗世入空门，却仍然未泯"用世"之志、拯救苍生之心。就这样，作者舒卷从容地为我们展示了杨度这样一个有志有才、真诚坚定的"用世"文人进退失据、尴尬、苦涩而滑稽的人生命运。

作者对杨度的精神品性进行了入木三分的揭示，从而使小说深化到了剖析与刻画特定历史文化情境中主人公精神人格的层面。杨度一生所遭遇的其实是一个接一个的人生悲剧，无论事业还是爱情都挫折累累、遗憾深深，他却从来就缺乏忧患之感，总是意气昂扬、心态良好，不断地落入一个个陷阱，却总以为下一步将跨入美丽的花园。这种庄严与滑稽并存的幻美心理，实际上折射出杨度明显存在着价值准则超越性的匮乏和生存依据自觉性的欠缺。正因为如此，在信仰与功利、正义与实力、率性任真与心机算计、质朴钟情与名士潇洒之间，杨度才不停地改变自我，表现出一种摇摆、妥协的心性，甚至以多变、无操守著称于世。

　　小说还进一步深刻地揭示出,杨度幻美和无定状态的深层根源,在于中国传统"用世"文人的中介性位置和依附性品质。在中国传统文化中,读书人建功立业的最佳道路,是辅佐和依附专制君主。作为一介书生,杨度除了才华和热情之外别无他物,也只能依赖一个实力派人物来展现自己的志向和才华。依附性使杨度不可能把人生价值建立在真正自我独立的思想和人格的基础上,而只能让它从属于主子的选择。所以,虽有自己的"金铁主义",杨度后来却束之高阁,而去依附袁世凯和袁克定。这样一来,当主子袁克定作出的是悖逆时势的抉择时,杨度的人生价值就不能不为这倒行逆施的行为所拘囿和损伤。其中自然也有种种内心的矛盾,但依附性品质决定他在特定的历史环境中只能"弃明投暗"。同时,由于总是处在士林和政坛之间的中介性位置,杨度难以清醒地认识到依附性品质隐含的种种危险和歧途,反因一旦依附成功即有可能建立不世功业,而在心理上为依附性品质添加了虚幻却美丽的光环,甚至总能因自己储备的发展潜力产生心理上的优越感和沾沾自喜之情,哪怕屡屡失意,也因为有可能再遇明主而信心不减。由此可见,其实是传统"用世"文人人生模式的内在缺陷,决定了杨度的精神品性和人生命运。作者这一问题的深刻认识,才使小说既深刻地描述了杨度庄严深沉的人生追求和沉重悲怆的命运遭遇,又充分地揭示出其中隐含的滑稽色彩,小说的正剧品格中也就体现出喜剧和悲剧因素相交织的特色。

　　小说还以大量的篇幅描写了杨度与几个女子的爱情关系。这种对政治性人生之外的遭遇和性格侧面的描述,间接却准确地揭示了杨度精神境界高下的演变历程,使我们得以触摸到他作为一个生命个体的实心实肠。杨度与静竹的最初定情、与千惠子纯真热烈的爱慕及其升华,显示出他令人肃然的血性;后来与静竹心灵的亲近与隔阂,则映衬出他男儿真淳本性的迷失与回归;和袁克定的"礼物"富金的风流韵事,又表现出杨度以名士风度体现出来的情感品质中轻佻、苟且的侧面。因为这一系列描写,杨度形象的人性蕴涵得到了极大的丰富,显得更为血肉丰满、灵动充实。

杨度的乖戾人生和丰富复杂的性格内涵，深刻地折射出近代中国参政知识分子的人生道路和心路历程；而且，正是近代中国特定的历史文化环境，造就和局囿了"用世"文人杨度的人生道路和命运格局。所以，杨度形象所体现的，其实是近代中国历史文化的面影。

作品这方面描写的局限主要有两点。其一，作者本应将艺术重心凝聚于杨度形象，但有时不自觉地转为从杨度的视角去观照和介绍广阔的时代，结果，杨度形象就隐匿于阴影之中而得不到强烈的艺术聚光，可触摸性和雕塑感反而显出某种程度的欠缺。其二，作者对杨度气质与性情方面的时代新质、20世纪特征表现得不够深沉有力，这使得杨度形象的文化沉积的宽广度和在文化发展进程中承前启后的特性，未能获得全面而充分的表现。

三

以杨度形象为中心和线索，小说还在近代中国政治变故和文化转型的辽阔背景上，塑造了一大批栩栩如生而又富有典型意义的历史人物形象。

袁世凯是小说表现得颇有新意和深度的一个历史人物形象。作者凭着对史实和世情的精深体察，对于在戊戌政变中是否告密和做大总统后称帝具体缘由这两桩关乎袁世凯基本评价的事件，作出了不同于史学界公认结论而更符合人情世故的新解释；对其老谋深算、阴狠圆滑的性格和非凡的文韬武略、办事能力，以及作为乱世枭雄"奸"和"雄"兼而有之的特性，也都作出了客观、准确而精彩的揭示。袁世凯形象刻画的不同凡响之处，还在于作者通过将袁世凯和孙中山、梁启超、载沣等历史人物的对比与映衬，目光老辣地透视出在20世纪初的中国政治舞台上，恰恰是袁世凯这种没有主义、不守游戏规则但是有实力、通世故、精于权术的人物，反而能够抓住要领、乱中取胜。然而，袁世凯一时的成功却难掩乍看八面威风实则仓皇无主的心态和"聪明反被聪明误"的报应性命运，其中又充分体现出历史沧桑、历史细部的可塑性和无常性背后，始终存在着历史根本规律的庄严和力量，人心和历史的雄健走势对于任何逆历史潮流而动者，都必将构成无可抗拒的威压。这样，作品就体现出一种洞悉历史内在奥秘的思想眼光和精神内蕴的纵深度来。

小说中的王闿运形象，则传达给读者一份浓厚的文化沧桑感。作者在整个中国传统文化的精神时空中，雕塑出了王闿运这个中国传统文化集大成者的典型形象。作品着重刻画了他在落魄的晚年融"从庄"与"入俗"为一体的人生姿态和从未泯灭的"用世"之心。作为功名奋斗的失意者，晚年的王闿运仍然恃才傲物、落拓不羁，对帝王之学情有独钟，而且确实对时局明察秋毫。但是，不同于青年时代的轻狂躁进，这时的他往往以指桑骂槐、旁敲侧击的手法来嘲弄不合理的政事，用玩世不恭的方式来表达目空一切的内心世界，结果，表面上看王闿运不过是一个滑稽而骄矜的糟老头子，实质上这种状态却正是他率性而认真地逍遥人生的具体表现形态。王闿运兴致勃勃地为旧时名妓、烟粉知己书写《洛神赋》，和故作老眼昏花地认"新华门"为"新莽门"，就鲜明地表现出这种精神性格特征。而且，王闿运玩世不恭时并未郁郁于怀，倒是常显得意洋洋之态，这就从更深的层次上体现出，他的逍遥尘世并非功名难成时无可奈何的退缩，而是基于功名追求之外的另一个人生价值支点。通过描写这一系列不合时宜的言行，小说既深刻地呈现了王闿运精神世界中儒与道并存互补的生命状态，又有力地揭示了中国文人几千年一贯制的功名奋斗模式在近代中国必将衰败、没落的历史命运，同时还显示出传统文化精神在任何历史坎坷面前皆能自强、自立的内在素质和能力。于是，王闿运就成为了以一种独特的形式浓缩着中国传统文化精义的典型人物形象。而一代名士王闿运，竟公然与老妈子暧昧不清，不仅未曾有所避讳，反而常常招摇过市，这不能不令人惊诧莫名；但事情的另一方面是，他又确实由此获得了身心的慰藉，以至深怀感激地称周妈为离不开身的"拐杖"。王闿运这一惊世骇俗的人生举措，表面看是堕落，实际上是入俗，在以一种极为独特的方式，体现王闿运超越浮名虚誉所达成的、对个体生命真谛的深刻把握。作品对此的肯定性描写，则既表现出作者对于人情世故的深切理解，

又使王闿运的形象在生命本质的层面也具备了坚实的内涵。

周妈的性格和气质颇似《红楼梦》中的刘姥姥。作为一个凡俗的弱小者，她对"上炕老妈子"这种屈辱的人生位置，实际上是心满意足的，为谋生也为真情，她对王闿运始终尽心尽力。与此同时，她又费尽心思地想把自己的女儿嫁给王闿运的儿子代懿，以求自己在王家的地位略有提高，并因未能如意对取而代之的叔姬耿耿于怀。但是，当王闿运入主国史馆，她也掌握了一定的财权时，这位眼界窄小的乡下女人却不可能把目光放在支持王闿运干一番轰轰烈烈的事业上面，而只是施展着种种小聪明，尽量让儿子、女婿多捞点小钱小物，以过好那卑贱、微渺的生活，并因此不惜置大义于不顾，致使王闿运陷入尴尬的境地。在周妈这一人物形象的身上，练达与俗气、精明与狭隘、真情与私心融为一体，而种种性格外在形态的背后所体现的，则是一个凡俗的弱小者地位的卑贱、智慧的卑微、生存的辛酸和对这种辛酸毫无自觉的愚昧。连她目不转睛狠狠地盯人的、集朴实与蠢笨于一体的眼神，也在作者的反复描写中，给读者以强烈的心灵震撼。

《杨度》描述了众多青年女子的形象，叔姬尤其让人怦然心动，感慨良多。叔姬的一生始终在不如意的婚姻中煎熬，她生活态度上的认命和天性的无法妥协、委屈，她由尊崇公公王闿运而不做决绝反抗所形成的内心的抑郁，以及她对夏寿田终生不渝、直至呕心沥血的相思，极为沉痛地表现出旧时代的弱女子无法主宰自我、只能清醒地承受人生缺憾与创痛的人生命运。与此同时，小说也如实地描写了叔姬从诗词中所获得的对人生失意的释怀、因儿女聪慧而感受到的淡淡的宽慰，以及她虽痛苦却结结实实地活着的生命状态。这方面描述的背后，实际上显示出作者比诗意地强化精神痛苦、空泛地抨击封建制度更具驾驭坎坷世事力量的思想和价值态度。

周妈和叔姬等人物的凡俗人生渗透着浓厚的命运沧桑感，使《杨度》对政坛和士林非凡人物及其命运景观的展示，获得了厚实的社会土壤，从而更为深沉和稳健；使各种不管成败如何终究曾风云一时的非凡人物的值得羡慕、尊崇之处，也得到了有力的体现；而且，这类人物形象的塑造，还充分体现出作者博大、真诚的人文关怀之情，使得他严肃的社会责任感和庄严的历史使命感变得更加内蕴坚实、沉雄有力。

《杨度》塑造出大量次要人物的形象，视野广阔地呈现了近代中国多姿多彩的历史生活和人生状态，这种种人生状态所构成的文本审美境界，散发出浓厚的历史、文化和人生的沧桑感。主人公杨度的人物形象，则在这开阔而深沉的时代画卷中获得了更为深刻而中肯的定位；小说笔力沉雄、气局宏阔的美学风范，也因为对这众多精神跨度极大的人物形象的描写，得到了有力的加强。

第三节　《张之洞》：正史之笔、廊庙之音

当代长篇历史小说的优秀之作均具深厚的文化基础。姚雪垠的《李自成》具有浓厚的革命意识形态文化的色彩；二月河的"落霞系列"作品《康熙大帝》、《雍正皇帝》、《乾隆皇帝》着力渲染的，主要是民间通俗文化的审美趣味；刘斯奋的《白门柳》主要表现的是名士、名媛在易代之际进退失据的命运和困苦矛盾的心境，承接了古典诗词韵味浓郁的传统文人文化的遗绪；凌力的《少年天子》、《暮鼓晨钟》等作品则将文明的转换与君主人格的生成融为一体，在古典文人文化的审美意趣中，更多地投注了现代知识者对人性、人情的关切和赞美。从这一角度看，唐浩明的历史小说继承的是中国传统的史官文化，堪称是中国当代历史小说领域的"廊庙之音"。他的长篇历史小说"封笔之作"《张之洞》，在这方面表现得最为自觉和充分。

—

唐浩明的历史小说主要选择中华民族"三千年之一大变局"的晚清历

史，来作为自己通古辨今、进行艺术观照的对象。《曾国藩》深沉地讴歌文化和王朝衰变期传统儒家文化"托命之人"建功立业的悲苦与崇高，《杨度》着力显示政治格局和意识形态的风云变幻中时势弄潮儿生命价值的沉浮。《张之洞》则择取了中国在民族患难中从传统向现代艰难转型历程中的枢纽型、代表性人物，着力表现他们对民族历史进程、民族文化演变的所作所为和独特贡献，以及他们自我的心路历程和悲剧性的人生价值状态。作者以纵观近代中外历史文化大势的高远视点，从张之洞作为社稷之才优异于一般清流名士的识见、韬略与胸怀写起，既描述了他在中国传统为政格局内兴利除弊、保境安民的业绩，又浓墨重彩地展开了他总督两湖时兴办洋务以图国家富强的宏伟气魄和艰难努力；既体贴入微地揭示了他在清王朝腐朽衰落的历史环境中精心运用却迭遭尴尬的"仕宦之术"，又严峻地反思了他那事与愿违、困惑重重以至最终觉得"一生的心血都白费了"的人生苦涩。这样，小说就以大开大合的故事情节，透彻地描述了张之洞作为乱世重臣的从政人生历程。而且，小说还以张之洞的人生际遇为枢纽，将晚清重大的历史和文化事件、重要的社会与时代矛盾，以及朝野诸多类型的人生奔忙中显性和潜在的规则，都纳入了文本的意蕴建构。

尤其显得不同凡响的是，作者并没有把这部作品仅仅写成一部引人入胜的名臣传。作者艺术思维的重心，其实是从中华民族的文化特征及其盛衰演变的大背景，来深入开掘和探究张之洞人生道路背后的心路历程与精神底蕴。首先，作者似乎信手拈来地对种种文化掌故、文化史实和历史文化名人的逸闻趣事作了极为丰富、广泛的介绍与评述，从而为作品铺陈出浓郁的超越具体历史生活场景的文化氛围。在此基础之上，小说对官腐民劣、内忧外患的晚清病态文化，对张之洞既"维新"又"卫旧"的历史和文化必然性，对他"中体西用"思想的合理内涵及其背后的功利动机，对调乐、治国、人生中所包含的中国传统文化"天人合一"的美境，都进行了精辟而丰富的揭示和呈现，其中有力地显示出一种从思想文化层面思考民族历史及其典型性人生的审美路径。作者还以民间野史热衷于渲染掌故、隐私的姿态，对历史变换、人生世务的各种潜在规则与秘诀进行了深广而坦诚的开掘。比如，正像《曾国藩》中阳儒阴法、儒道结合的"驭民之术"、《杨度》的"帝王之学"使当今读者大开眼界一样，《张之洞》对于主人公在宦海沉浮中精心研摩的"仕宦之学"，也进行了精微而贴切的揭示。实际上，作者选择"百年来屡招责骂、批判和嘲弄"的张之洞作为审美观照对象这一事实本身，就体现出一种从当代思想文化的高度出发，拨开政治文化与世俗道德的迷雾、还原历史本相的创作意图。构成全书思维焦点与框架的，包括张之洞的"人生是成功还是失败"、"事业是辉煌还是虚幻"、"强国梦为什么不能圆"，以及"中体西用"是"正路"还是"歧途"等问题，也都是作者将颇具学理深度与"实录"精神的历史文化思考转化为艺术表现的结果。

这样，《张之洞》的审美意蕴实质上包含着三个不同的层次。第一个层次是围绕张之洞的为政和人生历程，对包括其幕府亲信、亲朋好友和朝野要员的行为过程与矛盾纠葛所作的描述；第二个层次，是对他们种种社会与人生抉择的人性、人情和文化依据的揭示；第三个层次，则是对中国历史文化显在和潜在要义的艺术化探讨与判断。所有这一切，使得小说的叙事境界和思想内涵，自然地伸展到了历史文化剖析的层面，作品对主人公个体形象和具体人际关系的描写，也就成功地转化和升华成了对各种文化人格形象和特定时代的种种文化关系的审视。应当说，在"人治"时代，以人为中心的历史观才更为贴近历史的本质。而且，往往并不是帝王，而是那种能够将执政王朝的运数、杰出人物的成败和治乱之间文化支撑力的盛衰都聚集于一身的历史人物，才更具历史与文化的深厚内涵，也才更有可能提供出实现"通变"这一历史考察崇高目标的审美道路。张之洞就正是这种从个体的功业、人格，到社会和文化关联都非同凡响的枢纽型历史人物。从这个角度看，《张之洞》这部小说，实质上是从思想文化层面对中华民族"三千年之一大变局"的一种艺术考察。晚清学人梁启超谈到他的学术史研究时，曾经颇为向往地表示："我的理想专传，是以一个伟大人物对于时代有特殊关系者为中心，将周围关系事实归纳其中，横的竖的，网罗无遗。……其对象虽只一人，而目的不

在一人。"①唐浩明的《张之洞》正是以主人公张之洞为中心，把那个时代的历史与文化都归纳到他的身上来展示，又通过张之洞这一形象来展现那个历史时代，从而以艺术作品的形式体现了梁启超曾经企求的"理想"境界。

二

《张之洞》的审美内核，则是以认同与反思相结合的态度，来探讨中国传统的功名文化人格在中华民族大变局中的具体历史形态及其悲剧性命运。

中国的儒家文化以"立德、立功、立言"三完美为理想的人格模式，实际上其真正的标准，是着眼于历史人物对国家民族的实际发展所付出的努力和所起到的推动作用。正因为如此，在"德"、"言"的基础上以"立功"为人生崇高目标的社稷之臣对于功名事业的执着追求和卓越建树，才最受敬重与赞佩，他们所经历的困厄和付出的代价，才获得了最多的关怀与体贴。这也确实是值得我们继承与弘扬的民族文化的优秀传统。《张之洞》正是从这样的文化立场出发，来展开对各种人物的描述和褒贬的。小说的巨大篇幅，是以钦羡、仰慕的笔调，来刻画张之洞开创为国为民的功名事业的气魄、才干、韬略、艰难曲折的过程和多姿多彩的表现形态。对于张之洞经营山西、统率广州的辉煌政绩，特别是他以中国前所未有的气魄筹议铁路干线、督建铁厂的宏图大业，作者都给予了热情洋溢而意趣盎然的表现。对他与时维新的历史眼光、"中体西用"的治国方略、"东南互保"的果断决策、务实重才的干臣胸怀，作者更给予了多层次多侧面的、入木三分的剖析。对于张之洞功名事业中的诸多偏颇、遗憾与失误，作者则以充分体谅世务复杂性的语气，笔带幽默地细述其缘由后、略加嘲弄即告完结。试办洋务时重开闱赌、外宾访鄂时热情造假的情节描写，即为作者这种态度的典型例证。对后人关于张之洞好大喜功、糜费挥霍、巧于仕宦、沽名钓誉等个体道德人格的指责，作

<hr />

①　梁启超：《中国历史研究法补编》，《中国历史研究法》，上海古籍出版社 2006 年版，第 163 页。

者也都从时代局囿和个性特征等角度予以了维护和辩解。

但是，作者又站在当今时代的思想理性高度透彻地认识到，在近代中国错综复杂的时代矛盾、腐败无能的朝政格局和个体生命的天然局限之中，张之洞的功名追求实际上无法避免悲剧性的事业与人生结局。所以，往往在张之洞的某项大业初展宏图时，作者即借各种人物之口纵论天下大势，或者以相关的情节揭示其中固有的复杂矛盾，来预示其难以圆满的结果。作者的这种艺术处理，一方面充分显示了一位当代作家所"意识到的历史深度"，另一方面则反而衬托出主人公"知难而上"的人格崇高性。"和耶战耶"就从朝政格局的角度，用整整一章的篇幅来铺陈谅山大捷后中国还是难避屈辱结局的时代必然性。游方郎中吴秋衣"橘过淮南便成枳"的箴语，更提前给张之洞励精图治的洋务大业笼罩了厚厚的阴影。而且，每当描述完张之洞为自己历尽艰辛后的大功告成深感欣慰时，作者都毫不留情地展示出实际情形的另一面，使得张之洞功名事业既有的阴影转化为充满缺憾与陷阱的现实。离开山西的前夕，张之洞才知道三晋大地依旧在大种罂粟，临到晚年他竟然才知道自己也被哄骗吃了十多年的鸦片。整饬吏治揪出的贪官依旧在肆无忌惮、为非作歹，甚至几十年后还公然向张之洞耀武扬威。本为挽救衰颓的王朝而兴起的送留学生、办兵工厂之举，结果却导致了为埋葬这王朝准备人才条件的完全相反的结局。所有这种种描写，将张之洞毕生追求的功名事业既事与愿违、又面面不讨好的悲剧性后果揭示无遗。至于参劾风波、后院起火等情节，更将人格崇高、纯正者的人生险境，令人惊心动魄地展示了出来。于是，小说的思想艺术蕴涵就自然地显示出一种深沉的反思色彩。

小说还详尽地展开了对各类士人群体的描写。清流名士们壮怀激烈，实际上相互之间情怀、识见、和韬略皆大相径庭。幕府成员各有专擅而品格、性情方面鱼龙混杂。维新党人士里，谭嗣同悲苦决绝，梁启超才华盖世，康有为却偏激狂悖。久历宦海的大官僚中，阎敬铭质朴老辣，谭继洵庸怠因循，翁同龢刚愎自用，相互之间也大不相同。这些以不同形式涉足政坛的仕人的人生表现，实际上是对张之洞功名事业型文化人格的补充，也是作者对儒家

文化人生追求的正负面特质全盘考察与反思的结果。正因为如此，作者在具体的描述过程中，对他们体察深切而寄慨良多。倒是布衣士人吴秋衣的洒脱达观、医者王懿荣的名山事业，令张之洞也令作者心向往之。尤其是对世事洞明、进退自如的桑治平，作者特意以之贯穿始终，来作为张之洞人生道路的映衬和对照。他卓越的才识与官场的失意之间的反差，隐含着对张之洞辉煌事业所具有的命运偶然性的暗示；他携侣同行，跳出名利场，融入天地造化之中，结果反得生命大境界和对人生永恒真谛的更深领悟，这更是作者从儒家文化的思想框架之外，对功名文化人格的褊狭性、局限性乃至个体生命某种程度的浮泛性的深刻反省。于是，《张之洞》对儒家文化治国与为人之道的考察，就显示出极为辽阔的精神文化视野；作者对于以多元人生价值取向为基础的现代意识的真切领悟，也从中充分体现出来。

以这种反复的探究和考辨为基础，唐浩明又回过头来，仍然由衷地把为国为民的功名事业型人生，当作国家民族的中流砥柱和希望所在来热情而严正地讴歌；并且以诸多人生价值取向的合理性与成功度，以功名追求者自身的复杂性，来映衬和揭示在国家民族多灾多难的历史时代功名事业驾驭者的艰难和悲苦，从而更为深刻地显示他们人格的伟大与崇高。由此可见，《张之洞》所体现的，正是一种从国家和民族的高度考察历史与文化、评判人生与世事的庙堂文化立场。这是一种属于民族文化主脉的文化形态，具有历史文学"黄钟大吕"、"廊庙之音"的审美和精神品格。

三

《张之洞》的审美境界所依托的，实际上是中国传统的史官文化。小说那种以正写奇、不入阴晦、诡异之途的庄严气度；那种以思驭文，义理、辞章、考据融为一体的学者兼思想者的作家姿态；那种坦陈历史复杂真相、穷究历史事实来龙去脉而秉笔直书的"实录"精神；那种动则天地人生、古往今来而且确实凝聚了丰厚的人生与文化沧桑的沉雄气度；包括语言本身所体现的文化功力和笔力，都显示出一种"究天人之际，通古今之变，成一家之言"的思想文化高度，一种基于深厚的民族正统文化的大家气派。而且，《张之洞》比作者轰动海峡两岸的《曾国藩》和屡获全国性大奖的《杨度》，显得更为境界开阔、笔力饱满、思虑深沉，既舒卷自如而又丰满厚实，呈现出一种思贯古今、自成高格的美学风范。从根本上说，文学作品的艺术境界其实是一种人性内涵和人生风云成为历史积淀、进而获得话语形态的文化境界，那么，《张之洞》的审美境界以深厚的文化底蕴为基础，也就具有了审美文化的高品位。

当然，《张之洞》也不是没有欠缺和局限。这部作品确实呈现出一种艺术的雄风，但其背后却存在着艺术感觉不够细腻和灵动之处；跨文体思维视野的追求中，却不无冗长与枯涩之弊。而且，作者显然长于对世事人生的理性思考，对人情的纤细体验与精微品咂则相对薄弱或关注不够。在作品的爱情描写中，作者所显示的就主要是一种深味人世复杂与曲折者对他人人生悲欢居高临下的旁观式观察与慨叹，而让人感同身受、情难自已的描绘并不多见。桑治平与昔日情人的重逢场景表现得确实动人心弦；但在描写张之洞对佩玉动心的过程中，作者的浓墨重彩却是用于抒写他们的艺术知音之情，对张之洞作为生命个体的人性的颤动则表现得相当微弱，紧接着，作者的笔墨干脆转到对音乐境界作为一种文化境界的辨识、思考与联想上去了。其实，虽然张之洞当时并未倾心，但一般的动心同样会包含值得开掘的人性、人心的微妙因素，其中大有艺术开掘的余地。作者于此却往往显得力有未逮。

不过，"大行不拘细谨"，这些枝节问题不过是白璧微瑕。而且，希望"大江东去"的雄豪与"杨柳岸晓风残月"般的精微在一部作品中同时兼得，这其实近乎苛求。所以，从艺术角度看，《张之洞》的文化气度与沉雄品格同样值得推崇。

总的看来，饱经了中华民族"三千年之一大变局"的风风雨雨，当代中国立国既久，已经超越"革命"阶段、进入了相对来说较为正常发展的"执政"时期。这样，摆脱种种时代阴影的遮蔽，更从容客观、更科学地看待中

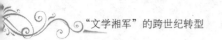

华民族的往昔，更具价值包容度和经典色彩地揭示中国的历史图景和文化内幕，更具民族文化高度与力度地观照世事人生，从而确立一种能够成为国本和民族主脉的文化形态，实际上已成为我们时代重要而迫切的需求，而且，也只有这样的精神文化产品，才最有资格担当民族文化代表者的重任。《张之洞》就正是这样一种值得文坛内外高度重视的"正史之笔、廊庙之音"。

第四节　唐浩明创作：王朝衰变期的功名文化人格发掘

长期以来，历史小说研究领域存在着一个误区，就是以为传统写法的历史文学作品既然是以史料为根本依据，就不过是具备一定历史文化和文学修养的作家，将自己所选题材的历史材料艺术化、通俗化，从而构成相应的文学作品而已。于是，专心于对作品进行历史真实与艺术真实结合状况的考察，就成为历史文学恒定的研究模式。由此，学术界又形成了一个研究的盲区，即普遍地对历史文学作家的创作主体意识和主观能动性缺乏深入的研究和细致的考察。人们习惯性地认为，历史文学作品总体看来不过是作者对描述对象认同性理解的产物，作家的主观能动性并不具备广阔的发挥空间，历史文学作家的主体意识也就并非创作研究中至关重要的问题；不少研究者甚至认为，只要把握住其普泛的历史观特征，一切内在奥秘皆可迎刃而解。对于从《李自成》等农民起义题材到《雍正皇帝》、《曾国藩》等帝王将相题材这种创作热点的变化，人们在很长的一段时间里，就都局限于用"阶级斗争史观"和"英雄史观"、"皇权文化"等宏观的社会历史理论，来笼统地、表面化地加以解释。

结果，关于历史文学作家的思想文化视野、精神向度与深度、艺术气质与才情等主体意识方面的特征在创作中的作用和表现，以及由这种主体意识所决定的文本意蕴境界与时代精神联系的具体形态和内在缘由，诸如此类可以将历史文学研究导向深入的问题，就始终处于被忽略乃至悬置的状态。这既不利于真正深刻、有力地解读内蕴复杂的历史文学作品，也不利于把握整个历史文学创作在时代精神文化发展中的意义和价值。在文化转型语境出现的优秀历史文学作品中，凌力的《倾城倾国》、《少年天子》、《暮鼓晨钟》，二月河的《康熙大帝》、《雍正皇帝》、《乾隆皇帝》，唐浩明的《曾国藩》、《杨度》、《张之洞》，刘斯奋的《白门柳》，熊召政的《张居正》，都是以帝王将相或希望成为帝王将相之人作为描述对象，但它们的主体立场、精神深度、情感倾向、心理兴奋点等方面却存在着巨大的差异，绝不是"英雄史观"、"庙堂文化"之类的泛泛之语所能解释清楚的，这些作品在时代精神文化格局中的特质与意义，也不是"民族传统文化认同者"之类的断语所能简单概括的。

其实，与现实题材创作一样，在历史文学创作这一创造性的审美活动中，作家的精神心理结构、主体审美意识对于文本思想内蕴和艺术品质的确立，同样起着不可或缺的重要作用。正由于作家们是从自我独特的精神视野与思想立场出发来对史实进行介入和解读的，历史文学作品与时代的精神联系才各不相同、艺术风貌才千姿百态。

由此看来，我们探讨唐浩明历史小说创作的总体审美风貌，也应当选择审美主体意识和个体精神心理作为切入口，才有可能贴切而又富有深度。

一

在唐浩明历史小说创作的主体意识中，有两个事关全局的问题不能不引起我们的关注。其一，他的三部长篇历史小说中，《曾国藩》、《张之洞》描述的都是总督"级别"、朝廷"擎天柱"式的国家重臣，为什么二者中间却出现了一部以杨度这样一个并未真正步入朝堂的用世文人为审美对象的作品？这似乎是一种题材乃至思路层面的不和谐现象。其二，《曾国藩》一出版就轰动海峡两岸和社会各阶层，以至一时之间，社会上竟流行起"经商要读《胡雪岩》，做官要读《曾国藩》"之语，《杨度》对于"帝王之术"、《张之洞》对于"仕宦之学"的精心揣摩，也让读者不能不认为唐浩明确实堪称封建官场"潜规则"揭秘的"行家"、"高手"。但唐浩明在各种访问记、创作谈之中却屡屡谈到，他的历史小说的期待和实际的阅读对象，主要是具有一定文化修养的知识分子。这二者之间，无疑构成了一种读者和作家之间认识与判断的严重错位。形成这种种状况的背后原因，不能不引起我们的深深思考。

不少读者认为，《曾国藩》所表现的主要是曾国藩如何做官。但实际上，《曾国藩》之所以获得巨大的社会反响，恰恰在于唐浩明不同于大量亦步亦趋地描述封建时代良相名将的许多同类作品，而凭借自我的创作主体意识，充分发挥主观能动性，对创作题材进行了独具历史与文化深广度的开掘。小说描述曾国藩从墨绖出山、艰难创业，到功成名就、持盈保泰，直至瞻前顾后、求田问舍的整个人生，展现他历尽艰难争成就，费尽心机保成就，直至为成就所累的奋斗历程，以及他从刚健昂扬到深沉老练，直至苦闷萎缩的心灵状态，在这样的审美格局中，曾国藩如何"做官"的生活面貌不过是一种表象和基础，作者真正深刻而丰满地刻画的，是一个儒家文化人生格局中事业有成却悲苦兼尝的"圣者"形象。作者还深刻地揭示出，在文化传统与时代条件错位的历史环境中，功名文化人格只能落得个从奋发张扬到没落萎缩的悲剧性命运。所以，从功名文化人格的高度来刻画事功奋斗者、官场跋涉者的人物形象，才是唐浩明历史小说主体意识的根本特征。正是这种主体意识及其在创作中的成功实践，使得《曾国藩》的审美内蕴形成了对题材特定意义的升华与超越。

也因为审美主体意识在于全面考察和展示中国传统的功名文化人格，唐浩明的《杨度》没有选择朝廷重臣、官场"名家"，而以杨度这样一个始终游走于官场和士林或者说谋官失败的文人作为艺术剖析的对象。《杨度》从探求近代中国历史道路的思想高度，浓墨重彩地展现了杨度对于"帝王之术"等封建权谋文化的学习与揣摩，以及将它作为谋国方略时的历史命运。但小说最为核心的内容，却是表现身处近代中国那样一个从传统向现代转型的乱世，用世文人杨度因为精神迷误，结果生命价值陷于不断追求却不断失落的乖戾状态，以至坠入了集悲怆与滑稽于一体的人生境界而不自知。这实际上是从另一侧面、从事功失败者的角度，表现了传统功名文化人格的生命状态，与作者对于功名事业成功者的刻画与讴歌之间，明显地具有审美思路的内在一致性。

在《张之洞》中，作者同样没有局限于泛泛地描绘张之洞作为朝廷重臣兴利除弊、保境安民、兴办洋务的历史功绩，而是把主人公定位为中华民族在患难中由传统向现代艰难转型、由封闭到与世界接轨的历程中的一个枢纽型、代表性人物，来表现他对民族历史进程、民族文化演变的所作所为和独特贡献，以及他的胸襟、才干、韬略和种种人生情态，他的个体心路历程和悲剧性的人生价值状态。作品以桑治平的人生作为对照和映衬，则更为鲜明地突出、更多侧面地反思了张之洞的人生形态。这一切都显示出，《张之洞》艺术观照的真正核心既不仅是近代中国的社会历史面貌，也不仅是又一种官场人生，而是近代中国历史文化环境中的功名文化人格及其生存状态。在小说的结尾，张之洞慨叹"一生的心血都白费了"，作者随即借书中人物之口点评道："这究竟是一位事功热衷者失望后的激愤之辞呢，还是一位睿智老人对乱世人生的冷峻思索？"①这点睛之笔直白地表明，唐浩明小说创作的精神落脚点，在于揭示和剖析中国封建王朝衰变期功名追求者的历史命运与人生状态。

唐浩明的历史小说以作品主人公为社会历史格局的枢纽和民族传统文化的表征，来广泛地联结和描绘各类重要的历史人物，来揭示和反思近代中国的历史道路与谋国方略、强国可能性；作者还进一步深入发掘和剖析了传统文化在近代中国历史环境中正负两方面的意义、作为及其价值基础，由此显示出一种庙堂文化的精神视野和价值立场。正因为对历史人物重大活动的传

---

① 唐浩明：《张之洞》（下），人民文学出版社 2001 年版，第 592 页。

统文化基础开掘得深厚而充分，唐浩明小说所塑造的功名文化人格形象才显得格外地丰满和深邃。《曾国藩》中主人公由"治乱世须用重典"到兼用"黄老之术"的转变，《杨度》的主人公对"帝王之术"、"君主立宪"念念不忘但却一事无成，《张之洞》中张之洞"中体西用"的强国理念和"仕宦之术"的权谋韬略，所有这些官场文化层面的内涵，作者就都是以发掘功名人格复杂的历史文化内涵为审美旨归，将其社会行为特征和历史文化根源融为一体来剖析与描述的。

所以，唐浩明历史小说的审美境界是始终围绕功名人格在中华民族"三千年之一大变局"中的悲剧性命运来展开的，他的审美主体意识的根本点，是发掘和塑造中华民族王朝衰变期的功名文化人格形象。唐浩明之所以认为具有一定历史和文化修养的知识分子才是他小说理想的、最能产生审美共鸣效应的读者，根本原因就在于此。

二

唐浩明的个体精神、心理特征及其体现在每一部作品创作过程中的具体状态，也对文本审美境界的建构产生了不可忽略的影响，这种影响在作品的艺术韵味、文化品质和审美兴奋点等方面都有相当明显的表现。

首先是文本艺术韵味的问题。细心的读者如果深入研读和比较《曾国藩》、《杨度》和《张之洞》当会发现，《曾国藩》满蕴着苍凉、悲苦的情韵，《杨度》洋溢着酣畅、跳荡的旋律，《张之洞》则显示出一种睿智、清明的气象，也就是说，在唐浩明的三部作品之间，总体艺术韵味存在着不容忽略的差异。

这种种不同艺术韵味的形成，存在一个重要的客观原因，就是作品主人公形象的性情特征。曾国藩一生谨小慎微、瞻前顾后、忧谗畏讥，作者着力刻画人物的这种心灵状态，悲郁苦涩的情韵自然在所难免。杨度虽然一生所遭遇的其实是一个接一个的人生悲剧，无论事业还是爱情都挫折累累、遗憾深深，但他从来就缺乏忧患之感、哀伤之情，总是意气昂扬、心态良好，不断地落入一个个陷阱，却总以为下一步将跨入美丽的花园，存在一种庄严与滑稽并存的幻美心理，作者贴近人物的这种性情特征进行描绘，笔触也就必然会变得舒展酣畅、神采飞扬。张之洞从表面上看有着"成功的一生"、"耀眼的业绩"，但他的"人生是成功还是失败"、"事业是辉煌还是虚幻"①，却是不得不反复思量的问题，那么，以澹定、睿智的笔触进行描述，或许才是恰切的审美之举。

但三部作品艺术情韵的差异，与唐浩明的个体精神特征及其创作历程的具体状态之间，也存在着密不可分的深刻联系。

在不少作家的创作历程中，都存在这样一种饶有意味的现象：一个作家的创作初始阶段，往往会迫不及待乃至急不择路地希望倾吐自我郁积已久的生命体验，形成"井喷"状态，作品的审美境界也因此显得情韵浓郁、感人至深；到第二阶段，随着创作的初步成功和经验的不断积累，作家常常会产生一种纵横自如、左右逢源的自信、张扬心理，一掘到底的"狠"劲和沉着运筹的气概则变得有所淡化，这时他们的作品多半显得技巧圆熟，笔触的力透纸背之感却往往会略有不逮；然后，作家的创作进入了清明睿智、从容淡定的状态，虽然境界全面展开，但已是激情收敛而理性呈现；跨越这第三个阶段，因为"曾经沧海"、雄风不再，平和冲淡、絮絮而谈就成为作家们创作中的常见情态。从精神生命状态的角度看，这四个阶段的创作，可分别称为"生命之作"、"技巧之作"、"思想之作"和"学问之作"。唐浩明三部作品的艺术韵味和美学风貌存在差异，更为内在的原因与作家本人处于创作生命的不同阶段密切相关。具体说来，《曾国藩》蕴蓄着一个大器晚成的艰难奋斗者郁勃不平的生命体验，《杨度》洋溢着一个获得巨大成功的作家内在的欢欣之情和豪迈气概，《张之洞》则传达出作者对功名人格正反两方面细细品味后沉静的世态洞察与生命反思。而唐浩明小说创作"封笔"之后评点

---

① 唐浩明：《张之洞·题记》，人民文学出版社 2001 年版。

曾国藩家书、奏折和日记，则证明他进入了一种"学问之作"的写作状态。这也从一个侧面反证出，唐浩明在进行不同小说的创作时，确实处于不同的个体精神生命状态，而且对作品的审美风貌产生了几乎具有决定性的影响。

其次是唐浩明历史小说创作的"学者"型思维品格问题。众多的研究者均已认识到，唐浩明的小说以"重史"见长，属于"学者型"的历史文学作品。但当代中国优秀的历史小说家，大都是在相关领域中学术积累深厚的专家。姚雪垠研究明史，既可与大学问家郭沫若就复杂的具体历史问题进行商榷，又可让明史研究的权威专家吴晗自叹在晚明史研究方面有所不如。创作《金瓯缺》的徐兴业本身就是大学教授，凌力一直供职于中国人民大学的清史研究所。那么，何以只有唐浩明的历史小说被称为典型的"学者型"历史文学作品呢？

这同样与唐浩明的主体精神特征密切相关。具体说来，就是他的艺术思维习惯、文化角色选择，均显示出鲜明的"学术品格"，并将其传达、渗透到了文本的思想内蕴和艺术境界之中。综观唐浩明的作品我们可以发现，他的三部小说所选择的主人公，实际上都是在当代中国的历史研究领域有争论乃至形成了否定性定位的历史人物。作者以他们为表现对象，力图通过对史料的发掘与考察，来艺术地还原其历史和文化层面的本来面目，并由此形成了"纪传体"的叙述模式，一种相当纯正的"学术品格"和"历史研究"性的思想眼光，就从中充分表现出来。《曾国藩》以上千万的原始资料为基础，超越"卖国贼"、"刽子手"和儒家文化"三立完人"之类截然相反的历史评价，将曾国藩还原为建立了显赫功业却时时辛酸悲苦、忧谗畏讥的末世重臣形象。《杨度》从报国真情和功业志向的角度出发，透过主人公"反复无常"的政治道德外观，来揭示其身处乱世而变换多端的心路历程及其人格基础方面的合情合理性。作家这样审视历史人物，明显地表现出一种力图"拨云破雾"、探究和还原本相的历史学者的思维特性。而且，为适应这种创作动机，作者不避"掉书袋"之嫌，不时对各种历史文化问题进行直接的介绍和剖析，这更增添了作品"史"的色彩。对此，我们只要将《张之洞》中对"中体西用"理论详尽的学术分析，和同样是历史小说名作的《张居正》对"一条鞭"法的情节化描述略作比较，即可获得鲜明的印象。在具体的描述过程中，唐浩明的作品同样显示出"史家"的特征，比如关于王闿运与老妈子周妈的风流逸事，二月河写出来肯定是波折横生、趣味洋溢的传奇故事，在唐浩明的《杨度》之中，它却不过是曾让"老于辞令"的袁世凯也啼笑皆非、不知如何是好的一则历史掌故。所有这些弥漫于文本审美境界之中的作家个体精神特征的"夫子气"、"学究味"，从各不相同的方面共同构成了唐浩明小说"重史"、"学者型"的审美品格。

作家在审美兴奋点和心理敏感区等方面的优势和局限，在文本的具体内涵表达中也暴露无遗。唐浩明所特有的气局宏阔、朴拙庄严、沧桑感浓郁、男性雄风十足但"风流才子"气淡薄、儿女情体察有欠细腻等个性特征，我们均可从作品中明显地感受出来。在《杨度》这部作品中，青年杨度和静竹动情时的"流水传花"，明显地有着唐代以来即为人们熟悉的"红叶题诗"那古老故事的影子；他们定情时静竹以"拜砖"相赠的细节，也无非是中国古代志士前行、佳人慰勉的老套，实无独具的匠心可言。但在描写历经人世沧桑的恋情时，唐浩明则充分表现出有别于此的体验和境界。人届中年的叔姬面对自己"心中永远的情人"夏寿田时，坚持将做女儿家时为未来丈夫绣的"五彩鸳鸯荷包"相赠以了却一生的心愿，作者在这种描写中，将其中所包含的人世的变幻无常、人情的遗憾与温暖，都表现得动人心弦。刻画王闿运和周妈的暧昧关系及其复杂意味时，作者也显得挥洒自如、得心应手。这种不擅长描述青春儿女的情致、却能游刃有余地展示历尽沧桑后的情感状态的审美特征，与作家个体精神特征的独特优势和局限之间，内在联系真是再明显不过了。

三

唐浩明的三部历史小说虽然都产生了较大的社会反响，但相互之间影响

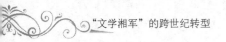

的程度和范围却存在巨大的差异。

《曾国藩》在 20 世纪 90 年代中期，形成了海峡两岸、社会各界争相阅读的极大轰动效应；《杨度》则获得了包括"中国图书奖"、"国家图书奖"、"八五期间全国优秀长篇小说奖"在内的各种体制性荣誉；《张之洞》首先只是一副稳扎稳打的长销书态势，在作品出版多年之后，才在作家本人也不敢相信的情况下，获得了第二届"姚雪垠长篇历史小说奖"。这种影响状况的形成和差异，恰恰与作家对于历史底蕴的开掘、与作家的审美主体意识在时代文化语境中的位置密不可分。《曾国藩》从大文化的宏阔视野，突破当代政治文化的拘囿，开掘儒家文化的人格形象及其内在矛盾，并以他人难以企及的史料功夫，使这种开掘达到了极为丰厚、深邃的程度。但在小说出版之际，一方面，时代波折导致各种西方文化在中国的传播受阻，所谓的"后国学"思潮则迅速兴起；另一方面，市场经济大潮骤然而至，使得长期处于体制文化规约中的人们陡然地感受到了文化依托、生存依据缺失的迷茫。因为与时代大趋势和具体的文化思潮、社会心理的对接与呼应方面都适逢其时，《曾国藩》自然就成为了人们拨开历史迷雾、参悟传统文化人格的艺术范本，获得广泛的关注和强烈的共鸣实乃势所必然。《杨度》作为作家创作第二阶段的"技巧之作"，自然更易为文坛和文化界的种种体制性价值规范所认可，再加上"《曾国藩》热"的余波，这部作品不断获奖也就在情理之中。《张之洞》对于近代中国打开国门与世界接轨的历史状态和"中体西用"的历史理念的开掘，已经达到了相当丰厚、深广的程度，但历史前进到 21 世纪初，中国已到了加入关贸总协定的时代，作品所反映的历史困惑早已被人们反复地品味过了，所以，即使内涵再丰厚、深广，也只能起到深入思考时的参照作用，而难以形成振聋发聩的社会阅读效应。不过，因为这部作品的审美内蕴确实深厚而结实，也就有越来越多的有心人不断认识到它的价值和分量，这样，《张之洞》虽未轰动一时，却多年后仍然不减其光彩，就是自然而然的事情了。

唐浩明的历史小说在文坛内部的接受效应，则植根于作家主体意识所确立的审美路向和文坛流行的审美趣味、审美风尚的契合程度。

　　唐浩明的历史小说虽然被文坛所承认和尊重，但实际上始终未曾被普遍看好。在第五届"茅盾文学奖"的评选中，《曾国藩》和二月河的《雍正皇帝》虽然社会影响乃至思想文化的冲击力都巨大得多，却输给了刘斯奋的《白门柳》。其中的根本原因，就在于《曾国藩》虽然历史文化意蕴深厚，但在文坛流行标准所赏识的文学韵味和艺术神采方面却有所欠缺。《张之洞》在第六届"茅盾文学奖"的初选中就没有入围，可以说也是因为唐浩明的"重史"型创作套路与文坛"重文"的流行审美趣味不相符合；与熊召政那部文、史两方面俱佳的《张居正》相比较，《张之洞》的偏重及随之而来的局限就显得更为鲜明和突出。甚至从唐浩明作品的语言，我们也可明显地观察到这种价值倾向。唐浩明小说的语言沉雄庄严，其中明显地包含着深厚的历史底蕴和文化功力，但从文学灵性的角度看，却因过于沉实而显得朴拙和缺乏艺术情韵，文坛某些有关唐浩明小说"艺术品质欠缺"的评价，也就因作家的这一艺术个性特征而形成了。实际上，富于历史文化底蕴的语言，也许恰恰可以弥补当今文坛的众多作品语言韵味肤浅、精神基础单薄的局限。无奈文坛的流行喜好与真正的文学、美学理解相比较处于强势状态，对唐浩明小说的上述解读和评价也就在所难免了。

　　另一方面，整个社会精神风尚的偏颇，则有可能造成让人啼笑皆非的对作品的误读。唐浩明历史小说所体现的民族正史气象和庙堂文化立场，与当今思想文化界相对活跃的层面所认同的"民间"倾向、个体生命立场存在着差距，在"新锐"文化群体之中，他的作品就未曾因其深厚而受到器重，反而时常因其立场而受到菲薄。在崇尚实用主义的社会文化范畴，唐浩明的《曾国藩》等作品则只是作为"处世"、"谋官"的工具而被广泛地使用，这更是当代社会以狭隘误读广博、以肤浅肢解深厚的典型例证。

　　总之，唐浩明的历史小说在当今时代的多元精神文化语境中获得巨大成功、形成广泛影响的关键，在于它们以文化史诗的气魄，从大文化的角度包蕴深广地再现了近代中国国家本位文化范畴内杰出人物的个人功业与生命价

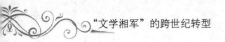

值。而这种文本意蕴的形成，则与作家发掘王朝衰变期功名文化人格的创作主体意识密不可分。

第四章　彭见明小说的世相民情体察

第一节　《玩古》：消闲文化时尚的独特观照

　　中国青年出版社 1995 年出版的长篇小说《玩古》，堪称彭见明文学创作新境界的起点。这部小说曾获得广泛好评，名列"八五期间全国优秀长篇小说奖"20 部获奖作品，2007 年又由河南文艺出版社再版，2008 年还被改编为电视连续剧。《玩古》的独特之处在于，它让人读来饶有兴致、读后大有余味，细究起来却颇难说准和"坐实"；它若巧若拙，闲雅从容，却别致幽邃，内蕴锋芒，总体看来，这部小说在当代长篇小说之林属于"绝活"性质的产品。那么，《玩古》的审美观照到底有何深刻独到之处？在跨世纪时期的小说创作中，它有没有、又具有何种范畴和侧面的突破性呢？从这样的角度入手，我们当有可能较为准确而贴切地把握到《玩古》的分量和意义。

一

《玩古》以"玩古"这一文化时尚在鹤了城从滥觞、勃兴到高潮，直到暗转、衰亡的过程为情节主干，以城乡双重生存空间、现实和历史两方面的文化风俗为审美视野，舒徐有致地展示了其中所包含的种种人生境界、生命欲求、人际纠葛和历史文化积淀，以及"成也萧何，败也萧何"的人生命运和命运支配力量的神秘性。但从根本上看，《玩古》所表现的实为当今中国日趋重要而又为艺术观照所忽略的"消闲文化"生态的习俗与内蕴。

20世纪中国经历的是一个功利至上的时代，民族独立、富强的严峻课题和沉重使命，使得一切闲情逸致都无法摆脱没落颓废、玩物丧志的价值判断和在社会、人生中均被轻视摒弃的命运。直到历史新时期，随着社会的安定、物质的日益富足和人心的舒展安逸，人生享乐的观念抬头，属于消闲范畴的各种文化形态才逐渐或正常或畸形地发展、兴旺起来。在文学创作和出版领域，20世纪30年代知识阶层那审美型人生自我表现的闲适散文作品纷纷再版，描绘旧家族破落子弟在斗鸡走狗、吃喝嫖赌的玩乐中虚度人生的市井民俗小说也不断出现，从而拓展了当代文学的题材视野和文化格局。彭见明正是在这样的社会文化和文学背景下，以自己对消闲习俗既富时代气息又具文化高度的探寻和表现，使《玩古》在文化、文学和时代现实生活等诸多侧面都显示出独特的价值和突破性意义。

这种独特性与突破性，首先表现在作者对玩古即对消闲文化的多层次价值判断上。从社会学层面，作者在第六章通过对鹤了城消闲风尚历史兴替的勾勒向读者表明，满城人疯魔般地痴迷于玩古，实与时兴文化宣传队、大裤脚长头发、红茶菌、气功等相似，不过是一个时代风潮般生生灭灭的历史动态过程，是一种具有一定的社会心理合理性、既隐含庄严内蕴又夹杂着游戏乃至滑稽因素的文化时尚。在这种时尚的兴盛、变异过程中，却又敷演着种种人生的悲喜剧，凝聚着种种社会和文化的矛盾，因而具有观察、表现的意义和独特的认识价值。在此基础之上，作者具体地描写了市长高安从政之余的玩古、欧阳玉琼和东方冉修身养性的玩古、柳三生和洪伟达百无聊赖中的集古、谷定坤与周顺清生计艰窘时不啻柳暗花明又一村的贩古、谷米香大院人蒙昧与势利兼而有之的护古、鹤了城俗众附庸风雅的炒古、包括香港收藏家"古董彭"文物保护意义上的藏古，等等。这些描写实际上从个体人生的角度艺术地表达出，古玩是一种感悟生命玄奥和历史文化的实物载体，玩古则是一种有益且有效的闲情逸致，对功利追求者有利于心态的调节和生命境界的维持，对人生失意者是一个心灵慰安和逃遁的处所，对俗气缠绕者可导出精神的净化与升华，对碌碌于衣食者则可成为用以谋生和致富的手段。总之，把握得当的消闲与玩古，并非颓唐没落、玩物丧志，而是人生不可或缺的侧面，是人生意义追求者的一种境界，人们从中完全可以"乐山乐水"，各取所需。《玩古》还以审美观照的眼光，把玩古贩古活动作为考察国人品性、时代特色和人类生态的鲜活材料来看待和处理。周顺清贩古过程显示的谦恭卑琐、自轻自贱、精明狡黠和取得一定成功后所展露的邪气与阴狠，活现出一个底层小人物柔韧的心性、无奈的智慧和逐渐膨胀的善恶难定的欲望，这个人物形象的描写体现出作者对农民文化丰富内涵的深切理解。东方冉一贯自命为雅士高人，却闹了贪图猫食碟古物而上当买猫的笑话，做出了侍奉身怀假古玩的垂暮老人以图一逞的失格之事，小说中的这些描写又有力地揭示出人性的复杂和人际关系的险诈。总的看来，《玩古》对人物、情节和艺术场景的设计与表达，多侧面地显示出作者对玩古、对当代中国消闲文化透辟通达、全面辩证而基本趋向于肯定的判断和理解。这种理解与相当到位的艺术表现，对20世纪中国传统的消闲文化观作出了有力的突破、深化和修正，作品由此从文化高度散发出浓厚的时代气息。

描写现实生活题材的作品具有时代气息并非难事，但不少现实生活题材的作品往往欠缺历史文化的含量，《玩古》在这方面的努力更显得非同寻常。作品中的人物，实际上也就是作者，并不把玩古当作纯粹个体生命的怡情，在他们眼里，玩古还是一种通过实物对历史文化、人类生命的奥秘和底蕴进行了解、体验、感悟与臆想的活动，龙凤筷的传奇故事，谷米香大院的幽深、丰富与神秘，无不牵连着前人的命运，浓缩着古人的智慧，同时，它们又能构成今人生存的背景，显示今人生命的色调。就这样，历史和现实融为一体、悠长的人类生命历程聚于一物，作品中人物的日常活动、言谈举止和心灵感受就都具备了文化的质地，小说的审美境界自然也就变得底蕴深厚而韵味绵长。柳三生得意于木床亦夭折于雕花木床，高安因玩古而潇洒亦因玩古而仕途失意，古为何物，竟似暗藏冥冥天意，竟使得古今一代代生命总这样把摸不到而又割舍不开、宿命般地互相牵连？就是整个鹤了城的玩古风潮，也是来若惊鸿，去似杳鹤，玩友们世外高致的底里是雅俗难定，乐融融的背后是聚散无常，最终鸡飞鹅散，飞鸟各投林。《玩古》的前半部分似乎是对市井风俗、时代生活一丝不苟的写实型描写，后半部分则用同样不动声色、有板有眼的写实笔法，叙述起层出迭现的诡异之事来，若巧若拙之间，作者以一种不事张扬却相当老辣的艺术智慧表达出，时代生活、历史文化与人类生命一旦观察长久、参悟到深层，就现出了芜杂与神秘，幽幽地散发出阴凉、奇诡的巫鬼之气。无疑地，这里寄予着深沉的、形而上感悟层面的人类命运之慨和历史文化之思。

在作者练达、绵密的叙述中，纯粹意义的玩古显得那样的雅致、纯净，满蓄诗意，隐含玄机，而且氤氲着静穆之气。玩家的相约总是煞有介事，鬼鬼祟祟，赏玩的处所总是雅洁幽僻，境与事偕，似乎大有其中乐趣"不足为外人道也"之意。玩友们之间虽然经常是各有各的"小九九"，却无功利之算，无猜忌之心，总能优雅、和谐、其乐融融。对玩古意趣的共鸣，甚至能使普通的农村姑娘和权高位重的鹤了市市长一见如故，心生灵犀、情意缠绵。很显然，作者认为闲淡、自在的玩古实为俗世中的雅事，其中拥有人类的真性情、生命的真乐趣，玩物怡情已超越人生功利境界，进入了个体生命的审美境界。在这里，作者所开掘出的玩古的精神内核，一言以蔽之，即是"雅"。可以说，雅与俗是作者从玩古中顺理成章地提炼出的、判断人生世事的价值标准，这种超功利、超道德的雅俗标准与中国古代的道家文化、名士风度密切相连，它使小说在价值立足点上也显示出丰沛的文化含量。

　　立足玩古看世界，依凭雅俗断人生，使《玩古》人物形象的塑造、艺术场景的韵味直至人物语言的风采，都显得格外的新鲜别致、意蕴独具。当代文坛不少的文学作品描写领导干部，都着眼于社会性事业及与事业相伴随的婚姻、爱情矛盾之类的私生活，其中实际上已经形成了一种写功业、写才干、写意志品质、写日常矛盾纠葛中的情感苦闷的艺术套路。《玩古》对于市长高安，则着重叙述他忙里偷闲地"幽会"名利场外的雅士，刻画他不可抑制的把玩古物的闲情雅致，就是描写他与谷美芝的互相迷恋，作者也着意突出双方由气质、心灵超凡脱俗之处所形成的共鸣与勾连，这其实是从精神素养、心灵品质的角度，别具一格地在开掘和展示当代中国领导干部身上所体现的、超群出众的个体生命的诗意与灵光，高安的艺术形象由此变得骨立神活，神采独具。对于谷定坤，作者也没有按照时下文学的思维惯性，把他批判性地写成废物、多余人、乡村的纨绔子弟，或赞赏性地写成顺应市场经济大潮的、小生产传统生活模式的叛逆者和新生活的艰难探索者，而是通过描写他在贩古这一极狭窄的生存领域才迸发出的热情与潜能，敏锐地揭示出其精神深层潜伏的向雅之心，从而开掘出了人物身上正面的、而且较为恒定的生命价值因素。欧阳玉琼能在月夜的池塘水面看见亡妻的面影、并与之进行心理和生理的种种交流，以世俗的眼光看，这实属怪僻之人的乖戾之事，作者却自自然然地显示出，雅人自有雅事，爱情生活带有超凡脱俗的仙气也顺理成章，这种情节反而别具新意地表现了美好人情的高贵性、永恒性和诗性特征。很显然，如果不依凭雅俗标准，不进入生命审美境界的层面进行观照，小说的意蕴就不可能具有这种独特的风采。

　　不过，从作品中柳三生玩木入魔、东方冉求古失格等情节我们可以看到，作者对玩古风尚和雅俗标准，实际上具有相当通脱、辩证的眼光，他并不像传统文化意义上的文人名士一般对其完全认同，而是在赏识、揣摩和品味的同时，对其中所显示的生命价值格局的狭窄、不通世故乃至一定程度的蒙昧性等特征，表现出明显的揶揄、调侃之意。《玩古》的开头就描述了鹤了城人热情洋溢地搞阶级斗争，中间始终不忘反映经济建设、不正之风、脱贫致富等重大的时代生活内容，结尾则终结于谷定坤掀起的搜集革命文物、老区扶贫的热潮。作者似乎颇有仙风道骨地在玩古文化的天地里悠游体察，话语格局却始终未曾遗漏时代生活和时代精神的主调，它实际上体现出作者是入于其内而出乎其外，站在时代文化整体的高度来把握玩古风潮、消闲文化的。正因为如此，作者观察和探索消闲文化的背景与基础才未曾堕入褊狭之途，文本审美境界所表现的对 20 世纪传统消闲文化观的突破与修正，也意在深化、健全和发展，而不是解构与颠覆。这样，小说对玩古、消闲活动的精神文化定位，就显得中肯而贴切，作品本身也在深邃、别致的同时显出了稳健、大气的思想品格。

二

《玩古》不仅凭借对消闲文化的重新认识和深刻体察，在反映时代文化状态方面显示出独特的价值，而且以自己从创作题旨、人物风貌到艺术情韵、民间文化底蕴等诸多方面的审美发掘，毫不逊色地跻身于新时期以来风情民俗小说翘楚之作的行列。

新时期以来的中国文坛，出现了不少反映市井乡野细民人生的高手，涌现了大批描绘世态民俗画卷的精品力作。如果从创作意图和思想主题的角度区分，这种创作大致有如下几种类型。其一，以刘心武、陆文夫等作家为代表，主要从社会政治角度命意。刘心武的《钟鼓楼》、《四牌楼》、《栖凤楼》等长篇小说着力表现时代政治生活影响下形成的世相人生，企图以对当代民众群落生态的呈示，为社会主义精神文明的建设提供借鉴和参考。陆文夫的《美食家》、《小贩世家》、《井》等"小巷人物志"系列作品，则通过描述体现和代表习俗民风的人物在当代中国的命运变迁，来反思新中国社会主义道路的曲折发展及其利弊得失，批判极"左"路线的危害和封建文化的痼疾。其二，以邓友梅、林希、冯骥才等作家为代表。他们绘声绘色表现的，是清末民初中国古老都市的怪世奇观，着重审视的是遗老遗少们那没落腐朽者病态、畸形的人生。《那五》、《丑末寅初》、《蛐蛐四爷》、《三寸金莲》等作品即是其中的典型代表。其三，以刘绍棠、汪曾祺等作家为代表，着重以认同、赞赏的价值与情感态度，表现乡土民间生态的美好与诗性，作家对于复杂人生况味的深切感慨，只作为文本艺术境界的底色隐隐地透露出来。汪曾祺以行云流水般的笔致，诗化地表现往昔民间自在和谐的人生形式和健康美好的人性；刘绍棠则在运河滩爽朗明快的风情画卷中，展现民间野俗的人性魅力与道德光辉。

　　与上述作品相比，彭见明的《玩古》有着自己卓尔不群的审美独特性。它所着眼的主要是一种人生的情致和生命的境界。作者在小说中对闲适、自在状态的欣赏把玩，对人生雅俗品位的研探体味，包括对人物性格中普遍存在的矜持自重、富有分寸感这类独善其身特征的强化，对争权夺利、钩心斗角、蝇营狗苟等当代俗态的揶揄，都是围绕人生情致和生命境界这个思想轴心转动的。至于贩古和玩古即经济和文化的矛盾，城乡之间个体人生和群体欲求的差异，芸芸众生和雅士高人的隔阂与牵连，历史对人的震摄吸纳和人对历史阴影的亲和痴迷，等等，所有这些社会历史和文化心理方面的内涵，则依附于人生情致和生命境界这一精神内核，共同构成了作品层次丰厚的意义系统。《玩古》的这种主题开掘取向，不像社会政治视角的创作那么胶着于时代生活具象，显得更超脱、更具文化韵味；与怪世奇观类风俗小说比，对非功利人生和民间文化的看法则更宽厚、更中正平和；与刘绍棠、汪曾祺的作品比较，《玩古》又具有正负面情态皆涵纳于内，观照更广泛客观、包容更丰富的优长。所以，虽然《玩古》并不一定比当今中国风俗小说名家的作品更深邃高远，但意义开掘取向本身所具备的长处和审美主体相当到位的艺术观照，使这部作品的意蕴系统确实独具一格、自领风骚。

　　与文本的意义开掘取向相呼应，《玩古》的人物形象也显示出与众不同的气质和风貌。一部分量厚重的长篇小说、一个创作丰富而卓有建树的作家，当然会塑造出各种性格的人物形象，但综观一个风格成熟的作家，我们往往能从其人物形象身上看到某种共同的气质和风貌。刘绍棠作品人物的豪爽之气和传奇色彩，林希、邓友梅小说人物的酸腐气、邪气和刁钻劲，陆文夫小巷人物的境界局促与自得其乐，以及隐藏于其背后的无奈与辛酸，等等，都打上了作家艺术观照的独特精神印记。《玩古》同样塑造了身份、地位、教养和人生命运各不相同的形形色色的人物，虽然总体看来未曾提供出在当代文坛堪称一流的典型形象，但人物的性格、心境、语言都相当生动且富有个性色彩，欧阳玉琼、东方冉、柳三生等雅士文人和周顺清、谷定坤、谷米香百姓群体等乡间人物还颇为深邃厚实。《玩古》在人物塑造方面最让人刮目相看的，是人物群体所共同显示的独特的文化韵味和精神风貌，以及与这种韵味和风貌互为表里的弥漫于全书的艺术氛围。小说中的各色人物，从高安、程红等官场人物到洪伟达这样的商场大佬，直到谷美芝、柳林、冬儿这类浑朴纯真的女性，都对古玩奉若神明，对玩古高手亲敬有加，连周顺清、谷定坤等人也因做的是古玩生意、沾染了文化气而沾沾自喜，以至最终脱胎换骨，而且，他们普遍地相当投入和执着，缺乏审视、怀疑、突围的意识和逆向思维的特征。这样，《玩古》人物的气质和精神风貌，就或浓或淡地都显示出一种游离人间烟火、世俗功利的灵性和趣味，一种悠游尘世的仙风道骨，一种对心灵雅洁自在的宗教般的虔诚。这种气质与风貌使《玩古》在人物形象刻画方面，也区别于其他民俗小说而独具风姿。而且，在笔者看来，能把一种生命的韵味和灵性投射到各不相同的人物身上并使之具有文化的意味，实为一个作家精神和艺术成熟的重要标志，因为其中体现了作家对人类生存和人性某一侧面的底蕴与真谛的成功捕捉、充分传达。《玩古》人物所具有的这种与众不同而内在一致的气质和精神风貌，也正表现出作者审美思维的独特性、成熟性和内在完整性。这无疑是文学创作上一种相当难能可贵的境界。事实上，在《玩古》出版三四年之后，彭见明还断断续续地发表了《绝唱》、《绝钓》等题材各异而思维路向一致的优秀短篇小说，并最后汇集到长篇小说《平江》之中，这些小说恰好可作为作家独特审美思维所具有的统一性和延展性的补充例证。

　　风情民俗小说多半具有浓郁的地方色彩和深厚的民间地域文化底蕴。邓友梅小说京都文人的优雅和"京油子"的卖弄，林希作品天津"卫嘴子"的辛辣奇诡，陆文夫小说甜腻中夹杂着柔弱苦涩的苏味，汪曾祺的"高邮风情"，刘绍棠的"运河滩风光"，都早已为人们所熟知。那么，彭见明的《玩古》在地方色彩和地域文化蕴涵方面，是否同样有着自己独特的开掘呢？应当说，在生活具象和叙述语言等话语系统的表层，《玩古》并没有很浓的地方色彩，小说在地域风景和地方习俗方面没有投入太多的笔墨，人物语言的个性色彩主要表现在雅士奇人有板有眼地故弄玄虚的野史志异趣味上，湖湘地方语色彩也不鲜明。不过，小说人物语言的故神其事、性格的高蹈俗世，都与楚文化的浪漫风韵有着千丝万缕的勾连；作者在淡泊高雅和世俗欲求之间以敦厚平实的叙述所显示的平衡能力，又恰好体现出把庄骚楚文化和近世湖湘文化这两种湖南地域文化侧面加以改造、调和的努力；同时，《玩古》整部作品都笼罩着一种神秘诡异、掩掩藏藏的气氛，到小说的后半部，柳三生、洪伟达命运中隐约可见的报应轮回色彩，雕花木床、池塘面影显示的阴魂不散、阴阳同存特征，则更为鲜明地散发出楚地巫文化的强烈气息。诸如此类的现象表明，在作品较为潜隐的文本意蕴的深层，实际上奔涌着相当浓厚深刻的湘楚文化的基因。因为作者既深入地揣摩玩古人的人生境界，又对追寻地域文化气息具有充分的审美自觉性，于是，《玩古》的理性蕴涵层面表现出道家文化的风范，作品所认同的生命境界则又体现出深厚的地域文化底蕴。文本表层话语对地域文化的超脱，使《玩古》显示出精神视野的开阔性；深层话语传达的地域文化底蕴，则从一个重要的侧面为作品奠定了坚实的精神根基。这种独特的精神根基，以及精神根基与表层话语所表现出的差异性特征，使《玩古》既在地域文化底蕴方面区别于"京味"、"津味"和"苏味"小说，又在地域文化艺术传达的技巧和策略方面显得别具匠心。

总体看来，《玩古》与其他风俗人情小说相比较，从创作题旨、意义开掘走向、人物精神风貌到艺术情韵和民间文化底蕴等方面都显得自有千秋，作者的艺术传达更显示出不动声色却独辟蹊径的艺术智慧，二者的有机结合，使《玩古》毫不逊色地成为本身已堪称"绝活"的风俗小说这一审美类

型中的出类拔萃之作，也就是说，《玩古》堪称"绝活"中的"绝活"。所以，《玩古》虽然较难说准和"坐实"，却颇得行家好评，而且在毫无炒作的情况下，完全凭实力进入了"八五期间全国优秀长篇小说奖"获奖作品的行列。

不过，在较为细致地评述了《玩古》的种种优长之后，面对这部已打磨得相当老到、圆熟的作品，我们不得不说，如果站在人类精神文化发展的层面用更高的标准来要求，那么，《玩古》虽然是一件难得的"绝活"，但也只是一件在当今文坛颇有分量的"绝活"。人类文化史上向来就有大作家和名作家、大作品和名作品、李白与李贺、杜甫与杜牧的差别，求奇、求绝，走向极致，固然是文学创作的可行之路，追求大作家、大作品的创作境界，则是文学创作更为艰难同时却更为辉煌的道路。对于彭见明这样生活丰厚、体验深微而又卓具艺术智慧和沉稳气度的作家来说，在已创作出"绝活"的基础上更上一层楼，走向大作品的审美境界，也许是势在必行的事情。好在彭见明是一部作品一个题材领域和创作思路，"打一枪换一个地方"的作家，这恰恰说明其创作潜力之所在。如果作家能奋力将种种生活和思路"打通"、整合并加以升华，他的创作上更广阔的新天地就有被成功地开创的可能。这其实也是对《玩古》这么一个长篇小说的"绝活"进行观照和评估的又一侧面。

第二节 《凤来兮》：人情幽暗处的美丽与温柔

总有不少的作家单纯地追求新奇的题材，以及依附于其上的主题和境界的新颖。其实，"太阳底下无新事"，一旦以更高的视点从更开阔的视野来看，这一类作品的"新鲜"，往往很容易就会暴露出内涵的单薄和底蕴的肤浅。更困难也更为优秀作家所青睐的，倒往往是在别人反复抒写过的题材领域，以自己独到的眼光、独特的思路和独具的深度，营构打磨出别具一格的耐人寻味之作。彭见明发表于《红岩》杂志 2002 年第 5 期、并由长江文艺出版社出版的长篇小说《凤来兮》，正是这样一部深切隽美、不同流俗的佳作，堪称他长篇小说创作的又一个"绝活"。相比之下，《玩古》之"绝"在于对世相民风的独到体察，《凤来兮》之"绝"则在于对人情的洞烛幽微。

《凤来兮》的主干情节，是一段婚外情故事。作品从男主人公在女主人公病危之际自曝隐私写起，以陈述与抒发相结合的笔调，细腻体贴而曲折有致地追述了这一情爱的演化历程。在"文革"时期的特定环境中，下放山乡的知青阳雁南虽然始终为自己对女主人公杜欢的一份暗慕之情梦萦魂牵，但"黑五类"的卑贱社会地位，使得他实际上只能在无奈中认命，步步被动地行走于婚姻家庭、生儿育女的世俗人生之路。共产党将军的女儿杜欢作为大人物的后代，身处闭塞而淳朴的故乡，在无比宠爱、呵护自己的父亲和众乡亲所营造的伦理与人情氛围中，毫无识见与准备地铸就了终身，坦荡无瑕的人生境界由此受到损伤。但是，阳雁南对青春时代的单相思难以忘怀；杜欢一时的心性迷失也难掩其心灵的美好，更无法从根本上抑制和扭曲内在生命的渴望。于是，因为历史的坎坷、命运的巧合，一桩或许会另有一番聚散悲欢的爱情，终于一步步地演化成了婚外情。虽然 25 年的漫长岁月证明，只有他们才是真正达到了身心交融的天作之合，但这对世俗意义上的婚外情人，却只能躲藏在世故人情的幽暗处，诡诡秘秘地生存。这辽阔的世界总是这样，一方面世事如此曲折艰难，另一方面人们却不可能永久地泯灭自认为最理想、最美好的一切。所以，仅仅如此的描写，就已使一段特殊的婚外情故事，显示出情致温婉、意味绵长的艺术特色。

彭见明创作《凤来兮》的不同流俗之处，更在于他从具体的世态民风的背景中，深切独到地开掘出了这段看似婚外情的故事所蕴藏的人情底蕴。

小说对当代城乡所体现的温厚、美好的民俗和伦理之情，进行了浓墨重彩的描述。山乡人对"戏班子"的热望、70 年代初"文艺战士"的优越感、阳雁南摄影作品的命名与获奖，作者都以近似民俗描写的笔调，真切地传达出其民风民情的特殊氛围。即使是描写新时期的阳谷市世态，作者着意描述的，也是男女主人公在摄影、书法、编剧等艺术化人生行为中的相助相悦，从而使作品始终氤氲着浓浓的诗意氛围。特别是对翠竹寨乡亲从做竹地板玻璃窗、修吊脚楼厕所，到长时期供杜欢吃饭、为杜欢洗衣服等事项娓娓道来的陈述，对众乡亲在将军回乡时为归乡的大人物搜寻山寨土特产、集体饮酒狂欢的渲染，对翠竹寨子弟惜如珍宝般迎接杜欢及后来迎接她父亲过河的描写，更以引人入胜的风习描写，极为动人地显示出底层民众淳朴、深情的人伦特色。

以这种颇富历史与地域特色而且深具人情温热的世态氛围为基础，作者在故事展开的具体过程中，既写出了阳雁南表面上循规蹈矩，不忍心破坏温馨家庭生活中的世俗情分的人性真实，又写出了他为慰藉那无法排解的单相思，非常出格地做一个"看戏宝"的情恋心理；既坦陈他在妻子怀孕期间四处买猪肚子、炖营养品的人伦惯性，又毫不避讳地揭示了他长时期内在比如学游泳、水库垮坝等事件中，对心中情恋偶像无微不至的关注与千方百计地接近。这样，作品就在全面展开的历史和人生的具体性中，细致地揭示出了世事演变的合理性与可能性。正因为作者始终注重穿越婚外情表象直入人情的深处进行描述，一桩长时间维持着的特殊形态的婚外情，就既充分表现出人生和人性在命运面前的本真状态，又有力地显示了人间的至爱真情本身所具有的冲破外在规范的力量。

同样得益于作者对民俗与人情所具有的温厚、崇高品性的理解与认同，《凤来兮》对男女主人公婚外情所包含的道德难题，也作出了自己符合特定情理的、周密而不无浪漫色彩的解读。杜欢的丈夫杜亚福，因为自认作为贱如草芥的农家子弟"出了丑"，"没有那样的艳福"，因为要维护翠竹寨英雄及由此带来的英雄故乡子弟的光荣，情愿大年三十蜷缩在异乡的旅馆，也不忍心在乡亲面前揭破不真实婚姻的本相。阳雁南、杜欢、梁金凤也都因为既不忍心伤害别人又不忍心委屈自己，才情愿自我承受生命中的种种缺憾与伤害，使得三者之间的关系并未转化为尖锐的人际冲突，而在演变成婚外情的同时，也仅仅停留在婚外之情。作品人物这种朴素而深刻的对生命历程中血缘与真情的珍重，使人伦内涵中隐忍和温厚的崇高品格，得到了充分的体现。彭见明对婚外情道德难题如此处理，显然基于他对中国传统生存空间的人伦事实和人情世态的独具慧眼的发现。

这样，《凤来兮》就在拙朴蕴藉的叙述中，深邃地揭示出社会历史和人伦世态所包含的人情底蕴的复杂，以及在种种具体情景中平凡的生命个体心性的纯良与软弱、恍惚与坚强，还有包括男女主人公名分上的妻子或丈夫、亲属或朋友在内的所有当事人的至情至性，以及其中所内含的对超越世俗规范的行为的宽厚和温存。作品于是满蓄着人情的温热与真诚，获得了感人至深的艺术效果。

在所有这一切人世间的恩怨苦乐、规范品性和时运世态之上的，则是真正的爱情，那使得当事人整个生命境界都充满了诗意与欢乐、整个生命质量都得到提升的美好。小说通过一唱三叹地描述种种心态和情境，回旋往复地渲染了男女主人公这种精微的生命感受。于是，《凤来兮》在显示传统的世道、人情之温暖的同时，又从生命本原意义上成为了对人间至爱真情的讴歌。

新时期以来，婚外情或类似题材的创作堪称佳作迭出。但不同于《爱，是不能忘记的》唯情的凄婉缠绵和《挣不断的红丝线》附加政治色彩的理性直白，也不同于《爬满青藤的木屋》的浪漫决绝和《远村》、《老井》的悲怆沉痛，《凤来兮》并不像20世纪80年代的同类题材小说那样，借婚外情故事来呼唤人性觉醒、文明进化、政治民主和人格独立，承担诸如此类属于社会历史学范畴的使命。在20世纪90年代以降人欲横流的时代环境中，许多这一类题材的作品，或者成为自然人性欲望至上、道德意识节节败退的社会现实的表征，或者成为日常生存平淡寡味、而人的本性向往人生激情状态的代言词。彭见明同样不愿如这类作品一样，将人的情感领域的紧要事件，演化为对恶俗而颓废的灰色世态的表象化描述。他的长篇小说《凤来兮》所着意表现的，是人情的复杂艰难与温暖善良，这种具有深厚民族文化基础的构思，充分显示出作者的匠心独具和作品的不同流俗之处。

第三节 《天眼》、《平江》的边缘世态与民间情致

在 20 世纪 80 年代前期湖南文学的辉煌期和 90 年代中后期以来的长篇小说丰收期中，彭见明均有代表性的作品问世，堪称其中具有"贯穿性"意义的作家。

在 20 世纪 80 年代"文学湘军"的辉煌中，彭见明是一种坚实的艺术存在。《那山 那人 那狗》获得 1983 年全国优秀短篇小说奖，是他为"文学湘军"在新时期文坛的荣耀所增添的一道亮丽光彩。令人惊叹的是，这部小说在发表 10 多年之后的 20 世纪 90 年代末，不仅未被遗忘、反而被改编为电影，于 1999 年在日本引起了轰动，在日本、加拿大、印度等国家的众多国际电影节中获奖，形成了巨大的"国际影响"。在新时期"文学湘军"的众多名篇力作之中，《那山 那人 那狗》这种艺术质地和审美力量历久弥新的状态，当属"孤例"。随后，彭见明又以写实与象征融为一体、包蕴深广地展现洞庭湖历史与文化沧桑的长篇小说《大泽》，在 20 世纪 80 年代中期诡异、荒诞、玄虚境界层见叠出的湖南"寻根"小说创作热中，别具一格地显示出真切、厚重的艺术品质。

20 世纪 90 年代后，中国文学创作呈现出多元化、个体化的审美态势。彭见明也在开掘独特的审美空间和文化底蕴方面迈出了新的步伐。《玩古》中以民俗观世态，舒卷自如地展示了"玩古"这一中国民间消闲文化的当代景观及其内在的风云变幻，对"玩古"风尚所包含的人情世态和人生境界意味进行了多层次、多侧面的审美开掘。《凤来兮》在众多作家反复抒写过的"婚外情"题材领域，着力揭示人情幽暗处的美丽与温柔，从而以独到的视角、独特的思路和独具的深度，打造出又一部深切、隽美的精神意蕴"翻新"之作。2008 年和 2010 年，彭见明连续推出《天眼》和《平江》两部作品，分别选择"相术文化"和"故土平江"的角度来体察世道人心，再度令人刮目相看。这种立意追求"独特"的审美开掘和艺术探索，使得彭见明在湖南文学的新一轮创作丰收中，成为不可忽略的重要存在。

从文学史的视野来看，彭见明的作品当属植根于湘楚地域文化的风情民俗小说一类。他在 20 世纪 80 年代的创作积极呼应时代主潮，着意选择容易与主流的文学、文化精神形成共鸣的地域文化侧面来开掘和表现，《那山那人　那狗》、《大泽》等作品，均致力于揭示人物由山光湖色等自然生态所铸造的历史和人生命运，并以此为基础来展现乡土中国特定地域的基本人生样态和文化品性，鲜明地表现出"文学湘军""寓时代风云于风俗民情图画"的审美特色。20 世纪 90 年代后，彭见明同样致力于发掘湘楚地域文化，却另辟蹊径，努力探寻隐藏于城乡世相幽僻处的、各种具有"边缘文化"性质的风情与民俗故事，并以之为叙事和精神资源，来达成对时代主流生活情绪的疏离和对抗，进而建构价值立场独特的审美境界，从《玩古》、《凤来兮》到《天眼》、《平江》，所体现的都是这样一种审美路径。

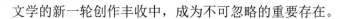

长篇小说《天眼》竟然选择"相术"这一被长期视为"封建迷信"的社会生态作为创作题材，尽管被冠以"中国神秘文化"的名目，初看起来还是不能不让人颇感诧异。

在当代中国，无论是在社会文化整体格局还是在民间社会中，相术、巫鬼之类的"封建迷信"活动，都处于非主流的、被遮蔽和被摒弃的边缘状态。新时期以来，"寻根文学"曾使各类民间神秘文化独特的审美和精神意味得到了一定程度的展现，但在时代文化整体格局中，其边缘性的定位并未发生根本改变。彭见明的《天眼》采用正面写实的方式探寻湘楚民间的相术文化，一种致力于发掘边缘文化资源的审美倾向，就鲜明地体现了出来。作者直面民间相术这一在当代中国鬼祟而乖戾却始终顽强地存在、甚至也被众多各阶层人士内心认同和依赖的社会文化生态，既将其作为底层社会某一角落的独特风俗画卷来精细描绘；又以其中所包含的草民生存立场和民间文化智慧为基础，形成一种洞察世事沧桑和人心善恶的独特审美视角；还对民间相术所体现的处世境界和生存智慧，进行了精神文化层面的参悟和阐释，文本的审美气象也就超越似乎有可能出现的独特乃至怪异，变得丰富、深厚和正大起来。

首先，《天眼》从民间相术等神秘文化的视角——"天眼"观人世，独具意味和深度地展示了当代城乡社会亦正亦邪的世道变迁和世态人情。

纵向的历史沧桑审视是小说的一个重要方面。主人公何了凡父子的算命生涯和相术的历史命运，在这里成为了反映当代中国社会风云变幻的一面镜子。何氏父子的相术曾经是偷偷摸摸地进行的歪门邪道，后来却堂而皇之地成为了芸芸众生裁决世事的心理依托；再到后来相术之风大盛，何氏父子虽隐匿陋巷却名声在外，以至守雌守弱、时刻防范，江湖险恶却避之不及。他们这种种有关相术的复杂际遇中，蕴藏着当代中国在文化观念、人心善恶及其历时性变迁等方面的诸多意味。何氏父子与于长松一家的关系，也内蕴丰富地折射着当代社会的坎坷世道和历史沧桑。在新中国成立初期的剿匪战斗中，何了凡舍命救回身负重伤的解放军政委于长松，从此两人互称救命恩人，"成为一段流传全县以至更远的佳话"，特定时期的时代风云和人际关系特征即隐含其中。"文革"时期，何了凡在于长松绝望之际，作出了他"没有完"、还会"官复原职"的预言；"文革"后，当于长松真的"一派得意的样子"时，何了凡又大煞风景地断言他"当个县长也就到头了"。这些流传甚广的"迷信段子"，实际上隐含着社会各方面对于长松等一代部队转业干部在不同时代环境里政治和人生必然处境的深刻洞察。新时期以后，于长松一家在了丁县已举足轻重，但每到出现各种关键性的人生选择时，他们就跑到身为草民的何氏父子那里去寻求神秘的暗示和心理的支持，其中又显示出多少时代混乱与诡秘所导致的精神迷茫！这样以一个性格和命运独特的小人物来贯穿性地展示当代中国的历史道路，是20世纪80年代"反思文学"以来具有深厚审美传统的创作思路，从高晓声的《李顺大造屋》到陆文夫的《美食家》，从余华的《活着》到张宇的《活鬼》，堪称名篇佳作迭出。彭见明的《天眼》

让我们又一次体会到了这种叙事路径的独特艺术智慧和深厚审美潜能。

横向社会生态观照是小说更为浓墨重彩地表现的另一个方面。《天眼》广泛描述了当今社会千姿百态的风俗民情画卷，并对其中光怪陆离的人际关系、人性欲望和人生价值观，进行了切中肯綮的揭示。生活场域方面，从大红山的十八里铺、到了丁县城的流星巷，从名声显赫的阳山寺、到落寞寂寥的阴山寺，从何了凡学艺的师傅寅斋公那墙上贴满了报纸和字纸的破茅屋、到何氏父子从广州避凶回湖南的乡村公路和集镇，作者都以"浮世绘"式的笔法进行了广泛的展示。人际关系方面，作者描述了何了凡与于长松超越社会阶层的朋友情谊、刘铁与"大老板"摆脱成败利害的僚属忠义，郭向阳与心宜痴迷、信任和放纵兼而有之的男女情感，以及围绕广州的商场黑老大、省城的官场大老板和阳山寺的佛界大住持所体现的商界、政界和宗教界诸多的人际矛盾纠葛。通过对这种种生活场域、人际矛盾的艺术反映，《天眼》摇曳多姿而又意味深长地揭示了当今社会世态的丰富与复杂、人心的凶狠与质朴。

以小说对于阳山寺的描述为例。作者从名僧慧觉决定"重塑昔日大庙的辉煌"与县领导寻找"振兴贫困县途径"的想法一拍即合、阳山寺"项目"启动写起，错落有致地展现了阳山寺从落成开光典礼、烧"头炷香"给菩萨拜年，到慧觉圆寂、观看慧觉坐化升天的录像带《佛光万丈》这种种重大的佛界活动。随着这类情节的发展，小说对阳山寺的佛教人物也进行了精细的刻画。慧觉声名远播江南数省而神龙见首不见尾，但"大慈大悲大善大德大彻大悟""亦曾有大恶"。本寂生活豪华奢靡到于长松心生"县长不如庙长"的感慨，还通过看相测字、送佛经书法、打造各种佛界活动，为阳山寺和他本人赚取了俗界的广泛知名度，一个佛家人物，却"很有头脑、很懂世情"，有一整套的功利算计和蒙世手段。妙云在阳山寺长久地精心服务后，突然卷款潜逃，而且她的住处与本寂的寝宫之间，还有地道沟通。通过这种种对相关人物形象的刻画，佛界复杂生态的内在真相就被作者入木三分地揭示了出来。而一个烧"头炷香"名额的竞争，竟然牵涉到大老板、于长松、关书记、

刘铁之间的暗斗与官运，官场中那"不动声色的杀机和美好"①，也就与阳山寺联系了起来。由此，佛界、俗界中亦正亦邪的各种生存景观，都在作品中得到了展现。

其次，《天眼》以民间相术为审美观照对象，展现了一个独特而多姿多彩的边缘性社会生存空间、一种别有意味的民间生存样态。

在对相术高人何了凡父子人生轨迹和生存状态的描述中，小说广泛地展示了他们的学艺过程、谋生方式、日常生态、江湖名声和看相奇遇，其中着重突出的，当为何氏父子对社会"主流"生态和"正统"人生模式的疏离。何了凡在那整个社会都认为干"革命工作"无尚神圣和光荣的时代，却觉得学算命来神而做工人乏味，懒散、敷衍到最后，只好辞职回乡了事。何半音明明头脑灵泛，但在似乎最应该规规矩矩地接受老师教育、热热闹闹地在学校里玩耍的年龄阶段，却是看闲书、跑江湖如鱼得水而上学校总是心神不宁，最后也只好待在家里，自己找旧书破报纸闷头钻研。改革开放、时来运转，他们由山乡搬到县城生活，却拒绝有利于看相生意的繁华路段，偏要在老城区的流星巷深处找个出租屋，方觉"塘大水深好养鱼"……凡此种种，均体现出一种安乐于边缘性社会生存空间、"曳尾于涂中"②的"泥龟"式人生姿态。

围绕何了凡父子的看相测字生涯，小说还广泛地展现了相术文化圈的群体生态。从"寅斋公"、慧觉、本寂等各类专业相术之士，到秀妹子、心宜等深谙相术的女流之辈，再到刘铁、郭向阳、郭如玉等巫术的信奉、迷恋者，作者对他们的人生隐曲和命运真相，都进行了或正面或侧面的点染和勾勒。其中的描述重心，也是相术对他们人生的意义和作用。比如心宜女士，平时看来不过是不拘一格、心高气傲，带点玩世不恭的意味而已；但她实乃开了"天眼"而隐藏很深的"行内高人"，所以面对官场和商场的双重险恶，总能及时、有效地保护自己。尤其在命运的关键时刻，心宜因为能参悟到事态演

---

① 彭见明：《与一本书有关的事情》，《理论与创作》1999 年第 3 期。
② 庄周：《庄子·秋水》。

变的"天机"，所以当机立断地归拢资产，随后火速以入狱和出国的方式躲避灾祸，种种措施的分寸拿捏妙到毫颠，显得如有神助。作者抑扬得体地描述了他们各不相同的命运，进而充分展示出这些颇带江湖色彩的相术圈人士日常形迹泯然众人、关键时刻却独具慧心的文化生态特征。

就这样，一种以相术文化为价值资源和立世根基的人生样态，连同他们身处社会边缘、"道中庸"但"实高明"的文化姿态，都在《天眼》中得到了正面而贴切的展示。

再次，《天眼》以相术的文化底蕴为价值本位参世道、悟人生，并以由此揭示的人生境界与处世哲学为基础，构成了同时尚性生存境界有力的精神对比和审美警示。

湘楚大地传统的巫文化及其相术之道源远流长，而且与儒、道、佛等文化的民间积淀长期相互交融，确实蕴藏着深刻的人生哲学意味。何氏父子洞明世相而自居边缘，隐逸于闹市、浪迹于江湖，众多相术圈人士既泯然众人又独具慧心，就是一种人生境界的具体体现。其中既积淀着道家文化知雌、守弱的处世哲学，又潜藏着佛家随缘、舍得、戒贪念的思想观念，还包含着草民百姓善良、知足、守本分的人生原则。对这种种价值元素的凝聚点，作者借寅斋公给何半音取名，给予了极为简洁、有力的概括："求半"。所谓"求半"，"是守本分，是知足，是随缘，是戒贪念，是拒奢华，是甘居中游，是不偏不倚"。作者以这种"求半"、"半音"的人生境界为基点审视世道，一种从正反两方面警示世人敬"天眼"、守本分、"求半"、"知足"的精神意味，就充分显示出来。反之，如果一味放纵自己的欲望，"人心不足蛇吞象"，结果只能是"反误了卿卿性命"。即使在作者持基本认同态度的人物形象中，心宜控制不住自己的欲望分寸，以至间接断送了何了凡的性命；郭向阳过度地痴迷内心的爱情，终濒于疯癫状态；刘铁在仕途的险恶中维持自己为官为人的本性，反而终交"好运"，这正反两方面的状况，都有力地显示出"求半"境界的重要性。本寂和尚的浮华奢靡与何氏父子的低调本色，则从人生哲学秉持者如何自我贯彻的高度，以鲜明的对照表达了作者同样的价值理念。

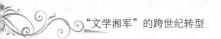

既有人情世态审视，又有人生样态展示，还有处世哲学阐释，一种"道存于民间"、"高手在民间"的世道感悟和悲悯当世、以边缘文化资源"渡人"的精神意图，就在《天眼》的审美境界中充分地显示出来。

二

如果说《天眼》属于以边缘文化为本位来审视世态人情、感悟生存迷茫的悲悯之作，那么，《平江》就是一部广泛发掘边缘性叙事资源来建构审美境界、表达作者人文情怀的温馨篇章。

在中国广袤的乡土世界，存在着大量被"主流文化叙述"所忽略的生态内容，但"一方水土养一方人，也养一方文"[①]，许多异彩纷呈的文学篇章均以此为创作资源。彭见明的《平江》是依托湘北山区的平江那"一方水土"和"一方人"，来进行文本意义建构的。在艺术上，作者立意抛开各种既成的审美范式，"不必过于'文学'，少些做作，直截了当"，将作品写成个"不是按照通常的长篇小说套路来写的东西"[②]，以期与平江风物民情的特性和韵味水乳交融、相得益彰。小说以一种纪实性、随笔体的笔法展开叙述，作者如对老友新朋半炫耀、半揭秘式地透露"家底"般不拘一格、信口而谈，娓娓道来之中，既本色自然、趣味盎然，又寄意深远、韵味悠长，字里行间洋溢着一种基于乡梓情怀的、欢畅与温厚兼而有之的审美情调。

早在创作《平江》10 年前的 20 世纪 90 年代末，彭见明谈到故乡时就这样说过："我极是看重我生存着的这个有好山好水的地方，若论游历的兴趣，我更偏重这块不大的疆土，一是让人亲近，二是有着读不完的妙趣和深邃。"[③]《平江》正是从生态和文化两方面，围绕着故乡的"妙趣和深邃"这个主旨展开的，作品的主要内容大致包括以下几个方面。

① 彭见明：《平江·后话》，《平江》，十月文艺出版社 2010 年版，第 400 页。
② 彭见明：《平江·后话》，《平江》，十月文艺出版社 2010 年版，第 398 页。
③ 彭见明：《与一本书有关的事情》，《理论与创作》1999 年第 3 期。

其一是对平江的风土人情及其地域特色的描述。小说从汨罗江"水向西流"的独特地理个性和杜子庙、屈家巷所体现的深远文化渊源写起。"连云山"、"幕阜山"等章节描述了平江自然风土的独特之处,"茴殇"、"《金瓶梅》眉目"展示了百姓饮食和土词俚语等方面的民间风物;"瞌睡"、"伴蛇"等章节人物刻画和风习描写相交融,颇带传奇色彩地展现了平江百姓的谋生手段和生活习性;其他如开山庙和孝子祠展现了乡民的敬畏孝义之心,"寿数"介绍了故乡的生存之美……作者或集中描写、或散布于各个章节之中,将自然景观与深远的人文流脉、民间风物与独特的百姓生态融为一体,既个性鲜活、又底蕴丰满地展示了平江虽不为人知却风范独具的地域生态环境。

其二是对平江的古今乡贤、英杰及其文化美质的赞赏。晚清名士李元度文韬武略,吟诗作对的绝妙文采在故乡传为佳话;"虎将"余虎恩蛮勇勤苦,征战南北而名显天下,却也有把故乡平江山地吃红薯的经验推广到西北军旅的"奇谋",还有因故乡"崇文第一、尚武第二"而在荣归故里祭孔时受李元度羞辱的尴尬。"栽桃种李"揭示了现代文化教育和生活观念在平江艰难而英勇的传播。"归根"则刻画了共和国将军喻杰、周碧泉等人生活和精神上律己近乎苛刻所体现的农民本色、平江习性。还有勇猛机敏、仗义执言的钟伟将军,毛泽东曾经的国文老师余维翰,等等。对这些已成故乡骄傲的乡贤和英杰,作者主要从故乡传说、民间关注的视野来叙述和赞赏,于是,这些近现代中国历史上的风云人物在"正史"范畴内往往被忽略的精神品性和文化意味,就被有力地凸显了出来,他们的形象也因这些"边缘性"因素的呈现,显示出别样的神采。"一方水土"的人文流脉及其价值底蕴,也在这种描述中得到了精彩而深入的发掘。

其三是对平江百姓的命运及其所包含的历史沧桑的体察与品味。这方面的内容占据了小说的整个后半部分。老祖父豪翠早年闯荡江湖、仗义疏财,晚年偷偷经商、因地制宜,暗藏丘壑中显示出强盛的草民生存智慧。郎中毛七历险如夷,不露声色中显示出处世"道行"的高深。"绝钓"一章中的许河生身怀绝技而感恩悯生,"搞车"中的左眼镜头脑灵泛而质朴善良,

"金山"中的驼子隐忍拙朴、"真人不露相","隔海"中的马青山和"多舛"中的秋草一步错位步步被动，在历史的汹涌洪流中始终无法主宰自己的命运……他们都是中国社会上极易被遮蔽的普普通通的平头百姓，却又是平江本土民众津津乐道的名人、能人和异人。作者以舒展、从容的笔触展现着这些中国底层人物的生态长卷，既揭示出诸多时代沧桑和生计艰难带给他们的辛酸，也呈现了他们谋生于底层社会的独特生存技能和处世才干，还满怀敬意和体贴地发掘出他们身上照亮着"一方水土"前行道路的微弱的光亮，平江这"一方水土"如何"养一方人"，也就此得到了丰满、有力的表现。

20世纪中国文学史上存在着一个有趣的现象：每当展现带有自我立身之"本"、生命之"根"性质的人生阅历和生存体验时，作家们往往会不顾"美文"要求、不守小说笔法，一切以自我真体验、真性情的展露为准则，作品随之显出一种跨文体的特征和纪实性、随笔体的色彩。鲁迅的《社戏》、《故乡》、《祝福》、《孔乙己》等篇章，当为这类笔法的最早使用者。在当代文坛，从王蒙回顾"第二故乡"的《在伊犁》系列、到韩少功发掘人类生存之证据的《马桥词典》，从张贤亮揭示自我社会与人生立场形成之源的《我的菩提树》、到史铁生探究生命个体存在理由的《我与地坛》，都不约而同地表现出这种特征。其根源在于，一个精神智慧和感悟能力都相当发达的生命个体对生存的根本体验和感悟，实际上是采用任何既成的知识结构和思想路线，都难以充分涵盖、难以完全契合地展现出来的，也是进行任何虚构和修饰，都反而会显出境界和意味的"隔阂"、难以表达得深切而鲜活的。但实际上，恰恰是这种自我表达，能够从本性和底蕴的层面体现出作家心灵的温热和精神的诚恳，体现出作家的"未失本性"。正因为如此，张承志曾以"让闰土成为自己心底充盈的深情，这种能力对一个大作家来说价值连城"，来推崇鲁迅的《故乡》，并"在同样意义上尊重王蒙的《在伊犁》"[①]。彭见明表现故乡"妙趣和深邃"的《平江》，亦可作如是观。因此从精神文化层面看，《平

---

① 张承志：《致先生书》，《夏台之恋·张承志20年散文选》，青海人民出版社2001年版，第83页。

江》审美境界所体现的"偏远",恰恰是作家寄托心性、安放灵魂的独特之处,是一个精神主体对自我独立于世时弥足珍贵的生命"本真"的审美体察和艺术建构。

三

从 20 世纪 80 年代的"寻根文学"到 90 年代的"走向民间",中国作家超越主流文化视野、开掘边缘性文化资源,已经由单纯的观念自觉,逐步走向了从题材到精神全面的审美利用和价值认同。众多处于弱势、非主流、被遗忘和遮蔽状态的边缘性生态记忆与生存体验,都成为了文学创作的内容来源和意义基础。在这种边缘文化本位的新型审美趋势中,从贾平凹的《秦腔》立意为即将"失去记忆"的乡土文明"树一块碑子",对清风街"鸡零狗碎的泼烦日子"进行"密实的流年式的叙写"[①],到铁凝的《笨花》虚化现代中国的历史风云,而漫漫铺开笨花村不为人知的"窝棚故事";从王刚的《英格力士》、东西的《后悔录》、艾伟的《风和日丽》、苏童的《河岸》以少年的个体经验打通"中国经验",折射作者对"当代中国形象"的独特认知,到红柯的《乌尔禾》、张者的《老风口》、董立勃的《白豆》和《乱草》注目当代中国宏大历史进程中沦入被忽略和遮蔽境地的"边缘"、"边地"革命队伍群体,于历史"暗处"对复杂而不无苍凉的"革命效应"进行艺术提炼;从范稳的《水乳大地》和《悲悯大地》、迟子建的《额尔古纳河右岸》、阿来的《空山》等作品以宗教、民俗为本位的民族"风物志"叙事,到莫言的《檀香刑》和《生死疲劳》、李洱的《石榴树上结樱桃》采用处于湮灭状态的民间艺术元素所体现的、对边缘性审美文化遗产的关注与发掘,完全可以说,边缘性的历史与文化资源,已经成为了大量优秀作家开拓独特审美空间、建构自我意义境界的有力凭借。

---

① 贾平凹:《秦腔·后记》,《收获》2005 年第 2 期。

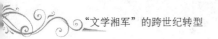

　　彭见明在跨世纪时期以长篇小说为主的创作中，对于探寻边缘性叙事资源建构审美境界、立足边缘文化本位反观世态人情，也具有充分而独特的理性自觉。

　　从《玩古》到《凤来兮》、从《天眼》到《平江》，彭见明创作的初衷是对于审美独特性的追求。他曾经这样谈到自己的创作追求："我孜孜以求的、苦苦寻找的是：我的作品中，有多少自己的声音（能够区别于他人的声音）"，"在每一件新作中的众多文学要素里多多少少提供一点更新自我（且不说超越）、给人耳目一亮的东西"①。有鉴于此，作为一个始终浸染于湘楚地域文化的湖南本土作家，彭见明曾发出过这样的感慨："地域文化的影响几乎制约着作家的整个创作。"不过，彭见明并不觉得这是一种局限，他认为："也曾经有人对湖南作家下过结论：因为地域的局限，我们只能唱一唱甜润快活的花鼓小调，而无法吼出八百里秦川上高亢悲壮的秦腔，黄钟大吕式的作品似乎不属于我们。……真正的艺术品是无大小之分、长短之别的，尺有所短，寸有所长。唯一的价值判断是好坏优劣的标准。"由此出发，彭见明坚信："湖南作家完全有理由坚守本土，二十一世纪的湖南文学的发展，仍旧是在湘楚文化的怀抱里，不是认识问题，是坚守与深挖的问题。湘楚文化曾经养育过许多文豪大家，因而足以有信心鼓舞我们写出好作品和大作品来。"②换句话说，彭见明从理性的层面，将自己追求审美独特性的路径，定位在了"坚守"湘楚文化的审美空间、"深挖"湘楚地域文化的丰富内涵之上。

　　反思包括新时期湖南文学在内的众多乡土文学创作，彭见明发现，那些"津津乐道写着他故乡的民情风俗"、"依靠对本土文化的描摹来构筑他的文学地位"的作家，"很快便耗尽了自己的资源，把那些婚丧喜事、乡间趣闻、民间传说、民谣民歌展示完了，就再也写不下去了"④。事实也确实如此。20

---

①　唐朝晖：《我向往和追求平和的境界——彭见明访谈》，《红豆》2004 年第 7 期。
②　彭见明：《本土文化资源的艺术开掘》，《理论与创作》2001 年第 1 期。
③　唐朝晖：《我向往和追求平和的境界——彭见明访谈》，《红豆》2004 年第 7 期。
④　彭见明：《本土文化资源的艺术开掘》，《理论与创作》2001 年第 1 期。

世纪 80 年代"文学湘军"的根本审美特点，正是力求将地域风情与时代"共名"①相结合，"写出生活色彩来，写出生活情调来"②，但到 21 世纪，不少作家仍然沿袭着这条审美路径，创作上却无法形成让人眼前为之一亮的艺术光彩。所以，彭见明的这种表达实际上是一种自我反省，是对他长期置身其中的"文学湘军"的审美传统、特别是其中的局限的一种清醒认识。但另一方面，既要坚守地域文化来开拓独特的审美空间，又要超越 20 世纪 80 年代"文学湘军"的审美层次，创作深化和发展的路径在哪里呢？"一个行色匆匆的写手，只是看到了故乡的民俗风光，而一个优秀的作家，才可能透过现象去触摸人性特征和文化心理，更重要的是：能找出这种性格特征和文化心理与另外一块乡土不同的地方，独特的地方"③，彭见明如是说。这也就是说，彭见明所选择的审美超越和深化的路径，就是透过表层的民俗风光，去探究故乡"独特的""人性特征和文化心理"。

"在华夏文明的发展史上，随着炎黄集团战胜夷人集团，中原腹地成为正统的'中夏'，而东南一带成为偏离正统的蛮夷游移出了文明的中心"，以至楚民族长期受到歧视，被称为"南蛮"、"荆蛮"、"蛮夷"。"在其后的历史发展中，晋室南渡后，多个朝代的定都，江南经济地位的日渐重要，东南沿海比较彻底地完成了从边缘向中心的位移。而作为湘楚文化则在秦汉以后就走向衰落"④，从而与其他地域文化之间，形成了漫长的"中心—边缘"的文化结构。虽然近代湖湘文化一度起到过"为天下先"的历史作用，但湖南地域文化总体的边缘状态并未发生根本性的改变。在当今中国，因为湖南在全国政治、经济、文化格局中一直处在"中不溜秋"、期待"中部崛起"的位置和状态，这种边缘性特征反而变得更为明显。20 世纪坚持开掘本土文化的湖南籍作家中，从沈从文的"乡下人"姿态，到周立波以"山乡"的"巨变"

---

① 陈思和：《中国当代文学史教程·前言》，《中国当代文学史教程》，复旦大学出版社 1999 年版，第 14 页。
② 古华：《闲话〈芙蓉镇〉——兼答读者问》，《作品与争鸣》1982 年第 3 期。
③ 彭见明：《本土文化资源的艺术开掘》，《理论与创作》2001 年第 1 期。
④ 涂昊：《论新时期湖南小说的边缘性特征》，《湘潭师范学院学报（社会科学版）》2009 年第 2 期。

侧面反映合作化的社会浪潮和历史进程，再到古华的《芙蓉镇》"写一曲严峻的乡村牧歌"，不管是疏离还是呼应时代主潮，他们的创作都表现出一种自身未曾居于社会文化格局"中心"和"主流"位置的文化人格姿态。彭见明在 20 世纪 80 年代以乡土气息、山野情趣见长的创作同样如此。20 世纪 90 年代后，彭见明力图从社会学的审美境界深入到探究湖湘大地独特的生态与文化的层面，来揭示湘楚地域的人性底蕴和心理情态，不仅写出乡土生态的趣味、而且写出地域文化的底蕴来，这实际上不过是在探寻和发掘边缘性叙事和文化资源的道路上，走得更远、更深入而已。

"边缘文化"虽然在社会文化的整体格局中属于"非典型"形态，实际上却往往是那"一方水土"的平头百姓最具普遍性和规律性的文化生态。彭见明认为："平静事物最无色彩无噱头无新奇最难留住世人的眼球。又因平常生活是大众生活最普遍的部分，文学没有理由忽略这个生活的主流。"① 在我们的文学理论研究中也存在一种观念，认为"越是地域的和民族的，就越是世界的"。这些道理总体上看都不错，但能否真正达到目标，关键则在于作家对这地域和民族进行精神文化探索所深入到的层次。《天眼》中深厚的传统楚巫文化底蕴，《平江》所发掘出的乡土草民生态的生命情趣和生存智慧，以及这种底蕴和智慧与时代主流生活形态及其价值观念所构成的深刻对照，使得这两部作品完全"具备了能从一滴水中观得沧海，一鼻针孔里窥透大千世界的本事"②。彭见明将这种种边缘性的文化与叙事资源，作为一种深具意味的文化和生命存在来体察与感悟，并以之为价值本位来审视时代流变、人情世态，一种"透过简单的故事和画面来折射深邃繁复的社会人生内涵"、以期"接近高明和精品"③ 的审美风范，也由此有力地显露出来。

---

① 唐朝晖：《我向往和追求平和的境界——彭见明访谈》，《红豆》2004 年第 7 期。
② 唐朝晖：《我向往和追求平和的境界——彭见明访谈》，《红豆》2004 年第 7 期。
③ 唐朝晖：《我向往和追求平和的境界——彭见明访谈》，《红豆》2004 年第 7 期。

第四节　《那城　那人　那骆驼》: 言近旨远的"转型生态"寓言

彭见明的短篇小说《那山　那人　那狗》曾驰名文坛，根据小说改编的同名电影还曾播誉海外。近 30 年后的 2012 年，他又在《十月》第 5 期发表了短篇小说《那城　那人　那骆驼》，并在作品名称上与《那山　那人　那狗》遥相呼应，创作的期待由此可见一斑。初看起来，《那城　那人　那骆驼》不过是写了个"骆驼进城奇遇记"之类都市边缘生活的逸闻趣事，但彭见明见微知著，以眼前平常之"景"、状心中深广之"悟"，竟然用这毫不起眼的小题材，建构起了一个带有社会转型生态表征与寓言性质的恢宏境界。

《那城　那人　那骆驼》的故事内容其实颇为简单。在这"怪事多"的时代，拆迁户老于因偶然的机会，得到了风尘仆仆的草原人赠送的一头骆驼。骆驼进城，自然从用途到日常生存都存在着巨大的错位。偏偏老于又执着地要在人、畜之间将心比心，对骆驼的处境是否愉快舒服和富有尊严格外在意。于是，一连串表面让人啼笑皆非、实则意味深长的事情发生了。最初，老于将骆驼作为客人，执意要招待一顿玉米；骆驼去学妹子相馆"上班"、让人"骑"着照相，他也要求不按照次数、而按天计算工钱，来代表一种让骆驼更有尊严的说法。随后，从牵骆驼去遥远的野外吃草，到想办法让骆驼吃到小叶女贞；再到训练骆驼以"剪刀功夫"舔吃街道道旁树的嫩叶，故事就一步步逐渐地走向了神奇。到最后，这"通灵"的牲口竟然能听懂歌曲、领悟情感了。就这样，在作者紧贴人情与"畜性"的娓娓道来之中，故事里洋溢着生活的鲜活、亲切感和世俗的情趣。

难能可贵之处在于，围绕骆驼进城后的生态适应性这条主线，作者随处点染和不断暗示，对于文明转型期社会的时代氛围、世态人情，也作出了层次丰富的勾勒与揭示。随着城市的不断扩张，城边三百年前的大樟树变成了罗马柱，盛长着各种蔬菜的"月亮湾"也变成了大型游乐场"米斯尼"，菜农老于则变成了整天"东逛西荡"的拆迁户。这种城市化的变迁对拆迁户们的生活与心灵，都形成了强有力的威压和影响。虽然表面上看，从大家称骆驼为老于的"小二"，到老于和学妹子之间的调侃所显示的亲昵与暧昧，再到老于请酒同其他园艺工人商谈预留树叶给骆驼吃的郑重与随意，都显示着一种民间社会宽松自在、自得其乐的生活情趣。但实际上，老于、学妹子总是一有由头就要与"米斯尼"的保安、经理等展开争斗，并常常以地块昔日主人的身份和小河、大樟树的故事，来作为博弈"保护公共财物"规则的"招数"，从中鲜明地透露出一种因压迫而形成的、久久难以化解的抑郁与愤懑。老于对骆驼那憋屈、无奈的生存状况给予深切的同情和费尽心思的帮助，则是从更隐晦的层面，深刻地体现出"被脱离"土地的芸芸众生和"被抛入"城市的草原骆驼之间同命相怜的心理，以及生存个体在卑微的处境中对于生命尊严与心灵自由的异常敏感。因为这种种描述，现代化、城市化走势的强悍和被漠视、被挤压者的弱势及其相互之间的矛盾，就从容闲淡而内含巨大力度地展现了出来，作品也因此超越一般市井故事风趣与传奇的境界，显示出社会与文化层面的坚实内涵。

以此为基础，作者既看到了"属于骆驼的美食，在人类看来，却是影响城市文明形象的杂物"的严酷现实，又充分敏感到洋溢着时代气息的游客面对骆驼时大呼"在这徜徉着欧美情调的地方，我们闻到了草原的气息"的欢快与惊喜，于是，基于万物有灵、情理同源的生命体认，作者借助温婉、辽阔而忧伤的著名歌曲《美丽的草原我的家》，让以"那城"为苦的"那人"与"那骆驼"，满怀相互体恤之情地完成了心灵的交流与彼此温暖。当此之际，深陷于城市的骆驼要马上回家，"再不走，恐怕就没有力气回到它的故乡了"，实际上就成为了人类怀恋旧时家园、向往自由舒展的一种审美象征。"骆驼进城"这一似荒诞、似浪漫的市井逸事，也就具备了人类生态感悟与反思的意味，转化成了一个意蕴深广厚实、情韵温润绵长的社会转型生态的寓言。如此的洞烛幽微、匠心独运和言近旨远，《那城 那人 那骆驼》确实堪称是一部功力与境界均臻上乘的"绝活"小说。

第五章　王跃文小说的官场生态批判

第一节　《国画》的精神话语场与意蕴丰厚度

王跃文的官场题材长篇小说《国画》出版后，获得文坛内外的强烈反响。在这部作品中，作者不强化令人触目惊心的生活波澜，不渲染金刚怒目式的道义激情，也不外加玄奥艰深的理性提炼与剖析，只是将一幅幅当今中国权势笼罩下的官场世相、都市场景从容周密地展示，温婉含蓄地揶揄和调侃，却能使人强烈地感受到它的阅读的吸引力、体验的共鸣性、境界的真切感和蕴涵的丰厚度。《国画》不同凡响的审美效果的奥秘和价值到底何在呢？这是一个令人深思而颇有意义的问题。

一

《国画》以主人公朱怀镜的宦海沉浮和身心存在状态为叙述主线，围绕权势的表现形态这个轴心，广泛地描绘当今中国都市各种被官场权势所渗透的生活领域，着力刻画具有世纪末中国特色的政府官员、企业家、记者、画家、"神功"大师、警察、打工仔等人物在行业作为、事业追求即所谓工作之外的日常业余生活，表现了他们在各种交际场合面对权势时的微妙形态和复杂心理，以及这种种形态和心理对人物属于工作范畴的人生命运的深刻影响。在具体的描述过程中，作者往往首先细致入微地描写人物看似随意挥洒，实则用心良苦的言行举止，然后亦庄亦谐却鞭辟入里地阐释这些言行举止的深层用意及其与权势运行法则的顺逆奉违特征，再进一步揭示它同人物的命运、利益、身心变化之间潜隐未显的联系。显然，作者是有意把小说人物命运的整体变化、心灵的深层搏斗和时代的普遍风尚，通过对日常生活、庸常琐事的从容叙述来加以表现，这就使作品显示出一种艺术表象世俗化、生活化的审美品格。

在此基础上，《国画》还从世俗欲望的角度，揭示了为官作宦者人生追求的实质。古往今来，中国人在为什么敬畏官、服从官、爱当官、千方百计谋高官的问题上，一直存在着庙堂和民间两种截然不同的说法。庙堂话语宣称，当官是为了建功立业、青史留名、为民做主谋福利。民间话语的看法呢？"当官做老爷"、"升官发财"、"三妻四妾"，一言以蔽之，民间话语认为，从权力欲、金钱财富欲直到性欲，当官皆能获得更大的满足，这才是世人想当官的实质所在。《国画》正是以这种民间公论性的认识和心态为焦点，对官场和大小官人给予了淋漓尽致的展示。从皮市长宠爱女记者陈雁则他人不敢作非分之想，到张天奇向领导家赠送女服务员按官职大小排漂亮的次序，作者揭露了官位大小与占有女色权力强弱的联系；从皮市长借打牌和儿子出国之名大收钱财，到朱怀镜借四毛被打事件狠敲竹杠，直到属下弄到钱马上挖空心思向上司"进贡"，作者通过对一笔笔"灰色收入"的描述，显示了"升官发财"的奥秘，至于"当官做老爷"，作品从各类人物交谈和打电话的语调、握手和走路的架势、坐车与陪酒的次序等方面，进行了堪称精细入微的艺术表现。小说还有力地展现出，在以欲望和利益为旨归的整个当代市民社会，不论是"神功"卓绝的大师，佛名远播的高僧，还是桀骜不驯的大款，貌似冷艳或清纯的小姐，皆以接近官、巴结官、给官员以种种好处为荣幸，并力图通过攀龙附凤来达到满足自己种种欲求的目的，这就更进一步揭示了官人欲望能得以满足的社会基础。

《国画》的精神视野不只是权势和官场本身，还包括权势辐射所及的整个都市世俗生活。在作品里，作者以权势为动因和枢纽，既描述了各类官员是怎样发迹、威福和败落的，又展现了"神功"大师是怎样利用权势亦真亦幻、气泡似的吹起来的，既揭示了当代交际花型的女士在权势的诱惑下是怎样面对驯服、放纵和真诚、清白的，也显现了洁身自好者在当今的世道中怎样地乖张悖谬却又落拓不羁，还反映了于权势者利益、欲望有碍的人们怎样无奈地吞咽种种屈辱，忍受种种有形和无形的牺牲。总之，《国画》描绘了众多当代社会光怪陆离的世相及其背后起主宰作用的权势法则，从而全面、深刻地显现了当代社会的官本位性质和它的独特表现形态。而且，小说还以"内幕现形记"式的写法，揭露了权势的华贵雍容中怎样地隐藏着卑劣猥琐因而只不过是道貌岸然，高雅时髦是怎样地伴随着堕落肮脏因而实质上庸俗不堪。这样，《国画》就艺术地剥去了官本位生态神圣庄严的面纱，而还其以虚伪、滑稽、丑陋的俗气本相。

以当代市民社会世俗的认知敏感区、心理兴奋点、思维习性和潜隐的欲求为观照视野和描述侧重点，粗细入微地表现官本位世相的日常生态，这使得《国画》在整个 20 世纪的政界题材小说中都显示出独特的艺术风貌，体现出浓厚的当代性、现场感和一种市俗化的精神品格。正是这种特征，使《国画》在当今中国都市的广大读者中，显示出充分的阅读吸引力和心理共鸣度。

二

但《国画》绝不仅仅只是一部焦点准确、内蕴充实的当代都市市民文化范畴的读物，它在精神文化内涵方面的价值丰厚度，同样不容忽视。

以往的政界题材作品，不管是从道德角度、事业功利角度，还是从社会位置或者文化智慧的角度进行观照，都体现出一种将个体价值归属于整体价值的集体本位立场。《国画》则将官场景观和官场习俗的文化意义，凝聚到主人公朱怀镜个人的身上，通过对他官场沉浮和身心存在状态的描写，使置身官场的个体人生的生命实际价值获得了深刻的揭示。在荆都市的官场生涯中，朱怀镜比较完整地经历了原地踏步、顺遂升迁和落魄三种形态、三个阶段。原地踏步时，他无疑是在周而复始的落寞和无所事事中干熬岁月、虚度年华。得赏识、获升迁的顺遂阶段，朱怀镜碌碌终日又干了些什么呢？也不过是人模人样地使一些大款和关系户"出血"，这店进那店出地喝酒应酬，或者提公文包、扛礼品在更高领导的鞍前马后奔忙，为领导做喝茶打牌、烧香拜佛、找"小蜜"弄玩物等俗不可耐之事铺路搭桥，因领导的高深莫测而如坐针毡却强作镇静，因领导的一颦一笑而惴惴不安或沾沾自喜；或者煞有介事地对各种报告做一些"人员"、"人士"之类的小改动；不问是非曲直、不管天理良心地为某些关系户"了难"并从中捞得点好处，则是他们最显智慧和自身社会分量的得意时刻。而且，就在这种人生的高潮时期，他官场之内无挚友，情人之外无知音，耳闻恭维声，心知企求意，时刻都需如履薄冰、如临深渊般畏畏缩缩、谨小慎微。这样，每当碌碌奔忙之后沉静放松的时候，朱怀镜自然就不能不深感疲乏、厌倦和无聊，精神状态的高质量也就无从谈起。辽阔官场，朱怀镜时时存在却又似乎可有可无；茫茫人海，其个体生命不可更替、不可动摇的价值又在哪里呢？一旦身不由己地落魄，朱怀镜则更是只落得上班时枯坐斗室，闲暇时"门庭冷落车马稀"，他自然只有放眼四壁，悲从中来，痛感除了已经失去的位置之外则一无所有。作品的最后，朱怀镜又使手段在另一个城市谋得了位置，但所谓的新局面除了老戏重演还能增添什么新内容呢？于是，置身曾冥冥中给予过他某种暗示的且坐亭谷口，反思往昔深涉其中的官场与人世，朱怀镜不能不"恍恍惚惚，一时间不知身在何处"。就这样，小说从容地展开朱怀镜官场人生的长卷，从中透彻而丰满地揭示出在官场体面风光的外表掩盖之下，个体生命实质上的低质量消耗和深层价值虚悬的状态。

不仅如此，《国画》还艺术地透视出官场运行逻辑与人类生命逻辑的悖逆特征，深刻地批判了官场游戏规则对于健全人性的压抑、扭曲和异化。官场是一个以权势为主宰构成的社会存在的网络和链条，官员必须以泯灭自我的独特性去服从这种根本准则，方能融入其中。朱怀镜仕途顺遂、官位升迁的过程，正是他抓住契机楔入官场网络的过程，也是他逐渐谙熟为官门道并以之压抑和改变自我的过程，在这个过程中，他渐渐地萎缩了自我人生的风华和创造力，在不知不觉中培养着卑琐猥亵、投机钻营、甘为人驱使的奴性和骄矜做作、阴险而蛮横的霸气，使得种种的儒雅和涵养仅仅成为人生的摆设；同时，朱怀镜在官道中陷得越深，表面看越是春风得意，内心就变得越是阴暗和孤独，人生坦荡磊落的品格和光明正大的快乐就越是稀少。在官场上，邓才刚那样虽有才干但仅是一时之兴表现了耿介性情的人都无法立足，只有张天奇之类专心钻营、八面玲珑而心狠手辣的人才能如鱼得水。这样，人的生命价值的独特性、自足性又何从追求、何以表现？于是，这一本来堪称社会精英的人物群落，就只能在虚与委蛇、尔虞我诈中耗费年华，变得委琐狡黠、无持守，缺乏进行行为抉择的个体生命价值逻辑。而且，他们还总是为揣摩投机钻营的伎俩而充满激情，为巴结逢迎的成功而内心窃喜，这种激情和愉悦显示出人性固有的真诚，但这种真诚附着于堕落和丑陋肮脏之上，就更显出人性被扭曲、被异化的程度。然而，恰恰是压抑和扭曲之后的人性状态，才能更适应官场游戏规则，从而最终使人的自然欲望得到更大限度地满足。在官道面前人性被压抑和扭曲的不可抗拒性，就由此充分地显示出来。

然而，《国画》并没有普泛地表现官场超时空的一般化形态，没有通过艺术地提炼出几种精神文化特征，来批判官本位现象对于人性的扭曲、异化和人的生命价值的损伤，而是把批判寓于对当代官场特定现实不加讳饰的描述之中，于是，小说的价值内涵赋予了对时代精神状况的认识与揭示。

首先，作者敏锐地透视出当代政界的体制框架内官场风尚与习性的渗透深广度和人治传统的巨大能量、充分的应变力。比如，张天奇深涉其中的税款案，既由于处在制度和个人权力之间的弹性地带而成为可能，又因为个人权力在属于制度范畴的手续问题上未留痕迹而现不出把柄，于是就能够找一个替死鬼了事；而朱怀镜最后还是以税款案的隐患威胁张天奇，才解决了从体制上根本挑不出毛病的被闲置问题。又比如，朱怀镜在官场成由皮市长、败亦皮市长，个人依附的色彩相当明显；张天奇成为"不倒翁"，则不过是在更广的范围内建立了人际依附和制衡的网络而已；皮杰的酒店事件更表明，在权势的链条中，一旦某个环节出现问题，整个官场内外相关的方方面面就都会藤牵叶动，一切似乎都源于体制的原则性，但所有的风吹草动，都显露出某个人权势影响变易的实质。在这里，作者实际上显示出对大文化环境中体制的形式化必然性、空疏脆弱性和能量局限性的深邃洞察。

其次，作品由此延伸开去，还深入地开掘了当代中国形成官本位生态的特殊的时代氛围和社会土壤，深刻地剖析和揭示了当今中国作为一个消费享乐型社会崇高与神圣精神不充分、生命内在激情不丰沛、事业功利性共同目标不强健的文化特性。我们不妨以小说浓墨重彩地描绘的朱怀镜和梅玉琴的婚外情人关系来说明这个问题。朱梅之间长时期内卿卿我我、温软甜蜜，相处时从心理到肉体都能高度地舒展和满足，在业余娱乐和日常生活中也能高度默契，这一切似乎都与真正美满的法定夫妻有过之而无不及，而且，他们对对方付出的真诚度都无可怀疑。但是，梅玉琴对于有花无果、类似秘密"小妾"的人生位置虽然偶现伤感，却似乎没有过真正撕心裂肺的疼痛，朱怀镜也无意改变相互关系的暧昧、苟且偷欢的性质，在事件发生的整个过程中，他们都尽量闪避着不谈离婚结婚这件事，没有死去活来的心灵搏斗，没有义无反顾的抗争，朱怀镜对自己的妻子也没有强烈的愧疚和真实的挽留之意，一切就这么不明不白、得过且过。爱情这一人类生命中最美好、最圣洁的领域，也如此地苟且和平庸着，试问，爱情的崇高、生存的神圣、生命价值创造的激情又在哪里呢？其实，梅玉琴曾在长时间内处淤泥而不染，保守着处女的纯真，但是，纯净何用？崇高何益？就连朱怀镜对梅玉琴的纯洁都大感诡异，其他人就更不必提了。于是，享乐至上，人欲横流，苟且偷欢，就成了世纪末人生中似乎最正常不过的状态。这种病态特征是从社会精神最核心处体现出来的，与官场的畸形实际上构成了一种互为因果、相辅相成的内在联系。作者对时代精神状态的这种揭示，使作品对官场特性的剖析获得了深广而具体的社会人文背景。

通过以上分析我们可以看出，《国画》实际上是从人类文化生态的高度，来对当今中国的官本位社会现实进行反映和批判的，作品因此显示出多侧面、多层次的价值容量。

三

以政界现实生活为题材的作品，往往存在着生活实感充分、形而上意蕴却相对薄弱的弊端。《国画》在开掘形而上感悟方面也有一定程度的突破。

在小说的开篇，作者即以画家李明溪在公众场合"狂放的笑声"作为朱怀镜官场人生轨迹更易的契机，使人生命运的变化非常强烈地显示出一种偶然性、一种荒谬滑稽的色彩。随后，小说笔墨饱满地徐徐展开了对官场原生态的写实性描述。但到作品的后半部，作者却又将且坐亭谷口神秘的开合作为人物命运祸福转换的关口，描述了且坐亭谷口的进入者李明溪先发疯而后失踪、曾俚出走、梅玉琴入狱、朱怀镜官场失意的命运，连李明溪在画中无端添上的卜老先生也猝然死亡，这就使作品染上了浓厚的宿命色彩和巫鬼之气，前半部明朗实在的人生景观，也不能不令人暗生恍惚之感。小说结尾，朱怀镜又赴且坐亭谷口，这实际上显示出作品主人公、同时也是作者把"且坐亭境界"作为了反思人生、冥想生命逻辑的基点，但当此时刻，朱怀镜却发现一切都亦真亦幻、似是而非，对自我理性思索的终端，似乎只能是对生存的恍惚之感和对生命的惶恐之心。应当说，作品这种由淡而浓地显现的荒诞、怪异色彩，既是作者对官本位生态的否定和批判，也是他由官场人生生发出来的对于个体生命存在状态的慨叹和形而上体悟。

其次，作品还花费大量笔墨，描写了精神上、人格上自立于官本位体系之外的李明溪、曾俚、卜未之等人物的形象，并通过他们与朱怀镜的交往及朱怀镜所产生的对两种不同人生逻辑的种种心理感受，达成了对官本位生存形态的参照和对比。无论是卜未之的高远淡泊、曾俚的耿介傲岸，还是李明溪由落魄疏懒而恐惧怪异的心态转变，都是在以中国历史上官场之外另一个精英群落——士的精神传统继承人的人格形象，来构成对官本位人生从人格层面的贬斥与否定。这显然是作者在洋溢着现代意识的生命感悟之外，从文化传统的角度对官本位生态所作的一种精神价值体察。

再次，作者的笔调总是于从容的写实中，蕴含着揶揄、调侃和反讽的意味。他既调侃官场陋习，也揶揄李明溪之族的不通世务；既窃笑和揭穿生活具象庄严正经的面纱，对种种生命中的形而上意念似乎也缺乏执着之意；从朱怀镜和梅玉琴的暧昧中，作者揭示出真诚，从官场的种种严正端方之态中，作者又偏要寻找出笑料。所有这一切，都体现出审美主体一种历尽沧桑、深知其味却不知所之的心理状况。笔者认为，这同样包含着一种对文化和人生的形而上领悟。

不过，《国画》艺术思维中的形而上探索实际上还相当不够，并未形成创作主体鲜明深邃的精神立场。这样，作品在观照官本位文化生态时，具象层面的想象、敷衍和市俗性角度的品位、领悟显得相当丰沛，对于它在整个人类精神空间内价值多侧面性的考察和想象则相对薄弱。结果，人物形象某些层面的性格表现得丰满厚实，另一些结构层面的特征则隐而未显，比如，荆都市官场在短暂的生命和人文激情支配下会另外呈现什么样的状态，在作品中就未能得到充分的展示；不同人物形象作为作者设置的精神个体，相互之间的距离和反差也略显不够；而且，由于对繁复的生活表象从精神文化角度予以区别和透视不足，细节和情节的蕴涵也不时给人以近似之感。所有这些局限，使得《国画》的审美境界给人以平面铺开而立体化不足乃至呈现的是一种"片面的真实"的阅读感受，在讽刺性文学作品中通常难以避免的这些弊端，无疑削弱了《国画》的思想震撼力和价值包容度。

第二节　类型化写作与《苍黄》的审美超越

21世纪以来，中国小说创作越来越广泛地表现出一种"类型化写作"的倾向，其中既有流行于网络媒介的悬疑、盗墓、玄幻、仙侠、穿越小说等纯粹的类型文学；也有类型化的叙事模式与特定的历史或人性内容融合而成的"红色谍战"、"青春言情"小说；还有聚焦当今社会的热点现象而形成的职场、官场小说，等等。盛况之下，甚至有研究者将这种"类型化写作"与20世纪80年代的"思潮性写作"相提并论。与"思潮性写作"以观念传播和形式探索为核心的先锋写作、精英文化性写作相比较，21世纪以来的各种"类型化写作"实属以信息传播和审美快感为主的商业化写作、大众娱乐文化。但另一方面，类型化写作与类型文学又存在着巨大的差别，类型化写作虽然在题材、主题、故事情节和叙事方式等方面显示出类型文学的特征，文本思想内蕴和审美底蕴等方面却有着与严肃文学、精英文化相一致的追求。

由此，类型化写作中就形成了一种商业性与文学性、叙事类型化与审美独创性之间的矛盾，怎样才能既保持良好的市场效应，又不断地提升文本的审美价值，就成为其中的一个关键问题。在21世纪以来的类型化写作热潮中，虽有大量顾此失彼的作品，但也不无兼顾两方面审美诉求的出类拔萃之作，曾获第七届"茅盾文学奖"的长篇小说《暗算》，就是一部将谍战小说的叙事智慧与红色革命的精神内涵有机结合而大获成功的例证。

官场小说这种类型化写作经历10余年的曲折发展，在21世纪初的现实背景和文化语境中蔚为壮观，成为一种相当热门的社会文化现象。但不可忽视的局限也出现于其中，从而呈现出与其他类型化写作相似的、市场火热而文坛轻视的状况。那么，官场小说领域是否也出现了一些突破类型化写作审美水准、出于类型而又超越类型的优秀作品呢？笔者认为，王跃文的长篇小说《苍黄》即可名列其中。

一

官场小说呈现出对官场现实纪实与揭秘的写作姿态，其中隐含着价值视角层面的世俗化倾向。《苍黄》对世俗价值也持认同态度。从县委书记刘星明对"差配"、"上访"等问题按照职位要求进行功利性处理，到县委办主任李济运职业、家庭生活中烦躁无奈与用心应对并存的日常状态，再到李济运父母、舒泽光妻子在家庭面临危险时或狡黠或暴戾的维护方式，作者细致入微的写实性展示中，包含着一种对庸常人生及其世俗需求的充分认同与尊重。

世俗化视角具有价值的两面性，一方面在反映生活信息、宣泄社会情绪等方面确有独特的功能和意义；另一方面也存在着不少价值内涵的负质。令人遗憾的是，21世纪以来的不少官场小说正沦入了以负面价值倾向为基点的审美境界。许多作品沉湎于实用主义的思想立场和自然主义的艺术路径，以简单地摹写生活表象为满足；往往还热衷于以猎奇心理和黑幕揭秘的姿态，来铺排官场的恩怨是非；而且明显表现出玩味腐败、宣扬权谋的心理兴趣，对种种官场厚黑手段所包含的"邪恶的智慧"及其运用的成效，显示出明显的艳羡心理，甚至以文本成为所谓的官场"宝典"和"秘籍"而自鸣得意；对于世相背后的生态肌理、价值实质的揭示，却显得相当欠缺。这类官场小说实际上是从认同世俗欲望合理性的思想方向出发，沦入了全盘认同人性需求乃至个体私欲的人生价值境界和社会文化立场，遮蔽了现实主义文学本应具备的社会正义与个体人格层面的诉求。结果，所谓的世俗视角，就蜕变成了排斥审美境界精神性导向的借口，对社会发展的负面趋势则行揭露与批判之名、成"讽一劝百"之实。凡此种种，充分体现出官场小说现状的精神文化局限。

其实，以世俗视角为起点，除了这种曲意维护个体欲望的价值取向之外，还可向另一方向升华，形成一种充分尊重百姓利益的社会价值立场。王跃文的《苍黄》就是体现这一价值倾向的诚意之作。作者在描述官场日常生态的过程中，敏锐地捕捉当下中国基层社会的热点事件或事件的内在敏感点，并以这类事件的官场反映为核心和枢纽，来建构故事情节的基本框架，从而以对世俗性的认同为基础，升华出一种"民生"的价值立场，有力地拓展了作品考察官场现状的精神视野与价值资源。

作者从换届选举的"差配"问题写起，广泛地描述了诸如上访与截访、农村"六合彩"、矿难、食物中毒、有偿新闻、官商警匪勾结等新闻热点事件，深入揭示了当今中国基层社会濒临崩溃的现状。文本社会性内涵的密集度、尖锐性与覆盖面，比一些极具冲击力的新闻报道都有过之而无不及。在当今中国，权力和官场显然是主导民生的重要力量，《苍黄》多层次、多侧面地揭露基层社会矛盾激化、危机显现的真相，并以这种种令人触目惊心的社会问题为基础，来展开对矛盾弊端形成原因和官场处理状态的追问，就以一种官场与民生互为参照的复合性形态，大大增强了作品批判官场现实生态的思想力量。这种从当代社会整体状况出发审视官场的思想眼光和"以公心讽世"①的社会文化高度，比之仅仅着意于仕途进退、人生欲望的世俗化叙事视角，无疑具有更深广的思想底蕴、更结实的价值含量。

二

官场小说以揭露官场的"灰色"与"病态"现象为审美重心，艺术内蕴层面表现出明显的问题意识。《苍黄》同样如此。小说的核心内容是通过丝丝入扣、体察入微的描述，以民众的世俗价值实现状态为基础和背景，以时代剧变、社会困窘的官场反映及其内在逻辑为中心，来揭示官场的"世情"和官场人的生态。但一般官场小说流行的情爱展示、隐私猎奇、揶揄笔调和段子渲染等内容，在《苍黄》中甚为少见。对于主人公李济运与宣传部长朱芝之间关系的描写，作者就谨慎地把握着分寸。高度的艺术分寸感使《苍黄》

---

① 鲁迅：《中国小说史略》，《鲁迅全集》第9卷，人民文学出版社1995年版，第225页。

大大减少了旁逸斜出的趣味性"闲笔",有力地增强了思想意蕴的针对性与凝聚性。

"问题小说"是我国五四时期就已出现的一种小说类型。每当社会出现巨大变故时,这类小说的创作就相当活跃,从五四时期的冰心到根据地的赵树理,直到"十七年"时期的某些合作化题材小说和新时期之初的"伤痕文学",都是如此。这类"问题小说"虽然常因背景逼仄、题旨直浅而遭到诟病。但其中也不乏杰作。鲁迅的《阿Q正传》、《药》、《故乡》、《伤逝》等作品审美境界的建构起因于对现实问题的思考,却开掘深广、艺术精湛,大大超越了问题性的审美境界。

但由此也可见,一部以问题意识为审美重心的作品要想真正出类拔萃,在以问题意识获取社会关注与热议的基础上,作者还需进一步深入开掘和锤炼,不仅充分展现审美对象的社会性内涵,而且着力于深化和拓展其中的历史文化内蕴,只有这样,才能有力地提升文本的审美境界、增强文本的价值含量。

《苍黄》显然具有这方面自觉的审美意识。作者将繁复的官场事象与其背后所隐含的官场伦理融为一体,并解读为官场的日常习性和生态规律,由此形成了一种从文化视角审视社会问题、将官场生态风俗化的审美眼光。

首先,小说选择一个县级市的官场为叙事环境、县委办主任为叙事线索、一届县委书记的任期为故事情节段落,这种总体构思本身,就表现出作者对当代官场的贴切认知与整体把握。

其次,在情节展开的过程中,作者往往淡化对热点事件及其是非曲直本身的关注,而将尖锐沉重的社会问题描述为官场按习惯和常规处理的"工作任务",进而通过揭示人物完成"工作任务"的情态和心态,着重展现出他们隐藏于种种处理行为背后的规则与逻辑,一种意在探究官场习性的创作动机就鲜明地显示出来。

再次,作者在结尾部分还通过描述新县委书记上任伊始即转变思想和行为态度来特意揭示出,当代官场的现实情形并不仅仅是由某个重要官员的偶然性、个人性而形成的，实际上已具有了如生态系统自我运转一般的周期性、规律性特征。

最后，在具体的叙述过程中，作者既对故事情节和官场生活的场景、细节进行一丝不苟的白描，又花费了大量笔墨来阐发其中所隐含的官场生态的习性与规律。甚至将"刘半间"、"刘差配"等称呼与中国古代文化的同类特性进行连接，借"宝钱"、"白鼻孔陪考"等民间俗语剖析现实官场的病态，以传统文化为参照，来对比性地审视当代官场。

正是这种种努力，使得《苍黄》超越了一般官场小说那种生活表象、事件进展描述和政论性社会问题剖析的层次，进入了一种对当代官场的风俗形态或曰当代"官俗"进行审视与呈现的审美境界。

中国新文学史上一直存在着将社会生态风俗、风情化的审美努力。在乡土风俗、风情化的创作中，出现了以鲁迅为代表的"国民性乡土"和以沈从文为代表的"诗性乡土"两种审美传统。而老舍、张爱玲的作品之所以耐人寻味，关键也在于将都市生态转化为一种人情世态来描摹和品味，从而别具一格而又入木三分地传达出了"京味文化"和"海派文化"的审美韵味。王跃文的《苍黄》实际上是在新的时代文化语境中，建构起了一种类似于"国民性乡土"的、将当代官场习性"风俗化"的艺术境界，一种从文化生态层面审视世风人情的审美倾向就从中鲜明地体现出来。

三

官场小说的审美意蕴建构存在着各不相同的艺术路径。《苍黄》对当代官场的批判，是通过一种以同情性理解为基础、蕴蓄着内在愤懑与无奈的反讽式白描来实现的。

"反讽"是一个与"悖论"密切相关的概念，植根于世界本质上是诡辩论式的、只有模棱两可的态度才能抓住其矛盾整体性这样一种价值认知。无论是夸大叙述、正话反说还是言非所指，等等，反讽最显著的特征在于抓住

陈述对象的字面义与真实义的矛盾状态，来显示语境对一个陈述语、一句话的含义的歪曲和颠倒，进而使文本的主题意义呈现出相反相成的两重或多重表现形态。

《苍黄》的审美路径正是如此。这部作品将情节展示和细节剖析、人物刻画和习性描述融为一体，按照官场的价值逻辑和行为规则，展开了耐心、细致、精确的艺术剖析。在这个过程中，作者一方面站在生活日常逻辑和社会道德底线的角度，对官场生态的种种异化特征给予归谬式的嘲讽、调侃和揶揄，另一方面又时时设身处地地对作品人物的言行举止，进行一种"同情性"的辩解、阐释与慨叹，二者之间恰好构成了一种意义上的互相消解，作品就自然而然地显示出一种亦庄亦谐的反讽色彩。

作品采用反讽笔调揭示官场异化现象最为典型的例证，当属将官场得意的县长"刘半间"和仕途坎坷而发疯的"刘差配"两人的姓名都设计为"刘星明"。县委书记刘星明冠冕堂皇而又蝇营狗苟，仅仅因为"一把手"的位置，就能在盘根错节的体制内为所欲为，专制到近乎疯狂；疯子"刘差配"不时来到县委大院慷慨庄严、一本正经地宣讲，其内容却恰好是中规中矩的体制内话语。他们各自的言行性质与思想状态、表面意义与实际内涵之间所构成的矛盾和反差，导致了对自我价值正当性的排斥、抵消与反讽；两种反差融合到一起，则在更深的层面呈现出一种强烈而透彻的批判意识和反讽效果。面对世界的丑陋与残缺，《苍黄》的这种反讽笔调既冷眼旁观又感同身受、既愤懑又无奈，韵味与魅力独具，构成了王跃文作品批判当代官场的一种独特艺术表达方式。

《苍黄》在批判官场病态的同时，还特别注重从"人"的立场出发，对作品人物的人格"不自在"和生命意义浅薄、功利的状态，进行一种设身处地的揣摩和体验；对那种置身官场则无可逃避，只能在欲望与规则的泥淖中随波逐流、难以自拔的生存境遇，寄予深切的人文关怀。

在具象层面，小说从点的角度，刻画了李济运既隐忍地遵守官场"纪律"、又因道德底线受冲击而感觉灵魂被拷问的矛盾状态，细致地表现出他由无奈到抗争再到逃避的心路历程；同时从面的角度，满怀同情与义愤地描述了一个个正常人因为宦海风波而疯掉、自杀、失踪的结局，展示了一个个鲜活的生命被官场堂而皇之地吞噬的社会现状。

在抽象层面，作者以"染于苍则苍，染于黄则黄"的"苍黄"为作品命名，不断强化地描述关于"哑床"的比喻和被命名为"怕"的油画，以之为作品的核心意象，其中都鲜明地体现出一种由官场百态而品人生百味，深深慨叹人性、人格、社会生活之异化的精神意味。小说的结尾，李济运进到电梯而"不知该按哪个键"、"仿佛四处有人在悄悄说话"的惊恐与彷徨，更极具象征意味地表达了生命个体"身在樊笼中"的无助与无奈心态。

由此，作品就从世情与人性相结合的高度，透露出一种对于置身官场者既不自在而又意义缺失的人生状态的深深关切与悲悯情怀。这种从人本立场出发的悲悯情感显示出一种正面的精神力量，既增强了社会文化批判的稳健度，有效地摆脱了官场生态写真对现实生活的负面导向作用；也切实增强了文本意义探索的丰富性，使作品从生命意义感悟及其审美传达的层面，构成了对类型化叙事流行审美境界的有力突破。

四

类型化写作在文化多元化语境中的出现，根本原因在于对读者接受心理的适应与迎合，这种适应当然有其充分的合理性。但包括官场小说在内的类型化写作毕竟是一种文学创作，所以又不应当满足于完成"大众读物"性质的社会信息传达功能，不应当停留于纯粹类型文学以阅读快感为核心的大众娱乐型审美的境界。换句话说，文学前途如何，是一个类型化写作中应当高度重视的问题。

《苍黄》从 2009 年出版以来，既屡上各种畅销书排行榜，又召开过高档次的学术研讨会，可以说在"雅"、"俗"层面均获巨大的反响和高度的重视。究其原因，是作者在官场生态这一社会广泛关注而又已得到丰富表现的题材

领域，从批判意识、风俗境界到反讽笔调、悲悯情怀等多方面，作出了自我
独特的审美开掘。

《苍黄》的成功充分说明，真正意蕴丰厚的文学作品，必然会对审美客
体的意蕴进行多层次、多侧面的深入开掘，从而既具有生活信息与社会内涵
的丰富性，又具备文化底蕴开掘和生命意识、人文关怀积淀的深厚度。

《苍黄》的成功还说明，类型化写作审美境界的真正提升、精神含量的
真正强化、文学质量的真正提高，对于增强作品的审美共鸣度和社会影响力，
完全可以起到巨大的促进和推动作用。因此，类型化写作不能在市场效应的
光环笼罩下，自我陶醉于可读性、吸引力、销售量等大众接受效应层面的功
效，忽略了对文学本质的认识和文学前途的追求，而应当在保留类型化叙事
大众接受优势的基础上，充分重视作品精神文化含量的增强和艺术质量的提
高。只有努力突破和超越类型化的审美境界，类型化写作的文本才有可能同
时获得社会影响拓展和文化意义提升两方面的巨大成功。

第三节　官场题材的审美路径与王跃文小说的意义

官场题材自从成为一种创作类型以来，就不断遭遇受冲击和被遮蔽的命
运。在社会文化层面，20 世纪 90 年代末的《国画》、《羊的门》时期，基本
状况是政治裁判掩盖了审美探讨；21 世纪以来，官场小说呈现出类型化写作
的趋势，又导致了商业效应冲击文学追求、市场反应遮蔽文学探讨的局面。
文坛内部则普遍认为，官场小说大多仅具新闻性和社会信息功能，审美含量
和艺术贡献相当匮乏；甚至笼统地认定官场本身就是一种缺乏深厚审美意味
和人文底蕴的生存形态，难以与乡土、平民生活所具有的诗意相提并论，因
而不具备巨大的审美潜能。这种种不无偏见的理解与评价，也落到了官场小
说代表性作家王跃文的身上。因此，对王跃文的创作进行一种文学史整体定

位性质的探讨，是相当必要的。

实际上，如果我们超越当今文坛与社会文化界对"官场"和"官场文学"暗含贬义的理解与评价，转而从"官场"、"官员"等概念以人为核心、又具古今文化打通意义的本源性意义出发，将官场题材的各种审美路径融为一体来考察，王跃文小说创作的价值与意义就能得到更为准确而深刻的理解。

———

在 20 世纪中国文学史上，官场题材的创作源远流长。从《官场现形记》到《华威先生》，站在政治道德立场"辞气浮露，笔无藏锋"①地揭露官场丑态，形成了中国现代文学发展历程中的官场风气讽刺传统。新时期以来，官场、政界题材创作呈现出更加多姿多彩的风貌。20 世纪 80 年代的《新星》、《沉重的翅膀》等小说站在社会主义改革事业发展的功利性立场，塑造出不少焕发着共产党员崇高思想光彩和人格感召力的领导干部形象；"现实主义冲击波"中的《分享艰难》、《路上有雪》、《信访办主任》、《这方水土》等中短篇小说，着力表现转型期艰难时势中基层干部的位置性无奈和源于公民立场的责任感，作品以对具体事件较少修饰与概括的素描性反映而显得颇具生活实感；刘震云的"官场小说"单刀直入，冷峻地透视权力对于"官人"生态的制约和影响，笔锋径指官场的人性本质。跨世纪时期 20 余年间的官场题材创作，则大致表现出以下几种审美路径。

其一，世俗视角。这类作品往往显示出一种展现官场原生态的写作姿态，聚焦于官场的权势状态、庸琐习性和腐败内幕，"官场、情场、商场"的纠葛成为故事情节的主要内容。文本审美境界总体上处于世俗性日常经验传达的层面，中国文化传统中"官运亨通"、"升官发财"、"三妻四妾"、"当官做老爷"之类的思想意识，则是创作者主要的心理兴奋点。其中的优秀作品具

---

① 鲁迅：《中国小说史略》，《鲁迅全集》第 9 卷，人民文学出版社 1995 年版，第 282 页。

有深刻的批判现实主义精神，平庸之作则表现出明显的实用主义立场和自然主义倾向。在商业化诉求所催生的类型化写作态势中，这类审美路径的大量作品都在进行一种社会生活内容和信息增添式的审美"平面滑动"，缺乏审美境界的真正拓展与深化。题材内容的拓展路径，不过是由"秘书"而"司机"而"亲信"而"官太太"，由"驻京办主任"而"接待处处长"而"党校同学"，由"省府大院"而"官场后院"而"干部家庭"；思想内涵的深化策略，则不过是由"官运"、"仕途"而"裸体做官"而"升迁"、"出局"之类。这类作品就是跨世纪文学语境中狭义的"官场小说"，其中类型化、庸俗化的写作则大大损伤了这种审美路径的文学声誉。王跃文显然属于这种官场题材审美路径的开创者和代表性作家。

其二，"主旋律"视角。这类作品的作者站在主流意识形态的立场，从社会历史外部变动和总体趋势的角度，来展示体制价值逻辑主导的官场正面规范与外在的"社会"性表现形态，作品的主要内容实际上是"改革政务"与"反腐案件"两方面社会性内涵的结合，通过对种种错综复杂的时代矛盾和政治利益纠葛的深入剖析，表现出一种义正词严、鞭辟入里地进行社会政治审判的审美态度。周梅森的《人间正道》、《中国制造》、《我本英雄》，张平的《抉择》、《国家干部》，陆天明的《省委书记》、《命运》，堪称这类审美思路的代表作。这类创作受到主流意识形态的高度推崇，也有着"主旋律文学"、"政界小说"等种种命名，但往往被学术界视为社会政治意义大于文学价值。

其三，文化反思视角。这类作品主要承接"五四"启蒙文化和当代"文革"批判的思想传统，往往聚焦于偏远地区的封闭型官场，对其中所体现的专制文化特征和人治色彩进行思想文化层面的剖析，同时对其中的民众心态进行一种"国民性批判"性质的反思。柳建伟的《北方城郭》和李佩甫的《羊的门》既高屋建瓴、又开阔透彻，属于这种思路的出类拔萃之作。这种审美路径的创作往往能得到文学界和精英文化层面的重视，但其中的政治文化批判意识却与狭义官场小说的官场生态嘲讽立场一样，易惹政治意识形态层面的麻烦。

其四，个体生命价值视角。这类作品立意从个体生命价值能否充分实现的角度来审视官场人生的命运，其中贯穿着一种知识分子的生命意义关怀意识。作者不仅体察入微地描述官场人生的生存困境、精神难题和心理苦闷，而且不断从生命终极意义的角度，来对这种人生状态进行千回百转、一唱三叹的哲理性思辨与抒情。阎真的《沧浪之水》、邵丽的《我的生活质量》、范小青的《女同志》等作品，均因人生命运认知的深刻与生命意义感慨的真切而获得广泛的共鸣。这类作品最为人们所称道之处在于其精神探索，但社会历史认知的广度与全面性则往往不无欠缺。

其五，历史官场题材作品。这类作品往往以杰出历史人物建功立业的人生轨迹与人格状态为轴心，全方位地呈现传统人治文化环境的官场生态，并将种种复杂的官场规则提升到"文化智慧"的层面进行发掘。作品对传统主流文化和功名人格的认同，近似于"主旋律"立场的官场题材作品；揭示封建官场潜规则的叙事细部，又与世俗视角的官场小说存在相似之处；对于主人公个体人格形成基础的挖掘，包括从"阳儒阴法"、"帝王之术"、"仕宦之术"的高度对官场权谋所做的阐释，则使文本显示出思想文化考察的意味。《曾国藩》、《雍正皇帝》、《张居正》等作品，均为其中的突出代表。这类创作的思想艺术意义，也只能从具体作品的不同情况出发来判断，不能够一概而论。

从整个官场题材创作的宽广视野中来研究和评价王跃文的小说，我们就应当既在狭义"官场小说"的范围内审视其审美贡献和代表性，又从审美普适意义的层面探讨其价值内涵和艺术创新。

二

王跃文的官场题材创作可分为以《国画》、《大清相国》和《苍黄》为标志的三个审美阶段，较全面地体现了狭义官场小说的历史发展和境界深化。

第一阶段以《国画》为代表，还包括《国画》的续编《梅次故事》和中篇小说整合而成的长篇《西州月》两部作品。《国画》对官场小说具有类型开创的审美意义，具体体现在以下几个方面：首先，作品从日常生活形态和世俗人生价值的角度来揭示权力阴影对社会生活的笼罩，表现官场潜规则对社会精英阶层生存的扭曲和人格的腐蚀，形成了一种对世纪之交已渐具规模的"主旋律"官场题材创作的价值反拨。其次，作品成功地捕捉到一种官场人生与人格的典型状态，塑造了主人公朱怀镜的人物形象，并通过对他的官场命运、身心状态和人格蜕变过程的揭示，深刻剖析了"官道"与"人性"的矛盾，以及由此导致的个体生命力低质量消耗、生命本质意义虚悬的社会现实，形成了一种官场生态的叙述范式。在《国画》的基础上，《梅次故事》和《西州月》则通过审视主人公的官场正面自保形态和官运停滞状态，从不同侧面丰满了这种叙述范式的艺术蕴涵。

《大清相国》是王跃文官场问题思考的第二阶段。这部小说的核心创作意图，实际上不是如通常的历史小说那样，致力于展开历史生活本身的进程与形态，而是试图打通古今、以史为鉴，思考官场到底能否有圆满的人生存在。作品采用单元式的情节结构方式，通过对朝廷重臣陈廷敬几个官运转折点和重大案件查访过程的条分缕析，着重剖析了他既为清官能臣、又能"善终"的具体手段与内在原因；同时又通过对康熙皇帝和大臣群像的描绘，揭示了做"坏官"与做"好官"同样艰难的客观规律。由此从正反两方面、以历史为先例证明，中国官员既适应潜规则自保、又成功地做事和辅政，虽然过程艰难复杂，而且往往会付出沉重的代价，但总体看来并不是毫无可能。作者还对陈廷敬在顺应"皇上"好恶与坚持自我为官、为人原则之间如何处理好分寸的问题作出了精细的揣摩，从而深切地揭示出中国传统文化的道统在与政统博弈时所显示的政治谋略与生存智慧；其中也包含着对道德的个体面对不道德的社会环境时，如何在承认私利与保持道德底线之间维持平衡、如何生存和发展等问题的独特思考。这就从社会问题和精神问题两个层面，达成了一种历史与现实的对接。所以，《大清相国》实际上是王跃文在现实题材创作受挫之后以退为进的文学策略，是通过探讨历史人物如何认识和处理权谋文化，来深化对现实官场的认知；而且文本中潜藏着一种以人格范本、人生榜样来对当今时代进行文化训诫的思想意识。

《苍黄》标志着王跃文官场小说创作的第三个阶段。这部作品的审美意义表现在以下三个方面：首先，《苍黄》以基层社会热点事件的官场反映为基础来建构故事情节、揭露官场弊端，拓展了官场小说创作的精神视野。其次，《苍黄》既表现出自觉地展现官场行为逻辑及其运行周期的审美意识，却又将剖析局限在官场行为状态本身，并不进一步走向对其思想文化根基的揭露，从而显示出一种将官场生态作为"亚文化"形态风俗化、而不是思想文化化的审美特征。再次，《苍黄》摆脱了流行文化格调暧昧、品质芜杂的精神局限，正面精神力量得到更大程度的强化。

综观王跃文的创作，《国画》在官场小说叙事模式形成和典型人物塑造等方面具有开创作用，《大清相国》在打通古今进行官场规则透视和正面人格存在可能性的探寻方面独树一帜，《苍黄》则通过将官场规则与习性风俗化的努力，显示出从"亚文化"角度对官场生态进行审视和概括的艺术自觉。将这样三个阶段、三个侧面综合起来，王跃文在官场小说发展历程中的重要地位和丰富贡献就充分显示出来，所以，以官场小说代表性作家或"官场小说第一人"来界定王跃文的创作，确实是一种恰当的文学史定位性评价。

三

但王跃文的审美贡献并不仅仅局限于狭义的官场小说，从文学普适价值的高度看，他的小说也表现出充分的文学开拓性与审美独特性，而且这种开拓性与独创性在他的整个创作历程中是一以贯之的。

首先，王跃文小说表现出一种问题意识与风俗眼光的有机融合。

无论是《国画》探讨当代官场的仕途模式与人格状态；还是《大清相国》反顾历史，探究官场到底是否有完美的人生存在；或者是《苍黄》揭示时代

剧变、社会困窘的官场反映及其内在逻辑，王跃文的创作都紧紧围绕当代官场的病态，显示出鲜明的问题意识。正因为如此，他的作品才获得了广泛、持久的反响与热议。但王跃文并不满足于呈现社会性内涵的审美境界，而是形成了一种从文化视角审视社会问题、将现实生活内容风俗化的审美眼光。《苍黄》的官场生态风俗化特征表现得最为自觉和明显。《国画》对于官员日常生活、行为心理的描述之所以被不少读者作为"官场宝典"来学习和模仿，也因为那些描述恰如其分地显示了官场的风俗习性。《大清相国》对科举舞弊、云南铜矿、山西赋税、京都钱币制造、杭州接驾等重大案件内在缘由和演变路线的揭露性描述，同样基于对封建朝野官场的生态特性及其弊端的深刻认识。不少研究者惊叹于王跃文小说笔调的"从容"，这种"从容笔调"的根源恰在于作者除了叙述情节和细节，还花费了大量笔墨来阐发其中隐含的官场生态的规律与习性，并由此达成了一种对当代"官俗"的审视与描绘。

其次，王跃文小说表现出一种反讽笔调与悲悯情怀的高度统一。

王跃文在按照官场逻辑剖析人物行为细节的过程中，往往既站在生活日常逻辑立场，对官场生态予以归谬式的嘲讽、调侃和揶揄，又时时对作品人物设身处地地进行辩解、慨叹与怜悯。这种既冷眼旁观又感同身受的叙述笔调，使作品显示出一种亦庄亦谐、不无暖色与善意的反讽色彩，而且升腾起一种人生价值与意义层面的苦涩韵味与悲悯情怀。在《国画》和《西州月》中，这种情怀分别表现为对朱怀镜的惶惑、伤感和关隐达的落寞、散淡的体察与同情；到了《苍黄》，则升华为一种批判与同情性理解相交织的正面精神力量。尤其是作品的结尾，从《苍黄》中李济运进到电梯"不知该按哪个键"、"仿佛四处有人在悄悄说话"的惊恐与彷徨，到《大清相国》陈廷敬脱离官场而仰天大笑那种"久在樊笼里，复得返自然"的舒畅踏实，作者从不同侧面深刻地体现出对于官场人生的悲悯情怀。反讽笔调和悲悯情怀的有机融合，使王跃文创作的人文意识显得更为淳厚，艺术情韵也更为丰富蕴藉。

再次，王跃文小说表现出一种多重视角与聚焦官场的内在贯通。

王跃文的创作聚焦于官场是毋庸置疑的，但他又尽可能地选择不同的角度，运用不同的参照系，来多层次、多侧面地打量和审视当代官场。《大清相国》完整地描绘出一副古代官场的人生样态，自然是王跃文最具思维广度的一次对照性聚焦。单部作品之内，从《国画》对李明溪、曾俚、未卜之等人物性格的描绘，到《大清相国》对傅山等读书人形象的刻画，再到《苍黄》对银杏树下散步境界的渲染，虽然其中所显示的主要不过是一种文人意气，但目的显然也在于以中国知识分子的传统习性，来与当代官场进行精神层面的对比与反衬。作者在《苍黄》中层层展开基层社会矛盾激化、危机显现的真相，更是试图以之为价值支点，来强化对官场生态的批判。或明或暗、或情节或思维的多重视角的建构，使王跃文对于当代官场的审视与批判，获得了广泛的价值参照和丰富的思想后援。

王跃文这类创作的重要不足，则存在于对官场视域超越性的欠缺。官场虽然在当下中国受到的关注较多，也不过是时代生活的一个方面，如果创作主体的思想视点未能以此为基点和枢纽、顺延至对整个时代的体察，那么，审美对象某些本来具备的价值含量，往往也会因为精神视域的局限而难以得到更充分、更有效的发掘。《苍黄》对李济运形象的刻画就是一个例证。李济运作为由乡村进入官场的社会精英式人物，在当今中国的时代环境中显然具有极大的典型性。路遥《平凡的世界》、《人生》的成功，关键正在于抓住了由农村进入城市的中国乡村精英这一创作视角。其后，从20世纪90年代初李佩甫的中篇小说《无边无际的早晨》、到新世纪邵丽的长篇《我的生活质量》，这条创作思路一直没有中断，并不时呈现出让人难以忽视的艺术光彩。《苍黄》对于李济运式人物官场方式的人生状态的描述与揭示，自然非其他作品所能比拟。但作品主要是把李济运作为勾连官场和基层社会各种现象与问题的情节和思想线索性人物，人物形象设计的审美归宿是官场生态。结果，李济运作为由乡入城、由底层才俊步入官员阶层的中国式精英，他作为"一个人"到底是如何"蜕变或成长"的，包括他为什么时而欣慰时而无奈、却始终立足于官场生态来建构自己的人生，作者都未曾进行有力的揭示。这显然无形中约束了李济运形象的内涵深广度和时代典型性。以官场为审美

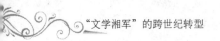

重心和兼顾时代生活的多侧面内涵是一种矛盾的存在，但创作主体后一方面审美努力的欠缺，确实将妨碍作品精神文化境界的深厚与博大。这一点不仅是王跃文创作、实际上也是整个官场小说的根本性局限。

第四节　王跃文小说意蕴境界的荒诞色彩

在王跃文的官场小说和他夹杂其间所创作的知青题材小说《亡魂鸟》之中，我们还可以强烈地感受到一种尚未为研究者所关注和重视的“荒诞”的审美意味。这种荒诞色彩在文本意蕴境界的贯注，充分体现出王跃文小说创作的现代意识与精神深度，因此有必要给予更具体的揭示与探讨。

所谓“荒诞”，字面意思通常被解释为“不合逻辑、不近情理、悖谬、无意义”，主要用来表示生活中种种乖谬、悖理现象的荒唐可笑，成语“荒诞不经”、“荒诞无稽”所表达的就是这种意思。由于第二次世界大战后存在主义哲学的理论阐发和“荒诞派”文学的创作实践，“荒诞”概念就超越日常话语的境界而具备了哲学、美学的意义。它着重表现一种精神主体对于世界非理性和人的异化状态的生存感悟与哲学认知；在具体的创作中则往往采用象征隐喻、夸张变形、戏拟、反讽等手法，打破事物的逻辑性与因果关系，来达成这种精神认知的审美传达。王跃文的小说在对现实生活精湛、深微的写实型描绘之中，也蕴含着这种荒诞的美学意味。

一

王跃文小说的荒诞色彩最为重要的表现，存在于对客观现实本身的荒诞特征多层次、多侧面的揭示方面。虽然王跃文认为，“如果把小说比作化学试验，那么人就是试验品，把他们放进官场、商场、学界或者情场等等不同的试剂里，就会有不同的反应"，"作家充其量只能提供一把把化验单，一张张透视底片"①，他的作品也以严谨细微、从容不迫的写实型白描为主，但源于表现对象本身蕴涵的诸多不合社会正常逻辑、不近人生日常情理而实际上无意义、无价值的悖谬特征，文本意蕴境界反而鲜明地显示出"正因写实，转成荒诞"的审美特征。

在人物命运描述与故事情节展开方面，这种荒诞意味就有相当深刻的体现。《国画》通过对主人公官场命运、身心状态和人格蜕变过程的展现，深刻剖析了官场中生命个体越是诚恳、精细地经营，离生命终极意义反而越是遥远的荒诞现实。主人公朱怀镜从庸常到得意到黯然收场，一切皆因偶然获得了一个曲意巴结和进入市长皮德求"圈子"的机会，整个过程似乎是一场纷乱无序、不由自主的南柯一梦。以致最后在郁闷中细细品味，朱怀镜不觉"恍恍惚惚，一时间不知身在何处"，一种官场生存和个体命运的荒诞感，就从中浓烈地升腾出来。在随后的《梅次故事》中，朱怀镜因为经历了《国画》中所描述的官场沉浮的教训，转而费尽心机地洁身自守，妻子香妹却对他以前的恣意放纵耿耿于怀、纠缠不休。正当他逐渐摆脱躁动与迷茫，而且终于获得一展胸襟的权位时，妻子香妹本人却陷入了受贿的泥淖。在荆山寺的"法乐如雷，唱经如潮"中面壁感悟，朱怀镜自然只能是"心烦意乱"、"如同困兽"，转而干脆重回俗界、"不去烧香了"。《西州月》中的关隐达本为具有文人情怀的读书人、"诗人"，做了领导秘书而获得官场进身的可能。但因为做了地委书记的女婿，以至"成也陶凡、败也陶凡"，长期处于官运困顿的状态。就在他慢慢领悟了适应现实的生存智慧，似乎寻求到了"达"与"隐"的微妙平衡之际，却意外地时来运转、官运亨通起来。人格嬗变无声无息、宦海沉浮不由自主，"命运沉浮，全凭一只看不见的手。他只能在无可奈何的喟叹中顺应那只手的操纵"，一种命运无法把握的乖戾、悖谬之感，竟使作者自己在描述和品味关隐达这"自己的亲兄弟"一般的人物形象时，

---

① 王跃文《拒绝游戏·代后记》，《国画》，百花洲文艺出版社 2010 年版，第 490—492 页。

也觉"心头隐隐作痛"①。作品对主人公官场命运和人格状态条分缕析的这种种描述,明显地蕴含着一种颇具生存感悟深度和心灵震撼力的荒诞意味。

在王跃文的作品中,主干性故事情节一般是简略、淡化处理的,往往只是作为叙事的线索而已;文本叙事的重心,则落在对官场常规生态的揭示及其内在"游戏规则"的阐述方面。作者习惯于站在世道人心常情常理和社会道德底线的角度,采用白描形态的戏拟与反讽笔法,对官员的日常生活及其心理状态娓娓道来,不仅对人性在官场人生场景中的扭曲状态予以深微、细致的刻画,对其背后的"游戏规则"与价值逻辑不动声色地揭示与戏拟,而且时时对作品人物的言行举动,进行设身处地的辩解、阐释与慨叹,既冷眼旁观又感同身受,文本就在一种亦庄亦谐的艺术传达中,将官场人物身在"游戏规则"中事事处处"不自在"、尴尬无奈却还煞有介事的荒诞、滑稽状态,"归谬"式地暴露无遗。

王跃文的小说还对整个社会环境五花八门的荒诞现象,进行了信息量相当密集的揭示与描述。在人物性格与言行的呈现方面,从权贵公子皮杰和王小莽的狐假虎威、为所欲为,到"气功大师"袁小奇的高深莫测、大行其道;从派出所所长宋达清的媚上欺下到招待所所长于建阳的俗气逢迎;从记者成鄂渝"狮子大开口"的嚣张无赖到局长舒泽光仅因工作不配合就被逼成上访者乃至投进精神病院,包括市委书记王莽之偷烧荆山寺开年"头炷香"、暴发户"裴大年"取名的忌讳,等等,对于诸如此类的社会病态现象,王跃文均敏锐而尖锐地捕捉住其中或猥琐可鄙、或滑稽可笑、或狂悖可恨的特征,以漫画化的笔触有力地揭示了出来。《苍黄》更是从乌有县换届选举"差配"问题的真相写起,广泛地描述了各种社会热点事件,并对其中隐含的复杂的社会矛盾和荒诞、悖谬的官场处理方式,给予了有力的揭示。痛切的揭露背后,一种令人啼笑皆非、悲苦莫名的审美意味也就蕴含其中。对于这种种社会"怪现状"广泛、深刻的描述,大大丰富了王跃文小说意蕴境界的荒诞内涵。

---

① 王跃文:《西洲月·代后记》,《西州月》,新世界出版社 2010 年版。

二

在对客观现实荒诞性进行深刻揭示的基础上，王跃文小说还存在大量具有象征隐喻意味、怪诞诡异色彩的人物形象与故事情节，其中鲜明地体现出创作主体建构荒诞性意蕴境界的艺术自觉。

王跃文作品存在不少具有象征、隐喻意味的情节，其中都显示出明显的荒诞意味。《国画》中的朱怀镜，竟因为"跟疯子也没什么两样"的画家李明溪在看球赛时一阵"狂放的笑声，无意间改变了他的命运"。作品开头的这一细节描写，显然是作者刻意为之，目的就在于强化整个事件的偶然性与荒谬、滑稽特征。《苍黄》设计县委书记"刘半间"和基层干部"刘差配"两个"刘星明"，其中的荒诞意味显而易见。《西州月》由"诗人"关隐达做秘书开头，又以龙飞做关隐达秘书、"又一个诗人死了"结尾，更以一种具有命运循环意味的人生模式概括，具体而微地揭示出官场生态的荒诞性。

王跃文的小说还着力渲染了不少人物莫名其妙的"发疯"、失踪事件和诡异、神秘的生命体验。《国画》的李明溪由文士轻狂性质的"跟疯子没什么两样"，而真的表现出心理恐惧的精神病症，最后果然莫名其妙地消失；《苍黄》的"刘差配"是作者描述得更充分的一个真疯子；《亡魂鸟》的男主人公陆陀则随时准备着自己的发疯。《苍黄》中富有整体象征意味的油画"怕"和比喻"哑床"等核心意象，对官场生态的概括与感悟也具有明显的滑稽成分和怪诞色彩。在每部作品的结尾，往往是权势者要么"出事"要么"失事"，受害者或沾染官场者则不断地疯掉、自杀或失踪，落了个"白茫茫大地真干净"，只剩下主人公面对一个个生命被吞噬的现状，因人格底线受冲击、心理情感受伤害、灵魂被无情地拷问，而感到人生意义的虚无与荒诞。

王跃文小说对官场的揭示与描述，既没有采用看似义正辞严实则浅显简单的批判性口吻，也不着意渲染诗意化叙事的伤感情调，而主要运用调侃、挪揄、嘲讽、体谅、慨叹皆融入其中的反讽、戏拟式笔调，并以不愠不火、严谨写实的白描形态出现。作为一种"有意味的形式"，艺术笔调实际上是

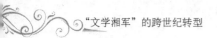

作者对于客观现实整体感悟的审美凝聚与集中体现。"反讽"笔调的哲学根基在于世界本质上是诡论式的、荒谬的，只有模棱两可的态度才能抓住其矛盾的整体特征这样一种价值认知。戏拟作为一种戏谑性的仿拟，本身就包含着鲜明的解构意识，是在参透对象悖谬、荒诞、不合理的特性后，无奈与悲怆兼而有之的率性戏弄与嘲笑。王跃文创作对于反讽、戏拟笔调及其相应艺术气韵的热衷，正是对社会生态荒诞、悖谬特征深刻把握后的具体表现。而他融诡异、怪诞于严格的写实性情节之中的艺术构思，更使意蕴境界的荒诞色彩既具充分的"间隔效果"和"陌生感"，又让读者觉得感同身受，不得不进行细品和深究。

三

荒诞感作为一种生存感悟和社会认知，往往产生于旧的生存体系受到彻底拷问而新的生存体系尚未建立的间隙，其中既体现了传统理性在创造新文明时所遇到的失败，也体现了人类在适应新文明的过程中所出现的精神觉醒。也就是说，荒诞意识其实是创作主体心智清醒、与审美观照对象保持精神距离的一种标志。因为在荒诞的现实面前，精神主体往往只能在保持自己文明品质的基础上，以荒诞意味在意蕴境界中的贯注，来构成一种针对客观现实的否定性提醒，从而引导人们打破无望，唤醒灵魂深处固有的对合理价值的追求，领略到人的真正的生存意义、真正的自由与激情。这正是荒诞作为一种审美意识的终极价值之所在。

在当今中国的官本位社会生态中，权力欲至上成为个体生命的核心推动力，构成了历史发展、演变过程中一种难以避免的"阵痛"。但是，作为无法复制和重来的生命个体，如果置身官场者只能遵循病态的游戏规则，在无可奈何中屈己求成，那么，不管成败得失的具体情况如何，个体精神的自主性和生命存在的常态、常理不断被扭曲，个体生命价值的追求逐步走向自己的反面，就只能是无可逃避的宿命。这种"人类决心在世界上发现目的和秩序，然而这世界却不提供这两者的例证"①、"世界的不合理性与人的灵魂深处竭力追求合理之间的冲突"②，以及由此构成的紧张关系，正是构成"荒诞"型生存感悟的社会现实基础。王跃文的作品基于对官场人生真实处境的洞察，冷峻地描述出其中的不合情理、不合逻辑之处，揭示出历史与理性所建构的确定性世界图景的崩溃和主体意识的虚无、恐慌、绝望感，进而衍生出相应的、恰与西方"荒诞派"文学存在深层相通之处的审美观念和艺术手法，这就使文本意蕴境界以形而上层面的深刻感悟，显示出独到的精神深度。

　　王跃文的非"官场小说"《亡魂鸟》，更全面、鲜明地显示出他对于荒诞审美意识的精神自觉。《亡魂鸟》具有一个接近于通俗小说的故事外壳，一男一女不无暧昧的定期约会与聚谈、青春期爱情的浪漫与激情、落魄少妇与官员或明星的私情，都是构成这种通俗色彩的表征。以此为内涵载体，作品深刻地揭示了社会历史层面"一代年轻人真实的苦难"③。"时代就是命运"，一代知青"的命运都被所谓时代荒唐掉了"；"逝去的那些时代，都曾号称波澜壮阔，那些无助的苍生，或被抛向风口浪尖，或被埋进汪洋深处。"在此基础之上，作者以极为沉痛的抒情笔触，提炼出了一个关于理想主义由高扬时的浪漫到破灭后的颓废的精神内核。"理想主义是最容易滑向颓废主义的。……颓废自然不是好事，但颓废到底还是理想干瘪之后遗留下的皮囊。"这样一种生存命运，不能不说是颇为"曲折、凄美、无常、荒诞"④的。女主人公维娜由浪漫而颓废的人生道路转变从写实、具象的层面，男主人公陆陀随时准备疯掉自己以拯救家族的荒诞情节设计则从写意、象征和寓言的层面，互相呼应与配合，丰满地达成了这种人生状态认知和生命意义感悟。

　　实际上，题材并不是决定或拘囿作品审美价值和文学意义的决定性因素，文本审美意义的关键在于创作主体的审美追求与艺术开掘。王跃文创作

---

① 罗吉·福勒：《现代西方批评术语词典》，袁德成译，四川人民出版社1987年版，第1页。
② 加缪：《西西弗斯的神话》，杜小真译，三联书店1987年版，第6页。
③ 王跃文：《亡魂鸟·序》，新世界出版社2010年版，第1页。
④ 王跃文：《亡魂鸟》，新世界出版社2010年版封底语。

主体意识和意蕴境界的荒诞意味，就是将社会性内涵剖析与世态人生感悟融为一体的突出表现。正是这种审美努力，使王跃文的作品超越一般的"官场小说"，形成了既具批判现实主义深度、又有独到精神探索的意蕴境界。

第五节 《漫水》的当代社会审视意味

王跃文以"官场小说"享誉文坛，从现实官场展示的《国画》、《梅次故事》、《西江月》、《苍黄》到历史官场回眸的《大清相国》，他的每一部官场题材小说都引起了巨大反响。但王跃文并不满意于广大读者对他的"官场小说家"的印象，他甚至认为："用写作题材给作家贴标签，是件很无聊的事。"[①]这种说法既表达了王跃文对文学批评简单化的不满，实际上也是一种试图自我突破的表现。在官场小说的创作过程中，王跃文已经于2001年创作并出版了知青题材的长篇小说《亡魂鸟》，随后又在2014年出版了中年婚恋心态题材的长篇小说《爱历元年》。但王跃文最为自信的当属乡村题材的创作，他曾经宣称"一直都想写乡村题材的小说"，而且表示"我不能确知今后创作的主攻方向在哪里，但乡村题材的小说我会写得非常出色"[②]。果然，《文学界·湖南文学》2012年第1期发表的中篇小说《漫水》，就打破了广大读者的常规认识和既成印象，以淳朴深情的乡土题材叙事向人们展现出一个"别样的王跃文"。

《漫水》虽然获得了热烈而崇高的评价，并获得第六届"鲁迅文学奖"，但对其审美意蕴的理解与认知，还存在着有待进一步深化之处。

---

① 李肖含：《王跃文：我在文学史上没有野心》，《中华儿女》2010年第10期。
② 尹平平：《王跃文：别叫我官场小说家》，《新华每日电讯》2012年9月28日。

一

《漫水》一出，好评如潮。《小说月报》2012 年第 4 期、《中篇小说选刊》2012 年第 3 期相继转载。同名小说集还先后在长沙、北京等地多次召开研讨会。评论界的基本看法是，《漫水》与沈从文的经典名著《边城》非常相似，是"继沈从文《边城》之后又一次把湘西特有的人性美、人情美展现在读者面前的佳作"①。这评价很高，却也不无道理。《漫水》的基本故事框架，是以有余和有慧阿娘两人的交往为主线，讲述他二人一生虽不是夫妻，却始终相互扶助、相互照顾的种种生活故事，以此来展现淳朴温厚的乡土人际关系。在具体的情节展开和境界建构过程中，《漫水》在以下方面显示出与《边城》的相似之处。

一是在描写乡土美景和风俗方面。"和《边城》一样，《漫水》展现在读者面前的是一幅灵秀山水和天人合一的风俗画"②。王跃文以深情的笔触描绘着漫水村的乡土风物："村子东边的山很远，隔着溆水河，望过去是青灰色的轮廓……北边看得见的山很平缓，溆水流过那里大片的橘园"，众多这样白描的语言，将那神秘而奇美的湘西一隅，水墨画一般清澈地呈现出来。与美景相伴的，还有当地流传下来的古朴风俗。"漫水的规矩，寿衣寿被要女儿预备，老屋要儿子预备。不叫做老屋，也不叫置老屋，叫割老屋。"从老屋和寿衣等的准备可以看出，漫水人对待生死是那样坦然，却又如此地郑重。这种颇具民俗特色的情感，集中体现在男主人公有余的身上。作为漫水当地有名的手艺人，在邻居纷纷住入砖头房的年代，他依然守在亲手搭建的木头房子里。他割老屋的手艺无人能及，漫水当地人认为谁要是能睡到他割的老屋里去，是很有福气的事情。作品中还出现了关于有慧阿娘替人接生、妆尸之类的风俗描写。这种种描写乡土秀美景色和古老风俗的词句与情节，确实

---

① 罗先海：《成长中的乡村叙事与文化坚守——王跃文小说〈漫水〉学术研讨会综述》，《创作与评论》2013 年第 12 期。

② 何先培、刘克宇：《一坛醇厚的乡村老酒——品读王跃文〈漫水〉》，《边城晚报》2012 年 7 月 13 日。

都透着与《边城》的相似之处，以至让人"感觉王跃文的《漫水》俨然沈从文《边城》的续编"①。

二是在展现乡村淳朴、温馨的人际关系和美好的人物品德方面。在《边城》里，老船夫一生不计报酬、风雨无阻地摆渡过路人令人感动；翠翠的天真善良、对爱情的纯朴追求让人动容。这样的美好与纯真同样体现在《漫水》中。有余和有慧阿娘在漫水当地不仅是出名的好人，也是家长式的人物。有余在漫水是受尊重的人，他熟悉漫水这片土地的角角落落，有着独特的生活品质追求，为人正直不阿；有慧阿娘嫁到漫水之后，在内把家庭照顾得井井有条，在外不计报酬、不嫌脏累地为村里人看病、接生，甚至妆尸，真心诚意地对待身边的每一个人。有余与有慧两家世代交好，有余和有慧阿娘二人之间更存着一种带有暧昧色彩的心有灵犀，他们彼此敬重，相互照顾，是这方土地上传统伦理道德的守护者。有余心里永远记着慧娘娘来到漫水的日子，经常用心地留着她爱吃的枞菌，在她受欺负的时候为她撑腰，而且还为有慧阿娘割了老屋；有慧阿娘有事爱找有余商量，喜欢听他吹笛子，倾慕他与众不同的生活品位，也亲自为有余缝制了寿衣。如果用爱情来描述他们二人的感情，那反而折损了这份情感的价值和底蕴。他们虽然彼此倾慕，但也珍视、爱护自己的家庭，他们之间的尊重与珍惜甚至远远超过了爱情的力量，这种说不清道不明却又相当美好的暧昧情感，恰恰是漫水这一方土地最令人感动的情谊。没有"执子之手"，却能"与子偕老"，没有山盟海誓，却能细水长流，这确实是一种对于健康纯美人性的诗意建构。

王跃文笔下的漫水，就这样弥漫着人际关系的温暖与朴实、湘西方言的地道与"土气"、古老传说的神秘与悠远，一切都像桃花源一般神奇。同沈从文的经典名著《边城》相比较，《漫水》确实有着审美境界与精神品格的神似之处。

---

① 龙长吟：《人间温情的诗意释放——读王跃文的〈漫水〉》，《怀化学院学报（社会科学版）》2013年第12期。

二

　　但细读作品我们可以发现，《漫水》除了对乡土生态的诗意化拟构，还存在着另一方面更为深沉有力的审美内涵，就是对于当代中国历史道路和复杂世态的审视，以及对赖以驾驭、超越其中种种坎坷与屈辱的力量的审美发掘。

　　首先，小说人物的实际命运与故事情节，明显体现出当代社会的发展脉络与曲折进程。从五六十年代的政治运动时期到当下的商品经济时代，作者如实地写出了当代社会的政治运动、农村困苦和金钱至上、人欲泛滥等等世态延伸到乡土社会的状况，揭示了种种社会风波对漫水看似风俗醇厚、平静美好的乡土境界的巨大冲击。对有余和有慧阿娘，作者也不是仅仅从日常交往中写到了他们的美好关系，而且具体写出了他们是在什么情况下相互帮助的，这种种具体情况实际上就是社会历史、文化习性和乡村道德的时代变迁。比如，漫水村的好事之人老是背地里传言他们的私通和有慧阿娘的出身等，形成这种种传言的原因和基础究竟是什么呢？是战乱？是土匪？都不是，是当代中国的乡土伦理氛围，以及由政治运动导致的人们对于出身的敏感。还有下放改造的女青年小刘、在漫水蹲点的绿干部、辛勤劳作挣工分的村民，以及后来各奔东西少有归家的有余子女、想以龙头换钱的强坨……所有这些人物形象，都从不同的侧面揭示着当代社会的状态与发展。如果忽略掉对这些重要情节的解读，我们不仅将丧失对作品内涵的全面把握，就是对漫水古朴民俗的美好和有余、有慧阿娘关系的珍贵，也将缺乏更深入的理解。因为正是经历和战胜了种种时代的风浪，他们仍然坚守着恒久不变的乡土美德，坚守着流传至今的地域风俗，坚守着自己的心灵家园，才会显得那样地令人感动。所以，当代社会的发展轨迹在文本意蕴建构中，实际上担当着重要的角色，并与漫水美好的人物、风俗形成了一种相互对比和映衬的关系，二者合起来所建构的审美境界，才是作品艺术蕴涵的全部。

　　其次，《漫水》浓墨重彩地揭示了乡土社会的美德与温情所具有的、扶助芸芸众生度过人生难关的强大力量。有慧阿娘初来漫水的时候，其出身受到种种猜疑，绿干部说得尤其过分和肮脏，这激怒了有余，他于是痛斥了绿干部一顿："不要以为你屁股上挎把枪哪个就怕你了！我们不犯王法，你那家伙就是坨烂铁。"绿干部是在漫水蹲点的干部，但有余对他没有丝毫的畏惧，而敢于这样据理力争，他背后依托的力量，就是乡土社会的传统道德规范。下放女青年小刘的故事，也是五六十年代的中国社会才可能发生的事情。小刘作为一名受害者，却被扣上了乱搞男女关系的帽子，下放到漫水改造。初来乍到的她抬不起头来，觉得自己可耻又羞愧，想通过努力劳动来改造自己。在小刘精神、思想的危机时期，是慧阿娘的关怀与帮助，是漫水淳朴的民俗民风，才让她一点点地走出困境、重获新生。小刘的老公绿干部虽然在漫水没做什么好事，但他其实也是一个政治运动的受害者。他没什么文化，没有真正的追求与想法，除了能不断地到漫水"蹲点"以外，他一事无成。绿干部曾用恶毒的话语攻击有慧阿娘，但被有余当众训斥，还在黑地里挨了有慧一通打，但他对一切其实都是懵懂和糊涂的，对小刘的事情气愤不已却不甚了解，对自己所走的人生道路还不如有余看得清楚。是有余和有慧阿娘不计前嫌，对他给予宽容与开解，才使他打开心结、拨开迷雾，终于突破自己的心理障碍与小刘重归于好。作品人物身上出现的这种种由社会环境、时代条件造成的精神、命运危机和人生误区，都是在乡村社会的温暖怀抱中才得以跨越的。正是这种种描述，使得乡村社会的美德不再是田园牧歌里的诗意，而成为了一种抵抗和消解当代中国社会悲剧性因素的力量。

再次，《漫水》正面发掘出了在种种外来冲击之下，乡土伦理化解其影响、保持乡土社会在传统和"正轨"的渠道中继续前行的社会平衡功能。强坨形象就是一个典型的例证。有慧阿娘的勤俭持家在他身上不见踪影，他懒惰、终日不思进取，想发财致富却又不走正路，家里穷得连老婆都跑了也无所谓。是有余一次次的教育与管束，是母亲有慧阿娘的训斥与督促，是乡村传统的伦理观，才让强坨不至于彻底变质。也正是他母亲的离世，如感悟人生的沉重钟声，唤醒了这个游走在乡土伦理边缘的灵魂，使他终于醒悟过来。

所以，无论面临怎样的社会风浪，乡土伦理都能克服和战胜其中的不良因素，维护住自我良好的社会文化生态。

《漫水》对于乡村社会丑陋和黑暗的一面也并未回避。作者真实地揭示了当代社会的政治运动、个人精神迷失和商业文化对乡土社会的冲击与影响。正是在对这种种冲击的纠正与消解中，我们看到了慧娘娘对秋玉婆的宽容，看到了强坨忏悔和痛楚的泪水，更看到了经历诸多磨难依然相伴左右、互相帮助的两位老人家。正如作者王跃文所言，"《漫水》叫我懂得乡村的美好传统坚韧无比，外部社会自命的庄严或崇高在它的反衬之下变得荒诞和虚无"①。这种对于乡土美德及其生命力量的揭示，实际上是基于对文化能量本身的坚定信念和深刻认知。

由此看来，正因为有了对当代社会的审视，《漫水》对于乡土社会美德、乡土文化根基的呈现才更为深沉有力，文本的内涵分量才超过了其他众多以诗意化为满足的田园牧歌式作品。

三

《漫水》同时展现乡土世界的淳朴美好和当代社会的恶风浊浪，在对负面价值的丰富呈现中探寻和发掘正面价值的存在及其力量，这在王跃文的创作中并不是偶然的。

王跃文《国画》时期的作品着重展示权势笼罩下的官场世相，对其给予温婉含蓄的揶揄和调侃，未曾自觉强化和张扬正面价值的存在，以至被某些评论者称为"灰色叙事"。但实际上，王跃文这一时期的作品不过是力求审美表现的侧重面不同于以往的"主旋律文学"而已，批判与嘲讽本身就表明正面价值力量在主体精神建构中的坚实存在。果然，在现实官场题材的创作告一段落之后，王跃文深入到历史当中，寻找和刻画起历史官场的正面形象

---

① 　王跃文：《沉醉乡村的理由》，《中篇小说选刊》2012 年第 3 期。

来，塑造了康熙朝大臣陈廷敬悟透官场秘诀却能长期妥善处理，终于建功立业、名垂青史而又能获得善终的官场人生，由此创作出《大清相国》这一甚至受到中纪委书记王岐山赞赏和推荐的作品。在《苍黄》之中，王跃文则强烈地表现出对于官场正面力量的寻找意识。

由此可见，对负面生态鞭辟入里的嘲讽、批判和对正面价值的寻找、发掘，在王跃文的创作中实际上是同时存在的。这两个侧面的审美思路在他的乡土题材作品《漫水》之中，则得到了有机的融合。《漫水》既批判了当代社会的种种问题，又揭示了乡土社会蕴涵的战胜社会风浪的正面力量。正因为如此，这部作品才显得既有深刻的诗意、又有思想的力量，显示出作为当代乡土小说翘楚之作的丰满内涵与价值分量。

第六章　阎真小说的生命意义考辨

第一节　《曾在天涯》：世纪末个体生命本真的哲理化探寻

在精神"世纪末"情绪弥漫的跨世纪语境中，摆脱宏大叙事和意识形态代言的话语传统，建构个人话语体系，成为中国文坛引人注目的审美走势。这种审美思潮声势甚大而旷日持久，却始终未能提供令人满意的文学范本，反而迅速出现了诸多的局限，以致个人话语到底是否具有在精神文化层面同历史话语相抗衡的潜能，也成了摆在中国文坛面前的巨大疑问。正是在这样的精神和文学语境中，阎真的长篇小说《曾在天涯》由人民文学出版社列入"行人系列"出版，该书还同时在明镜出版社以《白雪红尘》为题推出了海外版。这部表现"洋打工"者心灵命运的自传性作品，在创作视角选择、生命本相勾勒、生存本质呈示、终极意义选择和艺术价值认定等方面，都力图摆脱既定历史话语形态的阴影，在无限宇宙时空的背景下逼近个体生命的本真。小说由此卓有成效地建构起来的精神话语场，有力地推进和深化了中国文坛确立个体价值立场、创造个体话语体系的精神走向，使个体话语空间的

合理性得到了强有力的证实。

正因为如此,笔者更愿意将《曾在天涯》这部海外新移民题材的小说,看成一部表现中国知识分子命运与心灵主题的作品。在小说中,作者深刻地揭示了一代知识分子的诸多生存矛盾、心灵困惑与精神纠葛,通过对这些种种矛盾和困惑的哲学性展开与探讨,广泛而深刻地触及了世纪末中国知识分子的精神世界,作品也由此具备了与思想文化界就各种根本性话题进行精神对话的可能性。

一

《曾在天涯》表层的故事情节很单纯,主要是讲述主人公高力伟在加拿大 3 年多时间里的生活经历,表现了一个 20 世纪末中国文化人"洋插队"的悲剧性人生历程。

20 世纪的中国在急风暴雨般进行着的集体事业中,谱写了自己充满悲剧色彩的历史。时代风暴的击打、文化碰撞的震荡、个人命运的无法独立与乖戾莫测,使几代中国文化人饱尝了失却个体生存依据而盲目奔走的痛苦与失落、执着与迷惘、自律与自贱、悲壮与滑稽。延至 20 世纪末,商业化的生活现实、经济落后的国情状况、历史挫折造成的心理创伤、精神传统的负面特质、自我价值的终极询问等,共同构成了中国文化人的生存环境。随之而来的,是长期以来支撑国人心灵的固有价值准则被质疑、嘲弄和摒弃,是文化人普遍产生了逃离这种生存模式和价值背景的愿望。而达到目的的终南捷径,便是跨出国门,"各人顾各人"地寻求个体生命的意义、追求个人生存的质量。《曾在天涯》的主人公高力伟正生活在这样一种绵延不绝地进行"世界大串连"的历史情境和精神背景中,所以,他的出国选择本身即先在地显示出某种痛苦和乖戾性。

踏上加拿大的土地后,高力伟无法避免地失去了中国式人生的种种价值积蓄和生存依托,异域人生的心理价值铺垫又未曾形成,这样,他实际上已脱身为从价值"原点"开始孤立地面对存在的求生个体。高力伟摆脱价值空白状态唯一现实可行的办法，是在物质层面捕捉金钱这一基本生存要素来作为自我价值的表征，在精神层面异常执着地维护心灵尊严而拒绝价值缺失之类的感觉。于是，中国研究生高力伟在加拿大的土地上发豆芽、卖蔬菜，一天10多个小时到餐馆炒菜洗碗，为挣钱见缝就钻；常常用换算成人民币的方法增加钱多的感觉，并像守财奴似的一文不舍，妻子林思文每动一点钱，他都像"割肉"一样心疼；而他自己为节省一点公共汽车费，冰天雪地还骑自行车上班或送豆芽，结果屡次跌倒，为"身外之物"几乎搭上了性命本身。作品就这样细致入微地展示了高力伟"找工"挣钱的过程，从而充分显示出这种为生存基本价值元素而进行殊死搏斗的卑微、残酷与庄严。

在心灵尊严方面，高力伟更是处于自生自灭的价值状态。一切熙来攘往的人与物都是异己的、不相干的，唯一能证实他作为人特别是中国文化人的价值分量的，是妻子林思文。然而，林思文缘于自身条件有意无意地流露的价值优越感，构成了对高力伟的心理威压；她隐含着与弱者共渡难关的姿态，为高力伟开辟和抉择生存之路，更使男子汉高力伟感到心灵尊严的被轻视、被挤压。林思文同样是有自我艰辛、有个性色彩的人，而且她已由中国传统的贤妻良母，被生存搏斗改造成了奋不顾"心"地驾驭现实生存规则的现代女强人，对于高力伟越来越违背常理常情的执拗，她自然会产生情绪性的宣泄与惩戒之举，谁知这又对高力伟超常敏感的自尊心构成了入骨的伤害。因为这种种威压、轻视和伤害来自心灵价值的唯一证明者，来自心理上最信赖、情感中最亲近的人，它就变得格外的沉痛和令人难以承受。在由生活环境和生存方式转换所造成的心灵重压面前，爱情的全部脆弱性与纠缠力就充分显示出来，并转化为相应的生理感受。高力伟与林思文的夫妻关系也就不能不在必然走向破裂与反反复复难以割舍的矛盾中煎熬，形成一种"未医眼前疮，已剜心头肉"的惨痛局面。作为受过研究生教育、对世界和自我均有极高期待的文化人，高力伟就这样茕茕孑立、四顾茫然，代价沉重地进行着生命质量最卑微的追求。作者对主人公生命状态的深入剖析，使《曾在天涯》以令人震颤的生活实感和心理深度展示出，20 世纪中国的末代文化人生命处于悬浮状态，找不到生存的背景和依据，却又惊恐于时代的阴影而急功近利，结果只能身心交瘁而孤苦无告、欲罢不能，处于一种心灵的膨胀与萎缩矛盾到滑稽程度的历史命运中。

二

在这种命运展示的基础上，《曾在天涯》还进一步超越对生命表象的摹写，把高力伟的悲凄困苦，升华到了平凡个体在整个人类悠久的历史和浩茫的宇宙空间面前感悟自我生命的形而上层面。高力伟成为一个"生命意义的追问者"，在广阔的时空背景下眺望着个体生命所处的位置，这种眺望和追问成为文本的精神内核。在小说有关"墓地"的第 23 节中，主人公孤立在异国城市中心的辽阔墓地上，细味自我的生存感受和生命欲求，无限悲凉地意识到："在这一瞬间，岁月如雪山般纷然崩塌，千万年历史像几页书一样被轻轻翻过。就这么简单地，历史在我眼中裸呈着，一片宁静的惨烈。"于是大西洋的夕阳和晚风，已逝圣人的模糊面影，喧嚣人世此一瞬间的种种无谓忙碌的情景，都从这个孤凄沮丧的异乡旅人眼前掠过。"面对这大片墓碑，生命的有限性不再是一个遥远的概念，它像墓碑表面一样有着真实的质感……时间什么也不是却又是一切，它以无声的虚空残酷地掩盖着抹杀着一切。"基于生命隐痛的深刻的悲观和对生命本相、本质的真切把握，《曾在天涯》获得了一种站在生命终端甚至时间的终端观照个体生存状态的精神高度。种种生存挣扎和心灵体验的铺陈，许多人生大命题的阐发，都由此被有机地融合在一起，并被"点石成金"，具备了直贯生命哲学的深邃意义，作品因此表现出巨大的审美张力。

在以形而下生存际遇和形而上生命感受为边界的辽阔话语场中，《曾在天涯》以个体生命的生存价值为主题的核心。它首先包括金钱和心灵尊严这些构成人作为"精神生物"存在于宇宙间的最必要元素；同时，高力伟还把对生命质量的追求当作一个不断地认识和选择、永无止境地提高的动态过程。他在打工过程中异常敏锐的屈辱感，在异域生存条件下的种种畏缩与放肆中所体现的强烈的自卑感、飘零感，无疑都潜藏着对不能获得比别人更高的人生价值时心理上的郁闷。不管境遇如何变化，始终充溢于胸的这种郁闷，正是高力伟在人生观念中将生命价值追求当作一个动态过程的具体表现。

当个体人生设计难以完满地实现时，高力伟一方面悲凉地认识到个人能力和生存选择空间的有限性；另一方面又总是以自己独特的方式，竭力去捕捉契合自我的价值目标。因为生存的现实世界中生命终极意义的追求显得茫远以至不识时务，高力伟就把这种追求转化为一种精神的虚幻实现与自我满足，具体表现是他对生存幻境的拟构和生命意义的遥想。作品中的"我"受到现实的强烈刺激时，往往会出现这样的心理幻象："我想象着自己是一只饥饿的狼"，"我在想象中踹了他一脚"，"那种坚硬而冰凉的感觉给了我一种提醒"，等等，紧随其后的则是一幕幕幻拟的情景。这种表现的审美独创意义不可小觑。我们不妨将它与几种具有代表性的心理表现略作富有历史意味的比较。其一，20世纪80年代的反思小说相当注重心理感受的描写，王蒙的《布礼》关于枯木与黑洞的非现实描写，张贤亮的《绿化树》对章永麟打算自杀时心理体验的刻画，都是极为有名的例证。但反思小说的这种描写所展示的，实为人物由现实际遇生发凝聚成的意念和意象，是依附于现实的一种体验型概括。《曾在天涯》的幻境则是高力伟这个文化人的心灵活动的诗意化呈现，本身即被作为生命形态的独立部分。其二，高力伟的幻境拟构也不同于阿Q的"精神胜利法"，因为他的幻境所体现的是一种非逻辑形态，是心灵生态的全方位展开；而且，《曾在天涯》认为这种玄想幻拟有分量有价值，鲁迅则视阿Q的"精神胜利法"为价值虚无。其三，西方意识流小说所表现的往往是源于人的自然本性的心灵自在活动，《曾在天涯》则显示出，心灵生命也存在着提高质量的问题，因而其活动应当是人们自为、自觉的。由此可见，《曾在天涯》的生命价值建构中，心灵的分量被前所未有地看重了，心灵的运行本身即被视为具有天然合理性和独立性的生命价值。这种对

个体生命的生存价值格局的拓展与深化，使小说更全面而深刻地逼近了生命的本真。

在形而上层面的意义探寻和心灵际遇的想象方面，高力伟有着异乎寻常的生命力投入，但最终他又总是以格外清醒冷峻的姿态返归严酷的生存现实，并细致地体味着二者对抗所产生的生命悲凉感。高力伟曾经在墓地思驰万里、神游千年地玄想着历史、时空与个体生命的意义，但离开墓地时，他的结论却相当明确而实在："属于我的只有鲜水街的那一间。我实在太冷了也太饿了，无论如何，那是我在这大千世界的唯一归宿。我要赶快回到那里，给豆芽浇水。"于是，在说尽生存的卑琐与无奈、参透生命的荒诞与局限、历尽情感的坚毅与悲伤之后，《曾在天涯》又成功地避免了意义的虚无，重建了物质性生存本身的庄严性、必然性与合理性。这种结论让笔者不由得联想起韩少功的小说名作《女女女》的结尾："没有什么好想的。日子只能这样过，应该这样过。吃了饭就洗碗，洗了碗就打电话……这里面有最简单又最深奥的道理。"二者的生存态度如出一辙。但《女女女》的结论来自外在生命历史的启示，《曾在天涯》则通过对文化人生命形态的自觉品味而达成了这种价值结论。池莉的《烦恼人生》等也表现出认同生存事实的价值意向，它的结论主要是根据生存情境如网络般无法超越的现实原则得出的，而《曾在天涯》是在将形而下状态与形而上体验和盘托出，将现实原则和心灵原则的冲突与契合进行了彻底的理性阐析之后，方才推出结论。《曾在天涯》精神话语的独到性、深刻性和对个性生命本真的贴近程度，于此可见一斑。

三

阅读《曾在天涯》时，笔者的脑海里一直萦绕着这样一些问题：高力伟臆想拟构的心灵活动本是个体生命能力对窘迫的生存困境的超越，为什么最后的价值指向又回到了"活着"本身？高力伟与林思文的分手早成定局，却那么长时间地欲断还续、难分难解，分手之后，两人仍然不尴不尬欲罢不能地互通声息、互相帮助，除了情感原因和心理上的亲切善意之外，到底还有没有更深层的、命运般不可抗拒的根源？张小禾与高力伟那样地倾心相爱、亲密无间，到最后在或者回到祖国同高力伟琴瑟相谐，或者舍弃一生中真正的爱情在异域备受煎熬的选择中，她为什么要选择后者？高力伟欣喜若狂地奔赴外国，为什么又不顾一切地重归故里？还有，高力伟、林思文、张小禾、周毅龙，为什么他们都理所当然地把出国视为一条"不归路"？他们读博士也好，卖豆芽也好，天天在血腥弥漫中杀鸡也好，折节降志傍"大款"也好，无论怎样地卑贱、艰辛、屈辱和优越无望，都情愿滞留异国，在痛苦孤寂中了此一生，却不愿回到父母之邦做"天之骄子"，中华民族的一代出色人才，为什么会落入这样一种狼狈、尴尬而决绝的生存境况之中？这一切到底有没有一种内在的、互相联结而具有普遍意义的精神原因呢？结果，笔者不无痛苦地发现，《曾在天涯》以有限生命的现世性为作品的价值支点所透露出的精神潜语，是对彼岸意义的情感性向往与理性质疑的深刻矛盾，是彼岸性意义的虚妄和心灵乌托邦的消逝。小说人物在决绝与犹疑、焦虑与遗弃、无法餍足与方向迷失之间无所适从、彷徨于无地，无论是闯进时代潮流还是顺应自我心灵的呼唤，都缺乏坚定的信念和超越性生存依据。即使在个体生命的内部，物欲与精神、本能与理性、约束与自由之间也互相冲突、尖锐分裂乃至互相排挤，既不可能相互构成共同体来成为生存的依托，任何单一方面又都虚弱得难以承受动荡而沉重的人生。

所以，在市场经济和社会机制的双重冲击下，一片迷茫、万般沮丧中的 20 世纪中国末代文化人无法立场坚定，无法拥有曾经拥有过的历史主动性。这是一种深重的民族悲哀和时代隐痛，其背后包含着一个巨大的精神难题：当民族的历史创伤足以销蚀所有群体话语的神圣与荣光之时，当人们的智慧足以勘破一切彼岸意义、精神乌托邦的虚妄性之时，在一个不可能产生英雄的时代，这庸碌的人间除了个体价值和现时意义，民族性生存依据、群体性话语空间、人类性生命向往到底能否重建或者有无必要重建呢？对于落后世界先进文明一百年的中华民族，这一命题的被正视与被解答，显得格外的紧迫和重要。《曾在天涯》对我们民族处于"精神世纪末"状态时这种带根本性的时代命题的独到揭示，使它具备了深刻的精神文化意义，在一定程度上成为了一代文化人的心灵史，甚至可视作世纪末中国文化人生态的精神标本。

四

通过以上分析，《曾在天涯》多方面的审美突破意义已经相当明晰。

首先，对于多种精神话语的权威性，《曾在天涯》都具有本源意义上的解构作用。

《曾在天涯》的主要审美视角是从精神哲学的高度展开个体生存状态，这本身就有着文学话语建构的意义。作者有意地淡化了个体命运的社会历史内涵，回避着精神思考的社会历史视角。即使阐述爱国主义这种放之四海而皆神圣的社会文化话语，小说也从关乎个体生命的自尊情感着眼；对于性别角色之间的矛盾冲突，小说只着重表现它对个体生命造成的种种影响，并不从中引申出男权文化、女性主义之类社会性的命题或文化性的立场。作品的总体思维背景，是未曾填充社会规范、文化累积的空茫宇宙时空，其意也在表明，天地间除真实的生命个体外，一切的一切皆在若有若无之间，既可构成笼罩个体的浓重阴影，也可视为虚妄与荒芜。所有这一切，就形成了一种解构社会历史话语的精神指向。当然，每个人都是几千年浩瀚人类的一分子，正如人无所逃于天地间一样，人同样无法自立于社会和文化之外，所以，《曾在天涯》实际上是从个人化的视角，别具深意地让我们领悟诸多方面的社会历史内容，比如，进入并成为历史角色的初始愿望与对个体渺小和微弱的最终认识，对现代文化的理性向往与对传统文化的情感性依恋，个体生命生存空间的逼仄与历史想象空间的浩渺，对物质性富足的渴求与形而上的精神焦虑，生存方式变换造成的生命流程的断裂与人生历程的无法抹杀，以及文明落差、人间情爱……所有这一切皆被作者以个体生命的终极意义为轴心，吸附到了小说的精神话语场之中。由此，作品就显示出多层次的历史意蕴、多侧面的话语空间。

《曾在天涯》的审美境界对作者认同的重视个体生命的人生哲学立场本身，也有着一定程度的消解作用。小说以形而上的生命玄想为精神重心，但事实上生存状态的展示占据着更大的篇幅。在生态展示方面，作者近于铺张地描写了人物的语言。《曾在天涯》人物语言的基本特征是调侃与戏说，其中还夹杂着大量游戏性地颠来倒去的重叠性对话，夹杂着纯粹显示机智与趣味的绕口令式的机锋。作品力图肯定纯粹个体的生命形态，人物对话却恰恰表现出，纯粹的个体生命世界无法庄严，无法充溢崇高的生命激情，只能在游戏式的运行中消耗生命的活力，作品中诸多复沓的言语正体现出生命新鲜气息的匮乏。这种生命境界的逼仄沉闷和深层精神乐趣的稀薄，不能不说是对慎重的个体生命立场的反讽和对它的权威性的无形消解。从中我们似乎又看到了社会历史话语的生命潜能。这是人类生命价值结构的悖论性特征在话语体系选择中的必然展现，它有力地显示了人作为万物之灵的智慧与悟性，其中表露的种种矛盾，则深刻地反映了人类生存的本源性困境。

对于既定的文学观念，《曾在天涯》同样是一次冲击。把文学看作意识形态现象、社会历史现象的文学观念在中国可谓源远流长，但以文学为生命现象的观念也逐渐在文坛扩大着自己的市场。先锋小说家的观念自不必说，王蒙就在《文学三元》中明确提出，文学既是"社会现象"、"文化现象"，还是"生命现象"[①]；张承志亦曾宣称文学是"生命的流程"[②]。不过，这些作家实际上致力于表现的，是创作主体对社会性人生的认识和个体对社会历史情境的感受。中国古代人的人生目标中有着"立言"的意向，但"立言"的目的也是建立自我在社会历史中的地位。《曾在天涯》则把文学是一种生命现象的观念推向了极致，将文学视为没有思想文化代表性的纯粹个人存留在宇宙间的痕迹，视为"给这个生命的存在一个暂时的渺小证明"，视为平庸而

---

① 王蒙：《文学三元》，《文学评论》1987 年第 1 期。
② 张承志：《生命的流程——为小说集〈北方的河〉而写》，《读书》1986 年第 10 期。

有限的纯粹个体"生命事实"的记录。这种文学观念力图穿越文化的种种覆盖，直逼无限宇宙时空中的生命本真，它的先锋性和探索性毋庸赘言。正因为如此，作者才能自觉地、坦诚地披露个体生命的本原状态和心灵事实，而小说审美意蕴的深邃、真切和独特，又为这种文学观念的合理性提供了有力的证明。

在各种张扬个人性精神话语的小说中，《曾在天涯》的独特价值则在于它的修正和整合作用。不少个人性立场的作品完全放弃深度思考，一味沉湎于对层出不穷的状态和表象的摹写；对创作主体热衷于嬉戏调侃、带点无赖气的人生态度，也缺乏深层的阐发。这样的作品不仅难以从根本上解构历史话语形态，而且隐含着对个体生命价值本身的简慢、漠视和体察不深。另一些作品相当精彩地反映了人体的生理性真实和自然本性，对精神心理本质这一更能体现人的优异处的特征却置之不顾。大量的先锋小说往往是形而上体验的意象连缀，以致可信度、深刻性和可接受程度皆未曾明晰。《曾在天涯》采用心灵命运轨迹自述的文体形式，从精神哲学的高度把形而下生存状态和形而上意义追寻有机地融为一体，这就既吸取了上述几种小说的优长，又修正了它们的片面性和不足；既具备了内蕴的先锋性，又保持了形式上的现实感和普适性。

跨世纪时期出现了众多的"域外题材"文学作品，但《曼哈顿的中国女人》、《北京人在纽约》、《我在美国当律师》、《陪读夫人》等，都是以纪实性地介绍自我的奋斗史为创作要旨，而且浅俗地把金钱、名位、人际优越感作为人生成功的价值标志。这些小说的行文还常常带有一种貌似絮絮道来，实则隐含着由优裕、炫耀、自矜和踌躇满志等内涵构成的浅薄之气，灵魂深层的煎熬和搏斗却未曾被着力发掘，超越性的生命自审意识更极度缺乏。这样，作品的精神品质就只能停留在日常话语语境、经验生活情境之中。《曾在天涯》则透过主人公的海外生活经历，同时呈现出其丰厚精微的生存体验和曲折邈远的意义遐想，并将作品的意蕴层次升华到了在无限时空的背景下探索个体生命本相和生存价值实质的哲理性审美空间，这就大大地提高了"域外题材"文学创作的精神气度和艺术品位，使之以富有时代感的意义追寻型的价值格局，具备了上接启蒙话语型的郁达夫小说、中连港台"文化寻根"型留学生文学的思想高度。

《曾在天涯》当然存在着局限。作者关注的焦点过于集中在主人公高力伟身上，对其他人物性格的生动、丰富和独立性着力不够，有时甚至是"招之即来，挥之即去"，将他们的生存状态作为高力伟生命意义追索的例证与注脚。这就使作品显得深邃有余而广阔不足。在艺术表现方面，作者特别注重绵密精致和风格统一，对笔墨的变幻多端、摇曳多姿却关注不够，加之小说的人物不多，情节单纯，结果读起来有时难免给人以单调之感。同时，作者写得太实太满，缺乏必要的疏朗和艺术空白，这样反而过犹不及。纯粹个体生命的视角有其别具深度之处，却也不是没有值得商榷的地方，它带给《曾在天涯》的直接负面影响，是作品的社会历史内蕴明晰度不够。但瑕不掩瑜，作为一部浸透了 20 世纪末中国文化人精神血泪的长篇小说，《曾在天涯》逼近中国文化人生命本真的精神努力，和它在无限时空背景下建构起来的精神话语场，对于世纪之交的中国精神文化与文学界，具有不可忽视的意义和价值。正因为如此，《曾在天涯》的个体话语又显示出历史文化层面的深刻意味。

第二节 《沧浪之水》等：职业化人生的意义追寻与生存悖论

继《曾在天涯》之后，阎真分别以政府官员、职业女性和高校教师三类人物为作品主人公，创作了长篇小说《沧浪之水》、《因为女人》与《活着之上》。综观这三部作品我们可以发现，作者实际上是以个体人生价值的实现程度为出发点，选择几种在当下中国具有广泛关注度的职业，进而聚焦于其人生轨迹和生命意义的追求模式，展开其中所包含的种种心理矛盾、精神困

苦与价值迷茫，来达成一种对社会现实的审美批判。

一

《沧浪之水》就鲜明地体现出这样一种审美路径和意义境界。

在阎真的《沧浪之水》出现以前，中国文坛的官场小说创作已经风生水起，大热于图书市场。但这类题材的大量作品虽然在对官场世相的"揭秘"方面各呈异彩，却往往着眼于小市民式的揶揄和窥探心理，缺乏历史与人性的深度，因而显得肤浅和狭隘。在这种审美局限成为官场小说创作"通例"和"通病"的前提条件下，《沧浪之水》的问世才一下子震惊了文坛。平心而论，《沧浪之水》"努力追问着迷失者之所以迷失的文化根因"，确实"超出一般官场小说的格局"，显示出"发人之所未发的一面"①，从而给读者以别有洞天而切中肯綮的艺术感觉。

但是，《沧浪之水》并非"横空出世"之作，在阎真小说创作和官场文学发展历程中，均可见《沧浪之水》审美路径的基础和意义建构的先例。

其一，在《沧浪之水》以前，官场小说已经出现了王跃文的著名长篇小说《国画》。《国画》和《沧浪之水》从创作题材到人物形象设计、再到情节模式，都存在着明显的相似之处。以主人公为叙事中心，人物关系格局大致包括决定其官场命运的上级、社会小混混发达成为大款显贵的亲戚朋友、公开的妻子和隐蔽的情人；以主人公官场命运为情节线索，故事框架的基本特征是官场失意则万事窝囊，曲意逢迎而平步青云，权势在手则金钱、美女和别人的巴结样样送货上门；主人公的精神状态，也都表现出官场选择时深陷惶惑与犹疑、历经官运沉浮后又满怀苦闷与虚无的基本特征。总之，《沧浪之水》与《国画》存在众多方面的审美共同性。然而，这两部小说却并未给人以重复、雷同的阅读感受。

---

① 雷达:《追问迷失的根因——谈〈沧浪之水〉》,《思潮与文体——20世纪末小说观察》,人民文学出版社 2002 年版, 第 307 页。

其二，在《沧浪之水》之前，阎真本人还创作了表现"洋打工"者拼搏历程和心灵命运的《曾在天涯》。在《曾在天涯》之中，阎真希望在创作视角选择、生命本相勾画、生存本质呈示和终极意义探寻等方面，都逼近无限宇宙时空背景下的个体生命本真，从而"给这个生命的存在一个暂时的渺小证明"[①]。从这样的审美思路出发，作品既深切细微地描述了海外"洋打工"者的生存困境和彷徨心态，又在其中贯注了极为深切的个体生命意义的思辨与慨叹。《沧浪之水》实际上也是对官场人生个体生命价值的审视，贯穿于文本中的那反复的思量和无尽的彷徨，与《曾在天涯》简直如出一辙。而且，大约由于作家本人某些亲身体验的融入，《曾在天涯》审美境界中那一唱三叹、如泣如诉的慨叹意味，和《沧浪之水》相比较显得更为真切深沉而情韵充沛。但同样耐人寻味的是，《曾在天涯》并没有形成如《沧浪之水》一般的、几乎全社会的热烈反响。

在这样一种比较的过程中，《沧浪之水》的审美独特性反而鲜明地体现出来。

首先，和《曾在天涯》相比较，《沧浪之水》表现出了鲜明的"问题意识"和创作题材的广泛关注度。《曾在天涯》精神探索的深邃和邈远确实令人惊叹，但作品所选择的海外留学生、"洋打工"者命运这一题材本身，其实还是一个在中国社会文化语境中处于相对边缘位置的"小众化"话题，所以，虽然《曾在天涯》在海外华文文学界颇受推崇，在国内文坛却并未获得同等高度的关注与重视。《沧浪之水》在思辨特征和心理深度等方面都与《曾在天涯》颇为相似，但这部小说取材于官场人生，切入了当今中国官本位时代语境中一个万众瞩目的现实问题，作品的"论题"所触及的社会心理基础之深广和雄厚远远超过了《曾在天涯》，结果，《沧浪之水》的社会关注和重视程度也就非《曾在天涯》所能相比。现实主义文学往往会出现这种状况，即使具有同样的审美路径和同等的精神深度，如果一部作品比另一部作品具

---

①　阎真：《沧浪之水》，人民文学出版社 1996 年版，第 3 页。

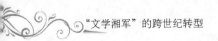

有更充分的关心现实、关怀民瘼的"问题意识",或者所关注问题的覆盖面更广大、价值指向更尖锐而切中大众精神心理的"痛点",那么,这部作品所获得的社会关注度与审美共鸣度就会相应地大大增加。正因为如此,中国当代文学史上甚至出现了是否存在"题材决定论"的种种争论。《曾在天涯》与《沧浪之水》的根本差别,也在于题材的关注度。

其次,与《国画》相比较,《沧浪之水》表现出了精神理路的创新与突破。《沧浪之水》在现实生活触碰点与叙事模式建构等方面与《国画》的相似之处显而易见,但是,《国画》主要是从官场日常生活习性的层面进行体察和透视,《沧浪之水》则着重从主人公心灵感受和生命意义得失的层面进行品味和慨叹,所以,在共同的审美空间中,二者之间表现出精神理路的巨大差异。正因为如此,这两部作品不仅未给人以"雷同"、"撞车"之类的感受,反而显示出双峰并峙、各呈异彩的审美意义格局。

要而言之,《沧浪之水》是把《国画》的题材、叙事模式优势和《曾在天涯》的精神深度、思辨色彩融为一体,成功地展开了时代生态的敏感点和大众精神心理的"痛点",才造就了作品强烈而广泛的审美共鸣效应。

二

《沧浪之水》的根本审美价值,是从个体生命意义的视角出发,揭示了中国社会官本位生态中一个职业化官员的人生模式与人格状态。

首先,《沧浪之水》以主人公的官场人生轨迹为线索,深刻地揭示了一代代官场涉足者之间的生存轮回特征。

作者从池大为的精神血脉、也就是中国知识分子的精神传统写起,首先简练地勾勒了主人公身上所体现的平民的尊严与年轻知识者的豪情,表现了他在步入社会的起始阶段对于权势的拒斥姿态。随后,作者通过描述众多的人生日常关节,细致入微地刻画了主人公在官本位的生存法则下,为守护知识分子的人格原则所遭遇的境遇的局促、人格的屡弱与心灵的煎熬。当费尽心机终于时来运转时，池大为也只能一步步地在自我谴责和自我排解中否定昔日的人生原则，才获得不断升迁的官场效果。最后池大为执掌权位，历经具体的试验和比较，反而领悟到以往所鄙视和排斥的一切在俗世功用、人性本原等诸多方面不得不然的必要性。最后面对父亲的亡灵，池大为却再一次感到无法排解的精神苦闷和生命价值的虚无感。与此同时池大为又发现，权势道路上的先行者马垂章落寞的晚年也许就是他人生未来的参照和样板。就这样，小说追踪着主人公的官场职位演变，写出了一个带规律性的人生轮回形态，从而深入到生存本相的层面，展现出当今社会职业化官员的人生模式及其生命意义的困境。

其次，《沧浪之水》从价值抉择和精神状态的层面，透彻地揭示了官本位规律认同者意义的丧失和精神的困苦。

小说充分发挥第一人称叙事的审美优势，详尽地刻画了池大为所承受的威压及其在威压下琐屑、柔韧而不断失败的挣扎；进而以近乎心灵呓语的方式，深刻地展示出池大为由此生成的种种精神上的困苦与无望。他深深地领悟到，在追求此世功利而物质生活条件艰窘的时代环境中，一切世俗追求皆由官本位的社会规律决定其价值和地位，这种官本位的社会规律甚至构成了对于崇高信仰和精神追求的近乎恐怖的压制。但因为"人只有一辈子"，处于如此情势中的任何人都只能无可逃避地服从现世生存法则的操控，宿命般委屈而压抑地步入污浊，人性的自在和人生的诗意则无从谈起。于是，精神的绝望与苦闷就成为势所必然。

再次，《沧浪之水》将官场人生所体现的生存与精神困境，作为中国文化传统本身所隐含的局限性和软弱性来展示。

小说为主人公池大为设计了一个乡村平民的身世背景；并通过他的心理活动，不断地将中国历代品格高尚的圣洁之士拉入当代处境来展开思辨。以此为基础，作者深刻地揭示出，在人际关系松散或极度专制的历史时代，池大为心灵原则的精神前辈虽黯然无语，却能在别无选择中绝望地坚守；反倒是在真相敞露、价值多元的当今时代，每一个独立的生命个体却不能不承受赫然突出地表现的、压抑人心而又欲罢不能的卑贱。软弱的小说主人公既然无法破解这现世生存的死结,那么,不论俗世的追求成功与否,他的生命终极价值失落的悲剧皆无可避免。在这样的生命意义考辨过程中,平民背景及与之相关的诸多侧面,虽然都被作为精神信仰者心灵力量的文化土壤和主人公形而上思辨的价值依托来表现,但作者并没有借助这种力量和依托来对当代人生进行道德层面合理与否的简单判断,而是由此展开了更多重的生命意义侧面,并从中表现出一种体谅和批判同在、认同与反省兼容的精神立场,小说就显示出更深邃的历史感和更丰厚的人生意义包容度。

就这样,作者在现世生存的本原性困境、人性本然和中国知识分子精神传统相结合的视野中,揭示了当今社会"政府官员"这一职业化人生形态的生命意义模式和精神人格状态,从而使《沧浪之水》既具备了官场小说普遍拥有的题材关注度,又建构起了自我独特的意义模式的典型性和精神探索的深邃度。评论者认为阅读《沧浪之水》"简直有种天机被泄露的感觉"①,其根本原因应在于此。

三

既然阎真小说的审美独特性在于意义模式的典型性和精神探索的深邃度,那么,对于这意义模式的基点和精神探索的路径本身,我们也需要进行更深入一步的探讨。

我们阅读阎真的《沧浪之水》、《因为女人》与《活着之上》时可以发现,这些作品的主人公池大为、柳依依、聂志远一旦进入当代社会职业化人生的生命轨道,就沦入了一种内心矛盾、精神困苦的状态之中。他们矛盾和痛苦的根源,则在于一些具体而实在的生活目标,《沧浪之水》中的官场职务、《因为女人》中的城市住房、《活着之上》的高校教师职称,就是这样的目

---

① 雷达:《追问迷失的根因——谈〈沧浪之水〉》,《思潮与文体——20世纪末小说观察》,人民文学出版社 2002 年版,第 307 页。

标。他们的工作和生活努力、才智和情感消耗、内心困苦和意义考辨，都附着在这些目标之上。以这些目标实现与否为前提，池大为、柳依依、聂志远各不相同的职业化人生中表现出基本相似的生命意义格局，他们不断地为与此相关的种种人生细节所纠缠和困扰，进而浮想联翩地展开有关生命意义、人格境况的慨叹与悲吟，个体生命情态也就呈现出一种进退维谷、成败两难的特征。笔者认为，阎真小说实际上是从个体生命价值追求的角度，深刻地剖析了世俗价值和终极意义在当代社会能否兼得的问题，从而有力地揭示了职业化人生的根本性生存悖论。

这种生存悖论存在两个要素，其一是彻底的个体生命意义视角，其二是世俗目标与精神人格都达到完满状态的终极诉求。以此为基础形成的发掘和表现给阎真小说所带来的，其实是一种正负面意义兼而有之的审美效应，其独特的审美优势是触及了职业化人生在生命意义层面的根本性矛盾，负面意义则在于由此带来了某些世相认知和艺术表达层面的局限。前一方面的特征正是阎真小说大获成功的原因，我们不妨对往往容易被忽略的后一方面的倾向略加展开论述。

首先，这种功利化、物质化世俗目标与形而上生命终极意义难以兼得的生存悖论，实际上不仅仅为当代社会所独有，也不仅仅存在于中国知识分子的人生模式之中，而是一种带普遍性的人本困境。以中国古代的前贤而论，不仅仅是阎真小说反复提及的世俗人生失意者屈原、李白、曹雪芹等人的身上体现出这种生存悖论，即使是在世俗人生层面大获成功的曾国藩、张之洞等人，同样会出现由这种意义矛盾所导致的精神困苦，曾国藩临终之际嘱咐儿孙远离官场、求田问舍，就是体现其精神困苦的典型例证。既然这是一种人世间普遍存在的规律性现象，历朝历代人生意义的追求者都处于这样一种生存模式中，那么，阎真小说以之为基点建构起一种对立性的意义格局，进而将当代社会的职业化人生解读为一种悲剧性的生命存在，就意味着一种思维视野的遮蔽，也隐含着思想立场的偏激性。

其次，彻底的个体生命意义视角，容易带来社会整体格局层面的思维单向度和视野狭窄性，并最终导致一种生命意义虚无的思想倾向。《因为女人》中柳依依之所以陷入精神困苦之中，不仅仅因为她急功近利，更因为她在必须承担社会角色之际，却又希望一种"自由的成年生活"；追求着世俗层面、物质层面的一切，却又将为之付出的任何努力都视为人生的痛苦。在社会性的人生格局中，这二者必然地不可兼得，但彻底的个体生命意义视角却将这种不可兼得的状态解读为生命终极意义虚无的"黑色的漩涡"，觉得这漩涡在不断地"旋转，旋转……似乎要把她吸了进去"。如果从大千世界的人生常态来看，这种解读实际上是一种概念化的逻辑推演，其中存在着危言耸听之嫌。事实上，当今社会的众多女性不管人生状态与柳依依式相似与否，都未曾表现出如柳依依一般苦不堪言的生命情态，其中的关键原因在于，她们在精神上不像柳依依那样"走极端"，也就是不像柳依依那样坚执彻底的个体生命意义立场。与此同理，《沧浪之水》与《活着之上》沿袭屈原、曹雪芹的人生价值状态来展开生命意义的思辨，却抽空了其个体人生在当时社会格局中的实际苦乐情形，最终自然也只能流入了看似结论坚不可摧、实则不无尖刻与空泛的论说境地。

再次，阎真小说常常以非形而上的生活细节为依托和导引，展开种种形而上的考量与思辨，这种审美特征，显然也源自他建构生命意义模式和追求精神探索深度的创作意图。但从艺术层面看，在文本叙事过程中却形成了一种絮叨式的叙述语调和私语性的语体风格，文本审美境界也表现出幽深、曲折然而狭窄的特征。这虽然只是一个作家的个体文风问题，但既与其精神思路密切相关，也将一定程度地妨碍作品给予不同立场读者的审美共鸣度和心理熨帖感。

总之，从《沧浪之水》到《因为女人》、《活着之上》都体现出一种惊人的真实，这种真实源于作家艺术地触及了一种生存的悖论、人本的困境。但这种悖论与困境本可进行多层次、多角度相互兼容的审视与解读，阎真的小说却显得思想维度较为单一。而且，从理论层面看，以彻底的生命终极意义视角审视人生往往易带来精神的痛苦与意义的虚无，以彻底的个体生命视角来观察社会则往往易导致立场的偏激与视野的狭隘；从事实层面看，当今社会职业化人生中的芸芸众生似乎也并未感觉到黑暗如此、悲剧如此。于是，阎真小说就显示出一种精神气度上有欠从容、宽厚和朴素的特征。

问题的另一面是，任何彻底的思想立场往往都包含着偏激的倾向，从叔本华、尼采到萨特无不如此，所以，阎真小说的意义境界所体现的，实际上是一种现代社会思想者的根本困境。既然这种困境中的选择成就了伟大的思想家叔本华、尼采和萨特，自然也能成就一个独步跨世纪时期中国文坛的作家阎真。这实际上是众多读者不管是否认同其思想倾向，都愿意对《沧浪之水》、《因为女人》与《活着之上》本身郑重对待和深入理解的根源之所在。

第七章　向本贵小说的农村命运审视

第一节　《苍山如海》: 寻找时代优势与文化血脉的契合点

　　尽管 20 世纪 90 年代后，中国文坛不断有人赞叹和欢呼长篇小说"奇书"、"力作"、"精品"的出现，但实际上，中国的长篇小说创作仍然处于走向成熟的历史发展过程中，经得起全方位检验的经典性作品的诞生尚需假以时日。正因为如此，倘若我们对那些在某一方面或某些方面颇有创意的作品，用全方位的标准来衡量，那么，虽然我们有可能说出许多精妙绝伦的意见和看法，实际上却隐含着批评者价值立足点的潜在错位。所以，我们从这样的时代语境出发分析和评价一部长篇小说，既不能就事论事，以鉴赏品味的眼光去对待，以致"见树不见林"；也不能用完美的标准、用全方位价值体系中那些批评客体并不具备的侧面，来对它进行苛求，而应该认真地探究出作品最有价值的审美内涵，再找到这种内涵所从属的种种文学和社会文化背景，以此为基础，我们所作出的判断才有可能更具历史感，也更接近作品的实际。向本贵的长篇小说《苍山如海》，就需要一种如此视角的分析和探讨。

一

《苍山如海》选择了一个重大而时新的题材，较为完整、细致地表现了宁阳县为国家修建大型水电站而移民的过程及其相关的方方面面，塑造了桂桂、章时才等农村老百姓，王跛子等城关镇居民和章时弘、抛书记等农村基层干部三类人物群像。在社会现实和精神文化两个层面，这部小说均表现出重要的意义与价值。

从社会层面看，《苍山如海》多侧面地反映了广大农村干部群众在顾全大局、开创社会主义大业的历程中所承受的艰辛和困苦，在生活巨变过程中所显示的崇高品性和生存潜能，从而以质朴、深沉的生活画卷弘扬了时代的主旋律。

《苍山如海》揭示基层社会的艰难生存境况和各社会群体之间的复杂矛盾，相当大胆和真切。在搬迁移民的过程中，城关镇娘娘巷的居民们因为不愿失去商业中心的物质利益优势，更因为不忍心割断长时期以来引以为自豪的地缘血脉，众人一心地拒绝搬迁，并利用种种主客观因素向县政府有理地示威和无理地取闹，甚至始终扬言"要修一条同样的街道"才肯挪窝。乡下的老百姓耗尽人力物力从平地搬上荒山秃岭，又必须在"水电路"皆无着落、甚至一穷二白的基础上重建家园。县里的工厂由于搬迁、更由于历史遗留的诸多原因而纷纷停工停产，以致不少女职工为糊口当起了陪酒女郎。县政府为了维持矛盾各方面事实上并不公平的平衡，为了县里经济的发展，也由于某些领导干部谋求"政绩"的私心，不得不一再地挪用本来就迟迟难以如数下发的移民款。纯朴正派的各级领导干部，从副县长章时弘到岩码头区的抛书记，一个个辛劳、疲惫而又清寒，为同情和支助自己治下的穷苦百姓，甚至出现了偷拿老婆卖小吃挣来的辛苦钱的现象。在如此艰窘、困顿的社会现实面前，工业局局长伍生久之流却利用职权为所欲为，并且气焰嚣张、神通广大。中国贫困县在生活巨变过程中的这种种生存境况，不能不令人感到触目惊心。

　　然而，作者又以同样有力的笔触，展示出时代生活的另一面。娘娘巷人确实是宁阳县移民的最大阻力，这些老居民们自身承受的心灵重压和情感困苦，却令人无法不心生同情和体谅之意。"进士坊"的主人吴书成老师为祖传七代的牌坊易地而存，竟至郁郁长逝；在三江险滩赛龙舟群情亢奋的高潮时刻，他们却无奈而绝望地号叫着砸烂龙舟，中断了文化风俗的流传；那不时被吼唱起来的哭一样的三江高腔，更悠悠地传达着离土断根的悲怆与凄凉。但即使是这样，娘娘巷人也终于如期地搬迁，他们在顾全大局时心地的凄苦与崇高，于此可见一斑。在条分缕析地描写了农村百姓们搬迁后生计艰难困窘的同时，作者又通过记叙他们"靠山吃山"办红砖厂、制草帽、种果树的种种谋生之路，有力地揭示出中国农民百姓令人惊叹的生存潜能和他们的生活中必然会出现的良好转机。基层干部们的疲惫和褴褛让人心酸，他们在工作中、在人民群众中所得到的充实、温暖和理解，却又使人不能不感到由衷的欣慰。社会的弊端、腐败分子的行径让人气愤而痛心，伍生久作法自毙，终于得到应有的惩罚，人心和法律于是也显示出足以压倒任何不仁不义的权势的威力。所以，由于人民群众自身在各种芜杂言行背后所蕴藏的崇高品质和为国家、也为自己"过日子"所迸发的生命潜能；由于各级干部兢兢业业、任劳任怨地工作；也由于我们的体制和政策最终能够提供解决各种矛盾和困难的可能性；我们时代的正气总是在生活的深层依照自身规律无可阻挡地运行，它没有表面上的大轰大鸣，却质朴而深沉，充满推动历史前进的英雄气慨。纵览时代发展的整体态势，正如小说结尾所写的："远远看去，苍茫的群山如大海的波涛奔腾起伏，一望无垠。"这样既尖锐地揭示现实生活的困难和矛盾，更有力地展露矛盾背后的时代正气，《苍山如海》的搬迁移民故事，就转化成了时代态势的立体画卷。

　　从精神文化层面看，《苍山如海》同样具有自己的价值。这部小说通过对基层民众生活本来状态的如实刻画，相当精彩自然地表现了我们民族的传统美质在现实生活中的生生不息，努力寻找并有效地逼近了时代态势与文化血脉的契合点，从而深刻地呈现出当今中国在生活巨变过程中传统美德和现

代法理有机融合的时代优势。

首先，作者热情地讴歌了存在于乡土中国的美好的情感品质和崇高的道德素质。章时弘的初恋情人桂桂就是一个典型的代表。这是一位体贴贤惠、吃苦耐劳而又深明大义的农村妇女。她一往情深地爱着章时弘，在看到城里姑娘素萍对章时弘的亲热情状后，却果决地忍痛退出，不无莽撞的举动，相当恰切地表现了一个农村姑娘爱情的无私与分寸感。在过后的漫长岁月里，桂桂一方面恪守人妻之道，支撑起自己并不如意的家庭，另一方面则把那永远也无法割舍的爱情转化为一种血肉相连的亲属情分，经年累月地关心时弘的家庭，牵挂时弘劳累瘦削的身体。尤其令人感动的是，她还把对时弘私人的感情，升华为对章时弘所承担的社会责任的关心与支持，用自己一个普通老百姓的默默辛劳，为国家、为我们国家的领导干部排忧解难；然而，桂桂又不是一个痴情、蒙昧的传统意义上的贤妻良母，当听说素萍对章时弘不好时，她托人转告素萍：要真是那样，想起当初的退让，"我可是要后悔的哟！"言辞之中体现出她对人情世态颇富沧桑感的体察和独立的主见。实际上，这种善意、温情和深明大义的品质，影响着、弥漫在整个中国社会的基层。章时弘的母亲为自己在60年代初那样的苦日子里拉扯成人的干儿丁守成因贪污被捕而悲痛致死，却始终只骂干儿子"黑了良心"，从未有只言片语责怪亲儿子、副县长章时弘不讲亲情。几乎全县的农村百姓，都把顾全大局在拮据艰辛中自建家园当作天经地义的事情。所有这一切，不能不说充分体现了我们民族良好的精神与道德素质。

《苍山如海》还穿越层层功利现象的掩盖，透视出我们民族心理的真诚实在和本性的质朴厚道。娘娘巷的老人们抗拒搬迁的所作所为，实在颇为狭隘与恶劣。但是，卖桐油的小生意人王跛子对书香门第的吴书成一口一个"我是你哥呢"，流露出深挚的真情；杨秃子独自搬离娘娘巷，所有的老人皆对他的"背叛"感到气愤，但杨秃子有难再求老哥们时，他们却又一面谴责杨秃子，一面与杨秃子"同仇敌忾"；王跛子本来对女婿章时弘看不顺眼，游览三江大坝时，区委书记因他是章副县长的岳丈而待为上宾，老人的脸上却立马现出了惬意和慈祥；甚至在还没决定搬不搬的时候，老人们在三江区几杯酒一高兴，就向艰苦创业的农民兄弟介绍起了做生意的经验，为搬家后的生活铺起路来；就是老人们砸龙舟、唱三江高腔乃至不愿搬走本身，实际上也体现出他们对祖祖辈辈生存的价值、对过去那美好和并不怎么美好的岁月的重视与留恋，包括他们那些一眼即可看出内心"小算盘"的取闹本身，都显示出我们民族本性的诚恳与质朴。正因为如此，娘娘巷人在搬迁的最后关头，才必然地会克制和委屈自己，来适应变化、顺应时势。

在表现民族传统美质的基础上，《苍山如海》又对传统血缘伦理关系在当代政治生活中的良好影响，作出了真实而细致的刻画。在小说人物之间盘根错节的血脉关系中，虽然有伍生久这样狐假虎威以逞其私和娘娘巷人因邻里亲情抱成一团而更增负面作用的现象，更多的却是由于血缘伦理之情而增添了推动时代前进的正面力量。"抛书记"他们因为与章时弘是老上级老下级的关系，工作起来更加同心同德、同甘共苦；老岩岗的人们因为是章时弘的乡亲，而作出了更多的牺牲；章时弘的母亲与哥哥、侄女，因为是他的亲人而承受着更大的委屈，显得更为坚强和通情达理；章时弘任劳任怨、体贴细致，全身心扑在工作上，既缘于共产党员的党性和人民公仆的崇高品质，也因为农村有他的慈母仁兄，城镇有他的岳父大人，缘于他对父老乡亲至真至淳的伦理感情；就是素娟这样的现代女性，她与章时弘配合默契，也缘于章时弘既是他的"上级"，又是他的"时弘哥"。在大量表现当代政治生活的文学作品中，作家们习惯于依据社会体制和时代意识形态所设计的人际关系话语来勾画生活，把人际关系剥离为党群、社会各阶层或纯粹的个体人之间的关系，以阶级感情或普泛的人情美来简括我们时代人与人之间的美好情意，即使表现血缘伦理关系也被当作传统的、落后的关系，成为拉关系、走后门、搞不正之风的由头。这其实并不符合乡土中国的真实国情。《苍山如海》则毫不避讳地讴歌了血缘伦理关系在当代政治生活领域的正面影响和作用，这既为我们民族传统美质在当代社会的生生不息寻觅到了生理的基础，也使党员干部的责任心、使命感和全心全意为人民服务的精神，使人民群众

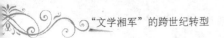

对党、对国家的拥护和热爱，都落实到了文化血脉这样一种人性的基点上。

由于寻找到时代态势和文化血脉的契合点并如实地加以表现，章时弘等人的公仆意识就既具鲜明的时代气息和强烈的理想色彩，又有着深厚的文化和人性渊源作为精神依托。《苍山如海》的艺术画卷就既是时代生活的细致描绘，又自然而然地具备了与历史文化的贯通性，作品于是显现出精神文化层面不可忽略的价值。

二

在跨世纪时期的中国文学发展历程中，《苍山如海》的意义建构呈现出多方面的审美突破和创作思潮意义。

首先，在"现实主义冲击波"小说的发展与演变过程中，《苍山如海》是一部相当及时的作品，是这股创作思潮的一种有力的转折。

"现实主义冲击波"在文坛和社会上都获得了广泛的呼应。湖北的刘醒龙，"河北的三驾马车"何申、谈歌、关仁山，湖南的向本贵，这些作家所创作的大量属于"冲击波"范围的中短篇小说，抓住转型期中国被普遍关注的"老大难"问题，比如土地问题、企业破产问题、基层干部难当的问题，等等，用一种充满体谅的笔调加以描述，并从基层管理的角度出发，肯定干部群众在艰窘无奈中勉力前行的人生姿态。但在社会现实所显示的道德原则和生存原则的尖锐矛盾面前，刘醒龙他们多半追求一种自称为"公民叙事"的价值立场，在两种走势之间进行平面的"磨合"。

于是，我们阅读这类作品，一方面佩服作家们眼光的敏锐、了解的真切和表现的翔实；另一方面又不能不感到困惑：透过具体生动的生活实感这一层面，更加深邃的时代精神的底脉在这些小说中得到了多大程度的揭示呢？一旦目前的种种"老大难"现象在人们生活中不再成为"焦点"和"热点"问题，这类作品还凭什么来保持读者的阅读兴趣呢？从价值基点的角度看，历史与道德的两难选择是人类自古以来就未能解决好的问题，现在几位作家难道就真的能够把它们稀里糊涂地"磨合"起来吗？假如"磨合"实际上是不可能的，作家们选择这么个价值基点，对于历史态势把握、驾驭的力量就势必会大受影响。正由于这种种原因，"现实主义冲击波"的作品一方面好评如潮，另一方面却很快受到了质疑和挑战。于是，"现实主义冲击波"这一创作思潮如何进一步发展和提高，就成为摆在创作者面前的一个严峻而紧迫的课题。

正是在这样的关键时刻，《苍山如海》以自己有力的突破，给我们带来了一份欣慰和惊喜。这部作品既如实地表现种种矛盾和困难，又相当细致地揭示了中国社会基层群体巨大的生存发展潜能和良好的精神素质，这就在真实动人的艺术描写中充分显示出，在艰难的历史前行过程中，我们的干部群众具有同心同德地克服和消化任何矛盾困难的能力和素质，时代的正气、民族的英雄气概，足以超越任何"老大难"问题而推动历史的前进。于是，《苍山如海》就显示出一种超越具体社会事件而纵览时代态势的精神高度，作品的现实生活事件也就转化成了民族发展的历史性内容和时代特色的艺术化写照。而且，由于精神视野的扩大、描写侧面的丰富，各种暂时的矛盾到底是应该"磨合"还是需要斗争，也就根本不是什么必须表态、无法绕开和回避的问题了。正因为如此，《苍山如海》对"现实主义冲击波"的进一步发展就是相当及时的，对这一创作思潮如何摆脱自身困难所给予的启示也是深刻有力的。

更为重要的是，在《苍山如海》中，时代的发展态势因为借助于民族传统美质而获得了更深厚的文化心理基础和更强大的前行动力，民族的传统美质则因为融入到时代发展的态势之中，而显示出生生不息的精神活力。寻找到时代态势和文化血脉的契合点并忠实而透彻地加以表现，《苍山如海》对时代优势的展示就显得质朴无华而又深沉厚实，作品的艺术画卷也就既是时代生活的细致描绘，又自然而然地具备了历史文化的贯通性。这样的审美空间对"现实主义冲击波"的作品群，构成了又一个重要方面的有力突破。所以，《苍山如海》精神内涵的独特性及其启示意义也不应当被忽视。

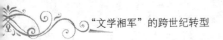

其次，在党的开拓者型领导干部艺术形象的塑造方面，《苍山如海》也有着自己的创新和突破。

新时期以来，中国作家对于开拓者、改革家一类领导干部形象的塑造，大致经历了四个发展阶段。20世纪80年代初期，以乔光朴、李向南等改革家形象为代表，文学作品中的该类领导干部多半是大刀阔斧、铁腕雄风，是一些时代强者的形象。他们与我们国家现代化建设初期雄心勃勃的进取精神是互相适应的，但作家们着力表现的多半是这些强者个体人格的风貌和气度。80年代中后期，随着改革开放的深化和西方精神、艺术新思潮的引进，文学作品中出现了诸如《沉重的翅膀》中的郑子云这一类的领导干部形象，他们依然是坚定的共产党员、坚定的改革家，但在错综复杂的时代矛盾面前，在张扬的气度与复杂的人性之间，他们已渐渐变得"儿女情长"却"英雄气短"，这些人物复杂的内心世界、在人性人情方面的软弱萎缩特征，在作品中得到了重点的刻画和揭示。20世纪90年代以来，在"新写实小说"及后来的一些作品中，领导工作岗位成为"官场"，领导干部则是一个个庸俗透顶的"官人"，他们按部就班地尽一尽职守，却既做事又做鬼，一个个争权夺利、钩心斗角、倦怠散漫。这些作品具有相当程度的真实性，但无疑地显得过于灰暗和猥琐。90年代中后期的一些小说塑造领导干部形象，则着力强化其悲剧色彩和人格感召力。长篇小说《人间正道》的主人公有一句可集中体现其思想性格的名言，就是"把身家性命押上去"。那么，"押上身家性命"又如何呢？作家们因为没有深刻地认识到中国必定会发展前进的雄厚的社会和文化基础，因而难以给我们提供满意的答案。

《苍山如海》从时代态势与文化血脉的契合点出发，丰满地揭示了我们时代的社会和文化优势，从而真切地反映出，章时弘等党的领导干部虽然面临着层出不穷的艰难困苦，因为在工作中、在人民群众中必然地能获得令人深深感动的充实、温暖和理解，他们的人生并不是悲剧；而且，虽然也是一个个普通平凡的人，他们平常细致的生活却并不灰暗猥琐，而是质朴深沉的。这样，《苍山如海》中领导干部的形象，就出现了有别于以往文学作品的艺术风采。《苍山如海》对传统血缘关系在当代政治生活中良好影响的描写则深刻地揭示出，章时弘等共产党领导干部兢兢业业，全身心扑在工作上，并非由于他们是天生的强人或有着独立不依的人格力量，而是既源于共产党员的党性和崇高品格，也源于他们对父老乡亲至真至淳的伦理感情；他们奋不顾身地干事业，不是充满悲怆地"押上身家性命"，而是因为"心肝上都有血"，不愿也没有"忘本"。把党员干部的责任心、使命感和全心全意为人民服务的精神，以及人民群众对党、对国家的感情和信任，具体落实到文化血脉的基点上，在《苍山如海》的领导干部身上，原则和温情、格调与魅力就有机地融为了一体，作品就显示出一种呈现民族优良人性的深度，一种时代与历史文化贯通交融的审美眼光。对于文学作品中领导干部形象的塑造，这不能不说是一个有力的突破和颇有前程的发展方向。

对于跨世纪时期湖南文学的历史发展，《苍山如海》也有着不可忽略的启示意义。

20世纪80年代初湖南文学的辉煌，是作家们长期积蓄、一朝迸发的产物，在随后相对宽松、自由的时代文化环境中，那种思想艺术的高度浓缩已不会因客观环境的强制而必然地完成，类似的群体性创作辉煌自然也就难以复现。80年代中期的"寻根文学"作品在"文学湘军"的审美道路上堪称异军突起，其中的问题在于，作家们固然可以创作出一部乃至一批精巧别致的作品来作为民族的寓言、人性的缩影，但假如作家对民族和人性的理解没有突破性的深化或根本性的改变，却积年累月、连篇累牍地创作象征寓言性的作品，那么，他们殚精竭虑地创作出的作品，在读者看来就只不过是喋喋不休的陈词滥调。既然20世纪80年代的审美道路已无法继续下去，那么，跨世纪时期湖南文学的再度繁荣，就需要作家们在新的社会文化环境中重新寻找自我的题材和精神空间，进而在全国文坛重新显示自己卓然独立的审美定位。

在20世纪90年代后期，"文学湘军"重新寻找题材和精神空间的努力取得了非同凡响的成果。80年代后期移居海南的韩少功推出了从哲学层面审察马桥文明生态的《马桥词典》，常德作家陶少鸿出版了反思百年中国乡土风云与农民命运的《梦土》，他们的创作展现出湖南文学向前推进的广阔前景，也显示出湖南作家实际上具备、却未被清醒认识和充分挖掘的审美潜力。不过，大部分湖南作家缺乏韩少功那样深厚的知识与文化修养，也难以具备陶少鸿那纵览百年风云的辽阔视野，因此，他们的创作道路难以被仿效。相对于许多湖南作家的生活基础、文化素质和精神心理结构来说，向本贵的《苍山如海》所显示的创作方向倒是更具普遍的适应性、也更容易见出成效。

受特定地域文化的影响，湖南人观察事物往往采取入世的立场和功利的眼光，办事方面则具有吃苦耐劳精神，显示出细部机巧灵活和本质上诚恳质朴的特征；而且对情感、情调有着天然的亲近感。从文学创作范畴来看，湖南作家最熟悉的是农村，湖南文学也具有创作农村题材作品的深厚传统。这些特征都表明，湖南文坛宜于产生从功利和人情的立场勤恳地写实、特别是反映农村生活的精品力作。从跨世纪时期在全国有较大影响的几位湖南作家来看，唐浩明的历史小说就是怀着庄严的历史责任感，通过对大量历史材料的考察，极为刻苦用力地创作出来的；王跃文的官场小说，虽写不出刘震云作品那种透骨的灰暗和玩世不恭，但描写作品人物在官场上的"进步"和社会上的权势声威更用心得多。就湖南文学的管理操作来说，作家们惯常而乐意的方式，也是挂职到某单位去体验生活、寻找题材、捕捉灵感。所有这一切，实质上是湖南作家群精神心理结构共同性的具体体现。向本贵和他创作的《苍山如海》，则最规范地显示出这种文化心理结构的特征。所以，《苍山如海》对湖南文学突破20世纪90年代前期的创作沉寂状态，具有实实在在的创作示范和启发意义。从活跃在全国文坛的各个地域作家群相比较的角度看，湖南找不到陕西作家所具备的久远深厚、一直未曾中断的文化传统，也没有"山东好汉"的道德人格力度；与北京、上海的作家相比，在思想文化前沿阵地的占领方面湖南没有优势；与江浙作家相比，湖南也缺乏那种在物质富足基础上形成的精神优裕感和书香门第后人进行文化创造举重若轻、宛如游戏的灵性和才气。那么，湖南作家怎么办呢？笔者认为，更多地注意和借鉴向本贵《苍山如海》所显示的创作方向，应当是很有必要的。事实上，至少在湖南怀化地区 21 世纪初期有影响的创作中，从邓宏顺的《红魂灵》、《天堂内外》到李怀荪的《湘西秘史》，体现的都是向本贵那种诚朴地开掘本地乡土资源的审美思路。

总的看来，《苍山如海》虽然选择了一个比较时新的题材，但实际上是一部相当朴实诚恳的现实主义作品，它不强化，不粉饰，也不矫情，真正按照客观生活的本来面目如实地刻画、坦诚地展开，这反而使文本审美境界显得客观、丰富而深沉。当然，《苍山如海》在艺术上也存在着薄弱之处。作品中三类人物群体的形象皆有动人之处，但对真正生动丰厚的人物典型的塑造，作品却显得缺少夺目的神采；对民族文化血脉的开掘，作者也缺乏足够的自觉性；而且，小说的艺术手法比较朴素单一，心理活动刻画也难给人以入木三分之感；整部作品未能充盈着现实题材作品常有的、贯穿始终的艺术气势，则略显作者驾驭长篇小说文体的局促与艰窘。《苍山如海》实际上打动人心的，是时代生活本身丰富而美好的内涵，它所取得的相当程度的成功，是现实主义的胜利，是作家勤勤恳恳的精神劳动的回报。所以，如果把整个中国当代文学作为一个不断发展和走向成熟的历史进程，如果承认难以提供经得起全方位检验的经典性作品是我们这个时代的宿命，那么，对于《苍山如海》这种严肃诚恳而又确实具有思潮代表性意义的作品的出现，我们就应该表示真诚的关注、尊重和赞赏。《苍山如海》相继获得第七届中宣部"五个一工程"奖、"向建国 50 周年献礼 10 部优秀长篇小说"和第六届全国少数民族文学"骏马奖"，则表明全国文坛内外所秉持的也正是这样一种积极而庄严的价值态度。

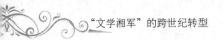

第二节 《凤凰台》: 民生意识主导的农村命运 "编年史"

描绘与反思中国农村的发展道路和农民的生存状况, 一直是当代作家极为重视的创作题材, 在新中国成立以来的 60 多年时间里, 这类题材的创作或富于生活实感、或具有历史厚度、或追求精神深度、或以艺术笔法和文化魅力见长, 已经形成了较为丰富的审美路径与叙事模式。但是, 真正深刻而全面地展示和阐释当代农村的复杂面貌, 仍然是摆在中国作家面前的一项艰巨任务, 到底采用何种路径才能更有效地贴近对象与理解对象, 也还是一个需要不断深入探索的重大问题。向本贵在《苍山如海》之后, 又创作了《遍地黄金》、《盘龙埠》、《乡村档案》、《非常日子》等多部有影响的长篇小说和《这方水土》、《灾年》、《有病流行》等大量中短篇小说, 这些不同题材的作品均以丰富的生活内涵、真诚的底层关怀和现实主义的创作精神而饮誉文坛。2004 年, 向本贵终于完成多年夙愿, 创作并由花城出版社重点推出了他试图 "编年史" 式地展示当代中国农村状态的长篇小说《凤凰台》。这部长篇小说力作既充分继承了当代农村题材创作的优秀传统, 又在诸多方面达到了新的高度, 从而强有力地推进了文学创作对于当代农村社会和农民生态的审美认知。

—

《凤凰台》以偏远而地域特色鲜明的凤凰台生产队为描述对象, 全面展现了这一基层社会在复杂的历史变迁中的具体情状, 深刻地表现了当代中国农村的坎坷道路和农民困苦而历尽磨难的人生命运。小说以党支部书记、生产队长刘宝山为枢纽来展开这个基层社会的人物关系。公社党委书记贾大合、生产队政治队长孙少辉与刘宝山的长期矛盾, 构成了这个环境具体的现实政治关系; 生产、生存经验丰富却有着 "地主" 身份的老农民田大榜与刘宝山的关系，显示了中国传统社会与集体化时代农业生产和农民生存方式的复杂关联；田玉凤、伍爱年、韦香莲等农村妇女的形象及其对刘宝山的关怀与情爱，揭示了农村男女之间的关系状况；刘宝山身边逐渐成长变化的孙有金、刘相、刘玉等年轻一代的人物形象及其相互之间的差异，则展现出当代社会风浪中农村个体人生方式的变异。小说选择这些人物和他们的生存状况、相互关系为关注焦点来结构文本，目的显然是为了典型化地揭示凤凰台作为一个中国基层社会的内在格局和历史情状。

《凤凰台》这种立足"基层叙事"的艺术架构和人物关系设计，使人很自然地联想到从《创业史》、《山乡巨变》、《艳阳天》到《许茂和他的女儿们》、《芙蓉镇》、"陈奂生"系列等当代文学史上的"农村题材"文学名著。比如，小说中的刘宝山和田大榜两个人物及其相互关系，与《创业史》的梁生宝和梁三老汉，《山乡巨变》的李月辉和陈先晋，《艳阳天》的萧长春和焦振茂、"弯弯绕"，《许茂和他的女儿们》的金东水和许茂等人物及其相互关系，就明显地存在着历史文化的渊源。孙少辉与《芙蓉镇》的王秋赦、《许茂和他的女儿们》的郑百如，田玉凤与"芙蓉仙子"胡玉音、四姑娘，同样属于相似的人物性格类型，甚至连对于前者的漫画化笔法、后者的诗意化叙述，在三部不同的作品中都如出一辙。也就是说，《凤凰台》的人物形象及其关系的建构，与当代农村题材的文学名著之间存在着明显的内在承接特征。笔者认为，既然农村题材小说创作的叙事模式从新中国成立一直沿袭到改革开放年代，其中必然蕴藏着概括当代农村社会基本特征的深刻性和准确性，《凤凰台》从同类思想视野和思维路向出发建构叙事模式，正是这部现实主义作品历史与文化厚度的具体表现。

细读作品我们又可发现，《凤凰台》明显地存在着发展、矫正和深化当代农村题材创作的艺术意图，而且确实多方面地构成了审美的超越。其中最根本的超越在于，《凤凰台》选择了一个返璞归真而又更为深刻稳健地把握基层社会和审视历史变迁的价值立足点。在任何时代，社会上层也许有诸多的观念斗争、体制演变、权力转换，但基层老百姓对于所有这一切上层建筑的认同程度和情感态度，价值基点实际上是极为朴素的能否更好地生存的观念。《凤凰台》正是以"民生"这一基层社会根本的价值观念，来作为小说审美叙述的思想视角和艺术境界的价值基点的。

温饱与繁衍、劳作与"风流"两个方面在当代社会历史中的具体情状，无疑是《凤凰台》最为着重地描述的艺术图景。刘宝山在几十年的人生历程中，从带头搞合作社到暗暗解散集体食堂，从冒险上山打猎到偷偷派生产队成员出外抓"副业"，从不时地"斗地主"到自己在公社大院被"吊半边猪"，目的全在于社员们的温饱在既定体制的范围内如何更好地解决；他克制自我对于几个女人的情爱，其中当然有道德的因素，更为根本的原因也在于，他把做好凤凰台这个基层社会生存和发展的领头人、保障者当作了自己更为重要的人生目标。田大榜的一生以"把阳春做好、填进去一顿饱饭"作为全部目标，他的农作经验、勤劳本色、生存能力乃至求生智慧，全都是为了卑微的求活愿望；甚至对于毛主席长征时代"多做善事，不做恶事"的教诲，他也理解为过苦日子时为集体献出粮食、社会体制允许时多打粮食才是最忠实的实践。田玉凤的精神和肉体都承受诸多的屈辱与磨难，同样源于时势导致自我人际关系恶化时对亲人生存可能性的维护。甚至孙少辉的种种卑劣、邪恶行径，也源于他"有饭吃，有肉吃，日漂亮堂客"的心理愿望，只不过他与田大榜之间，在方式上存在着用"政治"、"造反"的名义剥夺和榨取还是自食其力的差别，这也就是说，孙少辉同样没有脱离农村的人生格局，没有超越基层人生卑微的生存愿望和困苦的生存状态。凤凰台人将中国传统的农民起义领袖和共产党都提倡的"天下均富"的口号，理解为就是让大家"都过上好日子"、"吃两餐饱饭"，则是基层社会生存规范和价值观念的集中表现。事实上，《凤凰台》对于当代农村社会种种风云变幻及其后果的全景性描绘，均是以农民生存苦难的深重、幸福机遇的匮乏为核心来展开的。所以可以说，将"民生"作为一个贯穿中国当代农村历史的事关全局的问题来剖析和揭示，是长篇小说《凤凰台》最为重要的审美基础。

在当代农村题材创作中，"十七年"时期的"合作化"小说的艺术重心，其实是生产关系层面的社会经济制度变迁，农民的生存及其朴素的幸福愿望，则作为社会主义经济和社会制度的必然结果被理想化、浪漫化地描绘着，历史的内在真相却因创作思想理念的压制而被悬置起来。新时期的农村题材伤痕、反思文学作品侧重于揭示极"左"政治路线所造成的农村灾难，农民生存的艰难在其中得到了充分的艺术表现。但这些作品或者如《许茂和他的女儿们》、《芙蓉镇》等，以政治道德、政治路线为艺术描绘的终极价值指向，或者如《桑树坪记事》、《河的子孙》、《远村》、《老井》等，以基层百姓性格的扭曲和生命的强力、文化的品性为艺术聚焦点，结果，对"文革"前的农村题材叙事进行精神解构或另寻思想基点"自说自话"式地建构，就成为这些作品主要的审美文化特征。

向本贵的《凤凰台》则有意识地回归历史真相本身，通过客观地展示细致到令人难以置疑的具体历史事实，来整合传统农村题材的创作思路和叙事传统，而以"民生"作为笼罩全局的思想制高点、以整个农村社会不分阶级差别和历史功罪的每个"人"的生存状况为艺术重心，来全面地呈现一个基层社会的真实图景，审视从合作化到改革开放以来的中国农村状况。这种审美思路，就与始终处于政治文化格局中的当代农村题材创作，富有针对性地构成了一种"历史回应"与"精神对话"。

《凤凰台》深厚的历史文化意味，首先自然是源于作家深厚的底层生活积累及其与农民血肉相连的感情。与此同时，我们又不能不说，只有在"以人为本"、建构"和谐社会"成为时代自觉和执政根本的社会文化语境中，这种朴实而厚重的思想立意才有可能在文学创作中得到勇敢而切实的表现，所以，《凤凰台》的审美建构又是时代理性充分呈现的产物。

二

以切实稳健而富于历史感的艺术视角和思想立足点为基础，《凤凰台》的艺术重心就由展示农村阶级斗争和社会运动的进展情形，转移到了揭示农民、农村因为这种演变而遭受损伤和破坏的真实状况。向本贵正是以此为艺术聚焦点，毫无讳饰地再现了自我的历史记忆，通过对复杂历史情景的逼真描绘，充分表现出中国当代农村的实际状态，文本审美境界也就显示出难以辩驳的具体真实性和内在丰富性。

首先，《凤凰台》以"编年史"式的缜密笔触，描述了凤凰台在合作化、大跃进、过"苦日子"、"文革"、"承包责任制"、市场经济大潮后等各个历史时期的真实面貌，将当代中国的农村特征、农业规律、农民愿望，以及农民愿望的不同体现方式和对于"世道"的各种民间理解，全面地展示了出来。关于过"苦日子"时如何挨饿、如何充饥及其相应后果的大量描写，关于不同历史时期批斗人的众多花样及其具体情形和当事人感受的描述，《凤凰台》都提供了丰富而极为逼真的历史细节。丁如兰因过"苦日子"时老虎也缺乏食物要吃人而腿杆子骨头受伤，却又因老郎中被说成讲了"反动话"不敢再来而未能治好腿伤，结果成了跛子。田大榜因过"苦日子"时吃蚯蚓过多，而长期流着带有浓烈腥臭气味的泪水。王美桂为保护成分不好的家人而嫁给"阳痿"的公社党委书记贾大合，过着屈辱的生活，最后被逼致疯。"地主婆"韦香莲对一个不断批斗她丈夫的干部"老表"刘宝山心怀情愫，对另一个批斗自己丈夫的干部孙少辉却恨得临死时咬下了他一块耳朵。美丽的刘玉仅因当兵的哥哥没能如别人的哥哥那样给她寄点买凉鞋、袜子的小钱，就情绪激化、走向极端，嫁给了公社手联社的丑男人大头，却又因觉得羞辱、不愿眼见丑丈夫而用石灰弄瞎了自己的眼睛，但即使这样，生活困顿的她仍然拒绝任何来自家庭的援助。地主分子田中杰为摆脱自己挨批斗的命运，一心谋划儿子田耕读书出头，"文革"时期，高中生田耕却带着干部的女儿刘思不声不响地离开了家乡，从此生死不明。众多诸如此类让人惊讶、震撼、痛苦却很少在文学作品中得到如实展示的当代农村生态，《凤凰台》中可谓比比皆是。源于对农村生活异常熟悉、对芸芸众生深切关爱和直面真相绝不避讳的创作态度，作者为我们展现出了异常丰富的动乱和贫困年代的农村生活画卷。但作者同时又有力地揭示出，乡土世界里包括"地主"田大榜在内的广大民众，在深深的困惑中仍然保持着对共产党的信赖，在动乱的年代里始终坚持着对胡折腾不让农民过吃饱饭日子的"世道"不会长久的信念，甚至身处绝境都不丧失穷计竭力谋生存的坚韧品格，从而对农村社会曲折而终究富于前行活力的状况提供了合理的解释。

作者还始终坚持将这种对农村百姓生存本相的真切理解和深刻发现，置于他们各不相同的个体人生状态中进行描述，从而使作品对农村社会面貌的展示与对人生命运、人物形象的刻画紧密地结合在一起。当中国社会走到商业经济主导的历史新时代时，农村社会格局中的对立因素已经由政治和温饱问题转换成了"农本位"还是"商本位"的问题。这时，作品的主要人物刘宝山、田大榜、田玉凤等，也都进入了他们的人生暮年期。这是一个既历经命运的酸甜苦辣探索到了自我生命支柱、又沉思多于行动以至常常与时代进程脱节的人生阶段，个体生存的面貌往往呈现出落寞、悲剧化的色彩，进入了对社会和人生"谢幕"的状态。在作品的描述中，田大榜看不惯孙子田勤将肥沃的田地改成停车场，刘宝山对丁有金家族借旅游开发大谋私利、对儿子阿谀权贵而淡漠亲情等现象愤懑不已。所有这一切，作者都从社会负面现象与作品人物人生感触相结合的角度，展开了确切的描绘。作者还特意张扬了他们不无农民本位负面特性的价值立场与生命感受，从而使一种浓厚的悲剧意味和深切的人文关怀，氤氲于文本艺术境界之中。

对于当代社会政治运动中生产方式、阶级斗争的演变和参与者个人私欲乃至兽性之间的密切关联，《凤凰台》也给予了真切独到的描绘，并深刻地探讨了其内在的逻辑性。傅郎中脱离革命不仅是出于心境颓唐、意志衰退，也因为农村调查时所遇到的美丽女人的吸引。孙少辉积极参加各项运动的直接动机，就是能够在混乱中打着政治的幌子堂而皇之地满足自己的私欲，并得以宣泄自己人性中邪恶"智慧"的因子。刘宝山对"地主分子"田中杰的斗争，也同样存在情恨难消、公报私仇的因素。田中杰从内心原谅刘宝山，不仅认为他不过是政治路线的执行者，也因为自己曾凶狠地拆散了刘宝山和妹子田玉凤的姻缘，刘宝山的仇恨乃是人性的正常反应。这种种描写的存在，将揭示历史进程的理念形态和参与者个人人格的病象有机地结合了起来。

《凤凰台》这种摈除理念从生活本真状态出发的创作精神和艺术实践,有效地克服了各种理念化叙事的先验局限及由此导致的空泛、虚幻化和遮蔽事物复杂本相的可能性,使当代社会进程的内在状况和复杂动因得到了丰满的揭示,从而以对读者历史原初记忆的唤醒,艺术地提供了诸多启发的形成路径。

"正因写实,转成新鲜"①,因为细致,反出新意,小说中的人物形象也由此显示出崭新的艺术内涵。在传统的农村题材小说中,刘宝山式的人物都是作为农村社会主义道路的带头人来描述的,作者们所关注的往往是他们在生产关系嬗变中的复杂作用。《凤凰台》里着重表现的,却是刘宝山作为基层社会支柱式人物对农民的基本生存条件如何给予关注和保障的侧面。对孙少辉、贾大合一类"懒汉、二流子"式人物得势情形的描绘,小说也超越道德批判的境界,转而从他们希望改变社会地位和满足心理欲望的角度出发,揭示出其中隐含的当代社会体制弊端与人性中的懒惰、邪恶、欲望至上等负面因素合流的特征。田玉凤、伍爱年、韦香莲等美丽而善良的农村妇女饱受磨难与污辱的遭遇,自然是当代农村诸多苦难的集中体现,但作者并不回避她们自己因生活的艰窘所导致的种种性情、身心的扭曲和变异,田玉凤的懦弱、伍爱年的泼狠和韦香莲的倔犟,均为作者直面人生现实的具体表现。

特别是田大榜的形象,即使放到整个当代文学"老农民"典型形象的人物画廊中,也显得别具深度。其中的关键,就在于作者以开放的思想视野,从人本的高度出发展开考察与描绘,使他身上传统农民的人生品质和现代中国的社会历史内涵有机地结合了起来。田大榜只是一个生产经验丰富而且具有传统人生观念的农民,但在当代社会却被加上了为革命作过贡献和解放后地主身份的双重政治油彩。在传统与现代之间,传统是他的立身之本、人生基础,现代特征则决定了他一生的坎坷命运及其对待命运的态度。他常常说的"要以劳动为本",既是中国农民的传统美德,又是"毛主席"长征经过

---

① 鲁迅:《中国小说史略》,《鲁迅全集》第9卷,人民文学出版社1995年版,第234页。

凤凰台时对他的教诲，他的"耕者有其田"、"吃几餐饱饭"的愿望，既是他农民式卑微本分的心理愿望，也是毛主席长征途中的庄严许诺。他平和地忍受各种以政治名义施加给他的非人折磨，而且在承受诸多折磨之后对生产队的农业生产问题仍然由衷地关心，既是中国农民忍耐、勤劳的传统品格的体现，却也是亲眼见到毛泽东当年的不凡风姿而形成的信念所致。田大榜以地主身份却对革命作过贡献这种身世的艺术设计本身，就为我们突破种种理念的局限透视生活本身的复杂真相和深刻内涵提供了便利条件。可以说，田大榜这一忍辱偷生、执着于"勤俭"和"糊口"类卑微生存格局的农民形象，是作者从"小农"的角度，为我们揭开了一扇审视农村老百姓传统生存模式在当代社会艰难处境的"侧门"。

三

农村题材是中国当代文学最为重要的创作领域之一。在跨世纪时期的文化多元化语境中，传统写实方法的局限性逐渐显露出来，不少作家尝试着采用各种新的途径和方法来反映当代农村的面貌。余华的《活着》和《许三观卖血记》通过对个体生存状况的"仪式化"呈现，构成了文本审美境界中多层次的"意象暗示"；阎连科的《年月日》、《日光流年》和《受活》，贾平凹的《怀念狼》等作品，均以惨烈的日常图景和荒诞的总体构思相结合，来形成一种整体性的象征图式；李锐的《无风之树》、林白的《妇女闲聊录》、莫言的《四十一炮》等小说，则运用原生态的乡土语言，来揭示民间暗藏的生存和精神真相。这些作品往往既独具匠心地表现了中国当代农村的社会面貌，又显示出更广阔的精神象征意味和人类生命、文明走势等形而上层面的内涵，作品因此具有丰厚的精神和艺术韵味。

如果单纯从文学、美学本位的角度看，与这些致力于开拓崭新精神视野和艺术境界的作品相比，《凤凰台》存在着不可忽略的局限。首先，作者过于贴近农民的立场与感受，宏观的精神文化反思略有不逮，而且过于关注

"史迹"、过分地胶着于"日常经验",以至文本叙事过程不时呈现出事无巨细皆录入其中、太实太满不够疏朗的状况。这就使作品显得深厚有余而开阔不足,忠实诚恳有余而审美超越不足,结果反而影响了作品艺术的精粹和思维的稳健。其次,从艺术手法和审美境界的角度看,《凤凰台》仍然只能算是一部正规的传统现实主义作品,对于改革开放年代文学创作的审美新品质和艺术新手法吸纳不够或运用粗疏,因而艺术上朴素有余而机智不足、沉实有余而艺术的空灵度不够,这又影响了作品审美境界的韵味和魅力。

但从另一方面来看,关于历史的纯粹意象化解读和以理念为目标的例证式、寓言式阐发,往往既不利于全面发掘历史的丰富性,也难以满足曾身历其事者生命感受的充分展开,理解和呈现的空泛、单薄与诡异就常常成为无法避免的局限,文本艺术升华所带来的历史真相的遮蔽也显而易见。也许正因为如此,跨世纪时期对于当代社会历史的研究与揭示,逐渐地形成了一种"田野调查"式的实证化倾向,并受到文坛内外的广泛关注和重视。《往事并不如烟》、《中国农民调查》等纪实性作品广获好评,即源于此。在文学创作领域,同样越来越突出地呈现出这样的审美倾向。杨显惠的《夹边沟记事》、尤凤伟的《中国一九五七》、张承志的《心灵史》、范稳的《水乳大地》、雪漠的《大漠记》、石钟山的《激情燃烧的岁月》等父辈军人系列、贾平凹的《秦腔》,等等,这些作品虽然具体成就各不相同,但都是越来越明显地体现出这种审美精神。

向本贵的长篇小说《凤凰台》堪称传统农村题材创作领域显示出同类审美品格的力作。它以作者长期的基层生活体验和基层干部眼光为内蕴基础,从当今时代的思想高度出发,沿用当代农村题材创作以"正史"构架开掘历史真相的艺术路向,凭借充分的生活实感和对基层社会真相与底蕴的深厚展示,相当沉实地完成了作者对于农村当代历史和农民生存苦难的艺术认知,从而显示出一种在当代农村历史考察和传统农村题材文学创作双重意义上的审美整合品格。这正是《凤凰台》这部朴素而深厚的长篇小说最值得我们关注和尊重之处。

第八章　陶少鸿小说的乡土境界沉思

第一节　《大地芬芳》：农耕生态本位的世纪沧桑审视

陶少鸿的长篇小说《大地芬芳》有着一番不同寻常的经历。早在 1998 年，这部作品的"前身"《梦土》（上、下）就已由湖南文艺出版社出版，并得到文坛内外的高度评价，既出现过"北有《缱绻与决绝》，南有《梦土》"之类的赞誉流行语，又入围第五届"茅盾文学奖"的 25 部终评备选篇目，还获得了湖南省内的"毛泽东文学奖"、"五个一工程"奖等奖项。时隔 10 余年后，陶少鸿又对《梦土》的"不太满意"之处"进行了较大修改，删去了 20 余万字"①，并更名为《大地芬芳》，改由人民文学出版社于 2010 年再次推出。

事实说明，《大地芬芳》经受住了较长时间的关注与检验。站在 21 世纪的时代文化语境中重新打量这部作品，笔者认为，《大地芬芳》获得成功的关键在于，作者以其独特的国情认知和生命感悟为基础，从政治历史、乡土

---

① 陶少鸿：《大地芬芳·后记》，人民文学出版社 2010 年版，第 504 页。

生态和人情世态等多方面进行审美发掘，以简练、清秀的笔触，成功地建构起了一个形象本真鲜活、内蕴坚实丰厚的百年乡土沧桑审视的艺术境界，从而在农村题材和"百年反思"题材这两大佳作迭出、成就斐然的当代文学创作领域，都显示出卓然独立、自成"一家之言"的精神与审美风范。

一

《大地芬芳》的整体情节框架与众多的"百年反思"题材作品相类似，也是立意审视 20 世纪中国的社会历史沧桑及其相应的乡土生态。作品的时空跨度极为开阔，涵盖了从清末民初到 20 世纪 80 年代农村土地商业开发的各个历史时期。作者首先描述了陶秉坤青年时代在家族欺凌的恩怨情仇中自立门户、生息繁衍的人生历程，展示出一幅未被外在时势所扰乱的传统农耕文化的生态图景；紧接着广泛地描述了从安华县城的风云人物到石蛙溪的本色农民各具特色的人生选择及其祸福得失，有力地表现了 20 世纪 20 年代波澜壮阔的大革命风暴及其深远的乡土影响；随后又展开了三四十年代战争环境的纷乱世道，以及本分农民陶秉坤虽然远离时势、却屡屡被时局所牵累的命运；关于新中国曲折、坎坷而复杂的历史进程，作者也以陶秉坤对集体化时势的抗拒与顺应和陈秀英对自我冤屈的承受与寻求解除之道为中心，进行了深刻的揭示。在这种对社会历史进程的展示过程中，作品既呈现了陶秉坤和陶秉乾两家三代人极具对比性的谋生方式和命运状态，又揭示了书香门第陈梦园一家或壮烈、或乖戾、或凄苦的命运及其复杂影响，还广泛地展现了他们的人生所涉及的从安华县城到石蛙溪的各类人物的性格与命运。在作品辽阔的视野、深切的体察和清新的意象中，历史全局的沧桑巨变、时代弄潮儿的复杂命运和乡野农民的悲苦人生，都得到了多层次、多侧面的探究与诠释。"百年反思"题材创作的批判精神与史诗品格，也在《大地芬芳》中得到了相当充分的艺术体现。

《大地芬芳》的内在意蕴建构，则充分体现出创作主体审美思路的深刻、独到性。作品对于 20 世纪中国历史沧桑的探究存在两条线索，其一是"中间人物"陶秉坤勤俭兴家却屡遭厄运的百岁农耕人生，其二是"革命圣女"陈秀英执着于革命信仰却长久被冤屈的乖戾命运。作者将这样两种人生状态并置，实际上是抓住了 20 世纪中国两种最基本而又最重要的社会文化景观，建构起了一种当"乡土中国"遭遇"革命浪潮"的历史认知格局。在二者之间，作者以价值认同的审美态度，将陶秉坤设计为贯穿故事情节始终的主线，而将陈秀英形象安排为副线，仅对她在大革命时期和新中国时代环境中的遭遇给予了重点描绘。这种审美重心的安排深具内在意味。如果从社会政治演变的角度看，陶秉坤形象的审美意义显然不如陈秀英。陈秀英人生命运的核心，是在时代的风口浪尖上与革命的传奇性纠葛，20 世纪中国历史的变迁，特别是其中的复杂性、悲剧性乃至局限性、荒谬性，都能从她身上集中地体现出来；陶秉坤虽然也时常被裹挟进革命与时势的浪潮之中，却始终以植根于乡村大地的辛勤耕耘、生息繁衍为人生本分，从精神到心理上都处于时代"神经末梢"的位置，与社会主潮存在着遥远的距离。但如果要考察中华广袤大地的基本面貌与支撑力量，陶秉坤形象及其所体现的乡土人生、农耕文化，则具备比陈秀英形象远为深厚和本质的内涵；陈秀英形象及其所代表的革命运动、政治历史，反倒处于次要和从属的地位，甚至其是非曲直、成败得失本身也应从对于农耕生态正负面影响的角度，方能得到准确而深刻的见证和检验。《大地芬芳》以乡土农耕生态的命运和乡野芸芸众生的祸福为价值基点来审视历史，作品就超越政治历史、革命文化的视域，进入到了体味世纪沧桑、感知中国本相的深层次审美境界。

《大地芬芳》还以陶秉坤、陈秀英形象为轴心和标杆，对乡土世界和革命队伍中的各类人物形象进行了大幅度的勾勒与描述，来作为他们形象的烘托、补充或对比。具体来看，其中包括以下几种类型。在乡土世界中，作者既描绘了黄幺姑、金枝、玉山、秋莲、谌氏等遵循乡土人生规范、朴实本分的农民形象，又刻画了从陶立德、陶秉乾、陶秉贵到铜锁、陶玉林、陶玉财等乡村社会传统的"赖皮子"和革命时期的流氓无产者形象；在革命队伍中，作者既描述了水上飙、陶禄生等同样遵循革命文化规范、可对陈秀英形象起蕴涵扩充作用的人物，又勾勒了红军游击队时期的周布尔和地下斗争状态的沈冬等满口马列而私欲猖狂的革命"投机者"，将他们猥亵、卑劣的精神境界与陈秀英的理想纯正、品行高洁形成鲜明的对比。作者还细致地刻画了蔡如廉、陶玉田这样两个秉性孱弱而内心善良的现代中国"多余人"形象，通过描述他们在历史巨变之际才情、气质与时代需求错位的悲剧，以及他们对陈秀英由衷的仰慕与爱恋之情，有力地衬托了陈秀英形象的刚毅、果决与崇高。这众多人物形象所构成的审美功能，使《大地芬芳》的艺术内蕴变得坚实而深厚，有效地丰满了文本的宏阔视域与深广探索。

"百年反思"题材创作在新时期以来的30余年里长盛不衰。张炜的《古船》、陈忠实的《白鹿原》、刘醒龙的《圣天门口》等作品，秉承"家国一体"的社会历史认知路径，以某种文化形态或精神品质的地域性存亡为价值基点，痛陈近现代中国的政治风云和偏执激进的革命文化所导致的悲剧与灾难。王安忆的《长恨歌》、铁凝的《笨花》等作品，则将国族历史淡化为虚拟的背景，而将处于社会大格局阴僻处、不为人所关注和重视的"里弄"与"窝棚"的日常生活，作为生命的现实生态与人类的历史本相徐徐地铺陈开来，给予浓墨重彩的表现。张洁的《无字》、李锐的《旧址》、叶广芩的《青木川》、莫言的《生死疲劳》等作品，致力于探究特异个体在险恶无常的时代风浪中个体人生目标和生命意义的坚守，以及由此导致的悲剧性命运。阿来的《尘埃落定》、迟子建的《额尔古纳河右岸》、范稳的《水乳大地》、马丽华的《如意高地》等作品以宗教与民俗为本位，将中华广袤大地上处于"边缘文化"状态、却具有20世纪特色的少数民族历史景观，转换成一种地方风物志、文化存亡考性质的叙事来加以展现。成一的《白银谷》、周大新的《第二十幕》、邓九刚的《大盛魁商号》等作品，着力揭示民族工商业在中华民族内外交困的时代环境中从传统向现代的转型，以及在这过程中所经历的风风雨雨、兴衰沉浮。这众多成就卓著、影响广泛的名篇力作，形成了"百年反思"题材创作中的村落家族叙事、日常生活叙事、个体生命叙事和民族风物志叙事、近代工商业叙事等深具审美活力与潜力的叙事模式，体现和代表了这一时期中国文学创作的最高成就。《大地芬芳》则以中国乡村农民勤俭兴家、建房置地、生息繁衍的基本人生观念为基础，以农耕文化之"道"御社会变迁和人生变故之"势"，建构起了一种以乡土农耕生态的文化规范和人生原则为价值本位的、"农耕生态话语"的审美模式，从而在"百年反思"题材创作中显得境界独创、自成一格。

二

《大地芬芳》独特的审美境界及其丰厚的艺术蕴涵，首先体现在作者成功地塑造了陶秉坤这一农耕文化践行者的典型人物形象，从而将时势剖析与世情审察融为一体，深刻地揭示了乡土人生境界在 20 世纪中国的悲剧性历史命运。

小说从陶秉坤救下即将沉潭的黄幺姑并娶其为妻、开始有关土地与发家的梦想写起。青年时期，陶秉坤一直谋求着收回伯父代管的田土、房屋等遗产，凭借辛勤的劳动自立门户，却不断遭到伯父的巧取豪夺和堂兄弟的挖苦挤兑；宗族势力的剥夺与欺压，使他白手起家的立业变得格外艰难。20 世纪 20 年代，土地革命给予了陶秉坤收回丁字丘和晒簟丘的机会，他于是真诚地投身到革命浪潮之中，但获得自己土地的喜悦却随着大革命的失败转瞬即逝，自己还背上了有意害死伯父的恶名。在随后的战乱环境中，陶秉坤虽然人值壮年、儿孙成人，难以预料的灾变时局和老大玉田文弱无用、老二玉山娶媳不顺、老三玉林伤风败俗的家境，却使他长期穷于应对，各种人生努力也总是功败垂成。新中国成立后，陶秉坤刚为自己"从未有过的富有"而"喜不自胜"，就不得不面临"互助组"、"合作社"、"吃食堂"、"学大寨"、"割尾巴"等一次次运动带给农村的沉重打击，在夹缝中为保命求生而耗尽心智和技能，但结果还是免不了儿媳秋莲被饿死、自己不断被批斗甚至被弄瞎了眼睛的命运。实行生产责任制之后，陶秉坤寿高百岁、五代同堂，丁字丘和晒簟丘也回到了自己手里，他为自己的幸运而心满意足，政府搞旅游开发却又征收了丁字丘，陶秉坤因此"气恨难消"地"跌坐在田里"，"怎么也起不来了"。就这样，在世纪性、全景性的社会历史视野中，《大地芬芳》忠实而全面地展示了陶秉坤作为一个普通农民充满着艰辛、悲苦和不平的人生命运。

以这种命运呈现为基础，《大地芬芳》深刻地揭示了陶秉坤自食其力、勤苦兴家却举步维艰、艰辛备尝的生存奋斗状况。陶秉坤遵循着"乡土中国"农耕人生的传统规范，希望通过自力自足的方式勤苦兴家，既拥有自己的土地与家产而又子孙满堂，儿孙们耕耘谋生或读书"成大器"。怀抱着这朴素的理想，陶秉坤长期热衷于面朝黄土背朝天的辛劳，在"浓烈而芳香的泥土气息"中，把"双臂的力量源源不断地灌注给锄把，往复不停的单调动作里似有无穷无尽的乐趣"。应当说，陶秉坤的人生目标及其实现路径，都是踏实、本分而卑微的。而且，这类"乡土社会中个人的欲望常是合于人类生存条件的。两者所以合，那是因为欲望并非生物事实，而是文化事实"，"自觉的欲望是文化的命令"①。然而，这种蕴含着充分的社会合理性与文化正义性的人生追求，在 20 世纪中国农耕秩序遭到严重破坏的时代环境中，却变得有力难使、有志难酬，纵然想尽千方百计、费尽辛劳与心血，卑微的奋斗目标也无法如愿以偿。在农业集体化时期，陶秉坤就曾上下求索而四处碰壁、甚至头破血流。面对当时强大的时代定势，他有过情愿挨批斗也要闹单干的倔强，也有过大骂将他"祖上传下来"、"自己开出来"的田土充公是"打抢"的爆发；有过七老八十了还坚持做农业社牛倌、到公社食堂打杂、造"大寨田"时当"老愚公"的热情投入，也有过眼看陶玉财假借互助组名义侵吞山林、自己不甘吃亏同样大砍大伐的"争强斗狠"；还有过将"争强斗狠"地砍伐的树木"赶羊"放入大河，却被洪水冲得干干净净这样弄巧成拙的人生臭棋。总之，在时势的走向和人生的意外面前，陶秉坤确实曾以命相搏地抗

---

① 费孝通：《乡土中国》，三联书店 1985 年版，第 85—86 页。

争与奋斗，但任何的努力都无力回天，他只能满怀悲怆地处于一种奋斗与挫败的循环之中。

围绕陶秉坤的人生状态，《大地芬芳》对乡土世界的生老病死、生息繁衍等自然生命情状也给予了充分的关注。从陶秉坤被野猪伤到陶玉田得肺病，从玉山娶亲难到玉林坏门风，从陶立德的丧礼到陶秉坤的庆生酒和小谷的婚事，包括陶秉坤越老越瘦、瞎了眼睛、年届百岁为"温馨的乳香"怦然心动，等等，对所有这一切或与时代律动存在关联、或系乡土礼俗、或为人体生理嬗变的事宜，作者都纳入与人生的社会性内涵相统一的视野来进行审美观照。这种种有关个体自然生命存在状态的描述，有力地拓展和深化了陶秉坤形象的审美蕴涵。

正是在这样的基础上，《大地芬芳》多层次、多侧面地展现了陶秉坤极具典型意义的社会与文化人格形象。

首先从人格基本定位的角度看。一方面，陶秉坤在中国社会的大格局中，无疑属于被动性、边缘性的人物，在一个个无法预料、甚至难以理解的人生打击面前，他只能采取隐忍、退让和自居卑贱的态度；但另一方面，在农村家庭和乡土社会中，陶秉坤却又是一个"辈分高，作田手艺好，在村里有威望"的人物，处于"顶梁柱"、"主心骨"的位置，于是，他也就相应地显示出一种历难不渝、坚定前行的倔强人生姿态。陶秉坤这种存在明显的内在差异与矛盾的人格姿态，恰是中国广大农民以底层地位和弱势价值来应对时局、抵抗时势的典型人格表现。

其次从价值立场与世相认知的角度看。作为中国底层社会安分守己、但实际上生命意义定位明确的农民，陶秉坤的人生奋斗既没有"生命强力"的野性宣泄，也不属于"愚氓"式的盲目挣扎。恰恰与此相反，不管是对日常状态的人情世相、农耕生活的自然规律，还是人性的阴暗与险恶、时势的底蕴和结局，陶秉坤往往都具有相当清醒的认识，心里"清白得很"。从陶立德父子利用宗法规范对他巧取豪夺而又一本正经的无赖伎俩，到铜锁和陶玉财之类乡村干部凭借政治权势在整个石蛙村恣意妄为、假公济私的恶霸嘴脸，陶秉坤的判断都是一针见血；从合作化实质上是违背"耕者有其田"的宣传而将田地"充公"的理解，到"吃食堂""三个月就会饿肚子"的预见，他的认识也常常是洞烛幽微、入木三分。甚至对土地国有制这样的根本性问题，陶秉坤也有过"国家要田作什么？国家又不打赤脚下田。""哪个讲田是国家的？国家绾起裤脚开过田吗？"之类能直逼事物本源的疑惑。正因为对世事人生具备这种清醒的理性认知，陶秉坤在人生道路上虽然行为的抉择往往不由自主，理解与判断却总是那么稳健、本分、睿智而又通达，显示出广泛的社会与人生适应性。

再次从谋生手段与人生品格的角度看。陶秉坤虽然一生都在为养家糊口而想方设法、劳心劳力，但他始终以自主的劳动和坚韧的奋斗为立身处世的基础，坚信"名誉是与田产同样重要的东西"，不管采用何种谋生方式与手段，总体上都坚守着中国农民淳朴本分、善良正派、有所不为的道德底线。土地革命时期，陶秉坤虽然对于这一时代浪潮能替他收回丁字丘、晒簟丘而心怀好感，却因为铜锁等农会干部假借"革命"的名义欺男霸女、鱼肉乡里，而不愿与之为伍，坚决退出了农会；合作化时期，他本来不肯加入合作社，但看到乡政府毫不犹豫地撤销多吃多占的合作社干部陶玉财，显示出一种清明治理的决心，就果断地转变态度，成为了入社的积极分子；在家庭中，陶秉坤为蔡如廉对大儿子一技之长的欣赏和器重而多年心怀感激，为陶玉林的败坏门风羞愧不已、长期抬不起头来，更典型地表现了他本分、淳朴的人生品格。正因为如此，无论是在家庭还是在乡里，无论是金枝、玉香一类的弱者还是陈梦园这样威甲一方的名流，甚至在历经政治运动和"文革"动乱的耿专员、陶有富等各级农村干部眼里，陶秉坤都是忠实可靠、令人信服和德高望重的。

第四，陶秉坤的人格境界，还散发出浓郁的农耕文化的生命诗意。陶秉坤虽然备受命运的捉弄与摧残，却并不是没有心灵的愉悦和满足。春种秋收、建房置地、儿孙满堂，奋斗成果的点滴积累让他感到了人生的充实；从晒簟丘、丁字丘到花生种、红薯秧、老黄牯白旋儿，各种农耕对象让他的理想与情感得到了丰富的寄托；泥土的温热、紫云英的淡香、红透的枫叶与收回的红薯，都令他深深沉醉；年轻时挑担、开荒、在困境中筹划远大人生的勇气与强力，壮年时敲锣邀人打野猪的举足轻重和慷慨血性，晚年为集体耕作和众人生存出谋划策显示的德望与智慧，则让他充分体会到了自我人生的分量与意义。所有这一切，使陶炳坤深切地感受到了农耕人生中所蕴含的生命的诗意与欢乐，获得了安身立命的感受，从而心甘情愿、乐在其中地不断滋生着养家糊口、生息繁衍的坚韧意志和源源不绝的抵抗命运的力量。

在 20 世纪的中国，"民间社会一向是以弱势者的形态存在的，它以含垢忍辱的方式来延续和发展自身历史"①，"总是以低调的姿态接纳国家意志对它的统治、渗透和改造"；但与此同时，这又是一个"包容一切被侮辱与被损害的人们的污秽、苦难、野蛮却又有着顽强生命力的生活空间"②。展现这一"生活空间"中的本色农民的奋斗与困惑，在现当代文学创作中一直受到高度重视。从《故乡》的闰土、《红旗谱》的严志和，到《创业史》的梁三老汉、《山乡巨变》的亭面糊、《许茂和他的女儿们》的许茂，这类"中间人物"的典型形象，已经构成了现当代文学史上具有贯穿性的人物形象画廊。陶秉坤的人生道路和人格特征所代表的，也正是这样一种社会与文化现象。《大地芬芳》的非同凡响之处在于，作者的审美发掘从世纪性历史成败与文化得失的辽阔视野出发，超越长期以来"国民性"批判的启蒙视角和"小生产者私有观念与狭隘眼光"批判的社会政治视角，深入到了重新审视农耕文化合理性、正义性与生命力的层面。作品也就透过中国农民"落后"、"愚昧"和"被动"、"弱势"的社会文化表象，充分展现出他们身上由深刻的世态认知、顽强的生存能力和自食其力的价值立场所支撑起来的人格境界，以及这种文化人格所具有的推动中华民族穿越磨难、生生不息的社会"脊梁"效应。20世纪中国历史沧桑中的农耕生态景观，由此在作品中得到了有力的呈现。

---

① 陈思和：《中国当代文学史教程》，复旦大学出版社 1999 年版，第 367 页。
② 陈思和：《中国当代文学史教程》，复旦大学出版社 1999 年版，第 40 页。

三

在批判性反思 20 世纪中国的政治历史和革命文化方面，《大地芬芳》同样以其独特的审美境界建构起了深刻而丰厚的艺术蕴涵。作者通过刻画"革命圣女"陈秀英和时代浪潮中的"多余人"、"流氓无产者"等一系列人物形象，从人性品质和人生命运鲜明对照的角度，展现出一幕幕时代剧变过程中"黄钟毁弃、瓦釜雷鸣"的社会历史景观，深刻地揭示了 20 世纪中国政治时势偏差所导致的社会破坏性与历史悲剧性。

"革命圣女"陈秀英信仰追求的奇特境遇蕴含着深刻的历史文化意味，极为鲜明地体现了中国革命文化的复杂内涵及其内在偏差所导致的悲剧性与荒诞感。陈秀英出身于当地望族，从参加抗议"巴黎和约"的游行开始投身革命，还曾是英名赫赫的女游击队长。这样一个革命者，却因一纸冒名顶替的悔过书而蒙受冤屈，从此陷入了连正常革命的机会都无法获得的境地。为了"正常革命"这种底线状态的追求，她遭遇过被道貌岸然的革命领导强奸的侮辱，忍受了在革命队伍做勤杂工的卑贱，甚至有过将一把燃烧的香火戳向自己的面颊、血肉模糊地毁容的残忍，但无论怎样地奋不顾身，陈秀英都难逃坎坷、凄凉的人生命运。实际上，相关人员对陈秀英的人品和革命精神都相当了解，悔过书事件的真相也非常简单，阴差阳错的历史机缘和怀疑至上、打击无情的极"左"政治逻辑，却使她不得不长久地为逃避"叛徒"的头衔而隐姓埋名、为洗清党内的怀疑而含辛茹苦，以至一辈子风风火火却碌碌无为，才华被湮灭、人生遭虚耗。绝望与执着相交织的长期精神折磨，使得陈秀英在 20 世纪 60 年代重回当初战斗过的青龙山时，已经处于经常梦游、疯癫迷狂的状态。尤其具有悲剧性之处在于，陈秀英虽然历九死而犹未悔地信仰革命，但到"林彪事件"时期，她不仅社会性人生位置远离了时代浪潮的中心，思想理性也已经远远落后于时代，处于一种"不知有汉，无论魏晋"的蒙昧状态。于是，她回顾往事时脸上"奕奕的神采"和特意缝制的"红军服"，就显示出一种精神幻境与现实生活严重错位、圣洁中饱蕴着悲凉的荒诞色彩。

　　蔡如廉、陶玉田和陶玉林等人物形象，既从不同侧面拓展和充实了陈秀英形象的历史与文化蕴涵，他们自身的生命存在状态，也是对 20 世纪中国时势所包含的种种误区的独特批判。陶玉田乃一介文弱内秀、缺乏行动能力的书生，入仕不能做官、退乡不会耕田，一辈子随波逐流，典型地体现了"百无一用是书生"的"多余人"特征；蔡如廉本是个机敏果断、才情纵横的"布道者"，怯于党派斗争的严酷无情而退出了革命，在险恶的世道中含垢忍辱地保命全生。蔡如廉、陶玉田二人虽然软弱、畏怯，但不失真诚、善良的本性。只因生逢乱世，他们虽具曾经闪光的才情与灵性，却无法获得生命的理想状态。这无疑是时代和他们个人的双重悲剧。同时，蔡如廉的怯懦、退却和陈秀英的勇敢、执着，构成了鲜明的对比；蔡如廉和陶玉田对陈秀英的爱慕与深情，则不无诗意地烘托出了这一"革命圣女"美丽而神圣的个人风采。陶玉林是狡黠无赖和机灵无羁兼而有之的另一类人物，但他又不失率性、坦荡与仗义，显得极具可塑性。正是对陈秀英的倾慕，让陶玉林走上了革命的道路；也是陈秀英顺遂或遭受冤屈的不同境遇，使陶玉林迈出了或革命、或背叛的不同人生步伐；就连他跌落悬崖的生命最后结局，也源于身着红军服的陈秀英在疯癫中的斥责和追逐。陶玉林形象从又一个独特的侧面，构成了对于陈秀英形象的烘托和革命时势内在局限性的揭露与批判。

　　对"流氓无产者"形象及其社会破坏功能、文化人格品质的审美透视，在《大地芬芳》的意蕴建构中占有非常重要的地位。这种"流氓无产者"包括革命队伍的周布尔、沈冬和乡土世界的铜锁、陶玉财两类人物，贯穿了从土地革命、地下斗争到新中国社会主义革命的各个历史时期。作者对革命队伍的投机者周布尔、沈冬形象的勾勒，主要围绕他们道貌岸然、心口不一的人格特征及其对陈秀英身心的侮辱来展开。乡土世界的铜锁、陶玉财等"流氓无产者"形象，当为《大地芬芳》着力描述的重点。这些人与传统社会中横行乡里、品行卑劣的陶秉乾、陶秉贵等"赖皮"、"二流子"本是同一类货色，只因时势需要，摇身一变成为了政治时势的依靠对象。一朝权力在手，他们便肆无忌惮地用以欺压良善、攫取私利，甚至以恶意破坏他人正当利益和社会良俗为乐。在巨大社会破坏功能的背后，这类"流氓无产者"还体现出极为卑劣的文化人格品质。首先，他们都明显地表现出一种实用主义的价值观，只要有欲可纵、有利可图，他们就不惜使用任何卑劣与罪恶的手段，毫无伦理道德和体制、法律的底线可言，利益之外的一切在他们心目中似乎均属虚无。其次，不管是铜锁、陶玉财式的民间地痞气与政治霸权结合，还是周布尔、沈冬式的堂皇外表与龌龊内心并存，他们都表现出鲜明的政治投机性与人品恶劣性融为一体的特征。再次，这类"流氓无产者"往往还显示出一种"帮凶"与"奴才"集于一身的文化品性，"对于羊显凶兽相，而对于凶兽则显羊相"①。正是基于这种人格的双重性，沈冬最终做了革命的叛徒；陶玉财则明知"儿媳妇都被你搞了"，也只是在公社姚书记"过河拆桥"、撤掉他的职务时，才敢对着"他们离去的背影"宣泄、嚎叫一番。这样一类品行卑劣的人物，却由于礼崩乐坏的时代环境和阶级斗争的政治需求，而得势一时、大行其道，这既是人性恶在20世纪中国历史进程中泛滥成灾的体现，也从社会功利到政治伦理等诸多侧面，深刻地暴露了革命进程中鱼龙混杂的状态所导致的种种社会弊端。

在展开这种批判性反思的过程中，作者立足世纪沧桑审视的思想高度，聚焦于人物各不相同的人格品质、命运状态和生命意义实现程度，同时还将一种极具乡土文化色彩的、以"生死善恶、报应不爽"为核心的生命价值评判贯穿于其中，使得文本审美境界超越就事论事地探究具体政治是非和历史成败的层次，显示出深厚的人文底蕴。

《大地芬芳》独特生命价值评判立场的突出表现，在于作者对人物的死亡结局与其人性善恶和品质优劣之间，进行了具有明显对应关系的情节设计。在小说的描述中，圣哲豪杰之士皆有慷慨、壮烈的死法：陈梦园在日本鬼子进犯时烹汤杀寇、舍身御敌；水上飚在清匪反霸斗争中，抱住匪首龙老

---

① 鲁迅：《忽然想到（七）》，《鲁迅选集》第2卷，人民文学出版社1983年版，第185页。

大坠落悬崖、同归于尽；陈秀英身着红军服梦游山冈，"与松树溶为了一体"。温顺而隐忍之人无法驾驭自己的命运，结局就总是意外和无奈的死法：黄幺姑因为陶秉坤抓蛇卖钱，被存放在家里的毒蛇咬死；秋莲在饥荒岁月中为孙辈省点吃的，患水肿病活活饿死；谌氏难忍连续两胎的丧婴之痛和"克子"、"绝代"的咒语，"把自己悬在了梁上"；一脸"劳碌相"的玉香，则被日本佬的飞机炸死。文弱书生难逃落寞、凄凉的死：陶玉田病恹恹中向往着虚无缥缈的上帝、念叨着少年恋人，被咳入气管的血痰"窒息了生命"；蔡如廉屈打成招、"声如蚊鸣"地揭发了陈秀英之后，吊死在监狱的铁窗上。品行卑劣、行恶作孽者则一律横死：陶立德被铜锁勒令游行示众，一头栽进双幅崖桥下的深潭中淹死；铜锁在"挨户团"吊"半边猪"时被陶秉乾砍断绳索，倒悬着撞在木杆上、脑浆迸裂而死；陶秉乾烟瘾发作却被人抠走了刚借到的光洋，挨家挨户地骂人时跌倒在路墈下，头破血流地死去；陶秉贵在大炼钢铁时，被山上滚下的松木砸断了颈根；周布尔因妒谋害陈秀英，被陶玉林二话不说砍掉了头颅；只有陶玉财还活着，却众叛亲离，"拄着拐杖一瘸一拐地出现时"，"像一条受伤的狗在呜咽"。

　　这种以乡土生命价值观为本位的死亡情节设计相当于一条精神通道，从"人生印记"和"生命感"①相结合的层面，使作品的历史文化批判与农耕境界发掘有机地融合了起来，《大地芬芳》品味世纪沧桑、感知中国本相的整体创作意图，也就得到了逻辑贯通、自成格局和境界的审美呈现。

---

① 陶少鸿：《大地芬芳·后记》，人民文学出版社 2010 年版，第 504 页。

第二节 《少年故乡》及陶少鸿小说的“血地之作”现象

一

　　许多当代著名作家的创作审美格局，都包括追随时代思潮、表达社会性审美认知和探究自我生命之根、发掘深层次生存体验两个方面。在这两方面的创作中，追随时代思潮的作品往往拥有良好的即时性社会影响，吟味自我深层次生命体验的作品实际上却更为底蕴深厚、韵味悠长。莫言将这种创作题材领域的差异概括为“血地”现象，在他看来，“故乡是‘血地’”，也就是“作家在那里度过了童年乃至青年时期的地方”，“这地方有母亲生你时流出的血，这地方埋葬着你的祖先，这地方是你的‘血地’”①。对于史铁生的小说，莫言就认为，《我的遥远的清平湾》虽然也出类拔萃，但同《我与地坛》相比就明显逊色，根源则在于“地坛”是史铁生的“故乡”、“血地”②。从更宽泛的意义看，众多作家都存在这种创作上的“精神血地”。王蒙的创作异常丰富、题材和主题异常广阔，但最具艺术分量的，还是他的《活动变人形》、“季节”系列、《这边风景》等带有浓厚个体青少年人生印记的作品，因为这些作品所观照的，是他的“精神血地”。韩少功的《马桥词典》、《暗示》、《山南水北》和阎真的《曾在天涯》、王跃文的《漫水》之所以深邃而透彻，关键也在于它们属于作家的“血地之作”。

　　在陶少鸿的创作中，这种审美格局的“血地之作”特征表现得格外明显。一方面，陶少鸿创作了众多生活涉及面各不相同的、表达社会性认知的作品，从长篇小说《男人的欲望》、《溺水的鱼》、《花枝乱颤》、《抱月行》，到中短篇小说集《生命的颜色》里的 22 部作品，以及发表于《当代》2015 年第 5

---

　　① 莫言：《超越故乡》，《莫言散文新编》，文化艺术出版社 2010 年版，第 7 页。
　　② 莫言：《超越故乡》，《莫言散文新编》，文化艺术出版社 2010 年版，第 7 页。

期的中篇小说《石头剪刀布》，都属于从这种审美思路出发的创作。这类作品的优秀篇章产生了良好的社会反响，奠定了陶少鸿作为一个著名作家的宽广基础。但另一方面，陶少鸿更用心地创作的，其实是以他的自我人生经历和家族重要人物为原型的作品，这类小说就属于陶少鸿文学生命中的"血地之作"。其中既有以他的故乡湖南湘北大地的生活与人物为题材的作品，如中篇小说集《花冢》里的 8 部小说；还有以他的家族人物和亲身经历为基础而创作的作品，如长篇小说《大地芬芳》、《少年故乡》、《情难独钟》和《百年不独》，以及发表于《湖南文学》2013 年第 1 期的中篇小说《葬父》。

在这些作品中，《大地芬芳》和《百年不独》之所以受到文坛内外的高度重视与推崇，成功塑造了农民陶炳坤和乡绅岑国仁的典型形象、深刻展示了百年中国的悲剧性历史风云是其重要原因，由于"血地之作"的精神特质而形成的独特视角、真切表达和深广境界，则是它们出类拔萃、非同凡响的深层基础。表现他少年成长历程的《少年故乡》和在工厂当工人经历的《情难独钟》，表现他自己与父亲之间复杂关系的《葬父》，也属于这种具有独到人世体察和独特艺术用心的作品，其中却存在着某种审美的缺失。

二

1998 年，湖南少年儿童出版社邀请彭见明、向本贵、蔡测海、陶少鸿等 9 名湖南中青年作家，联手打造一套"红辣椒"长篇儿童小说丛书，陶少鸿就此创作了他的长篇小说《少年故乡》。这部作品具有鲜明的自传色彩。陶少鸿 12 岁那年，"在县供电公司当书记的父亲被打成了'走资派'，造反派一纸勒令，把我和母亲、弟弟一起赶到了乡下老家，我由此开始了长达八年的农村生活"[①]。《少年故乡》艺术地展示的，正是少年晓洪在这样一种前提条件下生活于偏僻的乡村世界、历经艰辛和屈辱而长大成人的过程，文本审美

---

① 　陶少鸿：《答〈文学界〉24 问》，《文学界》2006 年第 2 期。

境界中的众多细节、场景和意象都鲜明地体现出作者清晰的记忆、沉静的气度和透辟的思考，因而显得格外地深切而饱满。

首先，《少年故乡》有条不紊地描述了少年晓洪在那动乱年代的一个个人生片段，展示了他体察世界、感悟人生、磨炼身心的各个方面，从而血肉丰满地刻画出一个成长期乡村少年的人物形象。

小说从晓洪因父亲被打成"走资派"而随母亲行船下放回乡写起，到他作为生产队10分工一天的男劳力去铁路工地开始自立的成人生活结束，既细致地描写了他学习放牛、砍柴、挑矿的劳动生活以及采"三月泡"之类的儿童情趣，又具体地展示了他学习理解世事和处理亲朋邻里关系的社会实践，生动而逼真地表现了主人公从生活、劳动经验到感受、判断能力的形成过程。以此为基础，作品真切地叙述了晓洪自学吹笛而曲调舒缓忧伤、亲近黄鼠狼同情黑牯牛、羞涩而隐含痴迷地对待九婶和韩珍等生活与心理故事，从而准确地呈现出晓洪在屈辱、艰辛的人生处境中由懵懂莽撞过渡到坚韧倔强的心理演变，深入地揭示了他情感逐渐丰富深刻、心智逐渐成熟的精神成长历程，还细腻地探究出晓洪作为一个青春期少年微妙的身心变化和对生命本身的领悟，甚至连主人公由此形成的内向、沉静而感受敏锐的个人气质也在作者精准的描写中得到了富于艺术质感的表现。晓洪由一个乡村少年到自主的男子汉的人格自塑过程，在这多层次、多侧面的描写中逼真而丰满地呈现了出来。

其次，《少年故乡》作为对晓洪成长环境的揭示，纵横自如而异彩纷呈地展现了贫苦乡村在特定历史时期的种种社会与文化生态。

作品广泛地展开了一幅幅既具风俗画色彩、又有鲜明时代特征的乡土生活景观。从伯父送李子的吝啬、小谷眼巴巴地望着别人家白米饭的饥馋、小学老师让学生送柴火时那卑微的贪婪，到树精的传说、赶山的热火、割稻客的精明、放排人的粗犷豪放，再到吃忆苦餐、背毛主席语录、批斗校长、破四旧等社会景观，作者都如数家珍、娓娓道来，从而真切地展现了偏僻农村在"文革"动乱期间的百姓生态，深刻地揭示了其中艰辛困窘、自生自灭的生活形态和深沉、坚韧的生存格调。众多纷至沓来的精彩生活场景，非亲历者绝难描述得如此既令人心疼难受、又让人感到亲切无比。与此同时，作者还透过乡村百姓生活贫苦、地位低微的社会表象和各不相同的个性特征，真诚地赞叹了他们心地的淳朴、秉性的善良。伯父大步赶到山里，边骂边接过压得晓洪精疲力竭的一大担柴火；不知名的小女孩稚气而情意绵绵地给晓洪送"三月泡"，要和晓洪"过家家"；姑姑一向多嘴多舌，对晓洪几乎砸断自己女儿的腿却无一语责怪。在贫瘠而美丽的石蛙溪山乡，这贫苦、艰辛的人生境遇中所透出来的人情和人性光彩，不能不使生活于其中的人们备觉温暖和亲切。正因为具有如此的人情氛围和环境基础，一代代乡村子弟才能够朝着健康的人格方向长大成人。作品的这类描写，为透彻地揭示晓洪的人格成长历程提供了广阔的视野和深厚的背景。

平心而论，《少年故乡》的整体审美格局实际上并无标新立异之处。但是，一方面，这部作品的具体艺术描写显得既真切细腻、又清新别致，生活场景和人物性格、心理的表现体现出真切而独特的儿童情趣；另一方面，作品的创作立意和主题开掘又显示出成人文学的深刻与丰富，文本艺术境界也蕴含着社会、文化和人性诸多层面的丰富意味。这也就是说，《少年故乡》在平实的审美格局中，却存在着众多不落俗套的艺术表现。这恰恰是"血地之作"因为感受丰满、体验深切、领悟敏锐而具有的独特审美优势。

三

但是，除《大地芬芳》外，陶少鸿带有"血地之作"性质的其他作品，文坛和社会反响都不如他那些表达社会性认知的作品，与《大地芬芳》相比较则存在审美蕴涵和艺术境界的更大"落差"。这些均与陶少鸿的深层次生命体验紧密相关的"血地之作"，却要么成为开掘深广、雄视文坛的优秀代表作，要么境界局促、反响平平，其中的原因值得深思。

首先，从审美空间开拓的层面看，陶少鸿的这类作品往往胶着于主人公的人生命运、个体性格和得失悲欢，就事论事地辨析和咀嚼的特征过于明显，历史文化层面的开掘和深化却相当不够，因而格局的辽阔和内蕴的丰厚就都有所欠缺，艺术共鸣点自然也难以宽广和丰富起来。无论是《少年故乡》那懵懂少年的乡村成长还是《情难独钟》里青年工人的情感忧伤，虽然都带有"文革"或改革开放初期的时代气息，但人物和故事本身就未曾拥有陶炳坤形象那样世纪性的历史文化含量，如果仅仅以此为中心和线索来展开描述，作品就只可能具备一个"小长篇"的格局和容量。中篇小说《葬父》更具有明显的传记文学特征，作者也将其称作"用不着虚构的东西"①，作品中对于父子复杂关系的条分缕析，确实非亲历者难以达到其精深细微的程度。对这类作品，青睐者往往会视之为泣心沥血之作而推崇备至；不以为然者则会对其审美普适性颇有微词。不能不说，就事论事的审美格局使得这些作品的审美回旋余地受到了极大的限制。

其次，从文学创作规划的层面看，陶少鸿在这类作品的创作中出现了一种改"大额批发"为"散碎零卖"的现象。他的这些作品都是以作者本人的人生轨迹和人际关系为基础展开的，文本审美境界的精神气息和作品主人公的性格特征也明显存在着一脉相承之处，所以，它们实际上完全有可能整合到一起，形成一部格局更为开阔、层次更为丰富、意蕴更为厚重的力作。令人遗憾的是，作者却将自我本来具有内在联系的人生体验切割开来，结果就只能是多部精彩别致的"长中篇"或"小长篇"，而不是一部具有强烈审美震撼力、令整个文坛刮目相看的鸿篇巨制。这其实是灵山秀水中的"湖湘才子"文学才情与思绪充分、而胸襟和气魄则有所不逮的一种审美表现。

再次，在陶少鸿几部"血地之作"的现有审美格局中，实际上也存在着艺术开掘不够充分的现象。我们不妨以几部获得文坛高度赞赏的作品为例，从比较的角度来对这个问题略加阐述。周大新的《安魂》以儿子的治疗与离世为题材，王刚的《英格力士》和苏童的《河岸》都以当代少年的精神隐痛

① 陶少鸿：《葬父》，《湖南文学》2013年第1期。

与成长创伤为题材，与陶少鸿的《葬父》和《少年故乡》显然存在着相似之处。但是，《安魂》的下半部虚构出一个意象缥缈而意味丰富的"天国"世界，文本精神格局和审美内涵的深广度就得到了质的飞跃；《英格力士》与《河岸》的生活含量实际上颇为单纯，作者对于少年成长元素和生命感觉的开掘却显得深切而细腻，文本审美境界的艺术意味于是也得到了超越生活具象的深化与升华。比较而言，"文学湘军"队伍中的陶少鸿就表现出一种感受深切而思绪拘谨的审美特征。

　　总之，陶少鸿的"血地之作"现象在"文学湘军"的创作中引人瞩目，也因此形成了《大地芬芳》和《百年不独》这样完全可以雄视文坛的艺术佳构。但在这类创作中如何完美地处理好"深入血地"和"超越故乡"之间的矛盾，全面地实现艺术的拓展和审美的升华，显然是陶少鸿创作历程中一个需要深入探讨的重要问题。否则，就会令人遗憾地表现出创作上的"不平衡"现象。

第九章　邓宏顺小说的政治史症结剖析

　　邓宏顺是一个以对生活的观察和思考取胜、具有丰富创作实绩的作家，他在 20 余年的文学生涯中发表了四部长篇小说和大量的中短篇小说，其中以长篇小说为代表，可分为两个阶段、两重境界。

　　《红魂灵》、《贫富天平》和《天堂内外》属于第一阶段，这一阶段的邓宏顺审美视野是当代中国。作者聚焦政治历史层面带有全局性和根本性、在现实的社会生活中又具有严重性和紧迫性的重大问题，抓住其症结所在进行艺术观照，文本审美境界体现出内涵之实、立意之高和态度之诚有机统一的特征。《红魂灵》在革命文化本位和建设文化本位两个历史时期鲜明对比的意义格局中，深刻地剖析了落后于时代的"红魂灵"所存在的局限性、悲剧性和危害性。《贫富天平》从"贫富天平"这一当代中国政治体制的立命之本出发，探讨了当下社会环境中的官员所应该具有的从政立足点和人格品质，以及这种立场与品质在现实生活中是否有可能存在的问题。《天堂内外》以当代中国"60 年"为背景写当下社会"30 年"的农民命运，生活图景令人触目惊心而又极为本色真实，深刻而动情地揭示了社会高速发展却人欲膨胀、失范无序的时代环境带给农民这一弱势群体的生存困境与心灵悲苦。从这些作品中，我们可以深切地感受到现实主义文学由政治眼光、底层意识和思想高度所共同熔铸成的审美力量。

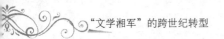

长篇小说《铁血湘西》则将艺术的笔触拓展到了湘西大地的现代历史风云之中，全方位地聚焦其中的关键性症状，并进行写实型的描写与剖析，从而开启了邓宏顺小说创作的新视野，进入了一种"文学地方志"性质的审美境界。

第一节 《红魂灵》：当代政治文化遗产的发掘与清理

长篇小说《红魂灵》秉持改革开放时代社会兴旺、人民富足的历史理性，直逼当代中国文化价值形态的核心，通过描绘两代"基层干部"的价值观念差异及其思想感情基础和社会历史效果，深刻地剖析了政治斗争本位时代"红色文化"的扭曲形态所留下的历史阴影，从当代农民精神信仰的深层次，阐发了红色政治文化复杂而深刻的影响，从而显示出一种对当代中国的政治文化遗产进行发掘与清理的艺术深度。

一

作为共和国的第一代基层干部，肖山在几十年的工作生涯中，始终保持着纯正的革命激情，洋溢着旺盛的斗争意志。他喜欢红色，喜欢哼唱那首"我们共产党人好比种子……"的歌曲，即使到临终时，他也要看到红壳书才闭眼，还要求把骨灰也染成红色。但在那政治和精神至上、斗争和管制本位的历史时代，他所理解和从事的"革命工作"的核心，只是建构"巩固红色江山"所需的社会和精神秩序。于是，经济上计划调配、行动上指挥控制、思想上唯我独尊、事件上拍板定案，构成了他管理形态的内涵。"群众运动"式的工作方式、"斗"和"整"、束缚和压制，成为了他管理思维的定势。源于这种社会和精神秩序，他可以给予米裁缝、蛤蟆精、老歌手等人以荣耀和保护。为了这种秩序，他尽力弥补着"革命行为"背后社会成员实际上的阴影、创伤和缺失，比如老战友张大虎因那个时代惯常的"肉体打击"的思想斗争方式丧命之后，他就坚决地以"妻、儿"的态度对待其家属。也因为违背了这种秩序所要求的人格模式，他毫不怀疑地顺应并配合了组织上对于老战友乔开馨的判定和打击。可以说，把红色政权巩固与个人的组织性、权威感合一，以民众的拯救者和组织的螺丝钉自居，已成为肖山这种基层管理人格的核心定位。

这样，当新时代到来、新型的社会生活演变触及到他的文化禁忌时，肖山始终存在思想障碍，存在"江山变色"的焦虑和危机感，以至总以政治上正确、道义上正当的个体人格姿态采取种种阻碍行动，就不足为怪了。小说正是由此入手，以肖山和肖跃进父子两位乡党委书记工作中的观念冲突为线索，描述了土地承包、蔬菜种植、万亩果园开垦及其股份化合作、买工厂等历史事件，揭示了这些改革开放30余年间农村社会普遍出现过的事件所具有的观念转变意义，条分缕析地揭示了肖山对这些社会历史事件及其内在复杂状况的理解与反应。在这过程中，肖山既表现出被极左时代错误的思想原则所深深毒害的一面，又显示出充满历史合理性的革命情感因素和"江山"意识；既有极左思想和封建集权意识相结合形成的"人治"、家长式的管理思路，又有融化于一方"土霸王"式的蛮横中的小百姓的封闭性、狭隘性乃至对世事变迁的畏怯感。透过这一切，作品沉痛地展现了那已逝时代的"红魂灵"与新的历史时代格格不入、愤懑痛苦却必然地丧失着尊严和充实感的存在形态。

二

《红魂灵》还用相当的篇幅，从肖山因以往工作导致的上下级、街坊邻里关系和家庭成员的命运，以及他在其中所表现出的行为、心理态度等方面，更为深入地披露了那个历史时代给其追逐者所带来的生活上的沉重负担和精神、情感上的浓重阴影。比如,肖山曾经给予过荣誉和保护的对象,就因最后结果的"穷",因他为响应上级号召曾有过的"说假话、办假事",既对他的思想方向强烈抵触,又对他的人格产生了浓重的贬低情绪。再比如,为了偿还"运动"所带来的沉重的感情账,他把自己和战友的妻子结合到一起以终生照顾其全家,临终时妻子却宣布不愿与他死后"同穴";他满怀人生"道义感",满怀对战友为革命所付出的牺牲的尊重和珍惜,把儿子跃进和另一个战友的女儿良英强扭到一起,却导致了一桩令他心痛不已的无爱的婚姻,并由此导致了矛盾长期难以化解的家庭生活困境。所有这一切都显示出,肖山盲目的"革命追求",实际上恰恰导致了从个人到社会在爱情、婚姻和日常生活等方面本质上的低质量状态。

即使生活以这样一种令人黯然神伤的状态和历史后果呈现,肖山也没有萌生对那种社会生活和个体人格原则的怀疑与反省。他始终信任着那个时代已刻入他生活轨迹、凝结着他人生荣辱的理论逻辑,并由此形成了一种心理和情感上的信仰,乃至以"真理"的拥有者和维护者自居,认为"世事"从来如此也永远只应当如此。这中间确实包含着一种人格品质的纯真与崇高。在肖山的个性品质中,原则与悖谬、忠诚与狭隘、淳朴正直与不谙人性、事关信仰的崇高与实质上对社会历史和人生理解的愚昧,可说是水乳般交融在一起。正因为某些滑稽可笑的文化价值取向与作为一个人的活生生的行为选择、愚昧过时的思想价值观念和不无崇高的人格素质、信仰品质结合在一起,历史和文化的悲怆感才显得格外深重。所以,肖山"霸蛮"地维持儿子儿媳的婚姻、坚决地不准乡党委书记违背"古来如此"的农村生产方式"买工厂",就显得可笑而又可悲,令人怜又不是,恨又不能。

《红魂灵》雄辩地表现出,肖山的文化人格及其所追求的社会生活模式的根本局限,在于他所坚守的"革命"时代的政治和社会文化原则,违背了"建设"时代人性和社会生活常态的需求。其实,普通百姓所需要的,只不过是摆脱"管死"去"搞富",只不过是极其平凡的社会的兴旺和个人的富裕、自由。正因为看到了新时代方能给予富足和自由,老歌手、米裁缝才对老书记过去所给予的空洞的"荣誉"嗤之以鼻；正因为有了新时代所带来的富足，"灯笼王"、米英、钢佬三兄弟才自由地挺起了"腰杆"。这就从历史大势的层面，展示出"政治"、"斗争"至上时代的不合理性，展示出两个时代历史变迁的必然性。这种稳健清晰的历史理性所蕴含的，其实是对革命本质的追问。革命是为人民，那么到底是为人民的什么呢？到底是以强力违背人民意愿能够维持秩序，还是顺应和满足人民的意愿才能够真正确立良好的社会文化秩序？肖山在两个时代都总是偏激而背谬的行为表明，违背人民的意愿，按照自我理解的社会生活模式约束和拘囿人民，最后只能为人民所抛弃。应当说，作者并未避讳揭露新时代的矛盾、病态与缺陷，但以人民为本的思想观念的确立，使作品在比较两个时代并表现新时代的历史进步性时，充分地显示出气局开阔、雄健有力的思想特征。也正因为如此，作品对肖山式的人格模式及其政治文化基础的解构与批判，才显得格外的深刻和透辟。

肖山在新时代的人生命运，集中显示了政治本位时代的文化人格模式与新时代历史趋势的错位特征及其悲剧性人生状态。这一人物形象无疑具有当代政治文化的强烈的针对性和深刻的典型性。作者以"回乡、祭父"时的挽歌情调与反思笔调进行叙述，既使得作品的情节描述疏密有致、韵味淳厚，又使作品在展现外在生活形态和人物性格复杂性的同时，获得了发掘人物灵魂及其社会文化基础的艺术可能性。

第二节　《铁血湘西》："正史"形态的文学地方志

长篇小说《铁血湘西》的出现，标志着邓宏顺的小说创作从过去提炼生活、"以论为主"的境界，进入到了一个将史料发掘和思想眼光相结合的、"以史为主"的审美新境界。这部作品有力地拓展了"文学湘西"的审美空间，堪称是一部以"乱世湘西"为审美对象的、"正史"形态的文学地方志。

一

《铁血湘西》的审美境界中，表现出以下几方面值得称道与重视的特征。

首先，从整体意蕴建构的角度看，《铁血湘西》显示出一种为"小地方"建构"大叙事"的审美大格局和创作大气象。

《铁血湘西》以湘西乱世中的乱局和险象为中心，其根本艺术意图显然是要为现代辰溪这个"小重庆"写一部史传甚至史诗性的作品。作品的故事情节实际上存在两条线索，一是陈策等共产党人搞地下武装，二是张玉琳玩枪拖队伍；情节的演变发展则存在两个关节点，作品的前两部以陈策搞地下武装的成果遭到破坏、陈策本人被抓和被营救为关节点，后两部以张玉琳打开汉阳兵工厂抢枪为关节点。以这样的基本框架为中心，作者对现代湘西千头万绪的历史矛盾和层出不穷的大小事件，既全面展开而又条分缕析，从而层次丰富、枝叶纷披却散而不乱地建构起了文本的基本意义框架。以此为基础，作者一方面由"乱世湘西"这一历史时空向外拓展，充分揭示种种地方志性质的事件与外有日寇入侵、内有国共党争的时代风云之间的复杂关联；另一方面又将他了若指掌的湘西人文地理、风俗民情，巧妙地编织到故事情节的发展之中。于是，作品的情节发展步步推进、渐入佳境，辰溪那战乱时期"小重庆"性质的历史生活景观，就得到了丰富有力的表现。在对故事情节的叙述过程中，作者还表现出一种简洁明快、干净利落的艺术笔法和大开大合、举重若轻的艺术气度。

其次，从社会历史认知的角度看，《铁血湘西》表现出一种既充分展开历史矛盾和人物性格的复杂性、又深刻有力地揭示历史大势的"正史"姿态。

不管是对张玉琳玩枪拖队伍，还是对陈策搞武装建立"湘西纵队"，《铁血湘西》都坚持原原本本地"从头讲起"，其中所遵循的根本叙事原则，就是"以史为本"。同时，作者又以玩枪拖队伍是报仇雪恨、建立强权和势力还是抗日救国，是跟共产党走还是跟国民党走，来作为对历史事件进行价值判断的基点。这两方面的特征相结合，作品就明显地体现出一种在开放的历史视野中认同当代中国主流价值观的"正史"立场。作品中内容坚实、视野广阔的描写，则有力地支撑了这种价值立场。地方士绅形象的描写是这部作品的一大亮点，从国民党任命湖大校长引起学潮，到向绍轩辞去桃源中学校长民众留恋，这种种精彩的描写既充分展示了历史矛盾的尖锐性与复杂性，又有力地体现了历史乱局中的人心向背。大湘西"遍地枪炮"中形形色色的队伍在国共之间的不同选择以及由此产生的最终结局，也充分体现出历史大势不可悖逆的客观规律。众多的相关描写，使《铁血湘西》既超越了传统"红色文学"创作的审美视野，又清晰地表现出一种中国当代"正史"的价值立场和精神姿态。

再次，从世道人生理解的角度看，《铁血湘西》表现出一种将社会历史道路与个体人生道路纳入同一视野审视，进而以历史大势为框架判断乱世人生的思想眼光。

张玉琳从小热衷于玩枪拖队伍，结果却总是事与愿违，心怀壮志而难以大显身手，其中的根本原因，就在于他始终深陷个人复仇和杀人做强者的阴影中难以自拔。张中宁不愿在家乡结怨、只愿"在天上布云下雨"，对老师陈策始终心怀感恩，这表明他的个人品格其实并不差。而且，他也有过奋起抗击外敌入侵的壮举。但在国共两党的争斗中明知历史大势所趋，张中宁却陷入功名利禄和个人名节的误区中难以自拔，自取其辱的人生结局就在所难免。作者通过这两个人物形象鲜明地表现出，在历史大转折的时代，个体的人生意义和社会的政治走势密不可分，而且，为个人势力而拖枪杀人、呼风唤雨的英雄好汉，只能是黑夜的小星星，"黑夜里闪亮的星星，太阳一出来就都走了"。因为作者坚持从历史大势的高度审视个体人生，《铁血湘西》的人生价值判断就显示出深度和力度兼具的思想特征。

第四，从地方历史文化发掘的角度看，《铁血湘西》充分展现了现代湘西人独特的生态状态和精神特质。作者虽然随处点染和勾勒了大湘西的自然山水、地理风物，也描述了诸如放蛊、赶尸之类的诡异民俗，但《铁血湘西》对于湘西人地方特质的揭示，主要是通过再现当地的乱世生态来实现的。每有强悍之徒玩枪拖队伍，本地人就纷纷参加；土匪每到一处就杀人放火，将之视为家常便饭；土匪之间、其实是本地人之间，时常地相互争夺、报复和残杀；乱世中充满着灾难和险象，普通百姓则只能忍受宰割或铤而走险。凡此种种，深刻而饱满地展示了地方势力各霸一方、底层百姓备受摧残的独特历史景观，从而客观而忠实地解答了现代湘西为何充满着"铁血"气息的问题。

二

《铁血湘西》的审美意义是多方面的。

首先，从创作性质的角度看，《铁血湘西》属于"文学地方志"性质的历史文学创作。

新世纪以来，以某一地域的历史文化资料、"地方志"文献为基础的创作涌现了许多引人注目的成果，其中大致表现出以下几种审美路径。第一种路径是阿来的《瞻对：一个两百年的康巴传奇》之类的"非虚构写作"，文献考证和田野调查的功夫令人叹服，以史料的丰赡和内涵的深广取胜，但从另一方面看，这种"非虚构写作"实际上就是没有将历史文献的真实转化成以"艺术境界"为核心的"艺术真实"。第二种路径可以红柯的《西去的骑手》为例，这部作品着意于发掘历史生态中蕴藏的某种精神特质，具体说来就是着意渲染西部历史中的血性精神，因此洋溢着一种浪漫主义的激情，文本审美境界实际上是精神感染力大于历史认知意义。第三种路径可以阎连科的《炸裂志》为代表，阎连科在创作这部小说时虽然也号称要建构一种文学性质的"地方志"，但《炸裂志》实际上是一种"新历史主义"性质的象征、寓言化叙事，学术界曾出现过关于《炸裂志》存在"概念化"倾向的争论，根源就在于这部作品缺乏具有生活根基的意蕴层次感。和这些作品的审美路径相比较，《铁血湘西》在创作中所坚持的，其实是"历史真实与艺术真实"相结合的叙事原则，所追求的其实是历史再现、"诗""史"融合的价值目标。所以，《铁血湘西》是一种典型的历史文学性质的创作，作品所建构的是一种"文学地方志"性质的审美境界。

其次，从文本具体内涵的角度看，《铁血湘西》有力地丰富和深化了"文学湘西"的意蕴格局。

以沈从文的众多经典作品为源头和代表，"文学湘西"的审美建构在中国现当代文学史上源远流长。总体看来，建构"文学湘西"存在三种审美境界，一是诗意自然的湘西，二是风土民俗的湘西，三是乱世铁血的湘西。

在中国当代文学史上，这三种审美境界的建构都有丰硕的成果。20 世纪 80 年代前期，孙健忠的《醉乡》和《甜甜的刺莓》、蔡测海的《远去的伐木声》、刘舰平的《船过青浪滩》等获得过全国性大奖的作品，充分表现了折射着时代气息的湘西地域生态的独特诗意。在 80 年代中后期的"寻根文学"思潮中，孙健忠的《死街》和蔡测海的《母船》等作品，着力建构一种神秘、诡异、近似于湘西神巫文化的审美境界，充分体现出湘西民俗文化的精神独特性。不过，当代文学史上的湘西题材写作，实际上还有一类社会影响广泛却往往被学术界所忽视的作品。从 20 世纪 60 年代作家张行所创作的长篇小说《武陵山下》，到新时期之初著名小说家水运宪所创作的电视剧《乌龙山剿匪记》，再到新世纪之初黄晖所创作的电视剧《血色湘西》，这些作品都以传奇化的叙事，来表现具有"铁血湘西"性质的审美境界，也形成了一种具有贯穿性的文学作品系列。应当说，这三种审美境界合起来，才是"文学湘西"独特艺术景观的全部内容。

新世纪以来，"文学湘西"的审美建构出现了相当丰富的成果。但总体看来，向本贵众多的作品和邓宏顺的《红魂灵》、《贫富天平》、《天堂内外》等前期作品，皆处于全国性视野的"农村题材"的审美范畴之中，"文学湘西"的特色并不鲜明。自然生态层面的"诗意湘西"境界在这一时期的创作中也显得较为薄弱，最著名的当属王跃文的中篇小说《漫水》，那种舒缓温馨的境界与其说是缘于民间良俗，不如说是缘于天人合一的湘西自然生命形态。对于"民俗湘西"资源的艺术开掘则成果丰硕、引人注目，《湘西秘史》、

《篁军之城》、《巫师简史》等广受关注的作品，都以湘西传统的生存样式及其历史演变为审美重心，着力建构着"民俗湘西"的意义境界。

从这样的文学发展格局中来看，《铁血湘西》实际上是一部通过全景性叙事、全方位呈现，来"正面强攻""铁血湘西"审美资源的作品。这部作品的审美重心很明显的是现代湘西乱世中的乱局与险象，虽然也表现了"自然湘西"和"民俗湘西"范畴的审美内涵，但相关描写被限定在展现湘西乱世历史景观的意义框架之中，是为建构"铁血湘西"的审美境界服务的。

展现"铁血湘西"范畴的审美资源，也可以形成多种意义格局。如果作者以湘西人在铁血生涯中所表现的血性与强悍为艺术聚焦点，所建构的就是一种历史为表、文化为里的"民俗湘西"的意义格局；如果作者只展现"湘西纵队"的形成历程而撇开张玉琳玩枪拖队伍的线索，则是一种典型的"红色题材"的创作思路；如果作者围绕张玉琳抢枪导致湘西"遍地枪炮"的局面和共产党的剿匪过程来展开故事情节，那么作品就不可能摆脱叙事的传奇性特征。《铁血湘西》将两条线索同时展开，坚持一种对历史进程原原本本地"从头道来"的叙事原则，作品的"文学地方志"品格就鲜明地体现出来。

再次，从审美文化倾向的角度看，《铁血湘西》成功地提供了一种视界开阔、意蕴深广而切实可靠的"中国经验"。

新世纪的文学理论界大力提倡展现"中国故事与中国经验"，众多的作家则热衷于发掘边缘性的题材与文化资源，二者之间构成了一种表面上看良性互动、相互呼应的关系。令人遗憾之处在于，许多作品属于鲁迅所说的"只取一点因由，随意点染，铺成一篇"①的创作，主观化、意象化的审美境界所呈现的，甚至往往是各种边缘地区的伪民俗、假信息，所以，相关作品虽然显示出一定的文学才情，但缺乏真正深厚的历史文化根基。所谓"脚踏实地"的写作，那些作品的"地"其实是玄虚的、带有强烈的个体随意性。《铁血湘西》所显示的，则是一种文献价值与审美价值兼具的境界。从审美文化的

---

① 鲁迅：《〈故事新编〉序言》，《鲁迅全集》第2卷，人民文学出版社1956年版，第304页。

高度看，这种艺术选择也是值得充分肯定的。

三

《铁血湘西》虽然坚持"诗""史"融合的艺术努力方向，但总的看来，这部作品尚属"地方志"、"史传"性质的审美境界，并未达到"史诗"的艺术高度。其中的关键性局限存在于两个方面。

一是作品的叙事格局属于以事带人的性质，虽然众多人物形象的性格特征都描述得生动而鲜明，重头人物的形象却未曾处于文本意义建构的核心位置，也未曾真正达到"典型人物"的艺术高度。二是作者对历史内涵的挖掘与呈现重于对人的灵魂的理解与感悟，文本审美境界显得历史味重、精神和人文气息却相对薄弱。

在《铁血湘西》两个具有贯穿性的核心人物之中，张玉琳的形象无疑比陈策的形象塑造得更为成功，而且就其性格内涵来看最有可能成为独特的艺术典型。但在文本意义具体展开的过程中，作者是把张玉琳放在历史的大变局中、作为"局中之棋"来看待的，他的许多行为抉择也都被纳入社会历史性的判断中来表现，对于张玉琳身上原本存在的、在人生迷宫与困局中的精神矛盾和心理痛苦，作者却未曾更充分而正面地展开。这样一来，文本审美境界的底蕴就显得过于清晰，审美意味的多元性则必然地存在欠缺。也就是说，《铁血湘西》对于乱世人生的困苦与艰难这生命层面的内涵，表现得有欠丰厚、也不够震撼人心。

所以，如何在建构历史大格局的同时又有力地突出人物形象的地位，如何在展现历史深广度的同时又展开充分的人文底蕴，从而在形成叙事完整性的同时又大幅度地拓展文本的艺术张力，建构起一种极具审美难度的"史诗"性意蕴境界，就成为邓宏顺在同类题材创作中所面临的更崇高的艺术目标。

第十章　姜贻斌小说的心灵困境感悟

第一节　《窑祭》、《女人不回头》等：国民心态的体悟与描摹

文化巨人鲁迅毕生致力于揭示愚弱国民的精神病苦，挖掘国民劣根性，以唤醒民众，"改变他们的精神"①，完成思想文化启蒙的崇高历史使命。先生身后，一代代作家沿着他所开辟的文学道路，潜心考察国民特别是底层民众的生存状态，剖析国民的文化心理，以期成就先驱者提高中华民族精神素质的未竟伟业。姜贻斌的创作所体现的，正是这样一种审美文化传统。

姜贻斌自幼置身生活的底层，曾待过业、当过知青、做过矿工、在窑山中学教过书，可谓饱尝了底层贱民精神上的屈辱与困苦。在创作中，姜贻斌以悲天悯人的情怀，细致绵密地描摹底层卑贱者的心灵状态，并不由自主地注入自我的情感记忆和人生感悟，从而开创出一个思考国民心理素质的独特艺术境界；细腻深切的心理感受和痛恨嫌弃的情感态度，则使作家的叙事笔调显得阴郁且略带诡异。他的小说集《窑祭》、《女人不回头》以及一些发表

---

① 鲁迅：《〈呐喊〉自序》，《鲁迅全集》第 1 卷，人民文学出版 1981 年版，第 417 页。

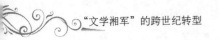

于其他刊物的作品，都鲜明地体现了这种精神倾向与艺术特色。

一

姜贻斌总是抓住人物生命情态的特征细细描摹。在刻画教师人物形象的系列短篇中，作者通过勾勒不同类型的教师，深刻地揭示了人物在单位的"灰色"生活中沦入狡黠卑琐、导致本真丧失的心灵状态，《三成》、《媛秀》、《稀奇》、《元八》、《路大》、《二十四面风》等作品均是如此。三成和媛秀为摆脱婚姻创伤造成的困境，在单位里刻意表现，三成逢人便献殷勤套近乎，追求人们的表面印象，并因这方面的小小成功而自我感觉良好；媛秀则以一种"一旦被蛇咬，十年怕井绳"的态度，作茧自缚，避免与异性、与情爱的任何细微的碰撞。然而，一切猥琐懦弱的努力对解脱心灵痛楚都无济于事，在黑夜里不为人知的时候，三成为自己走路用内八字脚的姿势绞尽脑汁，媛秀则陷于对昔日相恋的有妇之夫的复杂情感中难以自拔。三成用斧头砸自己不争气的脚，媛秀终身不嫁并培养小侄女来步其后尘。这实际上是他们在无法摆脱精神困境时的一种变态自残。希琦和元八在"灰色"生活中似乎如鱼得水、惬意恣情，但遗弃本真对俗态曲意逢迎，却难以掩盖其精神深层的失落与困惑。不同于希琦、元八的圆滑世故，路大与浩无老师堪称强悍之士。但浩无以掌握对方隐私，随时"戳烂"的办法成功地报复了对方的凌辱之后，其他老师却因浩无必定身怀"法宝"而对他唯恐得罪、如避瘟疫，浩无事与愿违，体验到的并不是扬眉吐气的快乐，而是深深的惶惑与痛苦。路大在摧残六六的生命之后浑然不觉、一如既往，又何尝不是遮掩着更深刻的生存迷惑与悲哀？就这样，在姜贻斌的笔下，底层小人物性格强悍也好、柔弱也罢，有技巧主宰自我与同类人命运也好，无能力驾驭生命之舟也罢，实际上都陷在一种精神的困境之中。

对于精神困境的根源，姜贻斌有着撼人心魄的揭示。《女人草》的月菊之所以要离开丈夫岩冬，只因为他做爱过于粗鲁、睡觉打鼾，而月菊则希求夫妻温存时轻轻柔柔以获身心的愉悦舒适。对生命不适的感觉如此看重，其中体现的恰恰是对于心灵舒展的追求。但另一方面，她的丈夫岩冬的粗蛮豪壮同样是为了性灵的畅快舒展，两个人由家乡练武和绣花的不同风俗习性所形成的审美情趣，已经成为生命体验融进了他们各自的血液，人性中阳刚和阴柔两个侧面缺乏包容性所导致的矛盾冲突，就酿成了人物的生活悲剧。于是，个体心灵的愉悦与舒展，自我人性的自由发展与主体人格的尊严，成为了姜贻斌笔下的卑贱者极其向往而又不敢奢求的东西，正是这种种心灵的缺失，使失意者陷入了难以自拔的精神困境。

底层小人物陷入精神的沼泽地，总是掩饰和自我吞咽着内心的困苦，用阴恻恻的、狐疑的眼光，窥视着达摩克利斯之剑一样悬在心头的生存阴影，随时准备承受命运的鞭打与蹂躏，充分表现出一种"精神贱民"的身份特征。这样的心灵状态是姜贻斌小说人物的生命常态。但另一方面，贱民们卑微地生存着，却并非一味地听任摆布，他们竭力运用一己无奈的智慧，千方百计地谋求着自我的解脱，《裸夜》中的国平"吃一堑长一智"，不计代价地追求理想的爱人，甚至残忍地一记耳光粉碎为自己而痴情致疯的昔日情人的爱念，并对此在所不惜。《名丑》中的吴如燕为争回戏班的行头，挺身而出与"地头蛇"李老爷周旋，表现出侠士的勇敢精神、不凡身手和坚韧意志。《我在那年冬天的故事》中，知青毛佗铤而走险，不惜以莽勇来维护自己心中神圣的意念。

奋力挣扎的结局却不如人意。国平总算成功地与心爱的女人离家"私奔"了，他们在险恶的人世无根地漂荡，后事实在难以预料。吴如燕舍命抗争，戏班班主老贵却不断地在背后埋怨和唠叨，其实无异于浇冷水、捅刀子，令吴如燕伤心和寒心。月菊托付终身的男人谷雨不乏体贴与温柔，但他竟然在逃跑的路上撇下月菊回去找一把祖传的篾刀，月菊即使真跟他逃了出去，又能得到比在丈夫岩冬身边更多的珍爱和尊重吗？所以，这些人物本来是为解脱精神的困苦而挣扎，实际上却是摆脱了一种困境，而又落入另一种更深的生存和精神的困境，"才出狼窝，又入虎穴"，甚至越扑腾越狼狈。

抗争无望，困境中的人们只得另谋生路。《窑山二痴》的主人公经年累月，拼命地对看戏和"划字"上瘾成痴，在无聊、无意义的寄托中打发岁月，以生命的无效消逝来化解精神的困苦。《白雨》^①的匡富生与少妻无法实现心灵的沟通，盯梢和窥探以求解开疑团却又一无所获，于是剁掉自己的一截小指头，力图以肉体残缺的痛楚，来压抑精神痛苦的煎熬，这显然是"更向荒唐演大荒"。淡漠地化解或以自残来压抑，对于心灵的困境自然只能是虚幻的解脱。

那么，在底层卑贱者的生存处境中，理想愿望、舍死追求的精神目标本身到底又怎么样呢？能帮助肉体和心灵舒适的"女人草"不存在。《枯黄色草茎》里从心上人张丽华头上拈下的"枯黄色草茎"在漫长的岁月里颤颤巍巍撩人心弦，张丽华本人在我于茫茫人海的搜寻中却每每似是而非。当然也可偶见温暖，《瘦水》中困厄处境里人情的温馨令人落泪，但在瘫痪的妻子桂桂和多情贤惠的女人紫紫之间，恒恒最终并不能摆脱走哪条路的困惑，那温暖在冷峻的审视下就难免显得虚飘和可疑。为心灵的缺失而困苦和探求，心灵的美好与自由本身却难望难即，人物的种种内心煎熬和现实追求就都不过是盲目无效的劳动，只能导致精神的疲惫和虚弱。

此生无望求来生，事人无望则事鬼，困窘中的人们于是有了对神秘的关注和探寻。在精神和命运的关键之外，姜贻斌小说人物的视野中，就出现了"怪力乱神"。在《鬼哭凹》中，杨的生活中曾接连出现猫在地上哀嚎打滚、"巨大的黑色的古怪东西从门外倏然而过"的诡异现象。《名丑》中的吴如燕则被噩梦的图景纠缠不已。种种神秘现象都显现出一种灾祸预兆的特征。于是，卑弱者以远远超出剖析人世的热情，去对神秘现象寻根究底。《窑祭》中的女人月对雷公山上滚下的那"浑圆通红"的火球，就一直耿耿于怀并神经兮兮地定要探个究竟。这样一来，人物的心理也变得怪异和神秘。《白雨》中高沙镇的人们对"白雨"竟能产生一种"天人感应"，真是诡异至极。

---

① 姜贻斌：《白雨》，《湖南文学》1995 年第 3 期。

《简单的故事》^①中的"我"实质上是在通过队长禾生的死，对人生的偶然性、或然性和人心的不可捉摸性进行理性思考，但那猜谜一样的反复询问，反而益发显示出生命的神秘性在人物心灵的巨大投影。这种种对神秘的关注和探寻，实际上是人们在无力把握和洞悉生命本相时，对宇宙和人事的臣服畏怯心理的表现。因为肯定宇宙自然中也许有主宰人生的神秘力量存在，卑弱者就借以心悦诚服、心安理得地承受着生命力的消磨、萎缩和被压抑。它既体现出这类人已屈服于屈辱，心灵变得孱弱；也显示出这类人的精神困苦已超越了具体的社会人事范畴，演变为一种面对整个宇宙人生的忧生之嗟。

二

姜贻斌的总体思路大都是这样：从个体生命的角度出发，真切地描摹中国底层小人物在卑微、屈辱的处境中凄惶的心灵状态，进而将审美的题旨深化至"精神困境"这一颇具现代意识和人类普遍意义的意蕴母题。在他的中篇小说《杀手》^②中，这种审美特征有着"走向极致"的艺术表现。

《杀手》对于人物因陷入精神困境而导致的丑陋之态，有着令人胆战心寒的剖示。作品的主人公李富丰陷于老病，要天天摸儿媳秀莲的手背来产生"年轻神旺"的感觉，还心安理得地每次付银元一块。暗影笼罩之下的儿辈对李富丰呢？金贵阴冷而隔膜地顺从；秀莲忍受着肉麻，既痛恨又利用；银贵则只有嫌恶和仇视。家庭成员之间互为精神地狱。于是，这鬼蜮一般的家庭就陷入了全面的精神困境，阴郁压抑且杀机闪烁。

小说人物那丑陋和恶毒兼而有之的精神困境，初看似乎是一种心理变态，实际上却滋生于生活常态之中。作品中的每个人都按照自己的生活习惯和常情常理生存，人与人组合到一起却因差异而不可避免地产生了矛盾，以致互相伤害。有形或无形的伤害及其所产生的幽怨日渐深潜心灵，最终积怨

---

① 姜贻斌：《简单的故事》，《新创作》1995 年第 1 期。
② 姜贻斌：《杀手》，《青年文学》1994 年第 10 期。

成仇。郁积一旦发泄出来，就演变成为恶毒，或者自我摧残获得虚幻的解脱，或者互相摧残以获取实际上使心灵更加沉重的暂时轻松。这类摧残又往往恶性循环、愈演愈烈，人心的丑陋、人性的恶毒就狂滋猛长，结果，李富丰一家人只能是个个都怀有杀人之心。

人心的这种阴暗、丑恶与屈辱，却又植根于人的实际上是相当卑微的自由发展需求和正当愿望未曾得到满足的心理。李富丰摸儿媳手背的恶癖，不就因为他"一辈子没摸过女人的一双好手"吗？这种人生缺憾以及对人生补偿的希冀郁积于胸，却扭曲、异化成了垃圾一样的心灵卑污，演变成了摧残生灵的力量。作品对于人性这一层面的揭示，既表现出作者审视人心的穿透能力，也显露出作者冷峻背后潜伏着的仁厚之心和悲天悯人之情。人性明明有变好的可能，为什么却沦落得如此丑陋？透过这沉痛的艺术诘问，作者对人性美的呼唤、对人的解放和自由发展的渴望，就犹如深巷中的光亮，照耀着在人生黑洞中觉得恐怖和眩晕的读者。

令人惊奇之处还在于，姜贻斌竟然用一种从容绵密的笔致，有板有眼地描写着这丑陋弥漫的精神困境。他不是像残雪、余华等先锋派作家那样，用一种意象、几个核心语码，使作品疏离实际的生活状态，成为一种纯粹的人生感悟、一个虚幻的艺术世界，而是通过非常真切地描摹生活情境，来剖析人心的困境、人性的丑与恶这样形而上的艺术命题。情韵凄厉的笔触蕴含着揶揄和嘲讽，条分缕析的残忍显露出作者直面人生丑恶的勇气，而描写的可触可感更足以使人们对丑陋产生一种生理上的嫌恶感。诸如此类的种种审美特征，又体现出作者在探索人的精神困境这一现代性命题时的艺术独特性。

三

人物的心灵状态表现出同时也决定于其精神素质。姜贻斌从人物的心灵状态着眼，使他对国民素质的揭示大有深刻、独到之处。

姜贻斌小说的人物在精神困境中总是执守一念，不变不弃。《鬼哭凹》

中，杨企求着复仇的快意，柳痴迷于唱花鼓戏抒发心灵的郁闷，葵则眼热金钱。执守一念的行为之中潜藏着多情善感的心灵里难为人言的隐痛，意念本身也浸透了精神的屈辱和辛酸，姜贻斌小说的人物就为着这样的意念"矢志不移"，付出心力、智慧和情感的巨大代价。杨的复仇意念源于他童年拾煤块时惨遭老板殴打凌辱这一难以消泯的心灵创伤，为了达到从精神上报复的阴狠企图，他放弃较为舒适的生活，投入几十年积攒的全部财产在"鬼哭凹"这样一个地方开煤窑，对窑牯佬伪装出几近完美的仁慈，当老婆探究到了他的险恶用心并可能有所妨碍时，他也毫不犹豫地对其加以暗害。复仇这一原本不无合理性的意念已扩张为杨的全部生活目的，当其他煤窑的矿工一股脑儿涌向鬼哭凹，杨向那煤窑老板复仇的欲念得到实现时，他也就心力用尽，精神崩溃，由人异化成了非人，真是"机关算尽太聪明，反误了卿卿性命"。我们既惊异于作家对人物心灵深度的开掘，同时也不能不浩叹作品人物思维的单向、情感的凝滞和心灵的狭隘。

　　姜贻斌笔下的人物不仅追求单一，而且往往欲念卑微浅薄。《窑山》^①中的高生自动从颐指气使的主子转为唯唯诺诺、屈辱的奴才，只是为了提高赌技。对主体力量张扬的追求，凝结为极其浅薄的欲念，这种欲求却又招致极为可怕的精神折磨，强烈的反差鲜明地显示出其素质的低劣。而且，屈辱者执着于得不偿失的欲求，却往往丧失了对真正有价值的东西的追求。三成坚执于改变自己不可更改的外在体形，但忽视了更根本而更可行的、自身内在素质的提高。媛秀沉湎于往事，因此却放弃了对真正理想的现世爱情的追求。实际上，他们的心灵处在一种本性异化、真正人生价值失落的状态。对此，身陷困境的作品人物毫无觉悟，意识处于蒙昧状态。扭曲形态的精神深度，恰恰反衬出他们把握生存根本意义的肤浅。

　　卑贱者对生存价值领悟方面的缺陷，妨碍了他们健全地主宰命运，面对强大的外界环境，姜贻斌作品人物的精神就总是处于虚弱与惶恐的境地。执

---

① 姜贻斌：《窑山》，《芙蓉》1995 年第 3 期。

着一念，面对得失锱铢必较，正是这些人物在虚弱、惶恐状态下对自我生存意义的可怜维系。《曹婆井轶事》中的八婆，向外人竭力显耀儿辈的孝顺，对儿媳却屡屡"天下本无事，庸人自扰之"地试探，皆因她争强要脸却又勘不破真相，对良好的生存状态不敢相信，心中虚弱无底。《老百姓》中的"老百姓"这个人物一口一句"怕个卵"，实际上不停地换老婆，言语的张狂恰好反证出他的色厉内荏和内心的凄惶。

虚弱而惶恐的精神特质，决定了他们对外界的异己力量不可能真正有所作为，实质上只能采取守弱无为、顺从认命的态度。三成、媛秀两个人物在精神上的自缚与自残自不待言。即如吴如燕，挺身承担责任而侠义精神毕现，但他与李老爷的"斗法"都是迂回的，他情愿到惊涛骇浪中为捕捉巴鱼出生入死来讨李老爷欢心，却不可能与李老爷正面交锋，在人格上吴如燕似乎就没想到过与李老爷是天生平等的。《水子》中的水子对自我的张扬显示出"曾经沧海不怕水"的旷达与顽强，顽强本身却又流露出江湖人的无赖气，江湖气恰恰体现出他人格上自居"异端"的自卑感。所以，无为与认命所透露的，实际上是一种深藏在骨子里的贱民意识和奴才心理。

姜贻斌的小说里，有些人物甚至连卑微狭隘的精神欲念都不曾产生过，整个生命意义的追求都处于一种虚空状态，在病态中消耗生命便是他们孜孜不倦的正面追求。《名丑》中的三姨太对剥瓜子精益求精，甚至能让瓜子壳组成一幅精美的图案。《鱼瘾》中的老三对驾驭健全的人生畏缩绝望后，便以孤独为自在，寄情"鱼瘾"来弃绝对人世温暖的需求，把对于人世本有价值的精力和才智用于对病态生存样式的自我追求。这种"正而不足邪而有余"的人生追求，令人不能不感叹他们心理素质和生命质量的低劣。

稀有的对生命本真状态的追求，常常只在女人的天然欲求和儿童的无意识状态中体现出来。《女人不回头》中的女人月桂坚决要摆脱束缚自己的男人，投身匪窝也一去"不回头"；《女人草》中的女人月菊对情爱行为的轻柔梦寐以求，为此痴痴地寻找"女人草"，在她们的身上，女人天然欲求的力量表现得最为典型。儿童的无意识状态则以凭直觉赞赏国平美好爱情的细伢子"我"为代表。其中颇有耐人寻味之处。在中国传统文化中，女性没有价值和地位，她们的集体无意识中人文传统的积淀反而相对薄弱，思想和行为也就更多天性的流露，更接近于生命本真。儿童则明显的是涉世未深，童真未泯。入文化规范愈深，离生命本真就愈远，从这一点更可衡量出国民文化心理素质的低劣程度。

形成国民低劣心理素质的总体文化环境，在姜贻斌小说中作为背景隐而未显，却也能看出一点蛛丝马迹。低下卑微的地位，无人关注珍爱的生存状态，使他们一切正常或畸形的精神欲求都处于自生自灭的境地；心性屡受压抑和凌辱的境遇使生存意志本不强健的人们汲汲于自身悲欢；小生产者的生存方式又形成了他们眼界狭隘、思维迟滞、心理封闭、目光短浅的精神特征。这种种了解中国国情者即能心领神会的因素，在姜贻斌的小说中以各不相同的背景形态出现，规囿了人物心理素质的总体构架。《老百姓》中"文革"的时势背景、《窑祭》中窑山风习的行业背景、《杀手》中家庭伦理的规范，就是复杂背景形态的具体例证。

总体历史文化背景对个人来说带有前定和宿命的性质，底层的内部生存规范则具体地、动态地决定了小人物们的人生轨迹和精神历程。学校单位内人们的印象造就了其中的教师隐藏本真、曲意逢迎的价值取向。窑山和小镇则连显性的"单位规范"都不存在，有的只是惯常的人际关系。然而，恰恰是这种关系漫不经心地表现出来的人性杂质，成为个体生命处境形成的缘由。这样，人之常情本性就显得"居心叵测"。《女人不回头》中人们对娇好乖态的月桂的注目即属人之常情，而对它在包含人性杂质时的演变可能性的臆度和恐惧，却成为月桂丈夫金生精神扭曲、行为荒诞的根源。而且，姜贻斌特别善于挖掘作品人物各种行为的险恶用心。《窑祭》整篇所描写的，就是一个女人成为了几个男人阴谋的牺牲品。《女人不回头》中金生对女人的关爱与呵护，实际上是一种束缚的手段。姜贻斌在叙事过程中，还擅长于一针见血地揭示出人物的险恶用心中无价值为支撑、无力量作后援的特征。《窑山》中的冬牯用诡计蒙住了高生，他49天后传技的许诺却没有真正的赌博

绝招作为后援。到这一层面，人心的肮脏与恶毒、人际关系的险恶也就是无分量的，善无力量，恶也无力量，杂质只不过是杂质。但是，低劣到不足齿数的人性杂质、力量其实相当微弱的丑竟变得如此强大，决定了人物的心灵历程，美的孱弱、心灵的孱弱于此可见一斑。在这样无价值、无分量的处境中郑重其事地存活，令人不能不滋生、又懒得滋生悲天悯人之感。

就这样，姜贻斌直承鲁迅开创的精神传统，又成功地开拓了自我的精神空间，他在创作中对于底层贱民心灵状态和心理素质的深刻揭示，为我们提供了研究中国国民性的又一份珍贵的文学资料。

四

姜贻斌的艺术追求，主要源于他的人生经验及随之而来的对文学的直觉性把握。

姜贻斌曾长期置身底层，又终于超脱了出来，对于底层民众，他的态度是"哀其不幸，悯其不悟"，这种包蕴着深刻理性把握的情感流贯于他小说的审美境界之中，就形成了一种凄楚的情韵。姜贻斌的小说格调凄厉而笔力柔弱，绵密舒转、如怨如诉的叙述中，不时流溢出抑揄和嘲弄，抑揄隐含着凄凉，嘲讽透露出清醒，在静静的阅读中，一种无可奈何的悲色往往就有可能镇魇住读者的心灵。姜贻斌还把湘楚文学语言的甜媚和底层日常话语的粗俗熔为一炉，描写的率真和柔美、语言的甜俗与内容的凄厉之间就形成了巨大的反差，从而增添了小说的审美张力，扩大了小说的审美容量。

以生命形态为观照的基点，姜贻斌对于生活中的美、丑与恶俗"一视同仁"，统统给予艺术化的表现。对某些令人恶心的现象，比如《水子》中王保华在狱中帮人抠屁眼、《杀手》中李富丰摸儿媳的手，他也津津有味地徐徐道来。于是，姜贻斌的小说就减弱了审美判断的单纯性、明朗性，审美趣味变得怪诞起来。姜贻斌在这里所遵循的审美原则，其实是忠实于特定情境中的心理体验，凡能在人物以至在读者的感觉和心理上刻下印记的，他统统加以艺术化的描写。在表现人物心灵状态的紧要之处，他甚至动用夸张和荒诞的手法进行强化。《媛秀》中描写媛秀的号啕大哭，就是采用"焦点强化"的方法，来表现这种特征与人物惯常行为逻辑的疏离，从而有力地表现了媛秀精神创伤的深刻程度。从总体上看，姜贻斌着眼于主观体验的真实是有利于他对人物心灵状态的真切描摹的。

姜贻斌描述客观表象时，着意于人物对它的体验及体验的外化，作家的审美主体意识则以情韵的方式流贯于审美境界之中。这样，在开始一篇小说的创作时，姜贻斌也许会着眼作品的传奇性、趣味性、"雅俗共赏"性之类，也许会提炼一个并不怎么深刻的社会学命题，但实际上，情节吸引人、思想震撼人、技巧迷惑人都不是姜贻斌小说艺术魅力的精髓，他的小说的精妙之处是在于以深切的体验感染人，文本艺术图景所给予读者的，最重要的是一种诗化的、"体验的真实"。对他的小说进行审美解读，确切的路径也就不是社会或道德层面的阐释与评价，而是在对人物感受的共鸣和领悟之后，对文本艺术境界所表现的生命体验进行深刻而准确的把握。

从这样的角度看，《枯黄色草茎》和《白雨》这两部中篇小说，最能体现姜贻斌作品的艺术风格。

《枯黄色草茎》的主人公"我"家庭成分不好，在屈辱的境况中难觅哪怕一丝丝的自尊与温情，因而在情窦初开时，既敏感多情，又纤弱忧伤，既诚惶诚恐患得患失，又对一切都像抓住了一根救命稻草那样不肯舍弃。"我"在排课桌时因屈辱而"浑身燥热"的感受，对张丽华无名指伤痕充满疼爱的窥视和臆测，与张丽华一前一后走路时的亲近愿望和懊丧心情，同张丽华一起挖防空洞时对她的特殊气味的用心捕捉，以及长久地珍藏从张丽华头发上拈下的一根草茎，对所有这一切精微的体验在漫长岁月里细细地记忆和品味，等等，都充分表现出一个落寞少年情愫初萌时心灵的温热与辛酸。作者从主人公的主观体验和情感记忆入手，把"文革""血统论"对于无辜弱少年心灵的扭曲和摧残，描绘得纤毫毕现而情韵浓郁，文本审美境界就显得极为深切动人。

《白雨》的故事模型不过是男人对自己女人一次徒劳无功的盯梢，作者抓住匡富生在窥探过程中的猜忌心理有板有眼地描写，极为细腻地表现了人物猥琐、虚弱而孤凄的心理特征。也正由于从匡富生的体验入手，香月就成为一个似真似幻、难以把捉的谜，全篇因此充满了神秘、诡异的艺术氛围，小说就超越对一桩具体的盯梢事件的描述，成为了人类狐疑心理和猥琐探寻行径的诗意象征，读者甚至可从中品味出人类的诸多追求与探索实际上无崇高、无功效可言等形而上的意蕴。

作为一个带着深邃的乡村经验步入文坛的作家，姜贻斌在艺术方面主要是从湘楚民间文学中汲取养料，文化心理结构仍处在湘楚文学传统的框架之内。他的作品中不断出现各种对民间故事、对联、花鼓戏文的直接引用，就鲜明地表现出作家对于民间文学的知识和兴趣。追溯小说的情节框架，我们也往往可以找到民间文学的原型，比如从《女人不回头》和《女人草》两篇小说的故事中，读者可明显看出湘楚民间文学中"择女婿"这一情节模式的影响，而它实际上所体现的，却是作者的思维特征。由此看来，姜贻斌是以一个乡村走出的小知识分子、历尽艰窘的底层卑贱者子弟的文学姿态，以一个感悟型文人的精神眼光，来设计和建构他的文学世界、抒写他不堪回首的凄惶体验的。可以说，文人深情和民间趣味，是姜贻斌美学追求的主导倾向。

五

但是，姜贻斌的这类精神探索思路如果把握失当，也有可能导致一种负面的审美倾向。他的小说的叙述口吻有如人生体验曲折幽邃的乡村秀才月夜讲古，立意取悦听众而又故弄诡异玄虚，一不小心就会真的丧失精神探索的深度，变成故弄玄虚，结果使文本的审美建构变得意义背景狭窄而精神文化底蕴单薄。短篇小说《气味》[①]对于人性的探索中，就明显地存在着这种偏失。

---

① 姜贻斌：《气味》，《新创作》1997 年第 1 期。

《气味》用一种探究隐私的语气层层剥笋式地揭示出，女主人公性交、性爱的最终动因竟然是男性肉体的"气味"这种最状态化、最狭隘的生理感觉。正是这种生理感觉，决定了她与男性接触过程中的心理感受，进而决定了她的情感状态和个人命运，旁人、包括她的前夫从种种复杂玄奥的角度对她情爱态度的惊疑，反而是对她个人天性的把握不得要领。作品实际上昭示出，人的自然本性最表层的特征恰恰是人性中最可靠的内涵，只是由于人类精神、文化方面的种种原因遮蔽了人性的本真状态，才使这一切显得怪诞和神秘。

　　在《气味》中，作者虽然显示出一副向深度探求的、沉重严肃的姿态，意蕴建构的精神实质却是指向状态化、私人性的。大千世界、无奇不有，我们当然也不能断言这个有关"气味"的故事纯属向壁虚构，不能断言滚滚红尘中根本就没有这种仅凭感觉和感受来决定自我性爱和命运的男女，何况作者以真切而颇有层次感的心理刻画，将这种人性状态展现得历历如在读者眼前。而且，题材选择上一定程度的猎奇性，对小说创作来说也无可厚非。但《气味》的主题倾向中存在一个关键问题，这个问题就是：个人性的生存事实能否等同于人类生存的真实？私人性能否等同于人类生存的个体性？纯粹自然意义的猎奇或荒谬能否等同于自有其精神文化含量的形而上意义的荒诞品格？创作的独特新奇性追求能否背离精神文化创造规律的规范和制约？从这样的角度来看，《气味》所表现的人性状态的特例即使确实存在，也不过是体现了人性的丰富与奇特而已。人性探索如果不与人性的核心内涵相联结，而只是与其中的某些细枝末节略略挂钩，作品的精神文化意味往往就极为有限。所以，《气味》精彩地讲述一个性爱决定于气味的故事，与讲述比如某个人头上确实生了一只角的故事，其实是没有本质差别的。假如《气味》讲述的人性故事只是作者的一种虚拟、一种寓意、一种生存荒谬感的艺术性再现，那么，作者必须暗示出某种能指范围、提示出某种意蕴趋向，如同艾略特的"荒原"指寓现代文明的精神荒芜状态、《小鲍庄》的形象系统暗寓中国传统社会及其精神内核儒家文化那样。但事实上，《气味》虽然着力营造诡秘的氛围，文本主要内容实际上则属于对故事的写实性陈述，未曾提供富有寓意性的审美镜像。也许，它是以生存或人性的整个状态为寓指对象？但这种过于宽泛的所谓寓指，实际上等于无寓指，就像数学中的无穷大不代表实在数目一样。所以，《气味》所精心表现的，或者是纯粹私人性的、也许有点病理价值的生理与心理事实，或者是立意建构寓言、却未能上升到美学品格层面的荒诞猎奇故事。无论属于哪一种情况，《气味》的精神文化价值其实都是稀薄的。而且，自然人性虽然是人性的重要内容，却绝不是博大人性中对人类生存起决定作用的方面，人作为"文化的动物"，即使其自然性、动物性方面的本质，也会因"文化"的浸染融合而产生质变、形成新质。《气味》以纯粹的自然人性为探索目标，既不能深度把握整个人性，也难以准确解释人性的复杂成因，还潜藏着任自然人性脱出精神、文化的规范而自由泛滥的趋势，这样的审美建构当然就显得肤浅、片面，与人性中真正深刻的内蕴和本质南辕北辙、背道而驰，从而违背了文学创作探索人性的初衷。对于如何避免这种审美偏失的时常出现，主要凭艺术直觉创作的姜贻斌不能不加以深刻的警觉。

总的看来，在新时期以来继承湘楚文学传统的代表性作家中，古华的泼辣、孙健忠的甜醇、叶蔚林的清秀曾各领风骚，姜贻斌则以其苦涩别开生面。他的小说用具备现代主义血脉的生命、人性视角取代了社会政治视角，用凄惶酸楚的情韵取代了甜媚而隐含轻佻的"花鼓戏情调"，从而减弱了社会历史层面的信息量，增加了隽永的人生感悟。在继承和深化湘楚文学艺术传统的同时，姜贻斌又对它有所扩充和发展。但是，姜贻斌虽然极富艺术才情，思想的穿透力却略有不逮，长于"内宇宙"的揣摩，却弱于对"外宇宙"的观照和概括，因此，他的作品往往对人物生命情态某一侧面的描摹深细鲜活，对形成人物心态的文化环境的剖析则难以达到丰满雄健、入木三分的程度。只有把发掘独特的精神空间、独到的心灵深度，展现洋溢的艺术才情，与增添思想的实际含量和精神的雄健气魄结合起来，姜贻斌的小说创作才有可能大放异彩。

第二节　《我偷了你的短火》：时代神经末梢的深微感知

　　姜贻斌的创作以中短篇小说见长。他的作品以痛恨嫌弃与悲天悯人融为一体的情怀，调侃与玩味兼而有之的笔调，聚焦于底层社会的种种"怪癖"、"劣习"和"陋俗"，着力发掘隐藏其后的乡野或市井细民卑微、浅薄而滑稽可笑的内心欲望，揭示他们精神的狭隘和愚昧、心理的屈辱和困苦，以及那无人理睬、有苦难言的卑贱者生态。继《窑祭》、《女人不回头》之后，姜贻斌又出版了《白雨》、《追新家族》、《肇事者》、《最高奖赏》等多部中短篇小说集。21 世纪以来，姜贻斌的创作走向更加成熟的阶段，更注意审视民间幽暗偏远处的种种"隐私"与时代大环境内在问题的勾连，并在其中的聚合处梳理与提炼，进而编织成一幕幕令人震惊而不无荒诞色彩的人心灾难和社会事件，把自己对时代大环境的审美感应，表现得别具匠心而又意趣盎然，也由此呈现出他自我创作的审美新境界。发表于《芙蓉》2011 年第 1 期的中篇小说《我偷了你的短火》，就属于这类审美思路的精彩之作。

　　就像姜贻斌以往的《杀手》、《肇事者》、《暗害》、《鬼哭凹》、《老炸药库》等作品一样，"我偷了你的短火"也是一个"装狠充愣"的"厉害"题目。"短火"者，手枪也，在农村孩子那里，往往特指军队大约连级首长所使用的驳壳枪。和平年代"偷短火"，这题目本身显然就在着意表现一种阴鸷、诡异而充满内在紧张的氛围。但小说的故事其实比较简单：一个矿山小男孩出于羡慕和寻求刺激，偷了女玩伴父亲、矿山保卫科长的短火；科长自然四处搜寻，并因"文革"时势的便利与惯性，很快就按照有可能"搞阶级报复"的思路，抓住一个外逃的"四类分子"进行拷问；该"四类分子"屈打成招、却无法提供证物，恐惧于折磨的无休无止而跳河自杀；保卫科长最后也被撤职、去了 200 里以外的小窑山。一个小孩子不过寻求刺激的"小捣蛋"游戏，竟然演变成一场如此充满紧张与恐惧的心理灾难和现实悲剧，这绝不是顽皮的小男孩当初所希望和能够预料得到的！

《我偷了你的短火》最具艺术匠心之处，在于包含明、暗两条线索的故事情节设计。

作者采用洋溢着乡土野趣而略带儿童口吻的叙述语言，先写小男孩王四砣见到短火"心里痒痒"的感觉，还宕开一笔对男女孩童的游戏性暧昧津津乐道。于是，"偷短火"作为社会事件的严重性就无形中被淡化，变成了一种乡野顽童充满童趣和稚气的刺激性游戏；从容舒展的行文，更闲闲地显示出一种审美的趣味性和艺术的散淡、悠远感来。随后，作者对王四砣"着魔"似的偷枪意念及其心理状态不紧不慢地细细展开，甚至给人一种叙事可能向儿童教化读本发展的审美误觉。但在王四砣把短火弄到手时，随着事态本身超越儿童游戏的范畴，故事陡地出现一个"翻转"，社会和时势的因素加入了进来，于是，以罗大军对短火的寻找为枢纽，明暗两条线同时显示出来。原来，虽然明线叙述的是小男孩王四砣有关短火的想、偷、藏、怕、丢的过程；暗线实际上是意在揭示"文革"时代的警惕和肃杀之气如何处处渗透，影响到了甚至社会的最边缘处、时代的神经末梢，而且玩游戏一般的举动就有可能危及无辜者的生命。在明、暗两条线索中，明线着意渲染的趣味性和游戏性颇具紧张色彩，而暗线的紧张与恐怖又显示出荒诞、游戏的意味，二者于相互对比中，形成了强烈的艺术反差和巨大的审美张力。到作品的结尾，叙事又回转到明线方面，作者深具用心而文笔简略地勾勒出，因为罗大军的撤职和调走，王四砣从此再也没见过那曾经一起"过家家"的小伙伴，于是，一股漫长人生旅程中终将"白茫茫大地真干净"、"心中有苦说不出"的空寂、苦涩与伤感，就氤氲于文本的审美境界中，在故事叙述首尾照应的同时，作品的艺术余味也就由此生成。

《我偷了你的短火》的根本审美价值，在于其民间趣味性、风俗性叙事的背后，隐藏着尖锐而深广的社会性内涵。在整个"偷短火"的事件中，王四砣不过是个小顽童，偷短火并不是想为非作歹；保卫科长罗大军也只是那个狠抓阶级斗争的年代里常有的人物，他的种种行为都没有超越时代规范的范围。但以短火失窃为导火索，再加上罗大军残忍和王四砣畏怯的个性特征，在那个年代里就导致了能置人于死地的严重后果。能使这似乎"无端"的人性之恶与人生之惨成为现实、使事态的发展形成如此方向与格局的，实际上是那种让人动辄得咎、随时有可能灾难临头的时势。正是时势，使种种偶然和必然、相关和不相关的因素互相碰撞，最后汇聚成对无辜者的"飞来横祸"；也正是时势，使普通的乡野小人物从人性的悬崖上坠落，成为民间灾难的触发者和残害生灵的合谋者。小说还有一个可能会被一般读者忽略、甚至认为叙事逻辑不够严密的地方，就是在小说的后半部分，作者穿插描写了一个王四砣叔叔因为用报纸写毛笔字渗到了背面的领袖像而被抓的故事。表面看，这似乎是一种旁逸斜出、与短火事件无关的闲笔，但实际上这正是作者的深刻用心之所在。叔叔的故事恰恰构成了对地主张古明悲惨命运的补充与参照，构成了那个时代的基本氛围与规范以及张古明命运普遍性的一种艺术提示。所以，这起偷短火致人死命的事件虽然与王四砣的顽劣、罗大军的凶狠有关，但那个能时时致人死命的险恶时代才是其深远而根本的原因，人人都在受害，时势方为元凶。而王四砣始终无法说出事实真相、无法化解内心的煎熬，以至这一事件成为长久影响他人生历程的心灵阴影和精神杀手，实际上也是"文革"时势的后果长久影响表面上若无其事的中国百姓生活与心灵的艺术写照。

《我偷了你的短火》将有关时势的社会性内涵渗透到乡野民间的异闻传说中来表达，体现出"侧面透露"的审美观察和艺术表现特征。像姜贻斌以往的众多创作一样，这部作品注目于偏远的乡野、底层等时代环境中非常不起眼的生存空间，从人们通常不关心、不在意的边缘性社会经验中触发艺术灵感，但与此同时，《我偷了你的短火》更注意到了这种"时代神经末梢"对于时势的细微而独特的感应，并精细地展示了出来。小说从儿童趣味的视角，将王四砣的调皮所导致的凶险事件，转化成了特定时势中近乎常态的社会悲剧来描写，从而以"窥一斑而见全豹"的艺术功效，展现出一个对"文革"进行更深入反思的向度和空间。

这种"侧面透露"的审美路向，既是对"文学湘军"审美优势的继承，

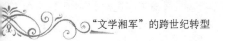

又有着进一步的发展。新时期"文学湘军"的诸多获奖作品都显示出寓大世界信息于独特小环境人生的审美路向,"寻根文学"时期的湖南作家则开拓出对人心、人性阴暗处的窥视和"审丑"的艺术视角,姜贻斌以往的创作即由此生发而来。但是,姜贻斌的创作既撇开了"获奖作品"对湘楚大地美景良俗的赞美,又消减了"寻根文学"只着眼于文化与哲理的艰涩,而使文本审美境界在故弄诡异玄虚地"审丑"的同时,又增添了乡野、市井的人间"烟火气"和日常生态趣味,而且内含着一种哲理性意味和社会性内涵兼顾的审美特征,《我偷了你的短火》正是姜贻斌创作思路中各方面艺术优势都体现得比较充分、匀称的精彩篇章。

第三节 《酒歌》:利益欲望与人伦道义博弈的审美聚焦

除了大量的中短篇小说之外,姜贻斌还创作了《左邻右舍》、《酒歌》、《火鲤鱼》三部长篇小说。1997 年出版的《左邻右舍》并不着意于详尽地再现人物命运的整体状态,作家的主要艺术笔力用在刻画芸芸众生那用心、费神而庸庸碌碌的日常生态方面,以揭示其中身心投入与意义虚无之间的巨大反差为审美旨归。粗鄙猥琐的民间日常生活景观,体现出作家对民族生命境界的深刻体悟;夸张、强化性地描写的艺术场景和生活细节中,包含着诸多难以用理性话语传达的精神意味,作品由此显示出一种民族寓言的审美品格。2012 年出版的《火鲤鱼》堪称姜贻斌小说艺术路径和审美趣味的全面展示之作,作品以儿时伙伴、亲友邻里的儿女情长、聚散悲欢为线索,在不断的怀想与玄思、幻拟中,来表达一种对底层小人物人生方向与生命状态的体察和关怀,诗意化与宿命感兼具的审美境界中蕴含着深切的悲天悯人之情。在《左邻右舍》和《火鲤鱼》之间,姜贻斌于 2008 年出版了长篇小说《酒歌》,这部作品明显地有别于姜贻斌小说所常见的亦真亦幻的审美境界,散发出强烈的现实主义文学的精神气息。

《酒歌》所体现的是一种开掘边缘化叙事资源的审美道路，作品以偏远地域的民间生活为审美观照领域，主要讲述了一个旧时代的盈实之家在酿酒、卖酒过程中所发生的种种灾难性故事。作者通过对其中错综复杂的人物关系、曲折诡异的故事情节的深刻体察和周到表现，有效地达成了一种边缘民间生态与社会现实状况的精神对接，从而以题材独辟蹊径而内容沉实、描述坚实的艺术境界，表现了一个在利益欲望与人伦道义的博弈面前，人的底线伦理能否持守的重大时代问题。

《酒歌》的故事情节围绕对酿酒秘方的争夺来展开。主人公高方天家的"醍醐轩"酿酒坊远近闻名，自然也因此获得了巨大的利润。但"人怕出名猪怕壮"，高方天家的酒醇香怡人，吸引的不仅仅是真心品酒的百姓，还有居心叵测的官府和土匪。小说以土匪为明线、官府为暗线，描写了二者通过种种卑鄙或残暴的手段逼迫高家交出酿酒秘方的过程。矛盾斗争曲折而激烈，在步步紧逼的情势下，高方天一家腹背受敌，最终无奈地举家搬离了曾带给他们辉煌与荣耀的故土高庙镇，不同的人物也终于露出了各自的本来面目。

原来，县令张之林企图利用高家的醇香美酒实现自己的官职升迁，土匪则妄想得到秘方来独霸高家美酒的巨大利润市场，他们为达到目的无所不用其极，作恶的根源则在于巨大利益和邪恶欲望的驱使。张之林先是审讯和鞭打高氏家人，之后在高方天出资修建风雨桥造福一方的时候，又不仅不协助，反而派人混入工匠队伍，造谣惑众，制造命案，其目的仅在于夺取秘方、讨好上级。官府本应以维护一方平安为职位伦理的底线，但在巨大的利益面前，父母官为民做主的义务与责任却走向了反面。张之林这样的贪官得以作威作福地存在，鲜明地体现出整个社会体制伦理的崩溃。土匪为打听秘方威逼利诱高方天的小儿子明生，造成了种种险情，并趁火打劫，在风雨桥制造了一场厮杀，还扬言要血洗高庙镇，杀绝高家人，毁掉酿酒坊。土匪的丧心病狂，实质上是丑陋民风走向极致的表现。更有甚者，高府管家铁算盘跟随高家几十年，被高方天视为心腹，两人情同兄弟，最终却被官府收买，也为自身利益丧失伦理底线，选择了背叛和出卖，在高家举家搬迁之际趁乱盗取秘方。在体制和民风的底线伦理均趋于崩溃的大趋势下，纯良个体的基本人格也终于瓦解。一幅幅巨大利益和邪恶欲望导致社会底线伦理崩溃的残酷图景，就这样令人触目惊心地呈现出来。

面对官府、土匪和叛徒的三面夹击，高方天委曲求全，却坚守着做人最起码的品格。他在艰难困厄中以不断无偿送酒给官府和土匪的方式，来维护自家的酿酒生意，同时还不忘个人出资修建风雨桥造福乡邻，直至最终远走他乡。高明生本是个游手好闲的公子哥，从未为家族兴旺出力，还一度被官府诱惑而企图出卖自家的酿酒秘方。然而，这样一个不被社会日常伦理所认可的人，却在土匪袭击高庙镇的关键时刻挺身而出，牺牲在厮杀之中，以鲜血维护了家族的荣誉和自己作为一个人最起码的忠诚。人世间底线伦理的持守，竟呈现出如此屈辱、艰难而悲壮的人生景观。其中耐人寻味的吊诡之处还在于，他们对人的基本品格的坚守，实际上却又存在于维护自身利益的行动之中，利益和欲望面前的伦理困境，由此被表现得更加震撼人心。作者也对酿酒技艺、婚丧嫁娶等风土民情进行了有板有眼的描绘，从而形成了浓厚的民间文化氛围，正是对中国民间社会状态这种种丰富而真切的艺术表现，使作品对社会底线伦理状况的剖析显得更为本色而深邃。

《酒歌》尖锐而深刻地揭示了利益欲望与人伦道义的博弈。作品的艺术表现充分说明，人世间实际上没有绝对的善也没有绝对的恶，只有巨大利益的考验与濒临绝境的压力，才有可能使一个人的品格与本性无法遮掩地显示出来。显然，对于广大读者思考当今社会的相关问题和经济本位时代的人文处境，姜贻斌的《酒歌》具有毋庸置疑的深刻启示意义，作品的现实主义审美意味，也由此充分体现出来。

第十一章 《黄埔四期》等小说的百年忧患探索

第一节 《黄埔四期》:"抗战老兵"礼赞的史笔境界与英豪气象

何顿在20世纪90年代曾以"新现实主义"小说享誉文坛,《生活无罪》、《就这么回事》、《我们像葵花》等大量作品的审美重心,都在于表现都市底层年轻人那亢奋、粗粝而不无鄙俗的生存搏斗,原生态的叙事与"生活无罪"的价值逻辑,使得他的这些作品显出一种"正而不足,邪而有余"的精神姿态。从90年代末开始,何顿转而积20年之功探究和审视"抗战老兵"的群体命运,进而创作了长篇小说"抗战老兵"三部曲《湖南骡子》、《来生再见》、《黄埔四期》,卓具影响地展现出一个充满凛然之气的审美新境界。

抗战题材文学创作的具体审美追求和文本蕴涵自然千差万别,但从根本性质上看,这类创作具有一种历史文学创作的性质,所以,衡量一部抗战题材小说的意义与价值,作品呈现了怎样的历史真实和体现了怎样的思想观念,当为必不可少的两个方面。以此观之,何顿的长篇小说《黄埔四期》审美意义的重要性就充分显示出来。在历史认知层面,《黄埔四期》以全景性

的历史生活视野和激昂与悲愤兼而有之的笔调，建构起"战争"、"战后"、"女人"、"儿女"四大故事情节板块，谱写了一曲"抗战老兵"的英雄礼赞与命运悲歌；在思想观念层面，《黄埔四期》则气势恢宏地呈现出意义框架的史传境界、历史审视的道义精神和人物形象的英豪气象。两方面有机融合，共同构成了《黄埔四期》审美蕴涵的开拓性和历史认知的丰厚度。

一

中国抗日正面战场的历史真相，因各种原因在文学创作中未曾得到充分的反映。20 世纪 90 年代特别是新世纪以来，抗日正面战场上浴血奋战、抗御外侮的民族英雄们方才逐渐获得了国家和社会的承认与敬重，聚焦抗日正面战场的文学创作也才迅速地繁荣起来。长篇纪实文学中邓贤的《淞沪大决战》和《大国之魂》、余戈的《1944：松山战役笔记》和《1944：腾冲之围》、张洪涛的《国殇：国民党正面战场抗战纪实》，长篇小说中都梁的《大崩溃》、邓贤的《父亲的1942》、范稳的《吾血吾土》，长篇电视连续剧中的《中国远征军》、《长沙保卫战》、《二十四道拐》，等等，都引起了巨大的反响。

何顿是一位较早在小说创作中涉及抗日正面战场历史的作家，早在20世纪90年代末，他就开始了对这一题材领域的审美发掘。他的长篇小说《来生再见》以一个猥琐、懦弱、自私甚至不无农民式狡猾的底层小人物黄抗日为中心，表现了常德保卫战和衡阳保卫战的历史情形；《湖南骡子》聚焦何家老少所体现的湖南人的集体性格、"骡子"精神，富有开创性地再现了四次长沙会战的壮烈场景。这两部作品都引起了全国性的巨大反响和高度赞誉。

相对于前两部作品，长达近80万字的《黄埔四期》则全景性地展开了对抗日正面战场的历史考察与审美呈现。作品以"黄埔四期"学员贺百丁、谢乃常的人生轨迹与抗战历程为中心和线索，将国共双方众多的真实历史人物都编织到小说的故事情节之中，有效地建构起了一种展现历史全局及其内在复杂性的审美制高点。然后，作者以扎实的史料功夫和严谨的实地勘察感受为基础，逐一描述了抗日正面战场的众多重要战役，浓墨重彩地展开了忻口会战、淞沪会战、武汉会战、徐州会战、中条山会战、豫中会战、兰封会战、长沙四次会战、中国远往军赴缅作战、桂南会战的"战壕真实"与"战役全局"，包容丰厚而层次分明地表现了抗日正面战场的真实状态与演变进程，构成了一种史传色彩鲜明的文本审美境界。在具体的描写过程中，作品呈现出纳整个中国抗日战场于笔端的辽阔视野和对一个个重大战役进行具体写实的丰厚层次。一方面，作者连篇累牍地描述了军队官兵们在战场上拼死反抗和群体阵亡的场景，有力地表现了中国抗日军队前仆后继、为国捐躯的男儿血性；另一方面，作者也尖锐地揭示了残酷战争对于人心的改变和人性的扭曲。战场指挥员贺百丁甚至有意不记住士兵的姓名，因为这大群的士兵也许几分钟后就变成了尸体，记忆深刻则思之更为悲伤。众多这类惨烈细节的描写，有力地强化了文本审美境界悲怆苍凉的战争氛围。

在此基础之上，作者着重描述了贺百丁、谢乃常"战神"般卓越的军事才干、非凡的战场号召力和辉煌的战绩。以他们各不相同的战争人生轨迹为线索，作品对战争内部丰富性的描写也显得更为错落有致、多姿多彩，更具历史的纵深感。对于贺百丁、谢乃常希望凭辉煌战绩和谋略才干获得地位升迁的人生追求，以及他们因派系斗争和嫉妒心理而累遭排斥的个体命运，作品都进行了真实的表现，从而深刻地揭露了中国军队内部的矛盾复杂性。作者不断地描述贺百丁关于"战役成败"的种种假设性议论，来表现他对于宵小群中英雄失意、才干谋略得不到施展的强烈愤慨；对于谢乃常身陷错综复杂的派系斗争而误失了大好前程的个体人生命运，以及他油然而生的遗憾与郁闷，作者也进行了具体详尽的艺术表现。这就使历史复杂性之中所包含的社会与人性的黑暗，从中得到了尖锐而透彻的暴露。

早在 20 世纪 90 年代中期周梅森、张廷竹等作家的小说中，中国的抗日题材创作就出现了从中共党史军史叙事到国家民族史叙事的位移，随后，这种位移以纪实文学和长篇小说局部情节的审美形态，逐渐得到越来越丰富的表现。《黄埔四期》则全景性、写实型地逐一展现了抗日正面战场的主要战役，令人血脉贲张地谱写了一曲"抗战老兵"的英雄礼赞，从而引领了长篇小说表现抗日正面战场的风骚。这一方面的相关蕴涵，构成了作品最为重要的社会历史价值。

《黄埔四期》的文本意义框架，还拓展到了呈现"抗战老兵"战后命运的辽阔历史时空。作者以双线推进、交错展开的叙事结构，将"抗战老兵"浴血抗战的辉煌历程和悲怆憋屈的战后生态，呈现为对比鲜明的情节板块，进而以兼具不平之气和批判意味的笔调，尖锐地揭示了"抗战老兵"们战后命运的悲剧性。

在政治意识形态至上的时代环境里，贺百丁、谢乃常等和平起义的抗日有功将领长期被"闲置"，个体生存空间严重丧失，处于虚度年华、动辄得咎的生存状态，贺百丁甚至因直言招来了牢狱之灾。直到英雄暮年，贺百丁、谢乃常虽然拥有了某些神性的光环，人生的悲怆与失落却已无法改变；而且，"忠诚"气节的亏欠及由此形成的报应性后果，又成为了他们晚年的心结，贺百丁不肯原谅实为中共地下党员的陈德，就是不肯原谅自己的心理折射。最终，他们只能在心境凄苦与愤愤不平之中悄悄离开人间、结束自己悲剧性的人生。这种悲苦、屈辱的命运与他们在抗日战场上浴血奋战、为国家民族立下的功勋相比较，形成了鲜明的对比和强烈的反差。作者对这方面社会历史内容的正面书写，构成了《黄埔四期》在历史认知层面最为突出的思想锋芒。

"抗战老兵"是20世纪中国历史上一个数目庞大的特殊群体，他们的历史功绩令国人不能不引以为豪，但其战后的人生命运却包含着我们民族的深刻创伤与无尽隐痛。《黄埔四期》聚焦"抗战老兵"历史功绩和人生命运之间的巨大反差，以史传般的坦率、真切与翔实，对其进行了全景性的呈现和全方位的反思。在抗日正面战场的历史功绩逐渐得到主流意识形态承认和尊重的当今时代，这种审美发掘无疑既开风气之先、顺应和引领着时代的趋势，也具有深厚的社会与文化土壤。《黄埔四期》在历史再现层面的意义和价值，就由此充分地体现出来。

二

在文本主题框架和审美重心的建构过程中，《黄埔四期》鲜明地表现出一种以人道关怀、公平正义为基点的道义精神和不平则鸣、仗义执言的叙事姿态。

《黄埔四期》虽然大篇幅地描述了抗日正面战场的历史景观，但作品的审美重心并未停留于发掘与再现历史本身，通过对"历史现场"令人血脉贲张的描写，作者着重表现的是"抗战老兵"为民族存亡前仆后继、浴血奋战的赫赫功勋，以及贺百丁、谢乃常在战场上所表现的卓越军事才干。正是以此为基础和前提，作者对"抗战老兵"在和平年代所承受的不公平待遇和坎坷、屈辱的命运，才表现出格外强烈的愤慨之情和申诉之意。由此，一种颇具古道热肠色彩的、为"抗战老兵"鸣不平的道义气概和情感倾向，就在文本整体意义的建构中鲜明地体现出来。

在具体的描述过程中，作者所遵循的其实是有功必酬、国家功臣应获重用和礼遇这样一些基本的道德原则。在抗日战场上，贺百丁曾纵横捭阖、所向披靡。但是，在战争年代，贺百丁因自恃才高、锋芒太露而引起同僚的嫉恨和上峰的猜疑，结果只能是功高不显、才雄位屈；在和平年代，贺百丁也由于对位居虚职心怀不满，才在"大鸣大放"时语惊四座，最终落得个坐牢的下场。正因为有功必酬、有诺必信属于最基本的社会道义，贺百丁对自我人生的这种失意状态始终心有不甘，才显出社会公道和历史正义层面的充分合理性。作者以此为中心展开浓墨重彩的描述，则鲜明地体现出一种直面历史和世道不公平状态的肩担道义、仗义执言的叙事姿态。

《黄埔四期》将审美视野延伸到"抗战老兵"儿女们的身上，更突出地体现了作者人文关怀的深广度。谢乃常、贺百丁的儿女在血统论的阴影下，都被摁倒在社会底层的最阴暗、潮湿之处，过着比他们父辈更受欺凌与屈辱

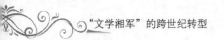
的生活，以至一个个在命运的动荡与恶人的摧残面前遍体鳞伤。在贺家，贺百丁才华横溢的儿子贺兴、贺强都被迫失去正常升学的权利，走向了当下乡知青的道路，但辗转于偏远的山乡，贺兴最后成为了傻子和杀人犯，贺强则在残疾之后长期作为护林员困守深山。贺百丁的侄女贺娣也长期受到公社书记的奸污。在谢家，曾追随谢乃常浴血抗日的儿子谢国民被活活饿死；谢乃常的女儿谢文青决绝地与家庭划清界限而成为样板戏主要演员，却因身为高干子弟的丈夫负心而神经错落、变成了疯子；谢乃常与马沙丽的私生子，则始终拒绝承认他这个父亲。悲苦无奈的儿女们一个个将父辈视为难以原谅的罪孽之源，结果，曾威风一时的贺百丁、谢乃常在自己家中也长期抬不起头来。这就超越其自身命运而从"祸延子孙"的角度，更有力地强化了"抗战老兵"们的人生灾难之深重。

在探究人物悲剧性命运的成因时，作者还表现出对人性邪恶与丑陋的深刻洞察和愤怒谴责态度。《黄埔四期》浓墨重彩地描述了工人丈夫对杨凤月的摧残，公社干部对贺娣的淫欲以及转嫁给贺兴的丑陋，高干子弟对谢文清的自私与薄情。在这类描写中，作者不仅揭露人性的恶毒与丑陋达到了相当深刻的境地，对于种种人性恶的愤怒情感也达到了相当强烈的程度。他甚至以杨凤月、贺兴冤冤相报的方式，让杨凤月的工人丈夫和迫害贺兴的民兵营长都不得好死，借以表达对他们以人性恶摧残美好情感、践踏人格尊严的强烈义愤。

《黄埔四期》以对"抗战老兵"既热烈赞颂、又深切同情的情感倾向为基础，来层层推进和拓展地建构有关其人生命运的情节结构，鲜明地体现出一种以人文关怀和道义精神为逻辑动力的文本意义建构姿态。

三

在人物形象塑造方面，《黄埔四期》表现出深厚的中国传统文化的审美趣味与精神传承，于是，作品主人公不仅是政治历史层面的英雄形象，更体现出一种人生姿态意义上的英豪气象。

贺百丁形象的英豪之气，主要表现在他那血性男儿桀骜不驯、豪爽率真的个性上。在人生的顺境中，贺百丁总是睥睨群雄、豪气干云，甚至坦率中不无莽撞，好作缺乏城府但卓具战争谋略的大言；面对命运的危机和人生的屈辱时，他虽然左支右绌、捉襟见肘，却仍然显出一副"虎死不倒威"的苍凉悲怆之态。作品在众多对官场、政治性场景的描写中，刻意张扬着贺百丁身上那人生疆场上失意英雄的硬汉气概。

谢乃常的英豪之气，则更多地表现在他那精明变通地掌控世事的人生风度上。大鸣大放时，谢乃常离会出去与女人厮混，反而躲过了"反右"的一劫；红卫兵抄家时，他因自己曾是杨虎城部下，干脆谎称是中共地下党、当年还抓过蒋介石，从而镇住并顺利地哄走了红卫兵。在他人危急的时刻，谢乃常的精明变通又与一种军人式的仗义和担待精神紧密联系在一起。早已离异的原配田贵荣戴着地主帽子，谢乃常知道后马上找到公社书记，执意要求改换到自己的头上。贺百丁政治上有危机，他为之上下奔走、曲意辩护；经济上遇难关，他慷慨解囊、赠给战乱年代积存的金条。贺兴面临被开除的危险，他又打着校友林彪的旗号，巧妙地游说学校负责人改变了主意。在诸如此类的描写中，谢乃常形象甚至颇具江湖游侠潇洒纵横的人生风度。

不过，贺百丁与谢乃常形象的传统英豪之气，更突出地表现在他们与一个个婚外女人的交往上。

谢乃常虽然家有苦苦追求方结成良缘的佳偶，身边却总是婚外的女人不断，显示出非凡的魅力和影响力。上海滩舞女陆琳本是当地军界贿赂给谢乃常的情人，却因他的个人魅力，变成了生死相随、最终牺牲在滇缅战场的抗日女军人；前国民党军官的姨太太杨凤月在丈夫逃往台湾后的孤寂中偶遇谢乃常，随后就温情深厚，同其他男人结婚后还无法割舍，仍然与谢乃常频繁往来；女画家马莎丽对自己哥哥的老上级久怀敬仰之心，虽比谢乃常年少许多，却主动投怀送抱，还因与谢乃常的私生子而受尽磨难；还有那云南白族的女人，虽长期在谢家近乎佣人身份，却至死都将谢乃常当作天神一样看待。

谢乃常对这些女人，也总是有情有义。陆琳惨烈牺牲后，谢乃常长久地怀念；杨凤月不堪工人丈夫的虐待而杀夫获刑，谢乃常满脸泪水地为她收尸；对于红颜知己马莎丽，谢乃常更是在"文革"岁月如做地下工作一般地冒险关怀着。作者浓墨重彩地展开对所有这一切的描述，自然不是要表明谢乃常是一个下流坏子或风流情种，而是要展现他在坎坷命运和艰险世道面前的潇洒、坦荡情怀，要展现他那种"是真豪杰自风流"的人生境界。

贺百丁与谢乃常一样也是风流不断，但他的一段段人生风流，最后却总是成了一个个被人抓住的"把柄"。酒楼老板娘吴姬在贺百丁驻军遵义期间主动亲近他，并在他明确表示"不外娶"之后仍然跟着走，贺百丁于是心有不忍，将吴姬带回了西安，但转眼就面临妻子的压力，只得将吴姬配给了副官陈德。明为军统、实为中共谍报人员的女机要员秦云从总部来到军中，贺百丁又一次无法抵御美色的诱惑而与她如胶似漆，结果造成国军两个旅的损失，受到军法的严惩。这一桩桩过后回想起来令人忍俊不禁的人生"错误"，恰恰鲜明地体现了贺百丁秉性的任情与率真。

《黄埔四期》出现大量贺百丁、谢乃常与女人们交往的故事情节，存在两方面解读的可能性。从历史认知的角度看，这类情节有可能被解读为通俗文学性质的"战争与女人"的类型化叙事；但从人生命运与生命境界的角度看，这种描写恰恰有力地呈现了作品主人公人生的真性情和人格的英豪气概，进而将文本审美境界从充满传奇色彩和论争气息的历史叙述，转换到了一个以传统文化观念为价值基础的、有情有义的日常生活世界，由此反而有力地强化了作品的世俗精神和文化共鸣度。

总体看来，《黄埔四期》犹如中国南方恢弘壮阔的大江大河一般，表面看起来河宽水满、清澈明白，实际上却暗流奔涌、丘壑纵横。以意蕴建构的史传境界、历史阐释的道义精神和人物形象的英豪气象为价值支撑，《黄埔四期》既充分显示出对抗战历史和"抗战老兵"命运艺术开掘的广度、深度与厚度，又有力地呈现出在整个当代抗战题材文学创作领域审美意义的重要性。

第二节 《村庄秘史》：现代中国暴力文化遗患的深广发掘

早在 20 世纪 80 年代初，王青伟就已开始文学创作。但随后转入影视剧创作，成为了一位颇具全国性影响力的主旋律题材影视作品编剧，他所创作的《故园秋色》、《湘江北去》、《毛泽东与齐白石》等电影和《风华正茂》等电视剧，屡获中国电影"华表奖"、中宣部"五个一工程"奖、中国电视"金鹰奖"优秀电视剧奖等各种全国性影视剧大奖。直到 2010 年的《村庄秘史》和 2014 年的《度戒》这两部长篇小说相继问世，王青伟的文学创作实力才终于较为充分地展现出来。

《村庄秘史》是一部具有思想和艺术双重探索性的百年反思题材小说。在改革开放 30 余年的历史进程中，文学创作对 20 世纪中国的历史文化进行了相当广泛而深入的表现、阐释与反思，创作的后来者要实现深层次的突破就显得格外艰难。但在这审美积累已相当丰厚的创作领域，《村庄秘史》仍然能给人以强烈的审美震撼力和思想启发性。其中的关键原因在于，作者从探究世纪性历史文化核心问题的审美高度和思想深度出发，独具只眼地捕捉到了"暴力文化"的价值偏失及其历史遗患这一独特的审美视角，并由此出发，有效地达成了作品层次丰厚的内涵发掘和意象繁复的境界建构，从而成功地显示出一种 20 世纪中国历史与文化审美认知的新思路和新境界。

一

《村庄秘史》是一部具体描述给人的审美感受相当强烈、丰富，整体上却因意象繁复、头绪众多、层次丰富而不大好把握的作品。在对这部小说的分析中，要想有效地避免理解和阐释中以偏概全以至"瞎子摸象"、"见树不见林"的弊端，从文本的意蕴建构着手显得较为妥当。

《村庄秘史》的情节结构，是以老湾村集体杀人事件为思辨聚焦点和逻辑归宿,以幕后指挥者和罪恶见证人章一回自我救赎式的讲述为故事连接点,作品讲述了5个带有"互文见义"性质的系列故事,从而展示出一幅老湾村处于仇恨与暴虐、困惑与探寻中的百年历史画卷。这部作品的意蕴建构,可分为魔幻境界和现实生活两个层面。

在魔幻境界建构的层面,作者以极具边缘性、民间性特征的乡村经验为想象基础,故事情节营构与民俗事象编织并举,体现出一种将"规范文化"与"未纳入规范的民间文化"①融为一体的审美特色。从老湾与红湾那隔桥之间似乎天然仇恨、对峙的村落关系的设计,到作为历史文化命脉、底蕴与源流体现的大樟树、树皮书、女书、浯溪等真假古迹及相关故事的拟构;从章玉官额上的图案、章义的驼背、章得的血脉、目连戏"过油滑车"故事等象征和寓言意味鲜明的事象,到章一回"岩石般苍老"、碰见女人又"会像夜百合花似的绽开"的脸之类寓意暧昧、模糊的想象,包括"桥"、"锁"、"鞭炮"等道具性质的物象,作者都以一种具有中国乡土特色的思维和想象逻辑进行夸张、变形、荒诞化的描述,赋予它们以奇异、神秘、怪诞的色彩,同时又以充分清醒的历史理性意识,将这些民俗景观有机地融入现实主义性质的情节叙述和社会历史层面的主题表达之中。全书以小矮人绝技与发迹的虚幻传说和樟树林神奇与毁灭的真实历史为开篇,而以"三个老掉了牙的老人"守着"全是断墙颓垣和摇摇欲倒的老屋","执着地重新梳理老湾人这几十年的历史"为结尾,更使一种亦真亦幻、魔幻、寓言式的氛围笼罩了文本审美境界的始终。

《村庄秘史》的魔幻境界表现出以下特点。首先,从魔幻因素与客观现实世界的关系看,《村庄秘史》魔幻叙事的审美元素绝大部分其实是民间确实存在的事象。比如"浯溪"、"女书"等,就是湘南永州实有的风景名胜或文物古迹,而"大樟树"、"鞭炮"之类,则是整个中国南方民间都可普遍看到的日常景物。因为作者的主观想象充分利用和凭借了客观的民俗事实及其

---

① 韩少功:《文学的"根"》,《作家》1985年第4期。

固有的文化内涵，小说的魔幻境界就显得既斑斓多彩，又坚实真切。其次，从对"未纳入规范的民间文化"本身的具体选择与表现看，作者对这种"包括俚语、野史、传说、笑料、民歌、神怪故事，习惯风俗、性爱方式等不规范的东西"的描述中，明显地去掉了"歇后语之类的浅薄地爱好"①，去掉了比如俚语、笑料等表面化和纯粹趣味性的内容，着重描写了其中历史、文化或人性底蕴较为深厚的事象，并将深刻的理性思辨色彩和浓烈的象征、寓言意味蕴含于描述之中，文本审美境界中超现实的神秘色彩和现实层面的理性内涵，就由此获得了有机地融为一体的思维运作路径。再次，从魔幻与现实两个叙事境界的结构特征来看，《村庄秘史》丰富的现实世界内容，被作者巧妙地嵌入到贯通古今的乡野魔幻世界之中，其中还体现出一种具体历史时代的生活流程最终将隐秘于漫漶、模糊的乡土记忆的形而上感悟。

在现实生活层面的意蕴建构中，作者主要描述了五个故事，包括文弱才子章抱槐在革命历程中人生坎坷与精神失落的故事，木匠章顺畸形、变态的乡村性爱故事，战俘章义身份失落与求证的故事，以及老湾与红湾之间的集体虐杀事件，再娃改换老湾血脉、并与红湾富豪同归于尽的故事。这五个故事是将时代进程与村落事件融为一体，分别从现代暴力革命本身、暴力尘埃落定而阴影仍然存在、暴力遗患恶性爆发和历史转型后暴力形态轮回这样四个侧面，以点带面地建构起了20世纪中国暴力历史及其局限性、灾难性的写意画卷。在这里，作者超越对具体历史进程亦步亦趋的描述，选择具有世纪性历史核心场景特征的"暴力斗争"，注目于"暴力文化"的价值偏差和历史遗患，从中显示出一种以时代旋涡中的人性品质与生存境界为枢纽和重心来审视历史的思想特征。魔幻境界以其象征、寓言意味，成功地增添了文本的审美魅力与文化韵味，但《村庄秘史》真正坚实的价值意蕴，其实是存在于对现实生活进行写实型描述的层面，也就是在这五个故事之中。

魔幻境界和现实生活境界的双重建构及其有机融合，充分表现出《村庄

---

① 韩少功：《文学的"根"》，《作家》1985年第4期。

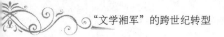

秘史》审美资源的丰富性和审美思维的多元复合追求。众多各具内涵的线索交合勾连，使文本以五个故事为主体的"村庄秘史"叙事，成为了一个境界巨大而包蕴丰厚、内在联系紧密的"乡土中国"历史与人性的意象化叙事。

二

魔幻现实主义文学的根本目的不是把魔幻当成现实来表现，而是要借助魔幻来更意味深长地表现现实，所以，现实世界层面的意蕴才是其真正的价值基础。正因为如此，我们在梳理了《村庄秘史》的总体意蕴建构之后，也需要剥离文本审美境界中的重重"魔幻"色彩，揭示其社会历史层面的内在意蕴。笔者认为，《村庄秘史》社会历史层面的叙事重心，是在探究这个古老民族自我仇恨、争斗直至走向毁灭之谜，具体说来，就是充分展开20世纪中国暴力文化的价值偏差与历史遗患，深入地剖析和揭示"乡土中国"到底是因为怎样的人性基础、文化条件和行为逻辑，才导致了暴力文化特别是其中的"暴虐"特性恣意横行，以致最终酿成人性泯灭、文化沉沦、集体性屠戮生命的民族自我毁灭悲剧。

作者首先注目于现代战争历史中的暴力文化。第一个故事通过章抱槐和江河水兄弟人生命运的比较，深刻地表现了现代战争历史及其价值规范隐含的"暴虐"特性。老湾村时期的章大、章小兄弟俩，分别是俊美的神童才子和虎头虎脑的排牯佬。两人报考黄埔军校，还是哥哥章大所引领。但在那血与火的年代，构成人生辉煌的基础并非世人惊艳的才华，而是天不怕地不怕的强悍与血性；严酷的斗争环境，使得人生选择和人生价值多样性、丰富性相兼容的状态不可能存在，使得任何与"铁血"规范相悖的生命意义建构都将不可避免地被压抑、扭曲和损伤。因为这样的社会文化原则，时怀"壮士由来耻作儒"激情的乡村才子章大、章抱槐，因有过一次被捕时恐惧于敌人"筷刑"的自首，从此不管是选择逃离还是靠拢时代的人生角色，"每次抗争都走向了自己意想不到的反面"，最后只能蜕变为历史进程中苍白的影子，处于灵魂委顿地苟活的状态。与此相反，弟弟章小、江河水因幸运地避免了那次被捕，而最终获得了革命成功后的八面威风。那么，就人性常态来看，江河水如果同样遭遇到残忍的"筷刑"，是否真能有别于章抱槐、忍受住恐惧的摧毁呢？在兄弟重逢时辉煌与卑贱的巨大反差中，章抱槐对此不禁满怀疑惑。但暴力斗争的严酷历史，就是这样不容分说地决定着个体的命运与荣辱。所以，章抱槐"快要弯到地上去的脑袋"所承担的，实质上是暴力文化的局限以极为"暴虐"的形式，施加于他这不合规范者的人生灾难，在此暴虐的法则和灾难的宿命面前，章抱槐即使"白发飘零"也无法解开自我屈辱一生之谜，更无法充分呈现自我的"真实灵魂"。

在乡土世界的人伦情理与生存境界中，心理态度暴虐、行为方式凶残的暴力文化负面品性同样无处不在。作者讲述木匠章顺及相关人物之间复杂、畸形的性爱纠葛，叙事用心即在于此。在章顺、阿贵等人畸形性爱关系的演化过程中，章顺对老婆麻姑由"心杀"而雇章一回"杀妻"，阿贵不断教唆"浪荡少年"章天意杀人，他们心理蜕变的路径，都明显地呈现出由病态欲望酿成精神屈辱与恐惧、再由化解这屈辱与恐惧走向为"复仇"而杀人的特征。人伦原则的暴虐特性与行为方式的暴力倾向，在这里互为因果而相辅相成。整个老湾村人的集体心理也同样如此。他们因章顺被红湾老妇、大地主陈祖德的大姨太勾引，觉得"把老湾祖辈十八代的丑都出尽了"，并由此延伸，联想到老湾人"一直在被红湾人欺负"，于是充满了"莫名的愤怒和仇恨"，打算"集体出动把那个老太婆拖进河中心去捂死，绝不能让那个老太婆踏上老湾一步"。乡土社会伦理法则的暴虐性与行为方式的凶残性，由此鲜明地表现出来。正因为如此，源自千家峒"从来不与人争斗"、"我们爱朋友，也爱敌人"的"女书"文化传统，麻姑觉得老湾人无以名状的屈辱心理和"总想着要杀人"的暴力行为倾向，就像"永远也回不到现实的梦境"、"永无尽头的游戏"一样不可理喻。这种反差与对比，更有力地衬托出"老湾村文化"的"暴虐"特征。章顺和麻姑的性爱故事中，还有个令人触目惊心的"暴虐"细节，就是木匠章顺在自己的老婆麻姑身上、女人"那流淌着奶和蜜"的隐秘地方，居然加上了一把锁，从而使麻姑从肉体到精神都受到了非人的摧残。尤其令人震惊之处在于，章顺久而久之，竟然忘掉了关于"那把锁"的事情，极度轻慢和淡漠的背后，强烈地显示出当事人对"性暴虐"的习以为常与麻木。老湾村性爱伦理与集体心理的这种"暴虐"倾向，正是乡土世界暴力文化深厚土壤的表征。20世纪中国政治历史的暴力文化之所以能滋生出令人难以置信的巨大遗患，无疑与这种特定地域的民间生态规律和乡村族群文化基因密不可分。

《村庄秘史》还集中笔墨展现了志愿军战俘章义丧失和求证"身份"的困苦与难度，从当代中国"身份文化"的角度，对暴力文化的价值标准在"后暴力时代"的体制化延伸，进行了尖锐的揭露与批判。在那集体本位的"一体化"时代环境中，一个人如果丧失自我的"组织身份"，就可能失去一切保障、甚至包括生存的意义与可能，"连逃逸的空间也没有"。志愿军战俘章义本来也是"跟着章小出去的二十来人"之一，而且"也是做了个不大不少的军官的"，但"所有的出生入死，十几年的血战沙场都因后来变成了战俘而抹杀掉了"。当这一切只是心理上的"耻辱"时，章义仍然获得了田香温润、体贴的爱情和家庭生活的天伦之乐。而在被"清理出队伍"回到故乡老湾、进入"身份文化"主宰一切的环境之后，因为老湾人心理上的不愿承认，在一种"集体暴虐"的环境氛围中，章义所希望的夫妻恩爱、父子相认、卖油豆腐度日的日常生活，就变得遥不可及，成了非分之想。他找到自己曾去做过长工的红湾地主、哀求可能"同病相怜"的章玉官给予证明，但种种努力均于事无补；他甚至上交《关于请求死亡的报告》，希望"用死来证明自己的存在"，却因违背了"上面需要你活着"而被看作"公然的挑衅"。就这样，在儿子"认贼做父"并对自己出现了"弑父"举动、妻子也心理动摇行为出轨之际，"驼背"章义就只有跑到"纪念碑"下偷偷哭诉一番，然后在"旷野"里千山万水地跋涉，"找到儿子让儿子索走他的性命"。因为"被儿子杀死也恰好能证明自己的存在"，他竟然把这样做作为一种信念，看作是在"实现他生命中的最后意义和价值"。正是"身份文化"这一暴力斗争中的价值法则与伦理规范的遗传及其体制化，才以"集体暴虐"的社会伦理形态，使不符合规范的当事人章义丧失了正常的人生空间，受尽了身心的折腾与折磨，承受着精神摧残、妻离子散乃至肉体毁灭的悲惨命运。换句话说，正是现代中国暴力文化的价值偏差，导致了这种种个体困苦、群体罪恶、生命存在意义缺失的历史遗患。

历史层面的战争规范、人性层面的乡村土壤和政权层面的体制原则，诸如此类众多方面的局限与负质相互促成、推波助澜，累积成了暴力文化的巨大遗患和此起彼伏的个体生存悲剧，并最终爆发为集体沉沦与毁灭的可怕的社会事件。

三

老湾和红湾的集体暴虐杀人事件，既是全书的情节高潮，也是作品意蕴建构的"枢纽"和创作题旨的集中体现之处。对于这场集体杀戮的罪恶、灾难性事件，作者的审美着力点主要在以下几个方面。

首先，作者从集体心理与行为逻辑的角度，对这场罪恶和灾难的形成、演变过程进行了真切的展示。在绝望和羞愤中举着砍刀向老湾杀去的红湾后人陈生，只是这场集体杀戮的导火索。"体制身份"辖制下个体生理的压抑、变态和心理的疼痛、扭曲，以及处于崩溃和爆发临界点的暴力文化思维逻辑，才是红湾人恶性事件一触即发的深层原因。而老湾人"没有想到陈生会如此疯狂地报复老湾人"，于是，"一场被虚夸的恐怖一下笼罩了老湾"，他们"先下手为强"，开始"清算那些胆敢发起进攻的所有可疑分子"。落实到具体的刽子手，"开始是出于一种对自身命运的担忧，对地主反扑的强烈义愤，后来因为有了经济的刺激"，也就是"每杀死一个人，可以从最高法庭那里领取五块钱酬金"，"他们更来劲了"，"像吸食了鸦片似的犯了瘾"。他们首先"处死那些他们公认罪大恶极的人"，然后，"很小的恩怨都成为报复的借口"，当"他们几乎再也找不到杀人的理由，但是却杀开了，一发不可收拾"。甚至连外哑巴"见金矮子他们杀得很快乐",于是"也在那疯狂中做了一回刽子手"。人性就这样一步步迅速地走向泯灭和异化的深渊。最后,"河流上漂满了尸体","外哑巴手握着一根竹竿,整天在河道上奔上奔下去赶尸,……可是赶也赶不完"。另一方面,红湾人在出逃过程中"集体投河"未果后,终于酝酿着"以反封建的名义将老湾那棵树砍掉","把老湾的命根子给拔掉",以亦素"他们唯一的温暖和黑暗心灵中的灯光"的名义,"向老湾人发起最后的清算"!于是,在"谁也不会有能力挽回这种局面"的可怕时刻,"整个夜空都被火箭照红了","在那万支火箭中,有一支射中了樟树的心脏",悲剧性灾难的场景于是出现了:"樟树身上流满了红色樟液……四周数百米的土地全都被樟树的汁液浸得通红";"从那间档案室飞出漫天的灰尘,……那许多人的历史和许多鲜为人知的故事,一概像幽灵一般飞扬在老湾的上空";"红湾连接老湾的那座石拱桥突然断裂坍塌了"。最后,"等到那些灰蝴蝶终于全部飘落,老湾和红湾全部处于一种失忆状态","他们从矮人的故事进入了回忆"。在这具有浓烈魔幻色彩的描述中,一种民族自我屠戮而导致人性沉沦、历史倒退的"宇宙洪荒"状态,令人恐怖地展现了出来。

其次,作者通过对觉悟者天瞒大爹和拯救者常贵爹两个人物形象的刻画,使这种社会问题披露性的描述,显示出一种直逼民族灵魂状况的精神深度。几十年都靠红湾家家户户供养的天瞒大爹,虽然透露了"诛杀樟树"可以"用火箭刺中它的心脏"的信息,却在制作了九千多支火箭时"悔恨"了,觉悟到一方面自己"注定了要遭到泄露天机的惩罚",另一方面"在老湾那棵樟树被诛杀后,老湾会沉没,而红湾的河水也将倒流,倒流过来的河水会把红湾全部淹掉"。但这"孤零零"的觉悟者,却在去叫醒"有能力挽回这一切"的老湾瞎子常贵的路上,"一头栽倒在石拱桥上"。老湾的基督教徒常贵爹曾经"用先知般的智慧挽救了老湾人的性命",这次当"整个老湾都已经陷入了罪恶的渊薮"时,他虽然也在努力"帮助刽子手们驱赶魔鬼,可是自己却在驱赶中也变成了一个魔鬼"。就这样,红湾和老湾都丧失了他们生命被拯救、灵魂获救赎的微弱希望。作者的这种描述作为一种反衬，更强烈地表现出战争文化遗患所导致的这场集体灾难从生理到灵魂的严重程度。

再次，作者通过对集体罪恶指挥者和见证者章一回形象的描述与剖析，对这灾难和罪恶的性质进行了有力的揭露。"章一回是怎样变成上面的，老湾人觉得一直是个谜"，因为他通过"谈话"，让"质疑"变成了"沉默"，并将"他的来历更加作为一种绝密材料被封锁了起来"，"用各种办法逐渐抹杀了所有知道他来历的人的记忆"。于是，章一回一方面为那些"档案"忙得"喘不过气来"，另一方面又"经常开会"以保持神秘、打探情况。在这过程中，"老湾所有的小孩子都把他当作父亲"的心理欲望和"对女人的渴求"的生理欲望，都在他不择手段的谋取中得到了满足。至此，一个现代专制统治者的人格形象，已经被简洁有力地勾勒了出来。正是由于他对亦素的私欲，而使"整个老湾面临灭顶之灾"。当"红湾人都起了杀人之心"、恐怖笼罩着老湾时，又是章一回成立了"清算那些胆敢发起进攻的所有可疑分子"的最高法庭，来"主宰任何人的生死"，从而以其暴君式的残忍与随意，使集体性的杀戮成为了可怕的现实。在作者随后进入的对象征、寓意性境界的描述中，章一回反倒因为老湾人感到"空前的恐惧"，而被敬仰为"一个大人物"、"一个神"。他自己的野心也更加膨胀开来：批判常贵爹的"信仰混乱罪"时，他自己却穿上了那件基督教徒的"黑长袍"；在剥皮去掉章玉官"额上的图案"时，他又对章玉官的"帝王戏"、"帝王服"心驰神往，"穿着那套戏装来来回回地走着……就像个真皇帝似的"，甚至希望成为"真正的王"，以满足"把藏在密室里的亦素弄到城池里去……封她为王妃"的邪恶的私欲。这些描写又从文化渊源的角度，揭示了章一回人格内涵的封建专制特征。章一回在幻觉中屡屡"发现自己的那张脸像极了那棵樟树的皮，而且他觉得自己就是那棵树的幻影"，则是作者对章一回人格形象及其文化底蕴的一种意象化、魔幻性表达。章一回人格形象的刻画，实质上是从体制源头角度对集体暴虐杀人事件所进行的揭露与反思。

作品中最后一个有关章得和再娃的故事，则在审视集体杀戮事件的基础

上更进一步，显示出一种将对暴力文化的审美认知引向历史哲学境界的努力。这个故事的要害之处，一是再娃的血脉改变与章得的自我救赎，二是再娃在新的时代环境中再度复仇、与红湾富豪陈军同归于尽的事件。章得杀人夺妻之后，与死者的妻儿日夜厮守，结果"被失眠症和恐惧症折磨得日见消瘦"，日子"过得真是苦不堪言"。直到他花去整整 3 年时间在再娃身上完成"勾结血脉的工程"，"从血脉上把娃崽变成他章得的儿子"，才终于以自己的精血实现了心灵的自我救赎。这样一来，再娃似乎也成了老湾和红湾双方面良性基因相结合的产物。但在"变化真的开始了"之后，暴力文化的遗患却并未就此消失。老湾人制作的鞭炮由红湾人经销、"到红湾去"就成为了普遍的趋势，"红湾人又开始吸老湾人的血"，旧时代的格局又以新形式出现了。特别是红湾的富豪陈军，提出和老湾人一起修建叛徒章抱槐的坟墓，并因为这样"展示老湾人的丑陋，拍卖老湾人的耻辱"，"心里禁不住涌上一种无比的蔑视和复仇的快感"，俨然以红湾人侮辱老湾人的代表自居，而且夺走了再娃的爱情。于是，再娃挺身而出，做起了恐吓游客的守墓人，"用那条钢腿出卖自己的尊严来捍卫整个老湾人的尊严"。紧接着，再娃在墓地里用"大炮""把陈军炸倒了，他自己也炸倒了"，这相当于又一次的共同毁灭、同归于尽。新仇旧恨的这一度被激化，同样是用暴力的方式求得最终的解决，在历史进程中，暴力形态及其"暴虐"的负面特性表现出悲剧性轮回的规律。而且，因为文本写实性的增强，这种对仇仇相报、以暴易暴、循环轮回的历史规律的阐释，确实显示出中国社会现实的深刻投影，从而使文本的审美意蕴超越反思现代中国斗争哲学与革命文化的层次，深化到了对中国历史上的暴力文化形态及其演变规律本身进行揭露与批判的境界。

四

《村庄秘史》独特审美意蕴的形成，与创作主体审美意识的创新性特征密不可分。

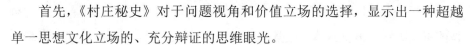

首先，《村庄秘史》对于问题视角和价值立场的选择，显示出一种超越单一思想文化立场的、充分辩证的思维眼光。

对于中国历史与文化"暴虐"性的审美批判，其实是 20 世纪中国一个具有贯穿性的创作主题。从鲁迅《狂人日记》中"吃人"本质的提炼、到巴金"激流三部曲"里激情洋溢的控诉，现代文学史上的这些启蒙文学作品其实都是在揭露封建文化和封建制度的"暴虐"性。新时期以来，以《白鹿原》为代表的"百年反思"题材、"新历史主义"立场的创作，则选择各不相同的立场与视角，对现代中国的"革命"这一暴力文化的社会表现形态，进行了有力的批判性反思。《村庄秘史》所承接的，正是这一思想和审美传统。

《村庄秘史》的不同点或者创新之处有二。其一，现代中国的"革命"作为一种社会暴力形态，无疑具有充分的历史与文化的正义、正当性，如果不进行内部分解地一概而论，则无论审美阐释如何精彩、独到，都难免本质上的偏激、片面之嫌。不少作品泛泛地从人道或人性的立场批判暴力斗争，局限性正在于此。《村庄秘史》则独具只眼地发掘出暴力文化的"暴虐"这纯粹的文化负值、人性劣质，并从这种负面特性的历史遗留及其灾难性后果的角度出发，来对 20 世纪中国的历史进行剖析与透视。这就使作品尖锐的、牵涉面广泛的审美批判，获得了一个深刻而稳健的思想立足点。其二，不少该类作品中一种常见的现象是，批判传统文化时站在现代意识的立场，批判现代社会现实时又往往回归到传统文化的立场，结果无论何种选择，价值立场方面的彼此褒贬、争论不休都难以避免。《村庄秘史》针对 20 世纪中国历史与文化的核心问题选择一个颇具典型性、代表性的案例，并以它的内在意味为审美焦点和叙事轴心，在世纪性的历史与文化时空中，进行多层次、多侧面的审美考察和艺术阐释。这样以广博"证"深细，再以具体事件构成意象，来传达和象征广远的寓意，就既能有效地避开基于单一文化立场或文化资源的审美视角选择，又能充分地吸取和利用各类思想文化的价值优长。比如，作品中的章一回形象显然是对封建专制文化的有力批判，而作者对于"女书"文化传统、对于浯溪碑林所显示的人生境界的认同，则是对另一种同样存在于中国传统之中的、具有合理性内涵的文化因素的肯定。从一个新型的审美凝聚点出发具体问题具体分析，一种辩证而又深刻、稳健的思想特征即由此生成。

其次，《村庄秘史》对于历史认知和生命体验的传达，显示出一种将客观现实的理性剖析与存在可能性的精神感悟、写实型的事象铺陈和隐喻性的氛围营造融为一体的特征。

《村庄秘史》的五个故事中，存在五组极富思辨色彩的对照。章抱槐乖庚、悲苦的人生，与浯溪碑林的生命境界形成了鲜明的对照；章顺形象体现的老湾暴虐伦理，与"女书"文化的仁慈、博爱形成了巨大的反差；章义身份缺失的生存状态，在他儿子章春眼里竟连无法自证清白的杀人嫌疑犯的处境都不如；在集体性的疯狂杀戮事件中，还是有天瞒大爹和常贵爹这样的觉悟者和拯救者在向另外的方向挣扎；在章得、再娃父子俩身上，自我救赎的艰难困苦与再度沉沦的无可避免之间，对比更显得触目惊心。这种在全书叙事主体部分相当系统化的对照性描述，其实是在思辨性地展现历史演变、人性发展、生存价值建构的另一面，超越具象层面感悟存在的另一种可能性。因为存在这种对照性描述，《村庄秘史》在揭露社会历史的灾难与罪恶、拷问暴虐行为的文化心理和人性逻辑的同时，又能从历史、文化发展可能性和生命终极意义的层面，有力地彰显和深化各类当事人的精神痛苦与心灵困惑，并使一种超越既成现实的、有关历史改变和灵魂救赎可能性的深刻思辨，贯穿全书叙述的始终。与此同时，作者还基于自我深广的民间资源积累，在叙事过程中大量地堆砌了各种神秘、怪异、丑陋的民俗事象，以此为基础营造出一种凄迷、恐怖而诡异的氛围。因为这种氛围的营造，文本的精神感悟得以更充分地转化为一种艺术的情韵，作者对乡土生活原生态的描述也超越民俗事象罗列和灵异境界渲染的层次，显示出形而上生存感悟的意味。一种精神气韵充沛而丰厚的审美气象，就充分表现出来。

但是，也许因为创新的诉求过于急切，这部作品反而在某些思路和技法方面，显得有欠妥帖、圆润和通畅。其一，作品的叙事线索存在着刻意繁

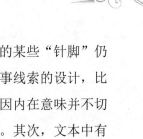

复的痕迹，虽然作者也时时注意到了细致的照应，但叙事的某些"针脚"仍然需要相当细致的阅读才能在众多头绪中被发现；某些叙事线索的设计，比如章一回在讲述老湾村秘密的过程中与女人们的纠葛，就因内在意味并不切实而显得花哨和芜杂，结果反而影响了叙事的疏朗与从容。其次，文本中有些意象的拟构也存在故弄玄虚之嫌，虚虚实实之间虽然增添了文本的审美风姿，却使作品真正意蕴的表达变得晦涩、含混起来。再次，在作品情节和意象的构成元素中，丑陋的景观和物象铺陈得过多、过密，甚至于凌乱中存在堆砌之嫌。这种始自 20 世纪 80 年代的"寻根文学"并一路沿袭下来的"审丑"的时代惯性，既是一种独特审美优势的体现，实际上也是精神局限的反映。

总的看来，《村庄秘史》属于创作者长期积累而集中呈现的产物，是一部希望尽吐自我郁积已久的历史文化认知和乡土生存体验的、以审美爆发性和思想冲击力见长的精神能量"井喷"之作，而且确实以其丰厚的价值内涵和独特的艺术气韵，开创了 20 世纪中国历史与文化审美认知的新生面。

第十二章 《非常良民陈次包》等小说的民间隐秘揭示

第一节 《非常良民陈次包》: 民间智性视角的权力生态批判

20 世纪 80 年代前期凭才情或遇思潮成名的文学新秀中, 不少人随后沉寂下来, 用各种方式进行着刻苦的再度探索与积累, 在跨世纪时期又纷纷以大异于前的成熟艺术姿态重现文坛。熊召政创作的《张居正》、杨显惠创作的《夹边沟记事》等, 都属于这种情况。湖南的蔡测海在 20 世纪 80 年代以《远去的伐木声》获 1982 年全国优秀短篇小说奖, 从而扬名文坛, 还出版了小说集《母船》、《今天的太阳》、《穿越死亡的黑洞》和长篇小说《三世界》。沉寂多年之后的 2004 年和 2013 年, 蔡测海又分别推出了他"苦吟"而成的长篇小说《非常良民陈次包》和《家园万岁》。

《非常良民陈次包》最值得关注的, 是作者力图顺应民间自身的形态、要素与方式, 来思考当代中国的乡土世界和底层生命, 展现乡土社会在精英化的思想建构中被遮蔽的真相。作品以凝练精辟、举重若轻的艺术笔力, 着力透视了一个所求甚少且随波逐流、似蒙昧似执着而有点小心计的"良民"陈次包的生存状况与卑贱命运, 并由陈次包在"捡粪事业"中卑贱然而切实可靠、自得其乐的谋生状态, 揭示出大千世界中乡土生灵的生存途径与生命哲学。小说还围绕陈次包的"良民"形象，采用散点透视、似断似连的结构方式，多侧面地展示了三川半那"巴掌大的"封闭世界中随外界风云而出现命运变幻的乡民形象，揭示出他们在当代中国的人际格局、行为惯性、心理逻辑和文化渊源。由此，作品表现出一种由乡土民间自身资源生发出来的思想眼光与价值立场。

《非常良民陈次包》理性思考的核心，则是当代中国的政治文化。作者着力描述了乡土民间权势群体与贱民群体的社会格局，以及他们之间的矛盾、斗争和际遇变化。包括牲口贩子、兽医站长、治安部长等在内的权势群体，往往凭借其政治经济权力贱待其他生灵，如对畜生般吞噬着贱民的物质利益与话语权，由此导致了乡土社会诸多的丑陋、恶劣与荒谬。作品通过乡主席到牲口贩子的身份转换、兽医站长的权力得失、治安部长的作用伸缩等情节，鞭辟入里地揭示了乡土权力的建构模式；通过权力就是猪屁股的"红戳戳"和"念文件"等意象，辛辣地嘲讽了乡土的权力运作形态；还尖锐地暴露了妓女"红嘴小母鸡"和"赌博"、"麻将"等由权力邪恶因素催化形成的、或传统或新生的民间藏垢纳污形态，从而深刻地剖析和批判了时代政治文化与乡土特性融合、扭曲、异化而形成的乡村政治局面。作品还通过寓透视于褒渎的漫画化的描述，刻画了一个"干部吃什么畜生吃什么"的白毛猪"白雪公主"的形象，以象征、寓言的形式反映了民间弱势群落对于乡土权势形态的情感倾向。而在贱民群体之中，无论是"非常良民"陈次包，还是由精英在政治风浪和心灵迷局中沦为"圣贤（剩闲）"的王二饼、李眼镜、憨佬，都是依赖天地万物，如牲畜虫蚁般卑贱地、却自力自足地生存着。陈次包与权势群体本质残酷却形如游戏的种种纠葛和纷争，以及他从赌王到捡粪到"办公"的身世演变，则高度浓缩地反映了当代中国乡土的历史风云。作品的最后部分描述"捡粪良民"的掌权形态，其实是一种对于乡村社会由异化到自治的民间构想。作者对乡土政治文化及其利弊的这种种独到思考，充分体现出一种以兼具文化与哲理意味的民间智性，来考察政治文化、纵览世事沧桑的思想特色。

　　《非常良民陈次包》总是选取在现代审美格局中显得下贱、俗气乃至污秽的对象来表达这种思考。憨佬朴拙而神秘的乡土画、李眼镜"遍地青蛙哭破喉"的诗、陈次包关于粪便中含"金子"和"女人"的思辨，等等，实际上都以刻意强化的方式，显现出民间智性寓庄严沉重于诡秘污浊的叙述策略。作品采用民间"讲古"、"训喻"式的叙述语调，叙述语言嬉笑怒骂兼而有之，妙言警句随处可见，且时时出现暗含辛辣与幽默的类比，又使文本充满以邪显正的诡谲和情理交融的机趣。李二饼卖肉"心准"、陈次包在娘肚里即伸手要钱之类的细节，"被文化了的猪"、陈川王的传说以及三川半恍若有灵的自然风物等情节和内容，则将作品的严肃与污浊共同置于一种诡秘荒诞、带有湖湘巫鬼文化色彩的乡土氛围之中，小说因此呈现出一种亦真亦幻、写实与寓意相结合的审美品格。

　　不过，民间智性其实是一种良莠互现的"双刃剑"式的精神资源。利用其通脱诡谲无疑有利于增强文本的剖析深度与艺术韵味，但它所包含的那种由底层心理郁积转化而成的辛辣乃至一定程度的恶毒，却又有可能妨碍文本思想根基的广袤与雄健。民间智性思维将具象转化为带有思辨色彩的意象，有利于增强叙述的机趣与寓意，同时却难免会冲淡艺术图景的审美质感，结果使作品显得深邃有余而丰腴不足。这种种局限，在《非常良民陈次包》的价值蕴涵与审美思路中同样有所体现。

　　20 世纪 90 年代以来，"走向民间"成为了不少成熟作家的共同追求，这类创作致力于以民间自身的思维方式与文化底蕴，来展开精神的思考和审美的言说，从而改变了当代农村题材小说表象写实和"寻根文学"外在地拟构乡土中国模式的审美思路。张炜的《九月寓言》开掘民间"野地"的生命诗意，韩少功的《马桥词典》考察民间语词的文化底蕴，阎连科的《日光流年》、《受活》揭示民间的生命苦难与异化形态的生存意志，莫言的《檀香刑》和《四十一炮》追求民间的叙述韵味。这种种艺术探索，已经造就了不少具有经典品格的作品。后来者《非常良民陈次包》的独到之处，在于作家捕捉到并多侧面地呈现了民间智性独辟蹊径的思想境界与思维方式，从而以别具一

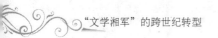

格的思想和艺术风貌，拓展了跨世纪时期文学创作考察和理解民间的思想视野。

第二节　小牛作品：基层生态及其人生韵味的写实型描述

新时期以来的中国文坛一直存在大量来自社会基层并长期关怀基层的作家，他们生活基础雄厚而又胸怀开阔、关注日常却又思虑深远，所以既不像传统现实主义那样，只注目于从社会演变和体制实践的层面考察基层生态，又不愿脱离当代历史历程单纯展示城乡基层的风韵或陋俗，而是将两者结合起来进行自我的审美思考与艺术创造。这样的审美倾向一直广被关注和称道，甚至在新时期文坛形成了一种颇具"中国特色"的、具有贯穿性的创作传统，一般被指认为"市井小说"、"乡土小说"的作品，几乎都属这种审美路向。

小牛的小说创作就处于这种业已较为丰富深厚的传统之中。他多年来的创作始终坚持的审美着力点，是通过描述偏远城镇人文风景式的人物与事件，揭示随时势变迁而波动着的基层社会人生状态，以及这种波动中浮现的更为隐晦却更为深厚的底层风韵、民间品质。

跨世纪文学时期，关于"底层文学"、"底层叙事"的讨论颇为热闹，已经形成了一种思潮性的现象。其实，不仅从语源学角度看，用源自19世纪俄罗斯文学和现代中国乡土文学的"底层文学"概念来规范和引导对当今中国行政性色彩极为浓厚的"基层"社会现实的描述，会形成一种学理的错位；而且，正如把当代中国政治文化范畴的"农村题材小说"，和民族传统文化层面的"乡村小说"、虽具民族文化内涵但精神核心在农耕文化生态的"乡土小说"混为一谈不利于审美精神指引一样，以似乎更具文化承袭意味的"底层"来代替以当代社会特征为中心的"基层"，同样不利于对相关作家及其创作的细致分辨。有鉴于此，笔者依据小牛创作的具体内涵，将其审美重心定位于"基础生态与民间韵味"，而不愿用所谓"底层叙事"的概念来笼而统之地概括。实际上，按流行说法，小牛多年来一直在执着地进行当代中国的"底层叙事"。

一

小牛的中短篇小说大致可分为以下几种类型。

其一是审视城乡基层的风俗性生存格局在时势变换中所受到的冲击和产生的变异。这类作品在小牛的创作中大量存在。描写城镇的《悠悠南风》、《豆腐里的泥鳅》、《味道》，展示山乡的《山里有条弯弯河》、《白果林》、《有一个韦姑娘》，乃至敏锐捕捉"花花世界"的诱惑与恐惧的《要去卡拉 OK》，等等，均为这种审美思路。

这类作品中总会有莲妹子、群子、水妹子、细细、青姝、楠竹婆、韦姑娘这样的女性"现代价值"向往者，她们又总会遭遇"外面世界"、"城里生活"、"知识意味"的代表者眼镜、洪伟先生、两片瓦、知识分子、郦伟等，从而心旌摇荡，在这类人同"眼前世界"、"乡土生态"、"莽憨品性"的体现者贵生、赵同、石坨、荒原、三巴、杆子之间心神不宁、摇摆不定，使自己原本已确定的爱情和人生命运，出现新的变化与波折。这种人物架构和情节模式，显然是新时期以来在乡土世界呼唤和显示"现代意识"的创作模式的艺术延续。

小牛的出色之处，在于对这种变化、波折的复杂性和悲剧性，作出了自我更为深入细致的考察与辨析，并由此展开了对蕴含于其中的实际生存意义的反思。在小牛的作品中，女主人公依旧是那样清纯、积极，对于"现代文明"依旧是那样焦渴，其追求却在社会历史层面合理性的背后，显现出个体情感的屈辱、悲怆和行为的莽撞、轻率。因为"外面的世界"一旦落到具体的人身上，就不可避免地暴露出种种缺陷，"眼前的世界"的体现者反而在对照之中，显露出以往未曾被重视的人生优势。甚至在《豆腐里的泥鳅》中，女主人公关注的城乡两个心中的目标皆不是"好货"。甚至在《味道》中，女主人公三番几次总是找不到真正的"金子"。 其中实际上寓示着，农耕文明在迅猛逼近的工业文明面前，虽然感觉惊异、新鲜、羡慕和渴望投入，但在即将扑入其怀抱时，又近距离地领略了都市文明精神中的虚伪、自私、狡诈、怯弱，以至陷入心灵惊愕和情感痛苦之中。这样，基层城乡风俗性生存格局就都遭受了冲击，结果自然难免两难之中的悲剧性结局。中篇小说《白果树》和《山里有条弯弯河》里描述的上一代人类似的情仇纠葛、高尚与卑劣，短篇小说《悠悠南风》中出现的船老板这样体现基层社会传统底蕴及其转机的"长者"形象，则进一步深化了作者对基层社会这种生存格局的思考，从而层次更为丰富地揭示了世态和历史的复杂性、曲折性和辩证性。一种源自关怀基层个体生命的社会批判意识、一种对新时期同类作品主题意蕴的深化与超越，也就由此形成了。

其二是描述历史转型期基层社会特殊人物和世相的作品。《跳槽》和《有一个刘东》周密地展开了主人公在偶然的人生变故之后，由基层环境所导致的必然的生存困窘。《哥哥的烟灰缸》和《龙卷风》以鲜明的对比，剖析了决定性影响基层社会命运的为官处事之道。《荒漠》和《二○○二年的第二场雪》冷峻地揭示了当今时代情感坚守和实现的艰难、卑贱与迷茫。《街上的阿强》则敏锐地表现了在就业难的新型时代环境中大学生做清洁工时命运与观念的市井境遇。在这些作品中，小牛着意于在结构、布局、剪裁等方面进行出人意表的处理，以更加有力地呈现作品独具的审美意蕴。《二○○二年的第二场雪》和《荒漠》于舒缓地披露与酝酿之后陡然逆向翻转，男女主人公决绝地选择所蕴含的，是冷峻的世俗生存法则和"对口味"的真爱难守难寻的伤感。《有一个刘东》和《街上的阿强》以一波接一波连环套式的故事情节，使基层社会无可逃避的矛盾与困境，揭示得层次丰富、触目惊心。《哥哥的烟灰缸》在比较中对双方抑扬的互换，同样是为了使作品的思想和艺术效果传达得更为鲜明。但总体看来，他的这类作品主要是以现实生活本身的真相和底蕴为基础来建构文本叙述的，作者是以诚恳厚实的现实人生态度，在传统现实主义的范畴之内进行写法的花样翻新。作品的真正价值，实际上是对时代转型过程中基层社会困窘、焦灼、迷茫的世态内容结实而层次丰富的描写。

其三是直接开掘基层乡镇生态风俗性侧面的作品。《上路谣》通过描述一个为死者唱"上路谣"的老者落寞无奈的生存，一唱三叹、鞭辟入里地展示了基层社会的芜杂和社会底层对生存本质的深邃把握与品味。《小镇》刻意以一种瘦硬奇崛的笔调描述种种传统的风俗性生态，从中比照出人性的污浊与风骨。《滋阴壮阳》以波澜起伏而趣味横生、绵延几十年的打狗故事，串起了基层人性在时代风云中的变迁。《小鬼》、《辉煌》、《惊牛》借世态场景显寓言色彩，其中所透露的，既是基层社会的人心在意外事件中的抖动，以及浮现于其中的生存品质；又似乎是在暗示代表农耕文明的牛被急功近利地赶入浮躁、喧哗的小街，以致终于受惊，引发出一场骚动和手忙脚乱的社会景观。文本的审美境界中，鲜明地体现出一种针对基层现实生态，去寻找历史内涵中悠远而深邃的诗意、抒发历史演进中的沧桑感慨的审美意图。

内蕴丰富而描写结实的长篇小说《秘方》自然是小牛的代表作。这部小说全面整合了作者对于基层社会生态的关注与思考。作品围绕"粉线之乡"长冲村注册兴办"粉线"工厂这一核心情节，追述了不同历史阶段"长冲粉线"的荣辱兴衰，痛切地揭示出当代中国的治国理念、政治风云及其矛盾坎坷对于乡土自然生态强行的介入、冲击、扭曲与破坏。同时把长冲村内部从长辈吴仲甫、尹大石、黄少谷到晚辈苕生、黄中仁、泰生等几代人的恩怨纠葛、利害和品格的冲突，以及他们与鲁万良父子、林平母子、尚部长、翟乡长、陈书记等驾驭乡村的外在政治力量的联系，有机地融为一体，以散点透视的方式展开了乡土世界的风俗民情、人心冷暖、世道沧桑乃至秘闻异事。这样，政策事件、乡民悲欢、求生求富道路的描述；政治、文化、道德、人性状态的探究，等等，就都在文本枝叶丰茂、意蕴繁复的艺术境界中显示出来。在泥沙俱下的历史流变中，既有各种不着边际的宏图与鼓噪，也有种种切实的转机与努力，但直至代表乡土健全生态、代表"粉线"灵魂的风俗性人物悲怆地逝去，直至能创造乡村社会生态"上品中的上品"的秘方化为永难追寻的奥秘，基层民众的愿望和美景仍然在利益矛盾和体制牵扯中丧失机遇、蹉跎岁月。由此，作者对当代中国基层社会基于关怀和心心相应的悲悯情怀，就在作品中深沉地渗透出来。

就这样，小牛凭借着文人式的敏锐与悲悯，和真正同命运、共感受的观察与体验，在多层次的思维空间中，细细地品味时势变迁中基层社会的生存境况，努力地发掘潜藏于其中的卑微、憋屈、韧性与焦躁之中的活力，并通过一种将其风俗化的艺术努力，深入探索着基层社会的生存样态与人生韵味。

二

虽然作品的题材和具体作品的写法多种多样，但从文本的思维模式和叙事兴奋点的角度看，小牛的创作存在着一以贯之的特征。

首先，作者侧重于选择偏远城乡人文风景或民间新闻性的人物、风俗性或突发性的生活事件作为关注焦点，来编织故事、结构情节、展开社会生活的画卷。《上路谣》为死人"送路"的韩佬佬和李驼子、《悠悠南风》中收鸭毛的船老板、《豆腐里的泥鳅》中卖豆腐的群子、《味道》中的挑粪工、《秘方》中的秘方掌握者吴仲甫、《山上有个韦姑娘》中的导游韦姑娘，以及他们的生活和谋生样式，无疑都是那个底层社会传统化了的日常风景。《有一个刘东》中刘东奇特的车祸、《二〇〇二年的第二场雪》中韩诚执拗的诉讼、《跳槽》中李胄悖谬的跳槽、《惊牛》中诡异的惊牛，则肯定是那基层环境中众口传说的新闻事件。反映大学生就业难，也是一个相当敏锐地接触时势的题材，小牛的中篇小说《街上的阿强》却"安排"阿强当了清洁工，扫完大街去网恋，这无论如何都称得上是"街上"的新型风景。刻画前者可显示偏远城乡的传统，铺叙后者则能表现受时势影响的基层。基层社会的生态与韵味，就这样在传统和时势的碰撞中鲜活地呈现出来。

其次，在这种审美思维格局中，小牛的理性重心往往是时势的变迁及其利弊得失，但艺术的灵性和笔墨的挥洒自如之处、境界中让人感到意趣盎然之处，实际上则在于对基层世态及其生存意味的描述。我们不妨以《上路谣》为例来分析这个问题。作者在《中篇小说选刊》1998 年第 3 期上转载小说的创作谈《总想写母亲》中介绍，这篇小说的真正起源，其实是在"泪水浸泡"中对少年时代母亲自杀的反复思量。但文本呈现的，却不是当代中国政治运动受害者所遭受的磨难本身，也不是他们由此产生的对于"生与死的深刻道理"的发现，而是两个为死者唱"上路谣"的老头的形象。《上路谣》的成功，正得力于这种审美转换。一个光头一个驼背，背上都插一柄破蒲扇，两人将死人搬进棺木，在烈日下平静地抬向乱坟岗。这样一个贯注着宁静、苍凉、落寞乃至不无诡异色彩的风俗化意象，显然既凝聚了由母亲自杀所导致的生命感悟，又超越自杀本身，转换、深化成了对基层社会生命境界、生存意味的探索。《腰鼓》的主人公不甘卑微而默默无闻，一有机会就要突出自己，以施舍别人来显示自我的高高在上、居高临下，在别人的吹捧中欣赏自己，在别人的崇拜中怜悯别人的可怜，用别人的感激与喝彩，来涂抹自己的人格光彩、凸显自己的生命价值。作者不动声色的幽默与犀利背后，其实还是对基层社会生存品质的冷峻感悟。

而且，也正是通过捕捉这些带有风俗特色的世态人情及其生活韵味的丰富表现形态，作者对时势变迁各个侧面的揭示才显得匠心独运、左右逢源。《秘方》就是如此。苕生与小蔓的情爱已成陈年旧事，当小蔓从远方归来时，这种旧情却并未归于寂灭，而成为了小蔓真诚资助苕生办粉丝工厂的源头。尹大石曾经利用基层权力强奸过地主婆娘顺顺，作者又敏锐地写出，多年以后，顺顺恰恰因此对失势的尹大石有着一份特殊的关切。作者描述了尹大石耀武扬威的姿态、欺男霸女的恶形和受屈坐牢的报应之后，正由于展示了乡土女性的这种关切、牵挂与怜悯，才更为有效地使人物形象摆脱了漫画化的色彩、显现出艺术的厚度。

小牛的不少作品中都有一个作为情节线索的道具。这道具大都是一些基层生活的"特产"。它们或者联系着吃喝拉撒等日常生存和赚钱谋生的方式，比如"粉线"、"米豆腐"、"擂茶"等特色小吃；比如扫街、淘粪、为死人"送路"、砍树、放排、摆夜宵摊等特色行业。或者联系着基层的"文化生活"与"小城人的艺术感觉"、生存韵味，比如"阳戏"、神奇美妙的"苕乐"和"苕语"、人死送路仪式唱的"上路谣"，包括小摊贩收鸭毛时的吆喝。如果把这种种道具当作叙事元素来看，其中所显示的作者的审美兴奋点，其实是基层的"民生"，是对基层民众独特生存状态及其韵味的关注和共鸣感。

所以说，作为一个从生活事实出发进行创作的作家，小牛最为擅长的不是对时代变迁的宏观把握和深入剖析，而是对基层谋生状态、对乡土"熟人"社会那扯不断、捂不住的恩怨情仇的描述，对隐藏在所有这一切背后的当代中国基层社会的生存韵味、生命能力与人性诗意的揭示。这些方面才是他小说中总能神采飞扬、令人刮目相看之处。

三

检视新时期以来描述当代中国城乡基层社会和底层百姓的作品，我们可以看到一个饶有意味的现象：不少的作家展示自我艺术境界的那一方基层空间时，都喜欢描述风俗，特别是描述那些弥漫着落寞、迷蒙、伤感的气息而又意趣别具的偏远地方的风俗。笔者以为，这其实不过是作家本人心态的一种外化，它既显示出创作者面对描述对象时自命为"见过大世面"、"胸中有丘壑"的优越感，又流露出一种难以把握住真正的"大世面"、"大丘壑"因而并不自信、同时却强要自得其乐的矜持感。小牛的作品也存在这种审美倾向。在群落分化、价值多元的历史时代，这种审美倾向自然不无文化心理的合理性。

但笔者由此引发的疑惑是，面对已经形成深厚传统的基层题材小说，作家们面对基层社会和乡风民俗交融的社会情境，更具创新性的审美核心和艺术重心究竟应该是什么？更深厚的文本意蕴凝聚的方向究竟应该在何处？到底应该进行怎样的艺术建构，文学创作才能充分利用当代中国基层社会蕴藏着和已经呈示出的生命韵味？这种种疑惑未曾获得有效的解决，是21世纪的中国文学界名为倡导"底层叙事"、其实只是倡导在体制化的"基层叙事"，以至创作也形成了精神"瓶颈"的症结之所在。

在21世纪以来的某些内蕴相对厚重而广被重视的小说作品中，我们看到了新的审美努力。从贾平凹的《秦腔》到铁凝的《笨花》，我们可以看到对乡土世界的原生态进行混沌化处理的深厚笔力；从杨志军的《藏獒》、马丽华的《如意高地》，我们可以看到生命本原思考与猎奇眼光相结合的对特殊群落生态及其文化底蕴的感悟；从莫言的《檀香刑》、李洱的《石榴树上结樱桃》，我们可以看到对民间审美形式及其韵味趋于极致的利用；阎连科的《受活》和《丁庄梦》，则显示出一种写实与寓言相结合、形而上与形而下融为一体的审美意识。所有这些，也许预示着对"基层"城乡社会的现实化审美正朝着更具"底层文化"韵味的方向发展，进而展示出一种精神视野更为宏阔的文学发展趋势。小牛的创作未曾全面、系统地铺开，但实际上一直在朝着这个方向不懈地努力。

总之，小牛的小说创作内蕴丰富而描写结实，但从更进一步形成巨大突破的高度看，在基层生态和人生韵味之间，如何实现丰富和结实之后的深邃，如何进行生活功底和艺术技能之上的精神文化基点更新，如何达到趣味情调背后的审美境界独创，换句话说，如何进一步展开对自我独到的整体审美方向及其凝聚点的追寻，却是他创作中一个尚未充分自觉地加以解决的重要问题。

第十三章　多元化语境与"文学湘军"的全国性定位

　　跨世纪文学时期,"重振'文学湘军'"是一个长期高悬于湖南文坛的目标和口号。但是,因为社会与文化转型语境中的诸多复杂原因,中国文坛对"文学湘军"的实际创作成就却始终存在着相当严重的忽视与遮蔽的现象。这种忽视与遮蔽既极大地左右了"文学湘军"的社会反响和文坛地位,也严重地制约了"文学湘军"的创作本身。

第一节　世纪之交:耐人寻味的"湖南长篇现象"

　　从 20 世纪 90 年代中后期开始,"文学湘军"即以创作队伍的新格局显示出一种审美的新气象,尤其在长篇小说创作领域,更呈现出佳作迭出的文学景观;但文坛内外并未对这种成果给予应有的关注与重视,更未根据新形势及时调整视角和思路,来重新打量与估价"文学湘军"。二者之间的巨大反差和鲜明对照,构成了 20 世纪和 21 世纪之交中国文坛耐人寻味的"湖南长篇现象"。

一

20世纪90年代末，"文学湘军"的长篇小说堪称群星闪耀。唐浩明刚以长篇历史小说《曾国藩》轰动海峡两岸、文坛内外，《杨度》又连获第十届"中国图书奖"、第三届"国家图书奖"和"八五期间全国优秀长篇小说奖"；彭见明的《玩古》与《杨度》1998年同进"八五期间全国优秀长篇小说奖"20部入选作品之列；向本贵的《苍山如海》先获第七届中宣部"五个一工程"奖，继而又被评为"向建国50周年献礼10部优秀长篇小说"。另外，唐浩明的《杨度》和陶少鸿的《梦土》双双入围第五届"茅盾文学奖"的25部终评备选篇目；阎真的《曾在天涯》不仅在人民文学出版社出版，还由明镜出版社出版了海外版，并获人民文学出版社的第三届"人民文学奖"提名奖；王跃文的《国画》则畅销得使全国各地的盗版者也大发了一笔横财，以至文坛有人称1999年为"王跃文年"。

2001年更是湖南长篇小说创作的丰收之年。仅在权威性的人民文学出版社，就有四位湖南作家的作品被隆重推出，即唐浩明的历史小说"压卷之作"《张之洞》、刘春来的《水灾》、阎真的《沧浪之水》和王跃文继《国画》之后的又一部长篇小说《梅次故事》。而且，《张之洞》在中国大陆、台湾、香港三地同时出版发行，还继《曾国藩》获得第一届奖项后，又获得了第二届"姚雪垠长篇历史小说奖"。《水灾》和《沧浪之水》均被《当代》以全文发表的形式刊载。此外，向本贵在这一年之内同时出版了《盘龙埠》和《遍地黄金》两部长篇小说，并分别由福建省委宣传部和作家出版社推荐为中宣部"五个一工程"奖的备选作品。

应当说，在短短四五年的时间里，如此清一色的长篇小说，取得如此的关注与反响，比起20世纪80年代前期的"文学湘军"，即时效应并不逊色。即使是20世纪90年代最为震动中国文坛的"陕军东征"现象，5部作品中也就是《白鹿原》和《废都》卓立文坛，不仅佳作规模有所不及，整体水准也很难说比世纪之交的湖南长篇小说就高出了多少。

再以文坛口碑而论，历史小说创作是唐浩明、二月河齐名；"主旋律"作品"北有何申，南有向本贵"；百年反思题材，曾经《缱绻与决绝》、《梦土》并列；批判现实主义作品则《羊的门》、《国画》媲美……应当说，在不少的题材领域，湖南作家都已经在领中国文坛一时之风骚。而且，"并列"、"媲美"的另一端往往来自北方的不同省份。二月河与《羊的门》的作者都是河南人，何申则是河北的，《缱绻与决绝》的作者赵德发却来自山东，湖南作家竟然以一省的分量，扛起了这些"并列"、"媲美"的一端，这令人不能不刮目相看。

更进一步从作品精神文化含量的角度来看，因为时代的原因，20 世纪80 年代前期"文学湘军"的获奖作品多为中短篇小说，而且无论长篇还是中篇、短篇作品，都有不少部在时过境迁后已黯然失色。世纪之交的湖南长篇小说最终命运如何，当然谁也不敢先知先觉地预料，但至少在超越单一的政治话语模式、思想艺术时空大大拓展、作品内蕴更为深广厚实等方面，这一批作品具有 20 世纪80 年代"文学湘军"的作品所无可比拟的优长。

客观事实充分说明，世纪之交的"文学湘军"已经从长篇小说量的丰富和质的优异双重角度，构成了湖南文学的新辉煌。但是，从中国社会文化领域、中国文坛到湖南文学界，却一直既无人从横向角度，将这一时期的湖南长篇小说作为一个整体"刮目相看"，也无人从纵向角度，欢呼"文学湘军"已经重新崛起。为什么会出现这种"失察"的现象呢？其中的意味确实发人深思。

二

20 世纪80 年代前期的"文学湘军"作为一种文学现象名噪一时，大致源于以下因素：第一是整个社会对文学的巨大热情和全力关注；第二是连年举行的全国中短篇小说奖和同期举行的"茅盾文学奖"；第三是文坛一浪接一浪且具全局性影响力量的文学思潮；第四是"文学湘军"的作品均具鲜明

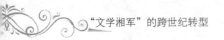

的地域风情色彩和地方文化特征。天时、地利、人和加上自身内在素质同时起作用，当时的"文学湘军"才显得形象异常鲜明强烈，使人极易捕捉。

世纪之交中国社会文化和中国文坛的状况，则发生了巨大的变化。

首先，评奖体系和机制的复杂、混乱所导致的获奖作品声誉的贬值，影响了湖南长篇小说形成"亮点"。

跨世纪时期，中国文化界出现了许多评价标准、运作方法和评奖部门皆不相同而与文学相关的奖项。全国性的奖项就有中宣部的"五个一工程"奖，出版部门的"国家图书奖"和"中国图书奖"，文坛内部的"茅盾文学奖"和"鲁迅文学奖"，以及在社会历史进程的重大关头临时组织起来的"献礼"性优秀作品遴选，等等。各大出版社和文学刊物也大都有从自身角色出发的评奖。种种其他部门和民间群体还时常基于各不相同的背景与动机，弄出自己的评奖和排行榜。在开放的时代、多元的社会，这是一种历史的必然。但是，奖项既多，反而难以如 20 世纪 80 年代那样，一旦哪部作品获奖，即成众星捧月之势；奖项太杂，又往往令不明内情者觉得眼花缭乱，所以研究者则多半会对许多奖项与获奖作品不以为然。而且，这些奖项各有各的评选标准，虽然可能互相影响，却极难获得全面的相互认同。某些奖项还时时因各种缘故大搞"平衡"、妥协，以致评不出已入围作品的最优秀者，并不时爆出谣传或确实存在的"暗箱操作"现象。媒体对这些奖项评奖过程和结果的评价与介绍，亦难以具有公允、稳健、独立的品格和全局性的眼光，总有许多因价值立场的差异和自我炒作的需要而立论偏激、最终搅乱了大势的文章"火爆登场"。结果，各种奖项的信誉度、权威性和受关注的幅度、程度，都不能不大打折扣了。

湖南的长篇小说获奖虽多，但这种因评奖机制的复杂、混乱以及随之而来的种种社会心态所造成的获奖作品声誉贬值的损伤，它们都无法避免。而且在诸如"茅盾文学奖"这样文学界内部认同面较广的奖项面前，"文学湘军"的作品又总是以一步之遥功败垂成。结果，湖南作家的即使相当优秀的作品也难以形成真正的"亮点"，最终为无心者与挑剔者所忽视也就在所难免。

其次，世纪之交中国社会文化的多元价值取向及其相互之间矛盾对峙、各有偏颇的状态，成为湖南长篇小说作为一个整体受到漠视的更为内在的时代原因。

世纪之交的中国呈现出"主流文化"、"精英文化"、"大众文化"三足鼎立之势，文学作品也相应地出现了"主旋律文学"、"纯文学"和"畅销书作品"三种类型。它们虽然各有所长，难以互相取代，但极少有作品能在三大文化板块内皆一致叫好，不少作品由此遭遇的褒贬与热情程度甚至大相径庭。在此情势之下，一个地域的一批优秀文学作品如果处于同类文化的精神时空，自然极有可能因该类文化势力的推崇与运作，而形成一种众人瞩目的地方性文学整体效应，"陕军东征"现象、河北的"三驾马车"、南京等地的"断裂"作家群等现象，就都是这样。

令人遗憾的是，世纪之交的湖南长篇小说并非如此。具体说来，《苍山如海》、《水灾》属"主旋律文学"，《梦土》的价值基础是传统农耕文化；《曾国藩》、《杨度》立足传统庙堂文化立场，《曾在天涯》、《沧浪之水》却注目于个体生命的意义与价值；《玩古》以对民间消闲文化的描摹取胜，《国画》承接的是 20 世纪初"官场现形记"作品的审美焦点……这就是说，湖南长篇小说创作的个体性精神特征，未能在客观上形成一种集群性的地方文化色彩。同时，20 世纪 80 年代前期"文学湘军"所拥有的地域风情色彩，在这批作品中也因精神视野、思维重心的超越而不复存在。因此，湖南长篇小说自然就难以给人以颇成"阵势"的印象，难以形成整个社会和文坛聚焦于此的传播效应。

再次，评论届的浮躁、狭隘心态和自我中心意识，以及由此导致的时代全局感、社会整体性学术视野的匮乏，则是湖南长篇小说作为一个整体受到忽视的直接原因。

文学批评本应以"拨云见日"、发现和研究优秀作品与重要文学现象为己任，但当今中国的文学批评看起来风风火火，在电视、网络、大小报纸、评论和学术刊物上漫天开花，实际上，因为每年出版和发行的文学作品实在太多、太千奇百怪，各地负责和不负责的评论也太多、太杂和太滥，以致一般性的评论与炒作并不能真正引起社会的关注。不管是学理批评还是媒体批评，在文坛和社会上具有举足轻重的分量、拥有决定性话语权的，其实只有北京和上海的几个已经形成"品牌效应"的批评家群体，以及某些机敏勤奋而常常"语不惊人死不休"、且占据了"有利地形"的青年文学批评工作者。在当今中国最具影响和权威性的一些文学评论报刊上，基本上是他们的声音和倾向。其他各种文学评论的"地方队"和"散兵游勇"，即使批评文章确实精湛贴切，对推出优秀作品也难以起到无法替代的作用。但是，由于立场、视野、精力和社会联系的局限，几个"品牌"型的批评家群落，事实上不可能对每个省的文学发展状况都有准确、细致的把握。他们所关注的大致是这么几种类型的作品：首先是已形成"品牌"而思想立场、艺术趣味较为投合的作家的作品，其次是社会和文化思潮的热点、趋向范围内的"风头"性作品，再次是各方面信息均相当看好且已在全社会形成包括发行量在内的良好影响的作品，以及"哥儿们"的有特色的作品和各种"问题作品"。这样，以他们为中心而处于"边远地区"且无人缘联系的作家的优秀作品，就只有在评介和口碑的"累积"达到相当程度时，才有可能被他们纳入批评的视野，成为"全国性"的优秀之作。如果这种"累积"的厚度或速度不够，以致他们还来不及对其进行关注，其他的"耀眼"之作就又出现于文坛，那么，这些作品就只有令人沮丧地被淘汰"出局"。

湖南省长篇小说佳作的命运正是如此。就笔者所知，世纪之交的湖南长篇小说中，只有《沧浪之水》的评介颇为成功，因为在北京获得了几乎所有"重量级"评论家的推崇，在以上海为中心的长江三角洲地区，又获得了以文学博士群体为核心的青年评论家们的普遍看好，于是一时之间，篇幅长短不一的各种评论撒遍了全国的大报小刊。其他的湖南作家作品即使评介较多，也难以和全国其他省份的同类作品相比。《苍山如海》很幸运地在《人民日报》、《文艺报》、《中华读书报》、《芙蓉》、《理论与创作》等报刊上均有评论，但比起文坛内外对河北"三驾马车"和湖北刘醒龙作品的连篇累牍、经久不息的长文研讨来，无疑大大地逊色。《杨度》的评论亦曾稀稀拉拉地散见于《小说评论》、《中国图书评论》、《理论与创作》和《文艺报》，不过，它既未享受到刘斯奋的《白门柳》出版煌煌近 40 万言的研究论文集《名家评说〈白门柳〉》的"殊荣"，更比不上大报小刊对二月河"落霞系列"小说热火朝天的炒作。另外一些同样相当优秀的作品，则或者因重意蕴而锋芒内敛，如《玩古》；或者其实会被青睐而"联系渠道不畅"，如《梦土》；或者因受到体制制约而难以"组织"评介，如《国画》，最终都未能及时进入上述几个批评家群落的学术视野核心区域，这些作品除了在湖南省文联的评论刊物《理论与创作》上有长篇评论外，别的报刊都只是零星地、附带地提及。结果，虽然作品的质量并不逊色，事实上这些作品都未曾引起各个"品牌"型批评家群落的热切关注。这些群落没有一拥而上"开口说话"、"集体发言"，就无形中使人们产生了相关作品在文坛"分量不够"的错觉，一部接一部的作品老是这样"分量不够"，湖南长篇小说整体在全国文坛的地位，又怎会变得举足轻重呢？不能不说，这既是评论界的轻率，也是湖南文学界和湖南作家的落寞与悲哀。

综上所述，中国社会文化和文学的整体情势，显示出一种体制内话语权弱化、公共社会的话语空间渐成强势的历史走向，而且还生发出一种表面喧嚣多元而实质上价值标准无主流、批评话语无全局性视野的不健康的症状。"湖南长篇现象"的出现，正源于这种话语权转换与病态、畸形现象并存的时代语境的遮蔽。

三

在世纪之交的中国，除北京、上海等地外，其他取得较大创作成就的省份，整体方面相继被概括出了陕西的"陕军东征"、河北的"三驾马车"、河南的"中原突围"等文学现象；个体方面，山东张炜、赵德发、毕四海、刘玉堂、尤凤伟等人的优秀长篇，湖北池莉、方方、刘醒龙、邓一光等作家的长、中、短篇佳作，都是一问世即获得各方面大量的重头评论。只有"文学湘军"的创作，却出现了令人尴尬的"湖南长篇现象"。由此可见，即使在同样的时代语境中，湖南文学界的现状也有值得自我反省之处。那么，形成这种现象的自身根源又在何处呢？这当然是一个相当复杂、而且许多方面难以尽言的问题。笔者只从湖南文学界主导性的思想观念、文学创作者和评论者的思想意识、湖南的文学评论刊物四个方面，对其中所存在的偏差与薄弱之处略作剖析和探讨。

首先，在主导性的思想观念方面，湖南文学界传统社会的体制正统意识、政治中心意识颇为强烈，商品经济时代的市场意识、公共空间意识则相对地较为淡薄。

在湖南的文学组织工作中，对体制内的、特别是政府行为的评奖，大都是思想重视而措施有力的，但针对其他类奖项而进行的鼓动、宣传和努力，则显得相形逊色。对于作品本身在全国范围内的宣传与评介工作，世纪之交的湖南文学界更是处于空呼口号而实质上放任自流的状态。从民族文化历史发展的角度来看，体制内奖项方面的努力与运作其实是无可厚非的。但是，在当今中国公共话语空间渐成强势、多元文化皆具影响和势力的时代环境中，不应时顺变，缺乏"全面出击"式的多方面努力，缺乏全方位的自我"包装"与"推销"，作品质量"实至"而整个社会影响"名不归"，就只能是一种必然的命运。

之所以形成这种局面，撇开种种现实的具体人事因素，从较为开阔的历史文化时空来看，笔者认为，体制正统心态和政治中心意识实为根本原因。湖南长期以来就是一个政治意识强烈的省份，湖湘文化的经世致用原则，实质上是以政治性人生和体制内功业作为努力的根本目标。按照这种思路进行行为抉择，必然会首先致力于谋求体制内的褒贬，然后再决定自我的动与静、言说与沉默，至于公共话语空间的反应与态度，则往往只能"无暇"和"无力"顾及了。

其实，在 20 世纪末期，以"电视湘军"为龙头，湖南文化界已经开始出现淡化政治意识、走向世俗和市场社会的趋势，呈现出体制内外齐头并进的状态，而且总体看来获得了"双赢"的效果。然而，文化底蕴更为深厚的湖南文学界，却因传统文化心理的束缚，反而未能及时、有效地适应迅速变革着的时代。虽然"电视湘军"在注重公共话语空间的同时，表现出某种市俗化、市场化的倾向和对时代文化主流趋势缺乏稳健把握的弊端，其内在的长短得失尚需进行深入、细致的区别和讨论，但世纪之交的湖南文学界缺乏这种意识和观念的转变，已经使湖南长篇小说的应有影响受到了本可避免的巨大损伤，却也是难以讳言的事实。

其次，从文学创作者的角度来看，世纪之交的湖南作家仍然普遍存在"小生产者"式独自耕耘的作品传播意识，对于现代社会中文化商品"品牌打造"的手段和方式则表现得矜持而笨拙。

湖南作家在文本审美境界中精于揣摩和揭示的，往往只是政治性权位世界的机心与品性，在对公共社会空间生存智慧的研探方面，他们就显得甚为隔膜，即使有所描述，也是基于享受和消遣人生而非认同性创建人生的态度。如果我们对湖南的长篇小说佳作细加品味，从"主旋律文学"的《苍山如海》、《遍地黄金》，到官场文化考察性的《曾国藩》、《杨度》，官场生态仿拟型的《国画》，直到慨叹商品经济时代优雅人生方式扭曲和失落的《玩古》，皆可明显地感受到这一特点。

延伸到文本之外，湖南作家就以一种经典不靠外在策略、"桃李不言，下自成蹊"的"清高"姿态，放逐了对作品影响的运作。我们不妨再以《国画》和曾经与之齐名的河南作家李佩甫的长篇小说《羊的门》为例，来对这个问题略加分析。可以肯定地说，《国画》的发行量远远超过了《羊的门》，但是，只从两部小说初版时的封面设计来看，《羊的门》大排名家赞语的宣传攻势就远远超过了《国画》；事实上，《羊的门》刚一出来，各种极具影响的报纸和文学评论刊物就迅速进行了相当充分的评介与研讨，而有关《国画》的学术性评论，则可说是寥寥无几。出现这种令人惋惜的状况，除了作品思想、艺术内蕴本身的原因，与作者和有关部门对于即时性影响的重视与"运作"、"经营"不够，显然也大有关系。其实，商业炒作和学术研讨是既相互矛盾、又相辅相成的，一概排斥完全没有必要。是好作品当然可能传之久远，但是，无现在又何以图将来呢？

并且，长期以来的观念局限还导致了一个带根本性的现实问题，即许多湖南作家对"影响运作"的心理准备、经验和资源积累都相当欠缺。应当说，这实际上是与湖南文学组织机构的行为特征互为依存的一种历史惯性。

再次，"湖南长篇现象"的形成，也和湖南文学评论与研究方面的局限密切相关。

在世纪之交的那个历史阶段，湖南的社会性文学评论力量较为薄弱，但"经院式"中国新文学研究的队伍其实是颇有分量的。不过，这支队伍多半只注重对某一特定学术领域的研究，对文学创作的现实状况则缺乏充沛的热情。湖南文学创作在20世纪90年代前期的相对沉寂，也使他们形成了与之保持疏离状态的惯性。而且，湖南的文学评论界很少作为学术实力集团"集体发言"。还有一个更为根本的问题，就是在作为学者研究业已定型的、经典性的文化史实和作为文化工作者参与现实文化创造之间，湖南的文学研究者有着自己不无偏执的考虑。笔者认为，虽然从学科细化的历史发展趋势来看，二者越来越泾渭分明而且均需全力以赴方可克奏大功，但是，如果真正达到了卓有成效的程度，二者之间其实是很难说存在高下之分的；而且，"经院式"的文学研究者保持对当代现实的适度敏感与关注，反可从思想文化史的高度拓展视野，吸纳当代思想的精华与灵性，从而增添思维的活力，也就是说，"治学"与"批评"二者实可相得益彰，进而融会贯通、升华超越，最终必成大器；更何况当代文学本身，就是不断发展中的中国新文学的有机组成部分。所以，保持"学术领地"的一定程度的"弹性"但又不"画地为牢"，也许恰是一种更具学术前景的研究道路。

从湖南文学的现实发展来看，学院派研究力量的深入参与，对评论力量较弱的湖南文学创作在全国影响的形成和增强，作用应当是不可低估的。但由于这方面的力量未曾真正用心地参与到对湖南当下文学的评论中来，结果，湖南省的评论刊物《理论与创作》所发表的热情推介湖南作家、作品的评论，既未全面显示湖南学术界的思想眼光和学理深度，也未对湖南文学力作的思想艺术意蕴，充分展现本地学术实力地给予深入的开掘。同湖南省思想文化地位相似的其他省份，像湖北、山东、河南等，就都有相对较强的"学院派"当代文学评论队伍，并对推出和研究本省作家的优秀作品起到了良好的作用。不能不说，湖南评论界在这一方面的忽略和欠缺，也是"湖南长篇现象"形成的重要原因。

第四，世纪之交的湖南文学评论刊物《理论与创作》，也存在诸多值得改进之处。

平心而论，在这时尚文化势头强盛的时代，一个政治、经济和文化都未达全国前沿的省份，要想使自己的文艺理论刊物始终保持品位与生机，其中的艰辛是不言而喻的。本地学术群体的活力与分量、人文管理环境、稿件来源，乃至发行量等方面所必然会存在的局限，往往都有可能形成一种恶性循环，导致刊物徘徊于劳碌而低迷的境地。在这样的形势下，世纪之交的《理论与创作》显示出三个方面值得赞赏的特色。

首先是刊物的稳健性。在多元文化竞争剧烈、非学理化倾向甚嚣尘上、纯文学和学术刊物生计艰难的时代处境中，《理论与创作》不热衷于炒作，不介入种种拉帮结伙、浅薄而狭隘的"捉对厮杀"，不传播琐屑而质地阴暗的信息以取悦世俗，长期以一种平和而纯正的文化心态，坚持理性、建设的办刊态度，刊物所发的作品也基本保持着稳健的思想和人文品格，这已经颇为难得。其次是刊物的丰富多样性。这一点从当时刊物的栏目设计即可看出。从理论探索到作家作品评论，从名家研究到新书导读，从理论到创作，乃至从文学到影视、美术、摄影，从湖湘文坛到港澳台、海外，各个方面均包容于内。虽然栏目略有杂乱，但一刊在手，读者确实能从中获得较为丰富的信息量。再次，《理论与创作》对湖南文学的成果始终不遗余力地推介。湖南文学界在全国产生过巨大影响的优秀作品，如《曾国藩》、《杨度》、《张之

洞》、《梦土》、《玩古》、《苍山如海》、《沧浪之水》，等等，《理论与创作》都组织过数量可观的评论文章，甚至常常一部作品推出多个研究专栏。"文学湘军"的新人新作，往往也是首先在《理论与创作》获得评介的。

但令人遗憾的是，《理论与创作》所发表的包括湖南作家作品评论在内的论文，学术分量却往往难如人意，很少能在全国产生重要的影响。这个刊物在世纪之交一直未能进入所谓"北大核心"、"南大CSSCI"刊物的行列，就是典型的例证。总的看来，那个时期的《理论与创作》存在以下几方面可予改进之处。其一，在办刊方针上，需改变长期以来的"面向全国"和"突出湖南"二者之间的比例，更具全国性的胸襟和抱负；其二，在栏目设计上，需要增加特色栏目和创新性栏目的比例，因为栏目多而全的另一面，实际上是特色和创新性的匮乏；其三，在稿件刊用方面，需要改变力作大稿和"大路货"、"人情稿"的比例，多发现和组织有分量的稿件；其四，在稿源方面，需要改变团结老作者和寻求、发现已成实力派的新作者之间的关系。以此为前提和基础，《理论与创作》才有可能来克服湖南文学界"自娱自乐"式地研究与评论的状况，更多、更广泛地吸引包括基础雄厚的"学院派"研究者在内的各种学术力量的加入，进而促进他们对于湖南作家与作品的了解、研究和评论，有效地扩大湖南文学的影响。但令人遗憾的是，彼时的《理论与创作》未臻如此境界，以致刊物对湖南作家、作品的推介，长时间内始终处于一种"吃力不讨好"的状况。

总之，湖南文学界的内在缺失与时代文化语境的不健全状况相结合，导致了"文学湘军"优秀作品的影响力难以得到充分的发挥，也导致了"文学湘军"的整体影响力难以与整个社会文化层全面接轨，这样一来，"文学湘军"作为一个创作整体应有的文学和文化声誉，自然也就难以获得有效的承认与有力的提高。"湖南长篇现象"正是这种耐人寻味的尴尬局面的具体表征。

第二节　新世纪：湖南文学界的"茅盾文学奖"情结

一

21世纪以来的10余年间，"文学湘军"已经以丰富的创作成果和多方面的社会影响，逐渐形成了全国文坛充分关注和重视的审美阵势。

首先，"文学湘军"出现了王跃文、阎真、何顿这三个全国性的"作家品牌"。王跃文的《大清相国》、《爱历元年》和《漫水》，阎真的《活着之上》，何顿的"抗战老兵"三部曲《湖南骡子》、《来生再见》和《黄埔四期》，在问题意识、内容含量、艺术成熟性和审美共鸣度等方面均属同类题材领域的翘楚之作，因而广受关注和推崇。《大清相国》还成为湖南文坛继《曾国藩》、《国画》之后又一部构成了"社会文化现象"的作品。

其次，湘西题材长篇小说创作异军突起。李怀荪的《湘西秘史》工笔实写地域人生形态中所体现的民俗文化蕴涵，表现出一种建构区域文化经典形态的沉稳气象。刘萧的《箪军之城》、邓宏顺的《铁血湘西》、蔡测海的《家园万岁》、于怀岸的《巫师简史》、黄青松的《毕兹卡族谱》、张景龙的《湘西土司王》和黄光耀的《白河》等，这众多内涵独具的作品在短时间内纷至沓来，共同开掘着大湘西历史与文化的风采和底蕴。

再次，各地乡土现实和历史题材小说的创作再放异彩。彭见明的《天眼》和《平江》、王青伟的《村庄秘史》和《度戒》、姜贻斌的《火鲤鱼》、薛媛媛的《湘绣女》、万和的《内伤》、陈茂智的《归隐者》、廖静仁的《白驹》、陶少鸿的《百年不独》等作品，皆各擅胜场而韵味悠长，以纯正的文学品质而获得文坛的关注和赞赏。

第四，官场小说、都市小说等"类型化写作"的作品图书市场效应良好。除王跃文、阎真、肖仁福之外，湖南还有不少作家也热衷于官场小说创作，

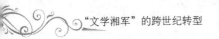

吴国恩的《文化局长》和《宣传部长》、刘春来的《办事处》、魏剑美的《步步为局》、余艳的"后院夫人"系列作品等，都颇具图书市场的号召力。都市小说中，浮石的《青瓷》、《红袖》和《皂香》题材独特而把握真切，获得广泛的青睐；何顿的《黑道》和《时代英雄》、吴刘维的《绝望游戏》、杨蔚然的《失魂记》、余红的《琥珀城》、赵燕飞的《香奈儿》等，也都活色生香、各具精彩。这些作品良好的图书市场效应，有力地拓展了"文学湘军"的社会影响力。

第五，谭仲池的小说创作独步湖南文坛。这位"市长作家"以高昂的正气和乐观的情怀打量历史与现实，从勾勒改革开放历史足迹的《打捞光明》、《曾经沧海》，到关注都市复杂现实和健康发展的《都市情缘》、《此情如水》，再到礼赞地域传统文化价值与魅力的《古商城梦影》、《凤凰之恋》，以及观察农民人生新状态的《土地》，他成功地建构了一种政治眼光和民生意识有机融合的、洋溢着诗意和激情的审美境界。

正是在这种发展势头良好的状态下，湖南文学界迫切地期待着一种标志性成果的降临，这种标志性成果就是"茅盾文学奖"获奖作品的出现。

二

"文学湘军"与中国文坛的"茅盾文学奖"渊源久远而关系复杂。《将军吟》和《芙蓉镇》在第一届"茅盾文学奖"中双双获奖，于全国6部获奖作品中"三分天下而居其一"，从而高高地吊起了湖南作家的获奖"胃口"。但从第二届直到2015年评选的第九届，虽历时30余年，"文学湘军"却再无一部作品获奖。在这期间，湖南作家曾出现过数次靠近"茅盾文学奖"的机会。在1989—1994年的第四届"茅盾文学奖"评奖过程中，唐浩明的《曾国藩》和河南作家二月河的《雍正皇帝》、广东作家刘斯奋的《白门柳》一起，角逐历史小说领域的一个获奖名额，结果是《白门柳》胜出。以1995—1998年作品为范围的第五届"茅盾文学奖"评选中，唐浩明的

《杨度》和陶少鸿的《梦土》都进入了 25 部终评备选篇目，但最终都与这一奖项失之交臂。评选 2011—2014 年作品的第九届"茅盾文学奖"评奖过程中，投票筛选到前 30 名时，湖南还有《活着之上》《来生再见》和《爱历元年》名列其中；阎真的《活着之上》甚至进入了最后一轮投票并排名第六，但这一届"茅盾文学奖"只选 5 部作品，于是湖南作家真正地离"茅盾文学奖""一步之遥"。

就这样始似佳缘独厚，实则生死契阔；曾有触手可及，终归交臂而过，湖南作家作品与"茅盾文学奖"的缘分，委实令"文学湘军"想起来就心有不甘。于是，在新世纪"文学湘军"发展势头良好、获奖却屡屡不遂人愿的状况下，湖南文学界上上下下都为长期未得与能否获得这一大奖而期待、焦虑、遗憾和纠结着，甚至形成了一种挥之不去的"茅盾文学奖"情结。这种情结作为一种精神氛围，弥漫在整个湖南文坛。每当"文学湘军"中出现有分量、有特色的作品，评论界和组织部门首先估量的是能否冲击"茅盾文学奖"；在评论和研讨王跃文、阎真、何顿等实力派作家的作品时，许多研究者都直接针对"茅盾文学奖"来展开论述的思路和视角；不少作品明明与"茅盾文学奖"质量差距巨大，或压根就不是同一类的写法和思路，作者也常常盲目地宣称有可能获奖；许多相关部门的领导、组织和宣传、联络工作，也都以扶持和推出有望获得"茅盾文学奖"的作品为中心。因为《将军吟》和《芙蓉镇》双双获奖的鲜明对照，湖南文学界的念想变得更为迫切；因为多届参奖都功败垂成，湖南文学界更汲汲于此。一时之间，似乎"重振文学湘军"、攀登文学高峰和证明作家水准的唯一价值指标，皆系于"茅盾文学奖"这"天堂之门"。

在 2015 年的第九届"茅盾文学奖"评选过程中，这种心态的表现达到了高潮。在这一届的参评作品中，因为阎真的《活着之上》、王跃文的《爱历元年》、何顿的《来生再见》都具备获奖的实力，姜贻斌的《火鲤鱼》、王青伟的《度戒》和刘萧的《筸军之城》也都曾被《长篇小说选刊》转载，湖南文学界就显出一副跃跃欲试、踌躇满志的架势。从相关作品研讨会的密集组织，到各种评论的"集束"式刊发；从评奖过程中的追踪介绍、分析和预测，到事后通过访谈发出"湖南离'茅奖'又近了"①这类欣慰与遗憾兼而有之的慨叹，湖南文学界近乎全方位地发动起来，前前后后地为"茅盾文学奖"而牵肠挂肚、绷紧了神经。

三

平心而论，"茅盾文学奖"作为中国作家协会主持、而且持续了30余年之久的一个文学奖项，确实具有相当的权威性和影响力，人言言殊的各种议论其实都不过是这种权威性与影响力笼罩之下的特殊关注，所以，一个中国当今社会的作家和文学组织机构重视"茅盾文学奖"，本身是无可厚非的。但综观"茅盾文学奖"的发展历程，其中的弊端、失误与局限却也是显而易见的。

首先，从评奖制度的角度看，"茅盾文学奖"的评奖规则和评奖过程都有不少作品质量与文学评价之外的因素在起作用，因而难以客观而全面地体现相应历史时期的文学成就。

"茅盾文学奖"的评奖程序，可分为传统的读书班、评委会双重筛选和第八届开始的大评委会公开投票两种模式。传统模式中存在几个长期遭受争议的评选成规。一是获奖作品往往是不同题材类型的作品各选一部，而且按照现实题材主旋律作品、思想艺术蕴涵厚重的作品、历史小说作品的大致顺序排名。这就为思想艺术水准不平衡现象在不同获奖作品之间的出现留下了空间。二是意识形态部门和高层权威人物的意见在评奖过程中起着关键的作用。从《沉重的翅膀》和《白鹿原》非修改不能获奖，到《檀香刑》初评满票而终评却无缘这一奖项，皆为典型例证。三是存在一个终评入围作品由"三名及以上评委提名增补"的制度。这种方式本身似乎并无不可，问题

---

① 陈薇：《湖南离"茅奖"又近了》，《湖南日报》2015年8月18日。

在于通过增补而最终成功获奖的，基本上是"题材重要"而艺术上相对薄弱的作品，第四届《骚动之秋》①和第六届《英雄时代》②的增补与最终获奖，就都属于这类情况。从第八届开始，"茅盾文学奖"的评选模式变为"大评委会公开投票"制度。这种模式实际上是通过一群评委多轮投票来不断缩小范围，直到最终选出获奖篇目。但一方面，每届参与评奖的评委多达五六十人，乱哄哄的场面中到底会因众望所归而提高评判水准、还是会因各取所需而扰乱评判的清晰度，其实是大可怀疑的；另一方面，不同届之间的评委是大幅度变动的，也许上一届名列前茅的作品，这一届由另外的评委群体再投票，就会被远远地抛在后面。所以，改革后的评奖制度实质上是"规则重于标准"，体现程序和形式上的公平、公允、不偏不倚重于追求鉴赏、判断的能力与水平，其中所体现的是一种管理上的平衡术、而不是评奖的科学性。由此，奖项的权威性就又从另外的侧面大打了折扣。

其次，从评奖结果的角度看，"茅盾文学奖"获奖作品的水准参差不齐，同作家的创作成就和影响也未能构成高度对应的关系，因而不具备"一奖定输赢"的功能。

在不同题材类型的获奖作品中，现实题材作品多有艺术质量薄弱、仅因"题材优势"而入选的现象。《都市风流》、《骚动之秋》和《英雄时代》等作品，可为例证。在同类题材的作品中，也存在总体审美价值明显更高的作品落选、艺术笔法规范然而局促的作品反倒获奖的事例。第四届"茅盾文学奖"中，更符合当下文坛艺术规范和审美趣味的《白门柳》获了奖，文化突破性和社会影响力更大的《曾国藩》和《雍正皇帝》却排列其后。在同一作家的不同作品中，又常常有艺术质量明显更高的作品遗憾出局、审美蕴涵相对单薄的反倒获奖的现象出现。莫言的《檀香刑》、《生死疲劳》与《蛙》，刘醒龙的《圣天门口》与《天行者》，周大新《第二十幕》与《湖光山色》，都构成了这类鲜明的对比。还有一些卓具影响的优秀作家和作品，因为创作思路

---

① 胡平：《我所经历的第四届"茅盾文学奖"评奖》，《小说评论》1998年第1期。

② 范国英：《在差异中比较：第六届"茅盾文学奖"解析》，《当代文坛》2006年第1期。

的差异而势成必然地无缘“茅盾文学奖”。在作家中，莫言、贾平凹都曾长期未获“茅盾文学奖”，阎连科则甚至在未来的一段长时间内都难获得这个奖；在作品中，从《古船》、《活动变人形》到《心灵史》、《马桥词典》，也都纠结良久，却最终无缘“茅盾文学奖”。所以，用“茅盾文学奖”的评奖结果来判断中国文坛或某一作家的实际文学成就，也是存在巨大缺陷的。

再次，从时代文学全局的角度看，新世纪文坛业已出现多种卓具评选特色和价值眼光、可以相互参照的文学评价坐标，“茅盾文学奖”的重要性与权威性已经不可避免地大大下降。在文学奖项中，“茅盾文学奖”、中国小说学会的“年度小说排行榜”、“《当代》长篇小说年度奖”、《南方都市报》的“华语文学传媒大奖”皆可重视；在文学刊物方面，《长篇小说选刊》的转载和《当代》、《收获》的发表皆可参考。某部长篇小说的审美和文坛分量，必须置于这些奖项和杂志所共同构成的评价体系中，方可得到较为全面的呈现。比如阎连科的不少作品，就只有从这样一个多层次的评价视野中来考察，分量和影响才会充分显示出来。所以，在当今中国的多元化时代环境中，各类奖项都难以形成众星捧月、全面认同之势，“茅盾文学奖”也不例外。

四

湖南文学界却偏偏只盯着“茅盾文学奖”，其原因包括两个方面。一是身处文化多元化时代，却用体制一元化思维在想问题；二是“政绩”目标和“量化”指标在起作用。虽然功利之心也在情理之中，本身无可非议，但思虑多则束缚多，“欲速则不达”。一个作家太想得奖，追求的目标太直接和太狭窄，在创作上就可能思前想后、患得患失、竭力贴近时势，以致形成种种顾忌，损伤思维的辽阔性和审美的自由度。一个文学评论和文学组织部门太想得奖，则往往会只关注那几个有可能得奖的作家，那些追求新思路、新空间而同样深具活力的创作就可能会被忽略与漠视。结果，一个更好的状态、更大的局面反而有可能无形中被遗弃。这种种症状，实际上已经在湖南文学

界相当明显地表现了出来。

　　事实上，在"文学湘军"跨世纪时期的文学创作中，已经出现了不少足以抗衡"茅盾文学奖"获奖作品水准的优秀之作。《曾国藩》、《活着之上》和《来生再见》，都与"茅盾文学奖"不过一步之遥；《国画》、《沧浪之水》和《大地芬芳》等，实际上也不逊色于那些获奖作品。虽然"实"已至而"名"未归，但在文学发展的历史长河中，一个奖项所起的作用不过尔尔。所以，在这样一个机遇和路径都相当充分的时代，湖南文学界大可不必局促于一个"茅盾文学奖"，长久地因如愿与否而妄自菲薄或耿耿于怀。

结语 "文学湘军"的境界开拓与审美卓越之路

不管怎么说,"湖南长篇现象"和"茅盾文学奖"情结所昭示的,毕竟是"文学湘军"在跨世纪转型过程中未能获得文坛主流位置的客观事实。由此看来,"文学湘军"存在着审美的欠缺与局限也是毋庸讳言的,而超越获奖目标、通向更为卓越的创作成就的发展方向,也许就在对这些局限与欠缺的避免与克服之中。

综观"文学湘军"在跨世纪时期的文学创作,其中程度、侧面各不相同的审美欠缺与创作局限,主要表现在以下几个方面。

首先,在"文学湘军"的热点题材创作中,往往对题材独特内涵的展现相当丰富,发掘其人文和审美普遍意义却有欠充分。湘西等地域生态类题材的作品,往往局促于对地域生态景观的搜罗与铺陈,跨地域的精神感觉涵盖力和文化意味参悟力则有所欠缺,难以"跳出湘西看湘西"的结果,使得文本审美境界中具象描写沉实而繁复、诗性气息却不够丰腴和充盈。都市、官场等题材的作品中,作者往往满足甚至自得于生活表象的鲜活和世相体察的泼辣,对内蕴丰厚和艺术余味的追求却普遍忽略。乡土题材小说的创作大多艺术技法纯熟自如,文本题旨和审美兴奋点却让人似曾相识,缺乏时代气息充沛的精神新鲜感。

其次,在"文学湘军"的审美境界建构中,存在着生活实感和艺术情味、问题意识和文化容量之间不平衡的倾向。众多"经验型写作"的作家,审美建构以社会问题意识和人生现实感触取胜,却往往缺乏精神意趣的渗透与文化诗意的氤氲。某些注重审美玄奥性和意象神秘感的作家,创作中则或者生活内涵不够充实,或者文化趣味流于褊狭,或者审美精神有欠正大。少数难能可贵地追求意义深度的作家,又常常沉湎于堆砌种种人生细节的微言大义,以致个体生命意义的思辨不免流于繁琐;或者对价值参照系阐释和描述浅尝辄止、单薄苍白,反而抑制了审美境界的历史厚实感。

再次,在"文学湘军"的创作演变历程中,常常会表现出"下一个题材在哪里"的焦虑。实际上,这是因为作家缺乏一个既题材烂熟而能灵感源源不绝、又精神融通而能思绪自由驰骋的"文学领地",同时也缺乏"打一口深井"的艺术自信与审美激情。他们对题材的选择都是从社会文化热点出发的一种追逐和揣摩,带有鲜明的功利追求和"命题作文"性质,既不是自我人生体察和生命感悟的透彻呈现,也未能具备对相应历史与文化时空"通古今之变、成一家之言"的深刻领会。这样一来,相关创作就只能写一部作品算一部作品,创作演变过程也就会不断地"打一枪换一个地方"。但对每一题材和精神领域进行独步文坛的成功开掘,都需要艰难的积累和独到的功力,因此,能够成功创作的"下一个题材在哪里",就成为了作家势所必然的精神焦虑。最为关键的问题则在于,如果在题材和精神领域相当程度的变动和拓展之后,最终真能将其融会贯通起来,那么,这些创作就汇成了一个浩瀚汪洋般的艺术大世界,作家所呈现的也就是一种文学乃至文化大家的气象与境界;如果不同题材的作品不过是一个个艺术的"孤岛",那么,题材变更的意义也就颇为有限了。

在笔者看来,这种种欠缺与局限的弥补和克服,既需要作家透过时尚生活的表象、超越地域历史的拘囿,在审美境界的建构中形成一种宽广深远的思想空间和视界融合的思维方向;也需要作家从历史、文化和人类精神的深处出发,在多元文化语境中确立一种正大的精神气象和独立的思想品格;还需要作家超越谋奖策略,将文学创作由经世之"术"升华为审世之"道",

在创作的道路上形成一种文学大手笔的辽阔胸襟和雄伟气魄。也许，这才是"文学湘军"雄健发展、走向卓越的正道和大道，也是"文学湘军"提升文坛地位更重要、更根本的途径。

本书专题论述的湖南作家、作品简介

周立波：1908 年出生，1979 年逝世，原名周绍仪，湖南益阳人。现代著名作家、翻译家。1934 年参加中国左翼作家联盟，翻译了《被开垦的处女地》、《秘密的中国》等名作。1939 年赴延安。1948 年完成土改题材的长篇小说《暴风骤雨》，该作品曾获 1951 年"斯大林文学奖"三等奖。1958—1966 年任湖南省文联主席、党组书记，并任全国人大代表、全国政协委员。新中国成立后著有工业题材的长篇小说《铁水奔流》、合作化题材的长篇小说《山乡巨变》。并发表了《盖满爹》、《山那面人家》、《禾场上》、《湘江一夜》等 20 多个短篇小说。出版有 7 卷本《周立波选集》。

《山乡巨变》：中国当代文学史上合作化题材小说的代表作之一。分为正篇、续篇。正篇发表于《人民文学》1958 年第 1—6 期，同年 7 月由作家出版社初版。下卷发表于《收获》1960 年第 1 期，同年 4 月由作家出版社初版。后经作者修订，将正篇、续篇合并，1963 年 6 月由作家出版社分为上、下册出版发行。

唐浩明：1946 年出生，湖南衡阳人。文学硕士，编审。1970 年毕业于华东水利学院（河海大学前身），1982 年毕业于华中师范学院（华中师范大学前身）中文系古典文学专业，获文学硕士学位。曾在江西、湖南水电部门工作，从 1982 年起在岳麓书社工作，先后担任过编辑室主任、副总编辑、首席编辑、中南出版传媒集团董事。河海大学、湖南大学等高校兼职教授。2004 年至 2015 年任湖南省作协主席，曾任第九届、十届全国政协委员。湖南省首届优秀出版专家，享受国务院政府特殊津贴专家，2008 年获首届"中国出版政府奖"优秀人物奖。著有长篇历史小说《曾国藩》、《杨度》、《张之洞》及读史随笔集"评点曾国藩"系列，曾获第一届、第二届"姚雪垠长篇历史小说奖"和"国家图书奖"、"中国图书奖"等奖项。

《曾国藩》：长篇小说。全书分为"血祭"、"野焚"、"黑雨"三册，分别于 1990 年 10 月、1991 年 10 月、1992 年 2 月由湖南文艺出版社出版。另由香港天地图书公司、台湾黎明文化公司出版。1999 年被香港《亚洲周刊》评为"20 世纪中文小说百强"、2003 年获第一届"姚雪垠长篇历史小说奖"。

《杨度》：长篇小说。1995 年 10 月以《旷代逸才——杨度》的书名，由湖南文艺出版社出版，后来出版的其他版本均改名为《杨度》。另由香港天地图书公司、台湾黎明文化公司出版。曾获第三届"国家图书奖"、第十届"中国图书奖"、"八五（1990—1995 年）期间全国优秀长篇小说奖"等奖项。

《张之洞》：长篇小说。人民文学出版社 2001 年 7 月出版。另由香港天地图书公司、台湾黎明文化公司出版。2003 年获第九届中宣部"五个一工程"入选作品奖、2007 年获第二届"姚雪垠长篇历史小说奖"。

彭见明：1953 年出生，湖南平江人。1970 年高中毕业，曾在平江县的剧团和文化馆，岳阳市的戏工室、群众艺术馆、市文联工作。1994 年至 2004 年任湖南省作协副主席，2002 年至 2010 年任湖南省文联副主席。1981 年开始创作，《那山 那人 那狗》获 1983 年全国优秀短篇小说奖，同名电影获第七届中宣部"五个一工程"奖、第十九届中国电影"金鸡奖"最佳故事片奖，并获加拿大、印度、日本等国际电影节奖。出版长篇小说《将军和他的家族》、《大泽》、《家长》、《粉船》、《风流怨》、《玩古》、《凤来兮》、《天眼》、《平江》等。另有小说、散文集《那山 那人 那狗》、《淘金者之谜》、《零活》、《野渡》等。

《玩古》：长篇小说。中国青年出版社编入"九十年代长篇小说系列"，于1995年4月出版。曾获"八五（1990—1995年）期间全国优秀长篇小说奖"。

《凤来兮》：长篇小说。发表于《红岩》2002年第5期，长江文艺出版社编入"九头鸟长篇小说文库"，于2002年10月出版。

《天眼》：长篇小说。湖南文艺出版社2008年出版，《长篇小说选刊》2009年第2期转载。

《平江》：长篇小说。北京十月文艺出版社2010年出版。

《那城 那人 那骆驼》：中篇小说。发表于《十月》2012年第5期。

王跃文：1962年出生，湖南溆浦人。1984年大学毕业后，先后在溆浦县政府办公室、怀化行署办公室和湖南省政府办公厅综合调研室工作，2003年调入湖南省作协。曾任湖南省作协专职副主席、秘书长，2016年任湖南省作协主席。1989年开始文学创作。出版有长篇小说《国画》、《梅次故事》、《西州月》、《大清相国》、《亡魂鸟》、《苍黄》、《龙票》、《爱历元年》等，出版了《王跃文作品精选》、《胡思乱想的日子》、《漫水》等多部小说集、随笔集。曾获第六届"鲁迅文学奖"，还多次获得《当代》、《小说选刊》、《小说月报》、《中国作家》、《中篇小说选刊》等刊物文学奖。曾被推选为"2010年度湖南省十大文化人物"。

《国画》：长篇小说。《当代》1999年第1、2期连载，1999年5月由人民文学出版社出版。该小说开创了当代文坛的"官场小说"模式，曾被禁10年方得再版。

《亡魂鸟》：长篇小说。中国电影出版社2001年10月出版。

《苍黄》：长篇小说。江苏人民出版社2009年8月出版。2012年获第一届"湖南文学艺术奖"。

《大清相国》：长篇小说。花山文艺出版社2007年3月出版。时任北京市长的王岐山在离任上调中央之际向同僚推荐了该书；2013年12月6日的《凤凰周刊》发表介绍中央政治局常委、中纪委书记王岐山的封面报道文章《王岐山脸谱》，其中的"王岐山荐书"环节旧事重提，该小说随之于2014年再度走红图书市场。

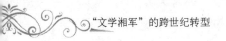

《漫水》：中篇小说。发表于 2012 年第 1 期《文学界·湖南文学》。2014 年获第六届"鲁迅文学奖"。

阎真：1957 年出生，湖南长沙人。文学硕士，教授。1978 年参加工作，1980 年至 1984 年在北京大学中文系学习，毕业后在湖南师范大学中文系任教，1988 年去加拿大学习，1992 年回湖南师范大学中文系任教。2000 年调中南大学文学院工作。现任湖南省作家协会副主席、中南大学文学院教授。著有长篇小说《曾在天涯》、《沧浪之水》、《因为女人》和《活着之上》，理论专著《百年文学与后现代主义》，另有散文、随笔若干篇。

《曾在天涯》：长篇小说。人民文学出版社编入"行人系列"，于 1996 年 7 月出版。另由明镜出版社以"白雪红尘"为题出版了海外版。

《沧浪之水》：长篇小说。发表于《当代》2001 年第 4 期，人民文学出版社 2001 年 10 月出版。2001 年获第二届"《当代》文学拉力赛"年度决赛总冠军，2003 年获《小说选刊》"仰韶杯"优秀小说奖，2004 年获湖南省第二届"毛泽东文学奖"。

《因为女人》：长篇小说。发表于《当代》2007 年第 6 期，人民文学出版社 2007 年 12 月出版。

《活着之上》：长篇小说。发表于《收获》2014 年第 6 期，湖南文艺出版社 2014 年 12 月出版。2015 年获第一届"路遥文学奖"，2015 年在第九届"茅盾文学奖"的评选中排名第六。

向本贵：1947 年出生，湖南沅陵人。1967 年高中毕业后回乡务农，历任县文化馆文学专干，《雪峰》文学杂志社编辑、编辑部主任、社长，怀化市文联专业作家等职。曾任湖南省文联副主席。著有长篇小说《苍山如海》、《凤凰台》、《遍地黄金》、《盘龙埠》、《乡村档案》、《非常日子》、《毒案喋血》、《金客》、《暑假六十天》等，中篇小说集《这方水土》、《血月亮》等。《这方水土》获第七届全国少数民族文学创作"骏马奖"，《盘龙埠》获"华东地区优秀文艺图书奖"，《灾年》获"《当代》中篇小说奖"。

《苍山如海》：长篇小说。湖南文艺出版社 1997 年 12 月出版。获第七届中宣部"五个一工程"奖、中国作协第六届少数民族"骏马奖"、1999年入选"向建国50周年献礼10部长篇小说"。

《凤凰台》：长篇小说。花城出版社2004年11月出版。另由台湾合记图书出版社1994年10月出版。

陶少鸿：1954年11月出生，湖南安化人。当过知青、工人、县文联干部，1987年入西北大学作家班学习。曾任湖南省作协副主席。著有长篇小说《男人的欲望》、《少年故乡》、《梦土》（上下卷）、《情难独钟》、《花枝乱颤》、《骚扰》、《溺水的鱼》、《郁达夫在情爱之途》、《大地芬芳》、《抱月行》等，小说集《花冢》、《生命的颜色》等。长篇小说《梦土》获第一届湖南省"毛泽东文学奖"、湖南省"五个一工程"奖等。多篇作品曾被译为日、英、法文。

《大地芬芳》：长篇小说。人民文学出版社2010年12月出版。2012年获第一届"湖南文学艺术奖"。

《少年故乡》：长篇小说。湖南少年儿童出版社编入"红辣椒长篇儿童小说创作丛书"，于1998年10月出版。

邓宏顺：1956年3月出生，湖南辰溪人。1978年参加工作，当过农民、乡村教师、电影放映员，先后担任过乡镇党委书记、县委宣传部常务副部长等职务。曾任湖南省作协副主席。出版长篇小说《红魂灵》、《贫富天平》、《天堂内外》、《铁血湘西》等，发表中篇小说40余部、短篇小说和散文100余篇，出版中篇小说集《回望乡村》、散文集《蔚蓝色的呼唤》等。作品被《小说选刊》、《中华文学选刊》、《中篇小说选刊》等大量转载。中篇小说《饭事》获第四届湖南省"毛泽东文学奖"。

《红魂灵》：长篇小说。湖南文艺出版社2006年9月出版。获第九届湖南省"五个一工程"奖。

姜贻斌：1954年6月出生，湖南邵阳人。当过知青、矿工、教师、编辑，现供职于湖南省文化厅群众艺术馆。曾任湖南省作协副主席。1980年开始发表作品。著有长篇小说《左邻右舍》、《酒歌》、《火鲤鱼》，中短篇小说集《窑祭》、《女人不回头》、《白雨》、《肇事者》、《追星家族》、《最高奖赏》等，散文集《漏不掉的记忆》等。作品被《新华文摘》、《小说月报》、《中华文学选刊》等大量转载。长篇小说《火鲤鱼》获第五届湖南省"毛泽东文学奖"。

《窑祭》：中短篇小说集。入选"21世纪文学之星丛书"，百花文艺出版社1994年9月出版。

《女人不回头》：中篇小说集。湖南文艺出版社1994年12月出版。

《我偷了你的短火》：中篇小说。发表于《芙蓉》2011年第1期。

《酒歌》：长篇小说。白山出版社2008年11月出版。

何顿：原名何斌，1958年出生，湖南长沙人。1983年毕业于湖南师范大学美术系。当过知青和中学教师，干过装修。现为长沙市文联创作室专业作家。现任湖南省作协副主席。1985年开始发表作品，至《黄埔四期》已发表和出版小说900万余字。主要作品集有长篇小说《我们像葵花》、《就这么回事》、《荒原上的眼光》、《眺望人生》、《喜马拉雅山》、《物欲动物》、《荒芜之旅》、《我们像野兽》、《黄泥街》、《香水百合》、《黑道》、《时代英雄》等，中篇小说集《生活无罪》、《太阳很好》、《只要你过得比我好》、《流水年华》、《青山绿水》等。20世纪90年代被评论界视为"新生代"和"新现实主义"的代表作家之一。21世纪以来所创作的长篇小说"抗战老兵"三部曲《湖南骡子》、《来生再见》、《黄埔四期》，在文坛内外引起巨大反响。

《黄埔四期》：长篇小说。发表于《收获·长篇专号》2015年春夏卷，湖南文艺出版社分为上下册，于2015年6月出版。2015年获第二届"路遥文学奖"，《长篇小说选刊》2016年第3期转载。

王青伟：1963年出生，湖南祁阳人。先后毕业于上海戏剧学院戏剧文学系编剧班、西北大学作家班。现为潇湘电影集团第九工作室主任、编剧。创作了影视剧《故园秋色》、《我爱北京天安门》、《湘江北去》、《风华正茂》、《毛泽东和齐白石》等。《故园秋色》获第五届中国电影"华表奖"，《湘江北去》获第十二届中宣部"五个一工程"奖，《风华正茂》获第二十六届中国电视"金鹰奖"优秀电视剧奖，《毛泽东和齐白石》获第十三届中宣部"五个一工程"奖。出版长篇小说《村庄秘史》、《度戒》，另发表中短篇小说、散文若干。

《村庄秘史》：长篇小说。湖南人民出版社 2010 年 6 月出版。《历史记忆与民间想象——王青伟〈村庄秘史〉评论集》收入有关该小说的评论 34 篇，2012 年 3 月由湖南人民出版社出版。

蔡测海：1952 年 8 月出生，湖南龙山人。历任湖南龙山县人民医院医生、县文化馆文学创作员、省电台记者、编辑，1984 年至 1988 年在中国作家协会鲁迅文学院和北京大学学习，后调入湖南省作家协会任专业作家。现为湖南省作协副主席、湖南省政协常委。处女作散文《刻在记忆的石壁上》获 1978 年全国少数民族文学奖；《远去的伐木声》获 1981 年全国优秀短篇小说奖。出版长篇小说《三世界》、《非常良民陈次包》、《家园万岁》等，中短篇小说集《母船》、《今天的太阳》、《穿过死亡的黑洞》等。作品被翻译为英、日、法等多种文字。

《非常良民陈次包》：长篇小说。云南人民出版社 2004 年 2 月出版。

小牛：本名张小牛，1951 年 12 月出生，湖南武冈人。早年下过乡，当过工人、干部，曾任湖南省娄底市文联副主席、娄底市作协主席。1983 年开始发表作品，著有长篇小说《秘方》、《割爱》，小说集《山里有条弯弯河》、《街上的阿强》等。作品被《中篇小说选刊》、《小说选刊》等多次转载。还创作了电视连续剧《女子乘务组》，该作品曾获第二十三届中国电视剧"飞天奖"。

《秘方》：长篇小说。新世界出版社 2004 年 1 月出版。

《山里有条弯弯河》：中篇小说集。作家出版社 2000 年 5 月出版。

《街上的阿强》：中篇小说集。远方出版社 2008 年 5 月出版。

主要参考文献

陈娇华：《祛魅时代的历史绘影：转型时期的历史小说艺术流变研究》，河南人民出版社 2007 年版。

陈思和：《陈思和自选集》，广西师范大学出版社 1997 年版。

陈思和：《中国当代文学史教程》，复旦大学出版社 1999 年版。

崔志远：《中国地缘文化诗学：以新时期小说为例》，人民出版社 2015 年版。

邓立平：《大山之子：向本贵论》，珠海出版社 2008 年版。

丁帆：《中国乡土小说的世纪转型研究》，人民文学出版社 2013 年版。

杜建：《权力关系的多重变奏：官场小说的类型学研究》，上海大学出版社 2012 年版。

段崇轩：《地域文化与文学走向》，北岳文艺出版社 2012 年版。

樊星：《当代文学与地域文化》，华中师范大学出版社 1997 年版。

范钦林：《世纪之交的文学选择》，沈阳出版社 2000 年版。

费孝通：《乡土中国》，生活·读书·新知三联书店 1985 年版。

高等学校文科教材编写组：《中国当代文学史初稿》（上、下册），人民文学出版社 1980 年版。

韩少功、王尧：《韩少功、王尧对话录》，苏州大学出版社 2003 年版。

韩宇宏：《剧烈变动中的社会与文学：世纪之交中国文学蜕变的描述及社会文化背景论析》，河南人民出版社 2004 年版。

洪子诚：《问题与方法：中国当代文学史研究讲稿》，生活·读书·新知三联书店 2002 年版。

胡光凡：《当代湖南文艺评论家选集：胡光凡卷》，湖南文艺出版社1999 年版。

胡良桂：《楚文学的现代回声》，湖南文艺出版社 2008 年版。

胡良桂、龙长吟、刘起林：《湖南文学史（当代卷）》，湖南教育出版社1998 年版。

湖南省文学工作者协会编：《在文学战线上：湖南省 1957 年文学评论选》，湖南人民出版社 1958 年版。

湖南省当代文学研究会编：《思想·色彩·情调：文学作品评论集》，湖南人民出版社 1984 年版。

胡宗健：《文坛湘军》，湖南文艺出版社 1991 年版。

黄道友：《地域文化与新时期湖北文学》，武汉大学出版社 2014 年版。

黄书泉：《文学转型与小说嬗变》，安徽教育出版社 2004 年版。

加缪：《西西弗斯的神话》，杜小真译，三联书店 1987 年版。

金春平：《世纪之交的文化转型与文学重构》，山西人民出版社 2014 年版。

康咏秋、华济时、龙长顺等：《湖南新文学七十年》，湖南文艺出版社1992 年版。

雷达：《思潮与文体：20 世纪末小说观察》，人民文学出版社 2002 年版。

李丹梦：《文学"乡土"的地方精神》，北京大学出版社 2014 年版。

李林荣：《疆域与维度：中国现当代文学的跨世纪转型》，文化艺术出版社 2010 年版。

李阳春：《湘楚文化与当代湖南作家》，光明日报出版社 2010 年版。

李泽厚：《中国古代思想史论》，人民出版社 1986 年版。

梁启超：《中国历史研究法》，上海古籍出版社 2006 年版。

凌宇：《重建楚文学的神话系统》，湖南文艺出版社 1995 年版。

林增平、范忠程主编：《湖南近现代史》，湖南师范大学出版社 1991 年版。

刘洪涛：《湖南乡土文学与湘楚文化》，湖南教育出版社 1997 年版。

龙长吟：《芙蓉评林：湖南实力派作家检视》，湖南文艺出版社 1996 年版。

鲁迅：《鲁迅全集》，人民文学出版社 1995 年版。

吕智敏主编：《话语转型与价值重构：世纪之交的北京文学》，北京出版社 2002 年版。

罗吉·福勒：《现代西方批评术语词典》，袁德成译，四川人民出版社 1987 年版。

罗瑞宁：《审美与欲望的纠缠：转型期中国文学研究》，广西师范大学出版社 2012 年版。

迈克·克朗：《文化地理学（修订版）》，杨淑华、宋惠敏译，南京大学出版社 2005 年版。

欧阳可惺：《区域文学的律动：〈天山〉流变与新疆当代文学》，暨南大学出版社 2014 年版。

邵丽坤：《历史记忆与文学想象：东北文学地域文化特征研究》，吉林人民出版社 2014 年版。

唐浩明、龚爱林主编：《湖南文艺六十年（1953-2013）·文学卷》（上、下册），湖南人民出版社 2013 年版。

唐欣：《权力镜像：近二十年官场小说研究》，社会科学文献出版社 2006 年版。

田中阳：《区域文化与当代小说：对中国当代小说一个侧面的审视》，湖南师范大学出版社 1996 年版。

田中阳：《湖南文化精神与二十世纪湖南文学》，岳麓书社 2000 年版。

王春林：《乡村书写与区域文学经验》，北岳文艺出版社 2015 年版。

王刚：《新时期黔北作家群及其成因研究》，中国社会科学出版社 2012

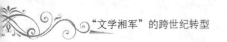
年版。

王嘉良：《地域视阈的文学话语》，中国文史出版社 2011 年版。

王蒙：《王蒙学术文化随笔》，中国青年出版社 1996 年版。

王庆生主编：《中国当代文学》（1-3 册），上海文艺出版社 1989 年版。

王以平主编：《湖南当代作家大辞典》，湖南文艺出版社 2008 年版。

未央、谭谈主编：《湖南当代作家小传》，湖南文艺出版社 1994 年版。

文选德、刘鸣泰主编：《湖南当代文学评论选（1990-1995 年卷）》，湖
南文艺出版社 1996 年版。

文选德、黄建国主编：《湖南省当代文学评论选（1996-2000 年卷）》，
湖南文艺出版社 2002 年版。

吴道毅：《当代湖北民族作家文学研究》，学苑出版社 2009 年版。

吴康、蒋益、吴敏、刘泽民：《湖南文学史（现代卷）》，湖南教育出版
社 1998 年版。

吴秀明：《中国当代长篇历史小说的文化阐释》，文化艺术出版社 2007
年版。

吴秀明主编：《江南文化与跨世纪当代文学思潮研究》，浙江大学出版社
2009 年版。

吴正锋、毛炳汉：《孙健忠评传》，湖南文艺出版社 2008 年版。

夏义生：《消费时代的文化镜像》，湖南文艺出版社 2014 年版。

阎秋霞：《现实的坚守与焦虑：转型期山西文学研究》，山西人民出版社
2014 年版。

杨立元：《"现实主义冲击波"论》，大众文艺出版社 2007 年版。

阳燕：《世纪转型期的湖北小说研究》，长江文艺出版社 2011 年版。

姚晓雷：《乡土与声音：民间视野下的新时期以来河南乡土类型小说》，
山东教育出版社 2010 年版。

余三定：《文坛岳家军论》，花山文艺出版社 1994 年版。

曾大兴、夏汉宁：《文学地理学》，人民出版社 2012 年版。

张闳主编：《中国当代文学编年史》第四卷（1966.1—1976.9），山东文艺出版社 2012 年版。

张未民、孟春蕊、朱竞编选：《新世纪文学研究》，人民文学出版社 2007 年版。

张懿红：《缅想与徜徉：跨世纪乡土小说研究》，中国社会科学出版社 2010 年版。

张志忠：《跨世纪文学：精神向度与精神困惑（1995—2005）》，武汉出版社 2009 年版。

张志忠：《在多重转型中兴起、全盛及分化：新时期以来北京作家群研究》，人民文学出版社 2015 年版。

钟友循：《文艺湘军百家文库·文艺评论方阵：钟友循卷》，湖南文艺出版社 2000 年版。

周海波等：《最后的浪漫：二十世纪九十年代文学研究》，中国文史出版社 2006 年版。

朱水涌：《世纪之交的中国文学》，厦门大学出版社 2000 年版。

后记

本书既是我长期跟踪研究"文学湘军"的系列化学术成果，也是我作为湖湘子弟答谢家乡师友信任与厚爱的一份"礼物"。

早在 20 世纪 90 年代中期，我还是湖南师大中文系的硕士生，就参与了湖南文学界的不少活动，开始了对"文学湘军"的研究，也因此结识了湖南文学界和学术界的众多师友。湖南文学研究由此成为我学术研究的起点。其后，虽然因求学和工作辗转于全国各地，个人学术兴趣也产生了巨大变化，湖南却始终是我时常重返的一个"根据地"。本书中所论的作家们，就都在我的湖南师友群体之中。湘江水静静流过，河风吹老少年人，我关注"文学湘军"不觉已 20 余年。当初湖南文坛的"中坚"们已逐渐进入了创作的"尾声"阶段，那些和我一样的初出茅庐者也大多完成自己的高峰之作，水过中流日过午了。所以，我的学术关注所涵盖的，实际上是湖南文坛继 20 世纪 80 年代古华、莫应丰、叶蔚林那一代之后的代际创作格局，以及由这一代作家构成的湖南文学从 20 世纪到 21 世纪的"跨世纪"历史进程。所有这一切，构筑起了本书基本的学术感觉、研究视野和论述框架。

对于新时期以来的中国文学，我有一个基本看法，就是 20 世纪 90 年代和 21 世纪前 10 余年之间，其实是相通性远远大于差异性的，因此并不存在学术界通常所表述的"90 年代文学"和"新世纪文学"两个截然不同的文学阶段，恰恰相反，这20余年共同构成了中国当代文学史的"跨世纪文学"时期。基于这种观点的相关思考，我已在2013年出版的学术专著《胜景与歧途：跨世纪文学的多维审视》中有所阐述。本书以"文学湘军"从20世纪90年代到21世纪前10余年间的创作状况为考察对象，试图既从历史宏观的角度，揭示"文学湘军"跨世纪格局的来龙去脉、历史定位；又以实力派作家的创作为坐标，阐明"文学湘军"跨世纪转型状态的特征与成就，从而形成一种在史料和历史逻辑层面梳通湖南文学60年、从内涵与价值底蕴层面讲清"文学湘军"跨世纪20年的学术境界。从整个当代文学研究的视野来看，本书的研究则可看作是一种谋求"跨世纪文学"学术思路深化和细化的"个案研究"，一份为之寻求更充分论据的"田野调查"。

在具体论述的过程中，虽然本书所研究的对象均为对我情深谊重的师友，但按照我曾戏言的"思想无禁区，理论无权威，学术无顶峰"的研究原则，本书秉承一种有理有据、直言不讳的言说姿态，但求能学理性和建设性兼具，有见解、有启发，其他则非所顾忌也。好在湖湘文化向来崇尚实事求是，师友们又都谙熟我的个性与为人，本书也非严格意义上排座次、定优劣的文学史，所以言长说短当无妨碍。令人遗憾之处在于，因为学术视野和研究框架所限，本书对于某些重要作家及其创作难免有所遗漏。例如，跨世纪时期作品日渐稀少且始终疏离于"文学湘军"格局之外的残雪，以短篇小说见长的聂鑫森，本书就均未详细论述。

回顾个人的"文学湘军"研究历程，我不由得想起了王蒙在《读〈绿夜〉》中对张承志创作的赞赏："既能宏观两千里的距离又能理解'一个直径四米的毡包'，既能感到'大地的弹性'又能懂得马蹄的语言，既能回忆当年的灼烤、泪珠、旋律又能知道珍视雨夜在帐篷门口为他而举起的灯"。这种阐发所表达的，实际上是在建构宏观视野的同时，对于个人性灵和情感之根的珍重。本人在此番叩问湖湘大地文学脉搏的过程中，也颇有浪迹天涯后、"却顾所来径"的人生之慨。在这里，我要真诚地感谢湖南文学界与学术界的众多师友给予我的鼓励、信任和帮助。从上大垅的省作协，到八一路的省文联，

再到河西的文艺出版社、芙蓉路的《湖南日报》和《三湘都市报》、蔡锷路的《长沙晚报》，都曾是我相当熟悉的地方。太多亲切的朋友、太多熟悉的地方，实需以更大的篇幅具体展现出来方可大快于心，在此只能略陈点滴。

本书各章节的内容，曾发表于《中国现代文学研究丛刊》、《民族文学研究》、《小说评论》、《南方文坛》、《文艺报》、《芙蓉》、《创作与评论》、《文学界》、《湖南师范大学学报》、《湖南大学学报》、《长沙电力学院学报》、《湖南工业大学学报》、《南京师范大学文学院学报》等报刊，部分论文曾被人大复印资料的《中国现代、当代文学研究》、《文艺理论》等专题全文转载，或入选《湖南当代文学评论选》等选本，在这里我谨对相关报刊的编辑一并表示衷心的感谢！

最后，我要感谢我的妻子颜浩教授，她一如既往的支持和启发对本书的完成作用不少。我们相识于岳麓山下美丽的湖南师大校园，本书也可作为我们青春记忆的一种见证。我还要感谢家中的老人们，他们的理解和支持以看似柔弱、实则强大无比的能量，温暖和照耀着我的学术与人生旅程。

2016 年 9 月 27 日于北京珠江绿洲家园